論創ミステリ叢書
38

宮野村子探偵小説選 I

論創社

宮野村子探偵小説選Ⅰ

目次

創作篇

随筆篇

凡例

一、「仮名づかい」は、「現代仮名遣い」（昭和六一年七月一日内閣告示第一号）にあらためた。
一、漢字の表記については、原則として「常用漢字表」に従って底本の表記をあらため、表外漢字は、底本の表記を尊重した。ただし人名漢字については適宜慣例に従った。
一、難読漢字については、現代仮名遣いでルビを付した。
一、極端な当て字と思われるもの及び指示語、副詞、接続詞等は適宜仮名に改めた。
一、あきらかな誤植は訂正した。
一、今日の人権意識に照らして不当・不適切と思われる語句や表現がみられる箇所もあるが、時代的背景と作品の価値に鑑み、修正・削除はおこなわなかった。
一、作品標題は、底本の仮名づかいを尊重した。漢字については、常用漢字表にある漢字は同表に従って字体をあらためたが、それ以外の漢字は底本の字体のままとした。

宮野村子探偵小説選Ⅰ

創作篇

鯉沼家の悲劇

第一章　鯉沼家

行き交う人々が、男も、女も、子供達までが、皆、僕を見て丁寧に礼をして行き過ぎる。中には二三間も先からわざわざ立ちどまり、きっちりと顎の下に結んだ頬被りの手拭いをほどき、膝の辺りまで両手を下げて礼をする者もある。それはたいてい中年過ぎ以上の年配の者で、昔の鯉沼家をよく知り、そして鯉沼家と僕との関係をよく知っている者である。見覚えのある者もあり、中には全く見覚えのない者もあるが、五年前までは時々鯉沼家を訪れた僕を、里の者達はよく見覚えているらしい。

激しい世のうつり変りなどはどこ吹く風かと言いたげな、この里の者達の、今も昔に少しも変らぬ朴訥さと純真さとは、ふと僕の胸に、久方振りに生れ故郷を訪れでもしたような、しみじみとたとえようもなく懐かしい感じを起させ、僕はその気持ちを彼等に知ってもらいたく、せいいっぱいのにこやかな笑顔で挨拶を返すのだ。

鯉沼家につながる縁があるとは言え、今は、言わば、ただ単に鯉沼家を訪れた客にしか過ぎぬ僕にこのように鄭重な礼をしてくれる者が、それがたとえ、終日、田畑に働き暮らす生活を、体の隅々にまで現した見るからに無骨な中年男であろうとも、いや、そうであればあるほどに、その可憐さは、僕の胸にしみ透るのだ。

僕は彼等に何か話しかけてみたいと思った。しかし、鯉沼家の縁につながり、鯉沼家の客である僕は彼等にとっては、うやうやしく敬意を表す相手であって、道傍で世間話を交す相手ではないらしい。僕が何か口を切ろうとすれば、話しもせぬ先から、彼等は、

「へえ……へえ……さようで……ごもっとも様で……」

とぺこぺこと頭を下げて腰を屈め、呆気にとられている僕の傍を、

「へえ、ごめんを……」

と腰を屈めたまま、片手で拝むような恰好をして行き過ぎてしまう。それが、家畜のために苅り取った重い草を、体も隠れるほどに背負った者である場合など、僕は彼等にそうした気骨を折らせることが気の毒になり、僕の姿に気づいてくれねばよいが、と希う気になり、そっと道を避けるのだが、彼等はやはり、わさわさと揺れる草の間から見え隠れする顔を上げて僕の姿をみとめ、僕が避けた道を更に避けて、草ごと地につくのではないかと思われるほど、低く頭を下げて行き過ぎる。

僕は遂に、彼等の飾らぬ朴訥な言葉を聴きたい望みを諦め、五年振りに見るこの里の、絵のよう な――と言うが、まことに絵よりも美しい自然の風物にのみ心を向けることにした。

この里は、山の美しさ、水の美しさ、木の美しさで知られている。あくまでも明るく蒼く澄み透った空の美しさは何にたとえよう。木々や草々のむせるほど濃い緑の精気が発散したかと思われる香わしい空気は、眼に見えぬ不思議な色でも持つように、遠くの山々を紫にかすませ、家を出てからこの里まで、一里の道の間、幾筋か見た流れの水は、水底《みなそこ》の白い細かい砂の一粒々々が、はっきりと数えられるほど澄み透り、真夏の真昼の今でさえ、手をひたせば、しいんとしみ透るほどの冷たさなのだ。

山の里、水の里、木の里――そして、純朴な人の里――そしてまたここは鯉沼家の里である。言い伝えによれば、まこと、絵のような、夢のような、この美しい桃源境を造り上げたのは、鯉沼家の幾十代、それとも幾百代か前の先祖であると言う。

平家の落人であった鯉沼家の先祖が、一族一統を引き具して、四方、山と水に囲まれたこの地に逃れ、そのままここに住みついて、遂に今のこの美しい里を造り上げたのだと伝えられている。里の者達が、今に鯉沼家を尊び敬うのも、理由のないことではないのだ。

ひと頃は、殆んど大名格の扱いを受け、領主にさえも憚られたと言う鯉沼家も、曾祖父の頃から

衰微の道をたどり初め、祖父の死後は、ただ没落の一途をたどるのみとなった。

鯉沼家も落魄した、昔の栄華の面影は全くない——と人は言う。いかにもそれに違いないのだ。衰微したとは言え、僕の幼時には、まだ数十人の下男下女のいた、昔の大名屋敷そのままの奥深い広い邸に、今はたった数人の者が、ひっそりと人気もなく住んでいることを思えば、その落魄のしようも普通程度ではないことがうなずかれる。

それでいて、この鯉沼家の落魄の姿には、何のために、どうして?——と考える順序を追わず、そのような考えは全く抜きにして、いきなり腑に落ちて来るような、何となく自然なものが感じられるのだ。たとえば、根にも幹にも全く精気の尽き果てた老いた大木が、自然に、葉が枯れて落ち、枝が枯れて折れ、やがてその幹も朽ち枯れて、他から何の力を加えずとも、そのまま時が来れば、自然に土にかえって行くような——

老いて朽ち枯れた大木が、まだ倒れもせず、昔の威容をわずかにしのばせて立つ姿は、何となく悲壮な、ふとして物狂おしい心を誘い出しそうな、異様なものを感じさせることがある。今の鯉沼家がそれなのだ。

鯉沼家と言えば、この地方では、恐らく、知らぬ者は一人もあるまいと思われるほど通った名であるが、同じ鯉沼家を鯉沼家と呼びながら、その呼び方に変った意味を持ってきたことが、やがて近い鯉沼家の末路を暗示しているように僕には思われてならぬのだ。

昔は鯉沼家と言えば、この地方切っての名家中の名家、旧家中の旧家、大地主中の大地主、として知られた名であったが、今は鯉沼家と言えば、昔のその鯉沼家の末裔の、落ちぶれて気位ばかり高くそして、すべての調子がやや狂っている、というほどの意味で通った名であるのだ。

たとえば、普通の者の場合であれば、眼をみはるような言動も、それが鯉沼家の者であれば、人々は、ああ、そうか——と簡単に納得し、鯉沼家ならば——という表情をする。鯉沼家の者が、人なみ過ぎるあたり前のことをすれば、人は却って驚いて不思議がるのではないかと思われる位なのだ。

鯉沼家の鯉沼家が、このような意味を持って呼ばれ初めたのは、一体いつ頃からであったろうか。それは十年前、伯父が家出し、続いてあのお末さんが家出した頃からであったかも知れず、それとももっとずっと前、祖父が謎の死を遂げた頃からであったかも知れず、それすらはっきりとわからぬところが、一層、この意味に、自然な深味を持たせているように思われる。

現在の鯉沼家はこのような鯉沼家であるが、しかし、かりそめの縁をもって鯉沼家につながる僕にさえ、うやうやしく敬意を現わす里の者達の態度から、僕は、落魄したとは言え、まだこの里における鯉沼家の権力は絶対のものであり、鯉沼家の威力は、まだ全く地に落ち切ってはいないことを知ったのである。僕が最後に訪れた五年前そのままに――

僕と鯉沼家とのつながりを言うならば、鯉沼家は僕の母の生家なのだ。姉に当る加津緒《かつお》伯母や、妹に当る澤野《さわの》叔母、綾女《あやめ》叔母にくらべれば、さすがにその面差こそは似通っているが、しかし、性格的には似通った点は全くなく、どこから見ても、ただの普通の女で、あまりにも鯉沼家らしくない僕の母の――

いや、鯉沼家にも、僕の母の他に、もう一人、普通の女がいた。それはお末さんだ。祖父の妾の子であり、幼時に引き取られて籍も入り、たとえ腹は違っても、間違いなく祖父の血を受けて生れた歴とした鯉沼家の娘でありながら、その母が鯉沼家とはつり合わぬ賤しい家の出であったと言うばかりに、姉である伯母達から卑められて、女中同様の扱いを受け、僕らまでが「お末さん」と呼び慣らわしていたあのお末さん――

そのお末さんが、腹違いの姉達から受ける、そうした扱いに堪え兼ねて、邸うちではどうあろうとも、外へ出ればそれで通る鯉沼家の娘たるの地位を捨て、愛する人の許へ走ったのは、十年前の丁度今頃であった。

「あのおとなしい子がまあ、思い切ったことを……よくよくの思いだったでしょうねえ」

当時、お末さんのたった一人の同情者であった僕の母が、感に堪えぬ面持ちでよく言い言いしたものであったが、全く、あのあまりにも鯉沼家らしくなさ過ぎる、たおやかな物静かなお末さんにすれば、この家出は、殆んど命を賭けるほどの決心のものであったろうことが、今になれば、僕にはよく理解出来るのだ。

しかし、その頃、僕は、母がお末さんのことを言い出す度に、どうつとめても赤らんでくる顔の向け場に困り、突拍子もなく、飼っている犬の話や、学校の友達の話やを始めて、母の話の腰を叩き折ってしまったものである。

母はもとより、誰一人として知らぬことではあるが、実を言えば、お末さんの家出の決心を覚って厳しい監視を初めた伯母達の眼をくらまし、お末さんを鯉沼家から逃れさせたのは、この僕であったのだ。あの時、お末さんは二十六、僕は十七であった。

僕がもっと年長《た》けていたなら、或る一つの心情はさりげなくおし隠し、母の前で、お末さんの家出の手助けをしたことを、手柄顔に吹聴したかも知れなかったのだ。お末さんのたった一人の同情者であり、お末さんが鯉沼家の桎梏を逃れて、その愛する人の腕に抱かれたことを、心から喜んでいる母には、そうしてもよかった——と言うよりは、そうすべきであったのだ。

ところが、僕は、それをしなかった。なし得なかったのだ。これが十七の少年の純情さとも言うものなのであろうか。

僕はそれを母に言う位なら、知られる位なら、死んだ方がましだとも思い、それを母に知られる恥ずかしさにくらべれば、他のどのような恥も平然と堪え忍べるとまで思いつめていたのだ。と言うのは、僕がお末さんの家出の手伝いをしたのは、無論、母と同じく、鯉沼家におけるお末さんの、その地位なり、その立場なりに、深い同情を抱いていたためには違いなかったが、僕をその思い切った行為に駈り立てた最も重な原因は、この家から逃れさせてくれ、と僕に訴えた時のお末さんの、世にも頼りなげな、なよなよとした美しさに惹かれたことにあったからである。

たとえ、その母の出はどうあろうとも、正しく祖父の血を受けて生れたお末さんは、他の伯母たちと同じく、僕にとっては、やはり一人の叔母には違いない。しかし、たとえそれが同じ血を分けた肉親の叔母であろうとも、美しい人はやはり美しいと見て、強い憧れの心を抱き、そして、それを、世にも重大な秘密のように考え、それを人に知られる位ならば死んだ方がましとも思う――夢見勝ちな少年の心とは、このようなものなのだ。

お末さんは美しい人であった。美人系としても知られる鯉沼家の姉妹たちの中でも、この人の美しさは際立っていた。伯母たちの、お末さんに対する冷たい仕打ちの中には、賤しい妾腹の子でありながら、自分たちよりも美しいお末さんに対する、烈しい嫉妬の心が混っていたのではなかったか――と今になれば、僕は何となく納得の行く気がするのである。

第二章　少年の恋

「春樹《はるき》さん、お願いだわ。あたしを助けて頂戴。あたしの味方はあなた一人よ」

薄闇の色のおおいかぶさって来た庭の隅の木の陰で、触れ合うほどに近か近かと頬を寄せて囁いたお末さんの、美しい瞳に現れていた恐怖の色を僕は今も忘れない。

「あたしをこの家から逃れさせて頂戴。この家で、あたしがお姉さまたちからどんな情ない扱いを受けているか、春樹さんも知っているでしょう。あたし、もう我慢が出来ないの。お姉さまたちが、お父さまの子で鯉沼家の娘だと言うなら、あたしだって、お父さまの子で鯉沼家の娘に違いないわ。それだのに、お姉さまたちは、あたしをまるで、乞食の子かなどのように扱うんだわ。口惜しいのよ。黙って我慢していれば、いい気になって、虫けらみたいに、踏まれようとどうしようと、どうにも出来ないもののように思って――」

お末さんは涙ぐんで、口惜しそうに声を震わせた。どのような場合でも、白く﨟たけたその顔の、静かに澄んだ表情を崩したことのないお末さんの、このような烈しい言葉を初めて聞いた僕は、暫くは驚きのあまり言葉も出なかった。ただまじまじと、薄闇の中に、くっきりと白く浮くその顔を凝視めている僕を、お末さんは、ちらと怨めしげな眼差で見やって、

「ああ、春樹さんまで、あたしはどうされても、何と言われても物も言えない、言ってはいけない人間だと思ってるのね？　だから、そんなに吃驚するんでしょう？　賤しい妾の子が、お姉さまたちの悪口を言うなんて、生意気だと思って――」

「いいえ、いいえ、そうじゃないんです」

僕はあわててお末さんの言葉を遮った、

「伯母さまたちがどんなことを言ったかと思って吃驚したんです。また何か言ったんですか」

「何か言うなんて、そんなことはもう毎日のことだわ。あたし、もう我慢が出来ない――でも、いいの。ほんとはね、春樹さん、あたし、怖いのよ。怖くてたまらないのよ」

「怖いって、何がですか」

「何も彼も、この家の全部が――あなたはまだ何にも知らないけど、この家はそれは怖い家なのよ」

こう言った時、お末さんの瞳の中には、さっと烈しい恐怖の色が浮んだのである。

「お姉さまたちだって、あんな綺麗な顔をしていながら、心の中では何を考えているかわからない、いつどんなことをするかわからない、それは怖い人たちだわ。それから、あのじいやだって――ねえ春樹さん、お兄さまは家出なすったということになってるでしょう。でも、それは嘘なの。ほんとはね……」

「えっ？　伯父さまは家出したんじゃないんですって？　それじゃ、どうしたんです」

「しっ！」

お末さんはあわてて、その手で僕の口をふさいだ。

「そんな声をしちゃ駄目――どこで誰が聞き耳を立てているかわかりはしないんだから――ほんとはね、お兄さまはね――」

お末はふっと大きく眼をみはり、深く息を呑み込んだ。その様子には何か異常な事柄を口にする前の、心の震えるような緊張の気配が感じられ、僕も思わず体を固くして、今お末さんの口をもれるに違いない異常な事柄を待ち受けたのであったが、しかし、やがてお末さんは、弱々しく息を吐き出し、

「ああ、駄目……駄目……」

と絶望的に首を振ったのであった。

「やっぱり言えないわ。怖い――ねえ、春樹さん、お願いよ。ほんとにあたしをここから逃がして頂戴。――でないと、あたしはきっと殺される――だって、あたしは知ってるんですもの……」

「知ってるって、何を知ってるんです? 殺すって、一体誰が殺すんです? 怖いことと言うのは、どんなことなんです?」

僕は急き込んで、立て続けに問いかけたが、お末さんはいよいよ烈しい恐怖の色をその眼に浮べ、絶望的な様子で首を振るばかりで、遂にそれについて語ろうとはしなかった。

「いいえ、駄目、駄目……言えないわ。あなたも訊いては駄目――何も知らなければこそ、無事でいられるけれど、知ったら、あなただってどうなるかわかりはしないわ。あたしの言ったことはみんな忘れて――ね、そうして頂戴。あたしは何も言わなかったし、あなたは何も聞きはしなかったのよ。さあ、誓って頂戴。あたしが今言ったことは、この場きりで忘れてしまうと。生涯、決して、たとえ口が裂けても、口から出さないと――」

そう迫るお末さんの様子には、その細っそりとしたたおやかな体が、今にも火となって燃え上るのではないかと思われるような、何か異常な、ただならぬものが感じられ、十七歳の少年であった

僕はものも言い得ぬおとなしい美しい人、とばかり思っていたお末さんが初めて見せた、この異常な気魄に圧倒されて、遂にその言葉通りの誓いを立てさせられてしまったのである。

「ありがとう、それで安心したわ」

お末さんは異常な緊張の解けた体に、一時にがっくりとした疲労の色を見せながら、

「あたしもこの家を出たら、何も彼も忘れてしまうわ。すっかり別なあたしになって生きるつもりなの。体にも心にもしみついている鯉沼家の匂いはすっかり洗い流して――」

「じゃあ、お末さんは、やっぱり逃げるつもりなんですか」

「ええ、命がけででも――この決心は今初めてではないの。もうずっと前からなのよ。あの時からだわ」

終りの言葉を、口の中で呟くように言ったお末さんの瞳の中には、またしても、烈しい恐怖の色が現れたのであった。

「いつもいつも、そればかり考えていたものだから、うっかり様子に見せてしまったのか知ら？　どうもお姉さまたちに覚られてしまったらしいの。いつどこで何をしていても、どこかから、誰かがじっと見張ってるような気がしてならないのよ。あたしは今、この屋敷の門から外へ出ることも出来ないんだわ。出ると、きっと誰かがついて来るんですもの。二三度わざと試してみて、そうに違いないことがわかったから、もう外へも出ないの。――でも、逃げるのを諦めたのじゃないわ。諦めたように見せかけて油断させてるだけなの。ねえ、これでもなかなか狡いとこがあるでしょう？」

お末さんは初めて、にこりとした。次第に濃くなる闇の中に、白くほっかりと浮き上り、まだ涙の名残りが消えぬのでもあったろうか。黒々としたその瞳が、夜目にも鮮やかにきらめいたその顔は、この世ならず美しく見え、その美しさに、瞳のみならず、心までも奪われた僕は、わけはわからぬながら、この美しい人を、この鯉沼家の恐怖と桎梏から救い出すためには、どのような危険も

辞せぬ決心を固めたのである。ああ、十七歳の少年の心情の、何という哀しいばかりの可憐さ！

それにしても僕には、ただ一つ気懸りなことがあった。

たとえ邸うちでは、その姉たちから、どのように卑められた扱いを受けていようと、一歩屋敷の外へ出れば、お末さんはやはり、歴とした鯉沼家の娘で通る人なのだ。浮世の風も波も、何一つとして知ってはいないのだ。一体、お末さんは、荒い浮世の風や波を、このか弱い体で、どのようにして乗り切って生きて行くつもりであろうか——

このような気懸りを持つ僕の瞳には、十歳近くも年上なお末さんが、まるで自分よりもずっと小さな、ただ眼の前の呵責の手を逃れることばかりを一途に思いつめて、それよりももっと大きな呵責の中へ、考えなしに飛び込んで行く、痛々しい少女のように見えてならないのであった。

「ねえ、春樹さん、お願い——一生忘れないわ。どうぞ、あたしを助けて頂戴。それが出来るのは春樹さんばかりなのよ」

「わかりました。僕、何でもします。——でも、お末さん……お末さんはこの家を出てから、どうするつもりなんです？　他のことは何にも訊かないから、それだけ聞かせて下さい」

「訊いてどうするの？　春樹さんは」

「どうもしやしません。ただ、安心したいんです。——何だか心配でたまらないから——もし、どこへも行くところがなかったら——」

「ありがとう、春樹さんは、そんな心配までしてくれるの？」

いつか出初めた星の薄明りで、お末さんの瞳が濡れ濡れと光った。

「でもね、それは心配しなくてもいいの。当てはあるのよ——」

お末さんは、ふっと言葉を切って空を仰いだ。星の光りをまともに受けて、不思議な生《せい》ある生き物のように、きらきらときらめき動くその瞳の光りは、言おうか言うまいかと迷うその心の動きを、そのまま現しているように僕には思われたのだが、その瞳が一つ、ぱちり、と音を立てるほども強く瞬いたと思うと、それで決心が定まりでもしたように、お末さんは前よりも一層近か近かと顔を寄せて来た。

「いいわ。あなただから……あなたにだけ知らせるわ。でも、決して誰にも言わないと約束してくれるわね？　ね、きっと」

「ええ、決して」

「あのね、ほんとはね、あたしがここを逃げて行くのを、待っていてくれる人があるの。あたしはその人の所へ行くのよ」

「えっ？　誰です？　それは――」

「しっ！」

とお末さんはまたあわてて、白いその手を上げて僕の口をふさぐ身振りをし、

「またそんな声をして……駄目よ、どこで誰が聞き耳立てているかわかりはしないと言うのに――」

「だって、こんな広い庭だもの、少し位大きな声をしたって、家の中までは聞こえやしませんよ」

「いいえ、いいえ、家の中じゃないわ。どこかそこいらで……」

そう言いながら、森林のように深い周囲の木立ちを透して見たお末さんは、ふいに、何かの影でも認めたように、あ！　と口の中で声を呑み、

「また後で……もし誰かに、あたしとここで何を話していたのかと訊かれたら――そうね、お星さまの話をしていたのだ、とでも言って頂戴。あたしもそう言うから――ね、わかったわね？」

気忙しそうに、口早に囁いたお末さんは、そのまま、呆気にとられている僕をその場に残したまま、深い木立ちの中へ姿を消した。

ややあって気を取り直し、注意深く四辺を眺め渡して、木立ちの中を縫い、下をくぐりながら、足早に邸の方へ行くお末さんの白い姿の他には、生きて動く物の姿と言っては、何一つとして認め

ることが出来なかった時、僕は、その深い事情も理由も知る由もないながら、見えもせぬ物の影にまで怯えなければならぬほど、何かの恐怖に取り憑かれているお末さんをたとえようもなく哀れに思った。

ふいにお末さんを驚かせた不思議な物の影の正体を確かめることよりは、その時、僕の心は、やはりお末さんの口をもれた、もう一つの別な事柄にとらえられていたのである。

そうか、お末さんには、そのような人があったのか――しいんと心の沈むような思いでありながら何か知ら、胸の底から湧き上る悲壮な感激に、心が震え、われながら清いと感じる涙が浮ぶ――そのような切ない思いが僕をとらえて、暫しは僕をその場から動かさなかったのだ。

僕は星を仰いで涙ぐんだ。

僕はお末さんに、そして、逃げて行くお末さんを待つというその人に、幼ない嫉妬を感じて、お末さんの家出を助ける決心を捨ててしまったろうか――否、否、そうではなかった。

お末さんにそうした人のあることを知ったために、僕はいよいよその決心を固めたのである。お末さんのために、そして、お末さんが愛し、お末さんを愛しているに違いないその人のために、どのような危険を冒しても、たとえ、それが、命に及ぶほどの危険であっても、ためらわず、敢然とその中へ飛び込んで、お末さんをこの鯉沼家の恐怖と桎梏の中から救い出し、無事にその人の手に渡さなければならぬ――と。

嫉妬は確かに、微かには感じていたであろう。しかし、それがどのようなものであるかを、まだはっきりと知らぬ心は、それを意識する間もなくそれに打ち克ち、それ故になお、そうした自分の決心や行為に、われながら悲壮な美しさを感じる――このような心情の動きであったに違いないと、やや年長けて、人の世の愛憎の姿を、おぼろげながら理解し初めた頃、あの時の自分の心情の動きを、僕はこのように解釈したのだ。言わば、幼ない可憐な嫉妬の心が、僕の決心を固めさせた、とも言えるのである。

ああ、夢見勝ちな十七の少年の心情とは、叔母と知りながら、その美しさを恋い慕い、その人に想う人のあることを知れば、もし、これが恋情と言い得るならば、自分のその恋情の故に更に強く、その美しい人と、その人の想う人とのために尽くしたいとこい希う――しょせんはこのような、その時は燃えさかる炎とも感じながら、まことは夢のように淡々しい、言うならば、覚めながらの夢の姿に過ぎぬのだ。

第三章　お末さんの家出

「――もし、誰かに、何を話していたと訊かれたら、お星さまの話をしていたのだと言って……」と囁いたお末さんの言葉を、恐怖のあまりの思い過しと、僕は哀れに考えたのであったが、それが必らずしもそうでばかりはないらしいことを知ったのは、その夜、更けてから、この邸にいる間、いつも自分の部屋と定められている裏庭に面した涼しい部屋へ引き取った時であった。

僕はそこに思いがけず、ずっと前に自分の居間へ引き取って、寝に就いていたはずの綾女叔母が、自分の名にちなんだあやめの花を、紫地に白く抜き出した縮緬浴衣の寝巻姿のまま、青いスタンドをともした机に頬杖を突いて、本を読んでいる姿を見出したのである。

「どうしたんです？　綾叔母さま、今時分――」

「あたしの部屋より、この部屋の方が涼しそうだから、ちょっと涼ませてもらいに来たの。春樹さんは構わずにやすんでよ」

綾女叔母はさり気ないものの言いようであったが、しかし、僕はこの言葉には、何となく腑に落ちぬものを感じたのである。

いかにも、綾女叔母の言うように、僕の部屋は涼しい部屋には違いなかったが、しかし、綾女叔母の居間だとて、暑いというほどの部屋ではない。森林のような深い木立ちに囲まれた広い奥深いこの邸内では、日中でもしいんとした冷気が漂い、暑い部屋といったところで、他にくらべれば、その暑さは知れたものでしかないはずなのだ。

そしてまた、強いて、自分の部屋以外に涼しい部屋を求めたいとならば、わざわざ人の住む部屋に入り込まずとも、次第に人が減るにつれて空けたまま、ふだんは全く使わぬ部屋が幾つもあるではないか――

僕はこう思い、滅多に僕の部屋など覗いたこともない綾女叔母のこの態度に、早くも警戒する心が起きたのであったが、しかし、こうなれば、構わずにやすめ、と言われた言葉をどこまでも楯に取る覚悟を決めて、黙って寝巻に着替え、

「おやすみなさい」

と簡単に挨拶したまま、女中がととのえておいてくれた寝床の中へもぐり込んだ。暫くは、綾女叔母も黙って本を読んでいるらしい気配であったが、やがて、

「春樹さん、もう寝たの?」

黙って眠った振りをしようか――と、ふと考えた時、しかし、僕は、

「まだです。何ですか」

と答えてしまっていた。やはり、綾女叔母のこのような態度の原因を、知ってみたい思いは強くあったのである。

「あなた試験は大丈夫なの?」

「自信はあるつもりだけど、運もあると言うから、その時になってみなければわかりませんよ」

「勉強はしてるの?」

畳みかけてきた綾女叔母の調子には、この言葉にどう答えようと、次ぎ次ぎと言葉尻をとらえて畳みかけてきそうな気配が感じられたので、僕は、わざと投げやりに答え、逆にこちらから問いを

かけた。

「叔母さまの見る通りですよ。しかし、叔母さまは何故、急にそんなことを訊くんです？　僕の試験のことをそんなに心配していて下さるんですか」

「それは心配だわよ」

僕の気持ちを気取ったかして、ふふん、と嘲笑うような綾女叔母の調子であった。

「鯉沼家の身内の者が、高等学校の入学試験に落第した、なんていうようになっちゃ見っともないからね。だから一生懸命勉強して欲しいと思ってるのに、あなたは、受験準備だなんて言って、わざわざこんな山の中へこもりに来ながら、勉強はそっちのけで、お末なんかとばかり遊び廻っているんだもの」

「僕はお末さんと遊び廻ったことなんか一度もありませんよ。話だって滅多にしたことはない位ですよ」

「おや、そう、でも、今日だって、随分暗くなるまで、二人で庭の隅で、何かこそこそ話してたようじゃなかったの？」

ああ、そうか、やはりそのための、この深夜のわざわざの来訪であったのか——と、綾女叔母の不思議な態度の原因が、一度にはっきりと腑に落ちた僕は、却って気の軽くなる思いもした一方、恐怖のあまりの哀れな思い過しとばかり思っていたお末さんの言葉が、こうして当ったところを見れば、鯉沼家に対して抱くお末さんの恐怖は、卑められ虐げられた心が生む妄想とばかりは言い切れぬものがあるのかも知れぬ——と、ふと、容易ならぬ思いに打たれたのである。

しかし、それを、決して言わぬ、決して訊かぬ、忘れてしまう——とお末さんに約束した僕は、何とか叔母をうまくあしらって、その片影をでも覗くことは出来まいか——と、ふと浮んだこのような大人びた考えも、強いて胸の底へ押し込んでしまうほか仕方がなかったのであった。

「遊び廻ることと、話することとは違いますよ」

「だけど、あんな庭の隅で、こそこそするような話じゃ、どうせ普通の話じゃないわね」

「そうです。僕たちは普通の話なんかしていませんでした。僕たちは天上の話をしていたんです」

「天上の?」

綾女叔母は解せぬ顔をした。

「星の話ですよ。お末さんが星が好きだという癖に、星のことをちっとも知らないから、あれは何の星、あれは何の星、と、名前だの伝説だの、話して上げていたんです」

「星の話だって——ふん、優しそうなことを言うわね」

綾女叔母は嘲けるように言い、しかし、それ以上、追究する種は尽きたように口をつぐんだ。その叔母を今度は僕が逆襲したのだ。

「綾叔母さまは鯉沼家の娘でしょう?」

「それがどうしたのよ?」

と綾女叔母は怪訝な顔をした。

「別にどうもしませんけれどね、あまり鯉沼家の娘らしくないことをすると思うからですよ」

「あたしが一体どうしたと言うの?」

「覗き見だの、立ち聞きだの——そんなことは鯉沼家の礼儀の中にはないはずだと思うけれど……」

「あたしはそんなことしやしないわよ」

そう言いながらも、綾女叔母は明らかにうろたえた顔色であった。

「そうですか。それならいいけど、でも、お末さんと僕が話していた場所は、裏庭のずっと奥の方だから、家の中から見えるはずはないと思うんですがね」

「偶然通りかかっただけだわ」

言葉の具合いでは、たとえ叔母でも容赦はせぬ、と子供らしく意気込んでいた僕は、綾女叔母のこの言葉で、意気込んだ気をふっと抜かれ、思わず苦笑を浮かべたのである。

綾女叔母には、このようなところがあるのだ。勝気過ぎるほど勝気なところもあり、相当機敏に働く頭も持っていながら、どうかすると、どこかが軽く抜けているのではないかと思われるような、無邪気と言えば無邪気、呑気と言えばこれはまたあまりに呑気過ぎるところを、丸出しにして来ることがあるのだ。

お末さんに対する仕打ちなどでも、かなりに意地の悪いところが見えながら、それでいて、この叔母の仕打ちには、言葉も行為もその場きりの、根に残らぬ浅いところがあるようであった。

この時も、綾女叔母の出よう一つでは、どのような烈しい言い争いになったかも知れぬところを、突然、思わぬところで顔を出したこの呑気さのお蔭で、口喧嘩らしい形も成さぬうちに呆気ない終りを告げ、僕から何かの様子を探ろうとして、深夜わざわざ理由を構えて、僕の部屋まで出向きながら却って綾女叔母は、お末さんを怯えさせた物の影の正体を、はっきりと僕に知らせてくれた結果となったのである。

それにしても、やはり、そうまでしてお末さんの様子をうかがい、こうまでして様子を探りに来るその態度には、その呑気さに気を許して、迂闊に安堵ばかりもしていられぬものを感じるのであった。一刻も早く手筈を定め、一日も早くお末さんをこの邸から逃れさせなければならぬと思い、僕は転々としながら夜明けを待った。

翌朝、普通の家の茶の間のようにして使われている表書院へ行こうとして部屋を出た時、丁度、廊下で行き会ったお末さんに、

「夕べ、覗き見していたのは綾叔母さまです。綾叔母さまは様子を探りに僕の部屋へ来て、却って自分で白状してしまったんです。星の話をしていたんだと言って、煙に巻いてやりましたよ」

と囁くと、

「まあ、そうなの。やっぱりそうだったのね。あたしはどこにいても見張られているんだわ」

お末さんは僕を凝視めて、切なげに溜息をついたが、やがて、はっと気がついたように気忙しく辺りを見廻し、

「見つかるといけないわ。また後でね。——お姉さまたちに聞えるように、今晩またお星さまを見てお星さまの話をしましょうって誘って頂戴」

口早に囁くと、そのまま、傍目には、廊下の行きずりに、ただ朝の挨拶を交したばかりとも見えそうな、さり気ない様子を取りつくろい、優美な後姿を見せて去って行った。

その夕べ、僕は言われた通りにしてお末さんを庭へ誘い出し、お末さんから、前夜の話の続きを聴いた。

逃げて行くお末さんを待つ人は、その春、有名な鯉沼家の躑躅《つつじ》の山の美しさを写しに来た、若い画家であった。

春、五月ともなれば、咲き揃った躑躅の花々が、鯉沼家の山の、木の下、草の上を、鄙びた紅の色で埋めつくし、鮮やかな緑と紅とで織りなすその色の綾は、遠目にも、目くらむばかりの美しさで、この近郷一帯の、春爛漫のしるしであった。

聞き伝えたその山の美しさを、遠い都からわざわざ写しに来たその人は、画家とはいえ、まだ全く無名の人であったが、それが却って、お末さんに気易い気持ちを起させたのだ。

躑躅の山を描くために、わざわざ遠いこの里を訪れ、農家のひと間を借りて、ひと月ほども住んだその人は、その間に、鯉沼家の由緒ある歴史や、今どき珍らしい屋敷内の模様やなどを里の者から聴き及んだのであろう。鯉沼家の庭の様も写したいと望み、ぜひに、と希って来たのだと言う。

「加津緒お姉さまは、何だか怖いようなところもあるけれど、案外、あれで派手好きなところもある人でしょう。鯉沼家の山や庭が絵になって残るということが、きっとひどくお気に召したのね。喜んでその人をよんで、庭や邸の中をすっかり見せたの。その人は午前中は山を描きに行って、午後は庭を描きにここへ通って来たのよ。その間、お茶だのお菓子だのの、お接待をさせられたのが

あたしだったの」

こうして、お末さんはその人と知り合い、話し合うようになった。お末さんは、表面、静かに澄み切った水のような態度を持しながら、内には、燃えさかる火のような、烈しいものをひそめている人である。恐らくは、その人もそうした性格の持ち主であったに違いない。二人は、初めて会ったその日から、理解し合い愛し合ったのだ。

お末さんはその人に、自分の境遇を語り、この家を逃れたいと希っている心を明かした。その人は、お末さんに、そうすることをすすめ、逃れて来るお末さんを待つことを約した。お末さんも必らずその人の許へ行くことを誓った。それから三ケ月、お末さんは、その機会を待ちながら暮してきたのだ。

「その人から便りはあるんですか」

「いいえ、ないの。でも、それはそうする約束だからなのよ。もし、お姉さまたちに覚られでもしたら、あたしはそれこそ庭へも出られなくなってしまうわ。あたしの方からは出してもいいんだけど、郵便局は隣り村まで行かなければないでしょう。自分で行くことは出来ないし、安心して頼めるような人は一人もいないし……」

「僕が出して上げますよ」

「ありがとう。それも頼みたかったのよ。それからね――」

とお末さんは、ひそひそ声を更にひそめた。こうして僕たちは、その夜のうちに手筈を決めた。

扱いはどうあろうとも、やはり、鯉沼家の娘に違いないお末さんは、鯉沼家にいればこそ、何不自由のない暮らしであったが、それだけに現金というものは、自分では一銭も持ったことがないのだ。家を出るとなれば、差しあたりその旅費にも困るお末さんのために、僕は快く金策を引き受けた。

それからまた、日が暮れれば、鯉沼家の表門も裏門も、鯉沼家でたった一人の男手である弥平じいやの手によって、きっちりと閉ざされ、塀の廻りに掘りめぐらした深い堀にかけられた小橋は引き上げられてしまい、その後は、屋根を葺き、定紋を打った白壁の塀に囲まれたこの屋敷は、猫の仔一匹這い出る隙もなくなってしまうのだ。女の手にはとうてい負えぬ固い重い閂を引き抜いて、潜門《くぐり》を開け小橋を下ろす役も僕が引き受けた。すべての手筈が決まってから、

「お末さん、家へ便りをくれる時でも、僕のことは決して書かないで下さい」

こう言う僕の言葉を、お末さんはどう取ったのであろうか。

「ええ、あなたの迷惑になるようなことは決してしないわ」

と上の空のように答えたばかりであった。

翌日、お末さんが前夜のうちにまとめておいたわずかばかりの手廻りの品を、自分の荷物のような顔で持ち出した僕は、それを駅へあずけてから、その若い画家に、お末さんが行くという電報を打った。それから家へ寄って、辞書を買うと偽って、母から金を引き出したのだ。

こうして、その日の真夜中頃、邸うちが寝鎮まってから、お末さんは、殆んど体一つで鯉沼家を逃れ出たのである。お末さんが自分で開けて出たと見せかけるために、僕はわざと潜門の閂をかけず堀の小橋も下ろしたままにしておいた。

十年前のことである。

第四章　鯉沼家の姉妹

十年の間に、お末さんからは、たった二度便りがあっただけである。一度は僕の母に宛てて——一度は鯉沼家の姉たちに宛てて——

どちらも同じような文句で、自分は愛する人の許で暮らしたいために鯉沼家を捨てた。このよう

な勝手な行動を取った自分は、最早、鯉沼家の娘を名乗る資格はないと諦めている。死んだものと思って忘れてくれるように――という意味の手紙であった。一緒になったその人の名も、住所さえも書いてなかった。

母に宛てた手紙の終りには、ただひと言、「春樹さんによろしく」と書き添えてあるだけであったが、僕はその短かい文字を凝視めて、その中からお末さんの心を探ろうと焦せったものである。鯉沼家の伯母たちの憤怒はすさまじく、お末さんを、義理知らず、恩知らず、と罵しり、草の根を分けても探し出さずにはおかぬという意気込みであったが、遂に、僕は一度も疑われずに過ぎたのだ。

十年の年月は伯母たちの憤怒を鎮め、淡々しい夢のような思い出を残しただけで、僕の傷心を痕もなく癒やした。このままで過ぎれば、やがて、いつかは、この淡々しい少年の日の感傷の思い出も、すっかり消え去ってしまうのではないかと思うほど、僕は今、あの画家の所も、その名さえも綺麗に忘れ果てて思い出せぬのだ。

ところが、突然、思いもかけぬ出来事が起り、僕の心は否応なしに、忘れかけた思い出の中へ引き戻された。

つい昨日のことである。一通の封書を持った母が、物想わしげな顔色で、僕の部屋へ入って来た。

「今、鯉沼から、リツがこんなものを持って来たんだけれどねえ」

「鯉沼から?」

と僕は驚いて問い返した。或る事情から、鯉沼家と僕の家とは、この五年間、全く交渉が絶えていたはずであったから――

「一体、何と言ってきたんです?」

「まあ、読んで御覧」

開いて見ると、巻紙に毛筆でさらさらと書き流した、加津緒伯母の男のような達筆で、まず、久しく無沙汰をした詫びを言い、明後日は父（僕の祖父）の命日に当るゆえ、久し振りで法事めいたことを行い、それを機会に、鯉沼家の者が全部顔を揃えて、長年の確執を水に流したい、幸い、ひと月ほど前からお末も帰って来ていることであれば、久し振りで、いろいろと思い出話も弾むことであろうと思う、ぜひ、一家揃って顔を見せてもらいたい、出来れば、数日間、滞在のつもりで――このようなことが書いてある。

お末さん――あのお末さんが帰っている――

「あたし、もう一生、死んでもこの家へは帰らないわ。もう会う時はないと思うけれど、でも、あなたのことは忘れないわ――」

こう囁いて闇の中へ消えてから十年間、居所も知らせず、どこでどうしているか風の便りさえもなかったお末さんが――死んでも帰らぬと誓った家へ帰るまでには、よほどの事情があったものに違いない。珍らしいと思うより先に、僕はまず、それを考えて胸を突かれた。

「お末さんが帰っているんですって？」

「それなのよ。わたしはどうも気になってね。ああして出て行った鯉沼へ帰るなんて、何だか只事でない気がするのよ。よっぽど不仕合せな目にでも遭ったのか――リツの話だと、子供を一人連れて来たと言うんだけれどね、七つになる男の子で、それが神々しい気がするほど、綺麗な可愛らしい子だと言うの。名前は蝶一郎とか言っていた――」

「蝶一郎？　可愛い名ですね。それで、その蝶一郎のお父さんはどうしたんでしょう？」

「死に別れたと言うだけで、精しいことは何も言わないらしいけれど、何だか、お末もひどく変ってしまったらしい様子だわ」

「それはそうでしょうね。とにかく、あれから十年過ぎたんだから――過ぎてしまえば、十年位は何でもないように思うけれど、十年の間にはどんなことだって起りますよ。――ところで、お母さまはどうします？　行ってみますか？　お父さまは無論、鯉沼なんて御免だと仰言るでしょうが

——」

「実はわたしも御免蒙りたいのだけれど——」

と母は苦っぽく笑った。

「この手紙にはこんな風に書いてあるけれど、ほんとは、みんながどんな気持ちなのか、それもわかりはしないしね。会えばまたいろいろと、気まずいことも出来そうな気がするし、今更、仲直りの真似事をしてみても初まらないという気がするのよ——」

「それもそうですね。しかし、口実にしろ何にしろ、こうしてお祖父さまの法事を表に言い立ててあれば、まるきり顔を出さないというわけにも行かないでしょう。じゃあ、今度は、お父さまとお母さまの代理という格で、僕が一人で行くことにしましょうか」

「ああ、どうぞ、そうしておくれ」

母は、ほっとしたように言い、初めて笑顔を見せながら、

「とにかく、あなたは、鯉沼の血をひく者なんだから……」

僕は苦笑して母と顔を見合せ、次のように言い返した。

「そして、お母さまはもう、鯉沼家の者じゃないんだから……」

母がこう言い、僕がこう言ったには、深いわけがあったのである。

鯉沼家は、母の生家には違いなかったが、しかし、母にとっては、決して、親しい家でも懐かしい家でもなかったのだ。

十九歳でこの家へ嫁ぐ時、母は、家出したあのお末さんと同じく、殆んど命を賭けるほどの決心を必要としたのである。その理由はと言えば、僕の父の生れたこの家の家格が、鯉沼家とはつり合わぬという、ただそれだけのことで——

その頃、すでに亡くなっていた祖母に代り、主婦格として、鯉沼家の中の万事を取りしきっていた加津緒伯母の如きは、先祖の位牌を祀った仏間へ母を呼びつけ、どうでもあの家へ嫁きたいか、

と母の決心を確め、母がその決心を翻さぬと見るや、お前のような汚らわしい女は、最早、鯉沼家の娘ではない、しかし、最後を潔くすれば、鯉沼家の娘としての名だけは残しておいてやってもよい、お前がもし、恥を知る鯉沼家の娘でありたいと望むならば、これで潔く自決しろ——と、祖母からゆずられた緋総の懐剣の鞘を払い、氷のようなその切先を、母の胸許に突きつけたと言う。母はその加津緒伯母の手にしがみつき、

「堪忍して下さい。殺さないで下さい。あたしは、お姉さまのように偉い女じゃありませんから、鯉沼家の娘でなくてもいいのです。あの家へ行けば、もう決して、二度とここへは帰りませんから——」

必死と叫びながら、遂に気を失なってしまったという。母が、あたしはお姉さまのように偉い女じゃありませんから——と言ったのは、その一年ほど前に、婚約中の約婚者に死なれた加津緒伯母は、死んだその人に操を立てるために、生涯、清らかな独り身で通す誓いを立て、どのような縁談にも全く耳をかさず、すでにその頃から、それらしく身についた生活をしていたからであった。

「あの時、もし、丁度、廊下を通りかかったお兄さまが、吃驚して飛び込んでいらっしゃらなかったら、あたしはほんとに殺されていたかも知れなかったと思うの。——あたしが、それでも、どうにか無事にこの家へ来ることが出来たのは、お兄さまのお蔭なのよ。お兄さまだけはよく庇って下さったわ。でもね、その代りに、あたしは、まるで裸同様の有様でお嫁に来たの。あれが鯉沼家の娘の嫁入りかと、みんなが吃驚した位に——自分では、そんなことは、別に辛いとも何とも思わなかったけれど、でも、そんな扱いを我慢しなければならないのが、何だか、お父さまにお気の毒で、申し訳がないような気がしてね——それだけが辛かったわ」

僕が、やや長じて、母の生家でありながら、全く往き来をせぬ鯉沼家と自分の家との関係に不審を抱き初めた頃、母は辛そうな顔色で語ってくれた。全く、人の噂で聞いても、鯉沼家の娘の嫁入りとして、普通ならば、人の目をそばだたせるはずの母の婚礼は、このような淋しいものであった

らしい。

　しかし、これだけならば二十数年にもわたる長い確執とはならず、いつかは解けたものであったに違いないのだが、妹に当る澤野叔母と綾女叔母が、そろそろと婚期を過ぎ初め、やがて、二人が、姉である加津緒伯母に義理を立てて、自分たちもこの姉に見習い、生涯を清らかな独り身で送るという意志を、はっきりと表明し初めた頃から、母は、嫁いでからでさえ、家名の汚れ、不心得者、と罵られ続けていた上に、更に加えて、義理知らず、とまで罵られなければならなくなったのだ。

　妹は、姉を差し置いて身を固めるものではない、そのような逆しま事は、名もない卑しい家ならば知らぬこと、鯉沼家ともあろう家では、絶対に許されることではない、それを破るなどということは少しでも、名を知り、恥を知り、義理を知る者には、決して出来ることではない――というのが、二人の叔母の言い分であった。

　言い換えれば、自分たちは、名を知り、恥を知り、義理を知っている者であるが、姉を差し置いてひとり勝手に身を固めてしまったお前は、名も知らねば、恥も知らず、義理も知らぬ女である――と母は、真向から妹たちのこうした非難を浴びせかけられたわけなのだ。これでは母ならずとも、ひねくれよう、と僕も思う。

「名だの恥だの義理だのと、むずかしいことばかり言うが、なあに、要するに、家格が低いとか、家柄がつり合わぬ、とかで選り好みしているうちに婚期は過ぎてしまうし、こうむずかしくては、と、傍の者が敬遠して手を引いてしまった、というだけのことさ」

　と父は笑い、

「ほんとにあんな勝手な人たちはありませんよ。自分たちこそ、好き勝手なことをしていながら、何でもわたしのせいにしてしまうんですからね。今までは、それでもまだどこかに、やっぱり姉妹なのだという気持ちがあって、あの人たちのことが気懸りだったけれど、もうあんな人たちはどうなったって知りやしない――」

おとなしい母も、珍らしく腹を立てた口調で言い、それきり、ふッつりと、鯉沼家の姉妹たちのことは、自分からは決して口に出さなくなってしまったのだということだ。

しかし、そのような状態でありながら、それでいて、鯉沼家と僕の家との関係は、全く絶えてしまったわけではなかった。一筋の糸をもって繋がれていた。その糸が僕であった。

第五章　鯉沼家の世継

僕が、鯉沼家とこの家とを繋ぐ、一筋の糸となるきっかけを造ったのは伯父であったと言う。その時の様子を、母の言葉で言ってみるとすれば、

「お姉さまから、死ね、と懐剣を突きつけられたことがどうしても忘れられなくて、わたしは、幾ら生家でもあんな怖い家へは二度と帰りたくはないと思っていたから、どんなことがあっても行きはしなかったし、向うもあの通りだから一度も来はしなかったし——でもね、お兄さまだけは、この辺へ用でいらした時やなんか、ちょいちょい寄って、様子を訊ねたりして下さったの。あなたが生れた頃に一番よくいらしたわ。鯉沼では、もう長い間、赤ん坊を見ることなんかなかったものだから、珍らしくてたまらないような御様子でね、赤ん坊っていいものだなあ……と仰言って、いつまでもじっと見惚れていらっしゃるのよ。そうして、二ケ月ほど過ぎた頃だったか知ら？　わざわざ女中を連れていらして、みんなに見せてやりたいから、ちょっとの間だけ借してくれと仰言るのよ。女中を連れていらしたのは、御自分では抱きつけないものだから、途中で、落っことしでもしては大変だというわけで、あなたを抱かせるためにわざわざ連れていらしたの。わたしは、あの人たちが、あなたをどんな目で見るかと思うと、何だか心配でいやだったけれど、自分がついてるから大丈夫だ、決してやたらなことはさせはしないと、お兄さまがあんまり仰言るから、とうとう

負けてお貸ししたの。それが始まりだったのよ――」

こうして、これが或いは、両家の間の確執を解こうとする伯父の遠い慮りであったかも知れぬ、とも思うのだが、この世の光りにようよう眼をみひらいたばかりの僕が、大切な荷物のように女中に抱かれ、伯父に附き添われて、鯉沼家へ最初の訪れをしたのである。やがて、両家を繋ぐ一筋の糸となるべく――

その結果は以外にも、母の杞憂は、単なる杞憂で終ったのであった。

父のことを、鯉沼家の娘を望むとは、身のほど知らずの成り上り者だと言い、母のことを、家名を汚した不心得者、義理知らず、と呼ぶ伯母たちが、それほど憎み嫌う父と母との子である僕を、宝玉のようにいとおしみ、殆んど奪い合いの様で愛撫したのだ。

しかし、それでいで伯母たちは、それほど僕を愛しながら、やはり、その僕の父と母とを憎み嫌う心を決して捨てようとはしなかったのだ。こうしたところが、鯉沼家の鯉沼家たるゆえんであろうと、長じて、鯉沼家と我が家との経緯を知ってからは、苦笑を浮べた僕であったが、やや物心ついたばかりの年頃には、この伯母たちの奇妙な愛情の表現に、僕はしばしば戸迷いした。

伯母たちは、僕を前に置きながら、身のほど知らずの成り上り者、と父を罵り、家名を汚した不心得者、義理知らず、と母を譏り、そのような者たちの子供に生れた僕が可哀想だと涙を流し、お前の母のような不心得者は、この鯉沼家の者ではない、しかし、お前は、この鯉沼家の血筋をひく者ゆえ、あの不束な母に代って、私たちがお前の行く末を見守ってやる、それ故、心丈夫でいるように――と、涙を流さぬばかりに言い、応えように迷うばかりの愛情を、まことに雨とばかりに降りそそぐのだ。

母を、あのような不心得者は鯉沼家の者ではない、とはっきりと言い、その母の子である僕を、お前は鯉沼家の者である――とはっきりと言う、この言葉を、伯母たちは、何の矛盾も感じぬ様子で口にするのであった。

歩いてたった一里の道を百里よりも遠くして、父も母も鯉沼家を訪れず、伯母たちも、母の嫁いだこの家を、訪れようとは決してせず、両家を繋ぐただ一筋の糸である僕を通して、互いの様子を僅かに知り合う――このような奇妙な状態が五年前まで続いていた。母の言葉によれば、

「初めはいやでもあったし、変な気もしたけれど、だんだん慣れて平気になったの。家と家との間がどうあろうと、そんなことは子供のあなたの知ったことではないのだし、それに、何と言ったって、やっぱりあなたは、鯉沼家の身内の者に違いはないんだから――あなたが何日つづけて向うに泊っていようと、もう平気で、何とも思いはしないし、何にも考えもしないのよ。自分のことでは、あの人たちを信用することは決して出来ないけれど、あなたのことでは、あの人たちを絶対に信用出来る、といったような、何だかそんな気持でね――」

まことに、このような有様であったのである。

それがふッつりと絶えてしまったのは、五年前、僕が二十二歳の時に、鯉沼家から、僕を、鯉沼家を継ぐ跡目たる養子に――と望んで来た時からである。

「どうだい？　やろうじゃないか。家にはまだ二人も男の子がいるんだから、一人位やってもいいだろう。落ちぶれたとは言うものの、それは昔のことから言うことで、今だって、普通の標準から見れば、鯉沼家の財産は莫大なものだよ。あの屋敷一つだって大したものだし、骨董品だけでも一財産はある。婚期を過ぎた独身の女ばかり三人揃って、一体、この跡目はどうなるのだろうというのが、鯉沼家を知る者たちの頭痛の種なんだが――子供を一人位、ああいう家の跡継ぎにしてみるのも面白いじゃないか」

父はこのような冗談を言い、母をからかったが、母はそれに調子を合わせるさえいまいましげに首を振った。

「冗談じゃありません。春樹は家の大事な総領息子ですよ」

「総領だの次男だの三男だのと、そうやかましいことは言わなくてもいいだろう。そういうこと

をあまりやかましく言うと、あんたも鯉沼式になるよ。跡継ぎは要するに跡継ぎで、跡を継ぎさえすればいいものじゃないか」

父はいよいよ面白そうに母をからかい続けたが、母は何か知ら、癇さえ立てた顔色で、

「いいえ、あなたが何と仰言ってもこの話は駄目。春樹を鯉沼へやることはなりません。春樹はわたしの子なんですから、わたしが好きなようにします。あの人たちもあんまり勝手が過ぎますよ。わたしを鯉沼家の者じゃないとか何とか、さんざん言っておきながら、今になって、春樹を欲しいなんて――わたしはそうまで踏みつけにされたくはないんです。これは真面目な話なんですから、あなたもそう茶化さないで下さい」

母は、滅多にない厳しい顔色と言葉つきで、父の冗談口をぴったりと封じてしまった。

「それにね、わたし、何だか気になることがあるんです」

「気になることって、鯉沼の家のことでかい？」

「ええ……」

と答えたまま、母は暫く俯向いて、それは確かに鯉沼家のものである切長な眼をゆっくりと瞬かせ何かをしきりに思い悩むらしい姿であったが、やがて顔を上げた時、その瞳には、微かな恐怖の色が現れていたように思われたのである。

「お兄さまのことなんですが――お兄さまはほんとに家出なすったんでしょうか」

「だって、そうなんだろう？」

と父は不思議そうな顔をした。

「あれ以来、五年間、どこへも姿を見せないんだから――まさか隠れんぼの真似ごとをしているわけでもあるまいよ。幾ら広い屋敷だって、とても五年間も隠れおおせるものじゃないだろう」

「ええ、わたしが気になるのはそれなんですの」

「兄さんが屋敷の中のどこかに隠れているとでも言うのかい？」

「いいえ、そうじゃなくて、その、五年間、どこへも姿を見せないと言うこと——鯉沼家と言えば、これで世間には随分通った名なんですし、お兄さまも、邸ではあまりお客様をなさらなかったけれど外では、大学時代から、相当派手な交際もなさって、いろいろなお友達も多かったはずなんです。もしお兄さまがほんとに家出なさったのだとすれば、どこかで、一人や二人はお兄さまを見かけた人があって、五年の間には、一度や二度は、何とか消息が伝わったはずだと思うんですけれど——それに、お兄さまが、もしどこかで達者で生きていらっしゃるのなら、鯉沼の方へはどうでも、わたしには、一度や二度は、きっとお便りを下さったに違いないと思うんです。下さるはずだと思うんですの——」

「ふうむ、すると、何だな、あんたは、兄さんはもう、死んでしまっているんじゃないかと言うんだな?」

「そうなんですの」

母はじっとみはった瞳を凝らしながら、父の言葉に、というよりも、自分自身の思いにうなずくようにうなずいた。

「それから、わたしは、もう随分と長い間、鯉沼家の者じゃないと言われ続けてきたけれど、でも、あの家で生れて、この家へ来るまで二十年近くもあの家で暮らしたんですから、やっぱり鯉沼の家のことは、誰よりもよく知ってるつもりですわ。——あの人たちは、こうとはっきりと決まっていること……それとも、自然が定めた順序……何か知らそういったようなものは、それがはっきりと駄目と、形に現れて来るまでは、決して動かそうとしない人たちなんですわ——」

「と言うのは、どういうことかね?」

父は、母の言葉を呑み込み兼ねたらしく、眼を瞬きながら問い返した。浮かんで来る頭の中の想いをゆっくりと追いつめて行くように、ひと言ひと言ゆっくりと、そして、だんだんと静かな熱を増して行く母の話し振りに、僕も次第に惹き込まれていった。

「たとえば、姉と妹……そういうこと――妹は姉より先に、姉を差し置いて結婚するものではない、とわたしが今だに非難され続けている……それなのですわ。姉はどこまでも姉、妹はどこまでも妹――姉を差し置いて、と言うのは、その姉が生きているからなんです。姉が死んでしまって、その順序を守ろうにも守れなくなるまでは、永久に、姉は姉、妹は妹、で絶対に動かない、動かすことが出来ないものなんです。――だから、あの人たちの考え、というより、そういう掟から言えば、お兄さまは、あの人たちが誇る、鯉沼家の正当の世継ぎなんですから、お兄さまが生きていらっしゃる間は――」

「しかし、家出して、五年も行方が知れないとなれば……」

さしはさもうとした父の言葉を、

「いいえ、待って下さい」

と母は静かに押えた。

「家出したことは、死んだことにはなりませんわ。どこかで生きている。それとも、生きているかも知れない、と言うことなんです。あの人たちの掟から言えば、死んでしまって、はっきりともうこの世にはいないことと、どこかで生きているかも知れない、と言うこととは、世間の人たちが考えているよりも、もっとずっと大きな違いなんですわ。これもやっぱり、あの人たちの掟から言えば、のことですけれど、正当な世継ぎであって、一度はあの家を確かに継いで、今、現に戸籍上では戸主になっていらっしゃるお兄さまが、どこかで生きていらっしゃるかも知れないと思えば、養子なんてことは夢にも考えずに、何年でも何十年でも、お兄さまのお帰りになるのを待つに違いないんです。五年や十年の月日なんか、問題ではないはずだと思うんですけれど――」

「ふうむ、すると、あんたは、兄さんはもう死んでこの世にいないということを、鯉沼の姉妹たちは知っている――と言うんだね」

「ええ、今、春樹を養子にして跡目に立てるとすれば、廃嫡するとか何とかして、戸籍上、戸主の地位にあるお兄さまの名を除かなければならないでしょう？——何故そうまでして、他から養子を迎えなければならないんでしょうか？　何故こう急に、跡目を急ぎ出したんでしょうか？　お兄さまがほんとに家出なすったもので、どこかで生きていらっしゃるかも知れないとすれば、今までせっかく、五年も待ったものを、何故もっと待ってみようとしないんでしょうか？」

「ふうむ！」

と父は腕を組み、考え深げな眼差で、やや蒼白んだ母の顔を暫く凝視めていたが、やがて、その腕をほどきながら、

「しかし、何だなあ……」

と言い初めた。

「そこまで考えるのは、あんたの思い過しというものじゃないかな。なるほど、聴いてみれば、あんたの言葉はただの当て推量ではない。一理どころか、二理も三理もあるようだし、鯉沼の姉妹たちがいろいろな意味で、なかなか只者ではない、相当な者であることは、わたしもよく知ってはいるつもりだけれど、しかし、まさかどうもそこまではね——それに、別に、あんたの言葉に、反対のための反対を言い立てるつもりではないけれど、こういう考え方もあるわけだよ。——五年間、どこにも姿を見せないのが不思議だ、一度も便りもないし、消息を聞かないのも怪しい、とあんたは言うけれど、家出する位なら、便りもしたくない、知った人の前には姿を見せたくない、というのが、まあ普通の気持ちだろうと思う。知った者たちの前から、完全に姿を消すということは、考えようによっては、なかなかむずかしいことでもあるけれど、しかし、そのつもりでやれば、五年どころか、十年でも二十年でも、案外、簡単に出来ることだろうと思うよ。——それから、鯉沼の姉妹たちの態度も、こういう風に考えられる。あの人たちは、家出した兄さんの帰るのを、とにかく五年間待った。それでも帰らないので、とうとう、痺れを切らして腹を立ててしまったのさ。鯉沼家の主たる地位にありながら、その鯉沼家を捨てるような者は、たとえ兄であろうと、もう兄と

も思わぬ、鯉沼家の者ではない、そちらがそちらで勝手なことをするなら、こちらもこちらで、勝手に別な跡目を立ててしまう——というわけでね。いかにもあんたの言うように、あの人たちには、自然の決めた順序は決して崩さぬ、というようなところが確かにある。あるが、また一方、自分の都合次第では、どう考えても崩してはならぬものまで崩してしまって、自分から物の順序なり運命なりを、狂わせてしまう……そういうところも、多分にあると思うのだがね、そうではないだろうか？」

母は眼を伏せて、じっと父の言葉を聴いていたが、納得し受け入れた様子には見えなかった。僕はと言えば——そうだ、僕は、と言えば——僕は、母の言葉を聴き、父の言葉を聴きながら、あの時のお末さんの言葉を思い出していたのだ。

「——この家は怖い家よ——あの人たちは、あんな綺麗な顔をしていながら、心の中では何を考えているかわからない、何をするかわからない怖い人たちなのよ——あたしは見張られている——殺されるかも知れない——だって、あたしは知ってるんですもの——いいえ、いいえ、やっぱり言えない——怖いわ——怖くてたまらないの——」

恐怖を瞳に浮べ、声を震わせて、物の影にも怯えながら囁いたお末さんのあの言葉を——

「わたしの思い過しなら、それに越したことはないんですけれど……」

とやがて、母はまた話し初めた。

「それでも、わたしは、やっぱりいやです。義理だの何だのと、いろいろやかましい理由をつけてるけど、あの人たちの独身の覚悟なんて、どうせいい加減なものに決まっているんですから——それに普通から言えば年を取り過ぎたとは言うものの、みんなまだあんなに綺麗で、お姉さまはともかくとして、澤野や綾女はまだ年取ったと言うほどの年ではないのですし、いつどこからどんな話があってどう気が変るかわかったものではないんですもの。あの人たちに子供でも生まれれば、春樹は邪魔者になるんですわ」

「そうなったら返して寄越すだろうさ。もう要らなくなったから返します、と言ってね」

父は笑いながら、また冗談にしてしまおうとしたが、母は厳しいほどの眼差で父を眺めて、

「いいえ」

と静かに首を振った。

「あの人たちは、一度貰った養子を返すなんて、そんな見っともないことは決してしませんわ。もっと綺麗に片を附けます」

そう言いながら、母は微かに身震いをしたようであった。

鯉沼家に対して、このような疑問と恐怖を持ち初めた母であったから、一時に迸り出た長い間の屈辱の怨みも混り、僕の養子の話を断る時には、何の翳もぼかしもかぶせぬ言葉できっぱりと断り、伯父の家出についての疑問も、暗にほのめかしたらしいのだ。

いやに鄭重な、それでいて、皮肉と嫌味をたっぷりと含めた言葉で、鯉沼家から義絶を申し入れて来たのは、それから間もなくであった。

「これですっかり縁が切れてしまった。さばさばするわ」

母は、加津緒伯母の達筆になるその絶縁状を、僕にも見せながら苦笑した。

しかし、伯父の家出についての母の疑いは、父の言った通りに、母の思い過しであったことが、それから一ケ月の後に明らかになった。事情あって所も知らせられぬが、しかし、自分は達者でいる。いつかは帰るかも知れぬが、今のところは、鯉沼家へ帰る気持ちは全くない――という意味の、家出してから五年振りの伯父の便りが、ふらりと、気まぐれな風のように舞い込んで来たのであったから――

「これは確かに兄さんの筆跡《て》だろう？」

と言う父に、母は黙ってうなずき、じっとその便りを凝視めていたが、やがて、

「でもね……」

と言いかけ、父が、え？　と問い返す顔をした時には、微かに首を振って口を噤んでしまったのである。

第六章　予言

綺麗に切れたはずの縁が、また思いがけぬことで繋り初め、二度と再び潜ることはあるまいと考えていた鯉沼家の門を潜るために、やはり懐かしい一里のこの道を辿りながら、いつか回想に耽りかけていた僕は、知らぬ間に、早くも、鯉沼家の、屋根を葺き、勢いよく跳ねる鯉の定紋を打った白壁の塀の外に掘りめぐした堀の小橋の傍まで来ていた。

僕は立ちどまり、さすがに感慨深く、周囲の風物に眼をとめた。この堀も、この塀も、塀の中に覗く森林のように深い木立ちも、木立ちの向うに聳えているがっしりとした甍《いらか》の厳めしい邸の屋根も、五年前と少しも変らぬ。恐らくはこの中に住む人たちも、五年前と少しも変らぬそれぞれの姿態と心と生活とを保ち続けて住んでいるのであろうと思われる。

堀にかけた小橋を渡り、祖父の死後、一度も開かれたことがないという大門の傍の潜門を入り、大門から、邸の正面大玄関へ続く、白い砂利を敷きつめ、両側に灌木を植え込んだ広い長い道を歩いて大玄関の前へ来た時、これもやはり、祖父の死後、一度も開かれたことがないという大玄関の大戸の傍の潜り戸の中から、からからと軽い下駄の音をさせて、女中のリツが小走りに出て来た。

「おいで遊ばしませ」

丁寧に腰を屈めてから、懐かしそうに僕の顔を仰いで、

「ほんとによくまあ……皆さま、それはそれはお待ち兼ねでいらっしゃいます。さ、どうぞ――」

招じ入れるように再び腰を屈めて、掌《て》を開きながら、ふと気がついた風に、

「お暑い中を大変でございましたでしょう」

と、ふところから、きっちりと真四角に畳んだ真白な手拭いを取り出し、白っぽく砂埃の浮いた僕の裾を払ってくれるのだ。この女の、このような律気な様子も、五年前と少しも変ってはいなかった。

このリツの鄭重な物腰に導かれて、五年振りの潜り戸を入り、小さな家ならば、二つ三つは建ちそうな広い土間を通り抜ける時、ふと仰いだ土間の高い天井に、曾祖父の代まで用いていたという金具のきらめく駕籠の吊るしてあるのも、五年前、いや、十年前――いや、もっと昔の僕の子供の頃と少しも変ってはいないのだ。

鯉沼家の人たちは、数十年を数刻の如く暮し、数刻を数十年の如く暮らす、不思議な人たちである――ふと浮んだ、われながら解せぬこのような思いにとらえられながら、滑るほど磨き抜かれた式台を上ろうとした時、まるで待ち構えてでもいたように、跳ね上る鯉と、跳ねる水の飛沫を描いた大衝立の向うから、加津緒伯母の、すらりと長身な姿が現れた。

「来たね?」

最早、五十の坂に手が届きながら、顔にも姿にも、そのような年齢の衰えの色の少しも見えぬ加津緒伯母は、厳しいほど端正なその顔を微笑ませ、男のような闊達な言葉つきで、

「お父さんやお母さんはどうかと思ったが、お前はきっと来てくれるだろうと思ってたよ」

「父は忙しいし、母は少し具合いが悪くて、せっかくのお招きに残念ですが、くれぐれもよろしく申して居りました」

少し改まった挨拶をしかけると、加津緒伯母は、ははは、と男のような闊達な笑い声を立てながら

「多分そうだろうと思ったよ。しかし、もう、お父さんも忙しくないし、お母さんの具合いの悪いのも治ってる頃に違いないね」

五年間の経緯から、やはり初めは、多少は気づまりな対面になるであろうと思い決めていた僕は、加津緒伯母のこの闊《ひろ》やかな態度で、ほっと救われた思いがし、胸がのびのびとひろごって来て、軽い言葉もつとめず自然に口を出た。

「わざわざ伯母さまのお出迎えとは恐れ入りますね」

加津緒伯母はまた、ははは、と笑って、

「他に人がいないからさ。ま、お上り」

やがて、僕は、長押に掛かった槍や薙刀も昔のままの、表書院の間で加津緒伯母と向い合った。

「澤野や綾女も、もうじきに帰って来るよ。子供を連れて河原へ遊びに行ったのでね」

「子供ってお末さんの子供ですか」

加津緒伯母はうなずき、ふと、悪戯らしい微笑で僕の顔を眺めた。

「お末と言えば、そのお末のことで、今日はみんなで、少しお前を取っちめてやろうと言ってるんだがね」

「それは一体何のことですか。取っちめられるような覚えは何にもないつもりですが——」

「確かにそうかえ?」

と念を押されると、僕は、まさか、とは思いながらも、思い当ることと言えばたった一つしかない、そのたった一つのことに思い当って、自然に顔が赤らんで来たのである。

「それそれ、覚えは確かにあります、とちゃんと顔に書いてある——」

加津緒伯母は、この邸うちの部屋々々のどこへ行く時でも、必らず持ち歩く、華奢な提げ柄のついた朱塗りの煙草盆を引き寄せ、それと対の、朱塗りの羅宇に金の吸口と火皿のついた、やはり華奢な凝った煙管に煙草を詰めながら、次第に赤らんで来る僕の顔から、わざと意地悪く瞳を放さず、

「お末をこの家から逃がしてやったのは、お前だったそうじゃないか」

ずばりと言い切って、ははは、と笑った。

やはりそうか、と僕は思い、最早、誤魔化しも利かず、かと言って、うまい言葉も早速には出ず、やり切れぬ思いで、ただ眼ばかり瞬く馬鹿げた顔の向け場に困り、結局は、加津緒伯母の笑い声に、声を合わせて笑うより他は仕方がなかったのであるが、しかし、そうして笑った瞬間に、不思議なことには、僅かばかり残っていたお末さんに対する或る感慨が、さっと吹き過ぎる風ほどの他愛なさで、この心から、痕も残さず、綺麗に吹き消えてしまったのだ。

そうか！　お末さんはそれほど変ったのか！　ひどく変った様子だとリツが言っていた、と母が言った。僕はそれを、境遇と姿の変化とばかり考えて、それ故にこそ、消えかけた思い出を再び心に呼び返し、そうしたお末さんに対して、僅かばかりでも、或る感慨を抱いたのだが、リツの言葉は、お末さんの心と人となりとの、それほどひどい変り方を指していたのであったのか――

十年振りでこの鯉沼家へ帰って来たお末さんが、伯母たちから責められ、家出当時の出来事を、細かに問い訊されたに違いないことは、それは明らかに想像出来る事柄である。しかし、お末さんに言う気がなければ、僕の名は表に出さずとも済むはずなのだ。

昔、僕が、少年の濁りない心と、曇らぬ瞳で見たお末さんは、言わぬ、と誓えば、どのような事柄でも、たとえば、漏らして構わぬ事柄でも、決して漏らさぬ人であった――と僕は信ずる。

そのお末さんが、今は、強いて守ろうとつとめずとも、守れば守り得られるはずの誓いさえ、容易にわれから破る人となり果てたのか――さようなお末さんに対しては、最早、何の感慨も情緒も残るわけもなく、また、残す気づかいもなかったのだ。長い間の澱みを捨てて汲み換えた水に似て、僕は心がさらりと冷たく澄むのを覚えた。

「お末さんは、あの時のことを、どんな風に言っていましたか」

笑いながら訊ねる僕の心には、最早、ふとしてとらえた話題を口にする以外の、何の他意とてなかったのである。

「お末の言うことを聴いてると、お前の方が唆かして、逃がしたように聞えるのだけれどね、しかし、それは誰も信用しはしないさ。あれを唆かして逃がしてみたところで、まだ子供のお前が何の得も行くはずはなし……」

加津緒伯母も、大して気にとめもせぬ言葉つきで、

「何だか知ら、あれもひどく変ったようでね。まるきり別の女になったようでね。一体どういう暮らしをしていたものやら――妙な予言なんぞするようになってねえ」

「何ですって？　予言？――予言と言うと、あの……」

「ああ、お前はいつ死ぬとか生きるとか気味の悪いことを言って、ちゃんと言い当てるあの予言さ。もっともお末のは、当るかどうか、まだ今のところわからないのだけれどね」

「へえ、それじゃ、もう何か予言をしたんですか」

「ああ、しましたよ。大したのを――帰って来た翌日に早々にね――」

その凝った煙管を持つにふさわしい華奢な手つきで、ぱん、ぱん……と灰を落しながら、加津緒伯母は面白そうに笑った。

「お末が言うにはね、真黒い魔の鳥の翼のような死の影が、この鯉沼家の屋根の上一面におおいかぶさっているのだそうだ――わたしたちのような、自分の眼先のことさえわからない明き盲目には見えないけれど、時々、神様を心の中に見るお末には、はっきりと見えるのだそうだよ。だから、近いうちに、きっと何か怖しいことが起る、きっと誰か死ぬ、とお末は言うのさ。馬鹿々々しいお話じゃないか」

「へえ……」

と僕はただ呆れて、加津緒伯母の顔を凝視めた。

昔、何のためかわからぬが、この鯉沼家に対して、お末さんは烈しい恐怖の念を抱いていた。その恐怖が凝り固まって、遂にその心を狂わせ果てたのでもあろうか――しかし、そう考えても、最早、何の感慨も湧き出ず、哀れと思う心も格別に起らず、僕はただ、そうしたお末さんを見、そう

した言葉をその口から聴いてみたい、と思う強い好奇の心を押え切れなくなったばかりである。或いは、これは、少年の日の純情を裏切られた憤りが、やはり、心のどこかにひそみ、それが僕に故意にこうした非情の心を装わせたのでもあったのであろうか——

第七章　弥平じいや

間もなく、河原から帰って来た澤野叔母と綾女叔母が、華やかな笑い声を立てながら、まるで十六七の少女のような態度で、表書院の間へ駈け込んで来た。

「まあ、ほんとに来たのね。春樹さん」

綾女叔母は僕の傍へぺたりと座って、しげしげと僕の顔を眺めながら、

「少し肥ったようだことね」

「まるで、ほんとに来たのも悪いし、肥ったのも悪いような言い方ですね」

よく口喧嘩をしたこの綾女叔母に対する親しさには、何か知ら一風変った感じのものがあり、互いに隙をうかがい合い、言葉尻をとらえ合い、そうしては口喧嘩をし、腹を立てて、そしてまた親しみを増して行く——そのような昔の習癖が、顔を合わせた瞬間に、早くも戻って来そうであった。

「悪いこともないけれど、でも、あなたは、先みたいに少し痩せてた方が綺麗だわ——ねえ」

と綾女叔母は、同意を求めるように、澤野叔母をかえり見た。

「そうねえ」

と澤野叔母は微笑みながら、吟味するようにゆっくりと僕を眺めて、

「でも、これ位は肥っていた方が可愛いような感じよ」

とまるで僕を、四つか五つの子供とでも心得ている風に言う。気まずさを覚悟していた久方振り

の会見が、このような、思わぬ気易さで過ぎてしまって、五年の隔りなどは、消そうと意識してつとめもせずに、誰の心からも痕もなく消えていた。

叔母たちが僕を仔細に吟味するにまかせ、僕もまた、加津緒伯母、澤野叔母、綾女叔母——と、三人の伯母たちの顔や姿に、五年の年月の積み重ねだけ、昔よりは成長した心と瞳を向けて見た。まず、加津緒伯母について見るならば、伯父の家出の後は、女ながらも家長格として、落魄したとは言え、まだ大家らしい風格の多分に残るこの鯉沼家を、その華奢な双肩にがっしりと支えて立つこの人の面影には、昔から自然に身についていた威厳と重味がいよいよ増し、それが今では、底深く根を張った、性格的なものとまでなっているような感じである。

そしてまた、この人には、かりそめにも仮借せぬ厳しさと同時に、女には珍らしい洒脱な風格が具わるようだ。僕はこの人を見る度に、御殿の長廊下に裲襠《うちかけ》の裾をひく気高い上﨟の姿と、さらさらとさばけた態度で男たちを使いこなす、大きな町家の明るくくだけたおかみさんとの姿を、何の矛盾も感ぜずに、同時に思い浮べることが出来るのである。

厳しいほど端正な面差をし、男のような闊達な物の言いようをするこの人の姿には、独り身のまま老いて来た女の、くすんだ侘びの翳などは微塵もない。却って、そうした暮らしに磨き抜かれて、落莫の塵などはしみつくことも出来ぬほどの清らかさを増し、水のように澄み透った感じなのだ。

昔、母がこの人から、死ね、と懐剣を突きつけられたことも、母がこの人に持つ怖れと怨みも知りながら、それでいて、三人の伯母たちの中では、やはり、この人に一番僕は惹かれるのである。

この加津緒伯母にくらべれば、澤野叔母と綾女叔母は、澤野叔母は四十を越え、綾女叔母も四十に近い、さような年齢でありながら、あまりの若々しさと美しさの故か、行い澄ました独り身の暮らしが、まだ身につかず、何か痛々しい感じである。

冷やかに落ちつき払った澤野叔母は、その冷やかさと落ちつきとで、浮世の塵など払い退けると見えながら、ふとした時には、却ってその冷やかさと落ちつきの故に、浮世の塵がつきそうに見え、綾女叔母は綾女叔母で、明るくおおらかな気質から、浮世の塵などは露知らぬように見えながら、ふとすれば、却って、そうした気質の故に、塵の汚れを知り抜きそうに思われるのだ。

「あっ、そうだわ」

とふいに上げた綾女叔母の声で、僕は思いを破られた。

「春樹さん、あなたは案外な猫っ被りね」

「ほんとに、見かけによらない大胆なことをするわ。まるで冒険小説みたいじゃないの?」

澤野叔母は冷やかすように言う。やはりあのことなのだ。

「そのことなら、もう伯母さまから取っちめられてしまいましたよ」

と僕は苦笑した。

「それよりも僕はお末さんに会ってみたいんですがね。随分変ったらしいから――今日はいないんですか」

「いるでしょう。どこかその辺に――」

澤野叔母は素気なく言い、

「あたし、あの人を見ると、何だかぞっとするわ。何だってあんな気味の悪いことばかり言うんでしょう?」

と綾女叔母は眉をひそめた。浮世の塵も埃も綺麗に振り捨てた加津緒伯母とは違って、まだ多分に浮世の匂いを身につけているこの二人は、お末さんの不気味な予言を、やはり、幾らかは気にしているらしい。

こうして暫く伯母たちと話した僕は、久し振りに、この広い庭を歩いてみようと考え、伯母たちに断って庭へ出た。

重なり合った木々の葉が厚く陽光《ひ》を遮り、この真夏の真昼でさえ、しっとりとした土の冷気の感じられる木立ちの下をそぞろ歩きながら、表庭から中庭を抜け、裏庭へ出た時、僕はそこで、何か放心の態《てい》に佇んでいる弥平じいやの姿を見出した。がっしりとした巌のような後姿でありながら、肩を落したその姿は、何か知ら疲れた淋しさを見せていた。

「じいや！」

と呼びかけると、じいやはゆっくりと振り返り、ふと、人の心を竦ませるほど、異様に輝く強い眼差で僕を凝視め、その眼差の中に、動くともなく微かに動く小波の、細かい光りのきらめきのような色を浮べた。じいやの笑うところは見たことがない――と、伯母達でさえ言うじいやの、これが親しみと懐かしさとを現わす微笑なのだ。

「久し振りだったね。じいやは相変らず達者かい？」

と訊くと、ゆっくりとうなずいて、またその瞳に、ちらちらときらめき動いてすぐに消える色を浮べる。物を言わぬじいやの瞳は、刻々にうつり変る感情の動きをそのまま色に見せ、異様に強く輝くその眼差には、不思議に人の心を打つものがあった。

この弥平じいやを見る度に、最早、数十年も物を言わずに過すその心の中には、一体、何がひそむのであろうか――と、僕はそれを知りたい強い好奇の心を押え兼ねてくるのだ。

祖父の代から仕え、今は、女の身にこの鯉沼家を支えて立つ加津緒伯母の輔佐役として、押しも押されもせぬ貫禄を見せているこの弥平じいやは、鯉沼家の名物として知られている。鯉沼家を知る者で、弥平じいやを知らぬ者はない。それでいて、この弥平じいやの生れを知る者は一人もないのだ。

行き暮れていた乞食の子供であったとも言い、病気で山に置き去りにされた山窩の子供であったとも言い――確かなことは伯母たちでさえ知らぬのだが、とにかく、数十年の昔に、祖父がどこからかふらりと連れて来て、そのまま邸に置いたのだと言う――この弥平じいやの心は、救われた祖父に対する恩義の故にであるのであろう。鯉沼家を思う忠義の心で凝り固まり、それが異常に強く烈しい一つの信仰とまでなっているようにさえ思われる。

物を言わぬ弥平じいやは、しかし、決して生れながら唖ではないのだ。祖父が死ぬまでは、弥平じいやも普通に物を言う人であった。唖ならば、時には声も出すであろう。弥平じいやがその唖よりももっと物を言わぬ人となったのは、祖父の死のその時からである。

自殺したと言われている祖父の死は、まことは、自殺か他殺かはっきりとわからぬ謎のような死であったと言う。

数十年昔の或る朝、祖父はその居間の中で、血に塗れた死体となって発見された。死体の傍らには鯉沼家の家宝とされ、常時、祖父の居間の床の間の、刀掛けに掛けてあった備前兼光の銘刀が、血に塗れて投げ出されてあった。祖父は床の間の前に俯伏せに倒れ、右手を前へ伸ばして死んでいた。

刀は、伸ばした祖父の右手の、指の届く辺りに転がっていた。その様子は、同時に、全く別々な二つの情景を語るように思われたのである。

その一つは、倒れた祖父は、その刀を摑もうとして手を伸ばし、そのまま息が絶えてしまった――そのような情景に当てはまり、またその一つは、刀を握ったまま祖父は倒れ、倒れた拍子に、刀は力のゆるんだ祖父の手を放れて転がった――このような情景に当てはまるように思われたのだ。そして、この二つの情景は、祖父の最後に、同時に、全く別々な二つの解釈がつくことを思わせた。その一つは他殺であり、その一つは自殺である。しかし、また、仔細に見る時、この二つの解釈には、二つとも、充分に人を納得させるだけの確実性が欠けていると思われたのだ。

祖父は寝巻のまま死んでいた。

十二畳の居間の真中に伸べられた寝床の様子をまず見てみれば、枕にくぼみがつき、掛蒲団は抜け出した体の丸味を形に残して、胸の辺りまで搔い退けられているその様子は、一度、祖父が確かに、その中に横わったに違いないことを示している。

自殺とすれば、一度、寝床の中に横わった祖父は、真夜中頃かいつ頃か、急に蒲団を搔い退けて跳ね起き、床の間の前へ飛んで行って、刀掛けの刀を摑み、立ったまま胸を突いてばったりと前へ倒れ、そのまま息が絶えたということになる。

これでも、一応、解釈はついたことになる。が、しかし、この解釈には不審な点が幾つもあった。第一、寝巻のままの姿であったことは、祖父には死ぬ気は少しもなかった証拠と言えよう。これが自殺とすれば、物に憑かれた者か、突然乱心した者の最後であって、断じて、鯉沼家の主《あるじ》ともあろう者の最後ではない。鯉沼家には鯉沼家の作法があり、鯉沼家の主が自決するならば、もっと潔い様を見せるはずなのだ。胸を突いた傷にも不審があった。鯉沼家の主が、家宝の刀をもって自決するとならば、その方法はただ一つ、潔い割腹があるばかりのはずである。

現に、この祖父の父に当る人は、それが、どのような事柄であったかは知る由もないが、或る時、領主を諫めて、領主と争い、その責めをとるために、清らかな白装束で潔い割腹を遂げ、その居間は冒すべからざる神聖な場所として、固く釘づけされたまま一度も開かれず、底深いこの邸の中に、一層、底深い空気を漂わせているではないか――

では、他殺とすれば――やはり、これにも、不審な点が幾つかあった。一度、確かに寝たに違いないことを思わせる寝床の他には、居間の中には、乱れた様子はどこにもなかった。

他殺とすれば、祖父は、真夜中かいつ頃か、何かの物の気配を感じて跳ね起き、床の間へ駈け寄って刀を摑もうとした――が、それより早くその刀を摑んだ相手のために深く胸を刺され、そのまま倒れて息が絶えた――ということになる。

これも、一応、それで解釈はつきながら、しかし、人をうなずかせなかった――と言うのは、祖父は刀を愛しただけに、幾らか武芸の心得もあり、よほどの油断がなければ、なまなかな相手の刃に刺されるような人ではなかったのだ。祖父に愛されていたじいやが、よく祖父の剣道の稽古の相手をして、腕は殆んど互角であったという。

結局、祖父の死は謎であり、今にいたるも、深い謎のままに残るそれは、鯉沼家の運命に突然襲いかかった暗い翳を思わせるものなのだが、しかし、当時、自殺として表向きの解決はつけられた。鯉沼家の主ともあろう者が、どこの何者とも知れぬ者に、深夜、寝所を襲われて殺された見苦しさよりはふとした乱心の果ての自殺の方が、まだしも鯉沼家らしい、とでも言うのであろうか——深い事情は僕も知らぬのだ。

祖父の死が発見された時、弥平じいやはその亡骸《なきがら》に取りすがって、声を限りに慟哭し、殆んど狂わぬばかりの有様であったが、やがて、ぴたり、とその泣き声を納めた時、最早、二度と再び、物を言わず、声さえも出そうとはせぬ、不思議な人となっていたのである。

一体、何が弥平じいやの声を奪い、その口を、唖よりも固く閉ざさせたのであろうか！　祖父の死と同じく、これもまた、解くすべのない、深い深い謎であった。

それは、われとわが心に誓った決して破れぬ固い誓いであるとも見え、また、われとわれに厳しく科した絶対冒せぬ掟とも見え、そしてまた時には、二度と浮ぶすべのない深い悲嘆の底に沈んだ心がこうした変った人を造ったかとも思われたのだ。

鯉沼家の名物と言われ、加津緒伯母を補けて、鯉沼家を支えて立つその力には、加津緒伯母よりも強いもののあることを感じさせながら、それでいて、その巌のようにがっしりと逞しい身辺に、絶えず神秘と孤独の翳をひいている弥平じいやの人柄も、こうした事情を知ればうなずかれるのだ。

物言わぬ弥平じいやと対して、思わずも、このような思いに耽りかけていた僕は、ふと、じいやの顔と瞳に浮んだ或る表情に気がつき、遠くを凝視めて動かぬその眼差を辿ってみた。そして、僕は、ひらり、と白い胡蝶のように軽く身をひるがえしながら、木立ちの蔭に消えた小さな姿を認めたのである。

あれがお末さんの子——蝶一郎と言うその子供であろうか——ひらり、と軽げにひるがえる姿を、ちらと見たばかりではあるが、そのかろやかさには、ふっと浮んで胸を温める綺麗な夢の匂いがあるようであった。

それにしても、がっしりとした巌のような体つきながら、やはり、最早、六十を過ぎたその年齢は争われず、孤独と労苦に老い枯れかけた面影を額の深い皺の中に現わしたこのじいやが、若々しい血の色を頰にのぼせ、夢見る眼差を遠く放って、その白い小さい姿を凝視める、その姿こそは不思議であった。

第八章　水の魅力

その日の夕べ、邸中の者がひと間に集まった時に、僕は初めてお末さんに会い、その変った様子に驚かされた。

変ったと聞き、変ったであろう姿も想像が出来、どのような変り方にも心を動かされることはないつもりであったが、それでいて、お末さんを見た時、やはり僕は烈しく打たれるものを感じたのだ。

お末さんは美しかった。しかし、その美しさは、昔のあの静かなたおやかな美しさではない。今のお末さんの美しさは、荒んだ歪んだ美しさである。濁った暗い影が、体ばかりか心にもしみついて、最早、どう清めようもないというような、絶望的な自棄なものを現している。これがあの昔の、どのような僅かな汚れも固く拒んで受けつけなかった、あの清らかさに満ちたお末さんであろうか

──

「暫くね、春樹さん、あの節はどうもお世話になりました」

僕を見てそう言い、くなり、と体をくねらせて、ほほ、と笑うその顔には、少年の純情と信を裏切った罪の深さがどれほどのものであるかを、考える色も知る色も、微塵も浮んではいないのだ。

「無駄なことをしましたよ」

と僕も今は、何の気づかいもなく言い返した。

「今になって帰って来るなら、何故あの時わざわざあんなことをして、人を騒がせたんですか？　こんなことだとわかっていたら、僕だって、あんなはらはらする思いはしませんでしたよ」

伯母たちは、僕とお末さんの様子を面白そうに眺めている。お末さんはまた、くなり、と体をくねらせて、ほほ、と笑いながら、

「そんなに言うもんじゃないわ。だって、あの時は仕方がなかったのよ。そう言うけど、春樹さんだって、あの時は一生懸命だったじゃないの？　あたし、あなたが泣いたことを覚えていてよ」

そう言う様子には、無恥な媚びがあるばかりなのだ。何がお末さんを、このように変えてしまったのか――一体、この十年間のお末さんの生活とは、どのようなものであったのであろうか――お末さんが、十年の間、どこでどのようにして過したか――これも一つの謎であり、鯉沼家の数ある謎は、また新らしく数を加えた。

僕は、ふと、昔、伯母たちが、お末さんが賤しい女の腹に生れたことを根にして、卑しみ蔑んでいたことを思い出し、そのような賤しい血は、どのような高貴な血に混えても色を変えず、いつかは表に出るものであろうか――今のお末さんのこの賤しさは、しょせんは、賤しい血ゆえの姿であろうか――とこのような考えにとらわれた。

恥よりも怒りよりも、情なさに顔を赤らめた僕を見て、加津緒伯母は、ははは、と笑い、

「もうおやめ。知らない者が聴いたら、痴話喧嘩だと思うよ」

実はもっと続けさせたいようなからかい顔で言い、朱塗りの煙管を、ぱん、と叩きながら、また、はははと笑う。澤野叔母は権高な美しい顔に嘲けるような笑みを浮べて、お末さんを凝視め、綾女叔母は、悪戯な少女のような様子で、そっと僕に眼配せし、白い指で額の辺りに渦を描いて見せる。

気違いだから相手にするな――と言うつもりであろうが、しかし、僕は納まらぬ気持ちであった。

いかにも、昔のお末さんを考えて今のお末さんを見れば、狂っているとでもする他には、考えよう

がないようでもある。が、しかし、昔のことを明らかに記憶しているその様子には、狂っているとばかりは言えぬものがあるのだ。そのどちらであるかを、僕は試してみたい気持ちになった。

「お末さんは予言をするんだそうじゃありませんか。大したものですね。どこでそんな術を習ったんです?」

「習ったんじゃないの。自然に会得したのよ」

お末さんは誇しげな様子で言い切り、それから、きっと僕を凝視めて、

「これは術ではありません。神の啓示です。あたしは心の中に神を見て、その声を聴き、その啓示に従うだけです」

こう言った時、昔はあれほど清らかに澄み透っていたその瞳が、一瞬、狂おしく光ったようであったが、しかし、賤しくだらけていたその体が、急に引き緊まり、どこかに威厳めいた色の具わってきたのが不思議であった。

「へえ、神様がね——その神様はどんな姿をしてるんですか」

「神様には姿などありません」

「だって、物を言うんでしょう? そして、お末さんはそれを聴くんでしょう? 今、お末さんは、神を見るんだと言ったじゃありませんか。ないものをどうして見ることが出来るんです? 何にもないものがものを言うんですか?」

僕は、自分でも不思議な気がしたほど、むきな気持ちになって畳みかけてみたが、お末さんは何の動じた風もなく、

「姿も声も、あたしはただ、心に感じるだけなんです」

静かに落ちつき払って答えたものである。これが狂った人の言葉であろうか——この勝負は、どうもお前の負けだよ——とでも言いたそうな、加津緒伯母のにやにや笑いに急き立てられるようで、僕はもっと試したくなった。

「わかるようでもあるけれど、どうもはっきりしませんね。どんなものか、一つ実際に見せてくれませんか。たとえば――そう、この澤叔母さま……澤叔母さまの運命を予言して見せて下さい」

僕が澤野叔母を指したのには、澤野叔母が僕の一番近くに座っていた――という、ただ、それだけのこと以外には、全く何の他意もなかったのである。

「うむ、それは面白いね。ぜひ聴かせてもらいたいものだね」

加津緒伯母、ぱん、と煙管をはたいて煙草をつめかえ、ふう……とゆるやかに煙りを吐きながら澤野叔母の方へ顎をしゃくった。

「よくお聴きよ、澤さん、お末の心の中の神さまは、案外さばけた神さまで、お前は心掛けがいいから、三国一の花婿を授けてやる――なんて言うかも知れないよ」

「いやなこと……」

澤野叔母は、ふふと笑い、このような悪戯気を起した僕をとがめるように軽く睨む真似をしたが、しかし、自分でも興味を持って、お末さんの言葉を待ち受ける風であった。

お末さんは、思いを凝らすように暫く眼を閉じ、その眼を開くと、異様に瞬かぬ眼差で、やや暫し澤野叔母の美しい顔を凝視めていたが、やがて、ふっとその眼を瞬き、長い息を吐いた時、その瞳の中には、また、一瞬、物狂おしげな光りが走ったように思われたのである。

「澤姉さま、あなたは死にますよ」

加津緒伯母は、えっ？　とおどけた風に眉を上げて眼をみはり、すぐに、

「うむ、これはなかなか面白い――」

とにやにや笑い出した。綾女叔母は、噴き出しそうなのを、一生懸命にこらえているらしい顔つきである。僕は――そうだ、僕は、不思議に、伯母たちのように、笑う気にはなれなかった。馬鹿々々しいと思う一方、静かでいながら、どこかに狂おしい響きの感じられるお末さんの言葉が、ふと、ぞっと心にしむようで、お末さんは、自分が狂うばかりではなく、人の心をも狂わせる、こ

れはまことに危険な狂人である――とこのような気がしてならなかったのである。

「水に気をおつけなさい――」

静かな中に、狂おしげな響きをひそめて、お末さんの不思議な予言の言葉は続く――

「水があなたを惹きます。あなたは知らずに水に惹かれている――水の魅力が、しっかりとあなたの心を摑んで放さない――あなたはだんだんとそれに惹かれて行く――ああ、あぶない……水の傍へ近寄ってはいけません。近寄ると、もう離れることが出来なくなるから――ああ、あたしには見える！　あなたが、蒼ざめた顔をして、じっと水の中に沈んでいるのが――水の魅力が、とうとう、あなたを俘虜《とりこ》にしてしまった――もう駄目！　ああ、もう逃れようがない！」

ふつりと断ち切るように言葉を切った後には、静かな狂おしい余韻だけが陰々と震えるような尾をひいて残った。お末さんは、自分がたった今、何を言ったかも心得ぬような、けろりとした顔色で、わざと二の腕までも露わに見せる手つきで、髪の形などを直している。

言葉の間は、だんだんと狂おしい光りを増して行くようであったその瞳も、一瞬の間に掻き消すようにその光りを消して、残るものは、ただ、あの恥を知らぬ賤しい媚びの色だけである。この人は、やはり、狂っているのであろうか――僕は何とも解き難い謎に面した思いで、形だけは昔のままに美しいその顔を凝視めた。

「これはどうも困ったことになったじゃないか」

加津緒伯母が面白そうに言う。

「水に気をおつけ、澤さん。水があなたを惹くそうだよ」

「馬鹿々々しい、あたしは水なんか嫌いだから、惹かれるわけなんかありませんよ」

「そう言ったって、水の方があなたを魅込んでるんだから仕方がないよ。とうとうあなたを俘虜にしてしまったそうじゃないか。ああ、もう逃れようがない、と言うんだから、水というものは、よっぽど強い力でも持ってるものらしいね」

「水に気をつけろ、水の傍へ近寄るな、というのは、簡単なことのようだけれど、でも、考えると、これでなかなかむずかしいことだわ」

綾女叔母も面白そうに口を入れた。

「この屋敷の中にだって、池が幾つあるか知ら？　表庭に一つ、中庭に二つ、裏庭に一つ……四つもあるわ。それから、お父さまが生きていらした頃、山からわざわざ引かせたあの川もあるし——こうなると、お父さまは、澤姉さまを、水の魅力の俘虜にするために、わざわざ遠い慮りをなすったみたいね。それから、一歩屋敷の外へ出れば、どこもかしこも水だらけだし——何しろ、ここは水の里なんですもの」

馬鹿々々し過ぎて、笑うことも怒ることも出来ぬといった顔色でいた澤野叔母は、興に乗ってからかい過ぎる加津緒伯母と綾女叔母の言葉に、ふと、いら立って疳を立てでもしたように、描いたような形のよいその眉を、ぴりり、と動かした。

「お姉さまも綾さんも、まるで、お末の予言が当って、あたしがほんとに死ねばいいとでも思ってるみたいね」

からかいの言葉に対する応酬としては、そのような翳もぼかしもなさ過ぎる。あまりにもいら立った心を露き出しにした声音であった。

「とんでもない、どうぞ間違いのないようにと思って、一生懸命に心配してるんじゃないか。そう神経を立てるのは、もうあなたが水のことを気にし始めてる証拠だよ」

「あたしだって、澤姉さまの身に間違いでもあったら大変だと思って、それでいろいろ考えてるんじゃありませんか。そんなに僻まれては困るわ」

「僻みもするわ。それが、いろいろとあたしの身を心配して考えてくれる人の言葉とは、どうしても思えないんですものね。それに、お姉さまはとにかく、綾さんには、あたしがほんとに死ねばいいと思うわけがあるはずだから——」

「まあ……」

綾女叔母は、暫くは物も言い得ぬ様子で、唇を震わせながら、澤野叔母の顔を睨み据えていたが、やがて、やや蒼白んで見えていたその頬に、かっと血の色をのぼせると、

「だから、澤姉さまは僻みが強いと言うのよ。自分がそう思ってるものだから、人までそうだと思ってるんだから――澤姉さまこそ、あたしを早く死ねばいいと思ってるんでしょう？ そんなこと位わかってるんだから――」

「何ですって？」

「ええ、ちゃんとわかっててよ。あなたが、あたしに毒位は盛り兼ねない人だってことが――あんな子供に人の悪口を言ったりするんだから――そうよ、はっきり言います。あたし、澤姉さまなんか死ねばいいと思ってるわ――」

呆気にとられている僕の眼の前で、毒々しい言葉を投げ合った澤野叔母と綾女叔母は、つい先刻までのあの親しさなどは、最早、微塵も影を残さぬ、真剣な憎悪の瞳を見合ったのである。加津緒伯母は、困ったことだ、と言いたげに軽く舌打ちして眉をひそめ、ぱん、と灰を落した煙管を膝の前へ投げ出した。

「何だねえ、見っともない。二人ともこの頃少しどうかしてるよ。自分でわからないかえ？ 少し気をおつけ。その様子はまるで犬と猫のいがみ合いじゃないか――」

伝法な言葉つきが、この人の人柄にはまるでそぐわぬようでいて、奇妙にぴたりと当てはまって聴こえるのが不思議のようであった。

「綾女も少し言葉に気をおつけ。やたらなことを言うと、まさかの時には、お前さんのせいにされるよ。いい年をして、ほんとに呆れ返った人たちだ。たかが子供のこと位で――」

子供？ 子供とは？――僕はふと加津緒伯母の顔を見た。

子供とは、お末さんの子供、あの蝶一郎という子供のことであろうか。そうと思われる。鯉沼家

には、他に子供はいないはずである。その子供の何が原因で、血を分け合った姉妹二人が、こうも真剣な憎悪の瞳を見合わねばならぬのか――

僕は、木立ちの間に軽やかにひるがえった白い小さな姿を思い出し、そしてまた、それを凝視める弥平じいやの、老いの情熱とも言うべき恍惚たる夢の眼差を思い出して、加津緒伯母に訊ねてみたいと思ったが、しかし、今、二人の叔母たちの前では、それを言い出してはならぬと感じさせる空気があった。

第九章　蝶一郎

「伯母さま、さっき、たかが子供のこと位で、と仰言いましたね？　子供というのは、お末さんの子供のことですか」

やがて、お末さんが去り、二人の叔母たちが去ってから、僕は加津緒伯母に訊ねてみた。

「その子供のことで、叔母さまたちはどうしてあんなに喧嘩なんかするんです？」

「ヒステリーさ、あれは」

その厳しいほど端正な面に、うっすらとした笑いを浮べて、加津緒伯母はこともなげに言って退けた。

「二人とも可愛がるものが欲しいのだよ。そういう年になったのさ。犬でも猫でも鳥でも、可愛がるものでさえあれば何でもいいのだし、犬や猫の方が、うるさくなくてよかったんだがね。そこへ、お末が、あの子を連れて、ふらりと帰って来たものだから、それからは子供を中に挟んで、あの通り、まるで犬と猫の有様なのさ。お末もどうも、人騒がせばかりやる女だよ」

「一体どんな子供なんですか？　その蝶一郎という子は――叔母さまたちが、姉妹同志であんなに睨み合うところを見ると、何だか普通ではない感じですね」

「どんな子供と言って……そうだねえ、まあ、お末には出来過ぎた子だよ。あの人たちがああ睨み合うのは、何も子供のせいばかりではなくて、二人が少うしお馬鹿さん過ぎるからなんだがね。

——どんな子供、こんな子供、と言っても、そうはっきり言えるものでもなし、聴いたってまた、はっきりわかるものでもないだろう。まあ、自分の眼で見てごらん」

加津緒伯母は煙管をおいて、ぱん、ぱん、と手を拍ち鳴らした。決して力を入れず、軽く、それでいてよく通るその響きが消えないうちに、リツの姿がするすると畳廊下を滑るように現れて、敷居際に指をつかえた。

「お呼びでございますか」

「蝶一郎はどこにいるえ?」

「お庭の方にいらっしゃいましたようでございますが……」

「ちょっと呼んでおくれ」

「かしこまりました」

リツの姿が、また畳廊下を滑るように消えてから間もなく、軽い小さい足音が聞こえて、

「伯母さま……」

りん……と涼やかな響きが空気の中に残るような、涼しい透った声で呼びかけながら、開け放した障子の蔭から、小さな姿が、ちら、と覗いたと思うと、僕の姿を見たと見えて、またすぐに障子の蔭に隠れてしまった。

「隠れなくてもいいよ。お入り。これが春樹叔父さまじゃないか。さあ、出ておいで」

加津緒伯母が笑いながら言うと、障子の蔭からそっと覗いた小さな顔が、にこり、とはにかんだ笑みを浮べ、さも思い決したとでも言うように、ぱたぱたと軽い足音を立てながら駈け込んで来た——と思うと、僕の前に手を突いて、畳にひれ伏すようなお辞儀をし、その体を軽くそらしてひる

がえるように、加津緒伯母の袖の蔭に隠れてしまった。一瞬の間の出来事である。

葉蔭から、ひらり、と飛び立った白い胡蝶が、あ！　とその姿を見定めようとする間もなく、またしても、ひらりと葉蔭に隠れたような――まことにそのような姿であった。あどけない礼に礼を返すことも忘れ、僕は、ただ茫然としてその姿を凝視めたのだ。

蝶一郎！　ああ、これが蝶一郎！

「隠れなくてもいいよ。春樹叔父さまはお前を見たいのだとさ。さ、よく顔を見せてお上げ」

加津緒伯母は蝶一郎を前へ押し出し、笑いながら僕の顔を見た。その顔は、どうだえ？　驚いたかえ？――と言っている。驚いたと言うべきか、打たれたと言うべきか――僕は言葉を知らなかった。蒼むまでに澄み透った瞳で僕を凝視めている蝶一郎の顔を凝視めて、僕は、弥平じいやの恍惚たる夢の眼差を理解し、二人の叔母たちの、真剣な憎悪の姿を理解した。

二十畳の広い座敷も、この子を迎えて、ほのぼのとした夢幻の色が漂い満ちてきたではないか

――


神々しいほど綺麗な子だ、とリツが言っていた――と母が言った。リツは、鯉沼家の家来筋に当る家の娘であり、娘の頃から嫁ぎもせずに鯉沼家に仕え続けて、弥平じいやと同じく、鯉沼家に対する忠義一筋に凝り固まったその心は、鯉沼家のためならば、白を黒と見ることも容易に出来るのだ。そのようなリツの瞳には、鯉沼家の娘の生んだ子供は、普通程度の愛らしさでも、神々しいほどの美しさに見えるであろうと、僕は、その言葉は、ただ聞き流して、全く気にもとめなかったのであるが――

蝶一郎！　ああ、これが蝶一郎！

まことに、この子の美しさを何と言おうか！　これは最早、地上のものではない。あくまで気高く清浄なこの美しさは、天上のみにあるものであろう。

この美しさを生むためには、女は常軌も逸しよう、心も狂おしくなるであろう――何の故のこう

した思いであったのであろうか。ただ、ふとこのような思いが浮んで、僕は、お末さんのあの狂態も理解出来る思いがしたのだ。

一夜だけを鯉沼家に過して、翌日は辞すつもりであった僕の足をとどめさせたのは、実に、この蝶一郎の、まことに、白い胡蝶のようなたとえようもなく浄らかな姿であった。二人の叔母たちや弥平じいやと同じく、僕もまた、蝶一郎のこの世ならぬ美しさに魅せられ果てたのであろうか

——

そうであるとも言え、そうでないとも言える。僕は叔母たちのように、この子の身近に触れるを好まず、ただ遠くから、その白い胡蝶のかそやかに舞う姿にも似た動きを、世にも愛《め》づらかな生き物の生態を眺めるに似た心愉しさで眺めていたのだ。

蝶一郎は孤独を好む子供である。誘えば、風に吹き寄せられる花びらの軽さと無心さで、ひっそりとした親しみを見せて寄ってきて、時には、子供らしく明るくあどけない笑顔も見せるが、多くは、人に離れて、その幼ない心に浮ぶ何かの思いをでも追うように、ひとり、ひっそりと静もっている。二人の叔母たちの差しのべる愛撫の手よりも、この子は、葉から葉へ舞う胡蝶のように、木立ちの中に白い姿を見え隠れさせ、ひるがえしながら、風を追い、虫と戯れ、花や草を求めて、静かに、ひとりひっそりと遊ぶことを好むようだ。

それにしても、最早、人目も憚らず、完全な対立の形となって、互いに瞋恚の炎を燃やし合い、競争で蝶一郎を追い求めて、執拗な愛撫の手を加えようとする澤野叔母と綾女叔母との姿は、一体何を語るものであろうか。

二人とも可愛がるものが欲しい年なのだ、と加津緒伯母はこともなげに言って退けたが、やはり、これは、さような年齢の生理の神秘を語る姿であろうか——ともあれ、これは、幾十年の長い間、男の姿などはその眼中に全くなく、この世に男のあることをさえ意にもとめぬように見えていた誇り高い女たちの心に、突然眼覚めた世にも不思議な愛執の姿ではあった。時には凄まじく、また時

には哀れ探くも見えたほど――

弥平じいやの夢の眼差も、やはり、二人の叔母たちと同じ心からであろうか、と僕はそれを確かめてみたくなり、或る時、じいやが裏庭で慰さみの土いじりに余念もなげな時を見はからって、わざと何気なしに話しかけてみた。

「じいや、あの蝶一郎という子は綺麗な子だね。みんなあの子に夢中になってるらしいが、無理もないと思うよ」

弥平じいやの瞳は、何かの色を浮べてきらめいた。

「この家には、長い間、子供なんかなかったから、じいやにも珍らしいだろうね。ああいう綺麗な子を見たら、じいやでもやっぱり可愛いと思うかい？」

じいやはまた、何かの色を浮べた瞳で、暫く僕を凝視めていたが、やがて、うなずくと、手を伸ばして、傍の立ち木の小枝を折り、体を屈めて、土の上に、一字々々ゆっくりと書いたのである。

僕はそれを次のように読んだ。

「アナタノオジイサマニソックリ、ナツカシイ」

「僕はお祖父さまを知らないけれど、あの子はそんなによくお祖父さまに似てるの？」

弥平じいやは強くうなずいて、また何かの色を浮べた瞳で、じっと僕を凝視めた。

そうか、じいやはただ、蝶一郎の姿の中に祖父の姿を見て、昔を懐しんでいただけであったのか――僕はこう考えて納得し、しかしまた、まだはっきりとは納得の行き兼ねる気持ちでもあった。ただ、昔を懐しむだけにしては、その懐かしみようが、普通ではなく思われるのだ。

蝶一郎はそれほど祖父に似ているのであろうか――それも疑問であった。祖父か美しい人であったということは聞いているが、しかしこのようなこの世ならぬ美しさを具えていたとは信じられぬ。祖父と孫とのつながりがあれば、どこかに似通った面差があるには違いないが、この美しさ、この世ならぬ清浄さは、やはり蝶一郎ひとりのものであるに違いないのだ。

しかしまた考えれば、祖父の死によって、言葉を知り、声がありながら、唖の苦行を自らに科したほどの弥平じいやの瞳には、やはりそのように見え、それ故にまた、昔を恋うる思いも一入なのであろう――僕はいらぬ穿鑿癖を心で詫びながら、弥平じいやの傍を離れた。

弥平じいやは蝶一郎を愛している。愛する以上に崇めている。それでありながら、弥平じいやのその眼差が、いや、その姿さえもが、蝶一郎を怖れさせているらしいのに僕は気がつき、それが不思議でならなかった。僕はまたそれを、蝶一郎に訊してみたくなり、蝶一郎が、遠くにふと見えた弥平じいやの姿を認めて、その瞳に微かな恐怖の色を浮べた時をとらえて話しかけてみた。

「蝶一郎はじいやが怖いの？」

蝶一郎は微かにうなずいた。

「どうして怖いの？　じいやが黙ってるから？」

「ううん、違うの」

「それじゃ、じいやのどういうところが怖いの？」

蝶一郎は考える風に、暫く首を傾げて、眼をまじまじとみひらいていたが、やがて、

「わからないの。でも、怖いの」

と答えてから、それが自分でも不思議でならぬように、また首を傾げたのであった。

「それじゃ、蝶一郎は、じいやは嫌いなんだね？」

「ううん、好き」

考えもせず、ためらいもせずに、はっきりと言った蝶一郎を、僕は、おや、と眺めた。

「だって、蝶一郎は、じいやが怖いんだろう？」

すると、蝶一郎はまた微かにうなずくのだ。

「怖いのなら嫌いなんだろう？」

「ううん、嫌いじゃない。好き」

「怖くて好きって言うのは、何だか変だね」

それが自分でも不思議でならぬように、蝶一郎は首を傾げて、ぱっちりとみはった瞳を凝らし、真剣な表情で考え込むのである。ここにも謎がある、と思いながら、僕は、小さな膝を抱えて瞳を凝らし、そのまま画題になりそうな、幼ない思索の表情に見入ったのであったが、ふと、このような表情をするこの子供が、あの母の狂態を、どう見ているかを知りたくなった。

「蝶一郎のお母さんは、今までも度々あんなことをしたの？　物だの人の顔だの見て、いろんなことを当てることを――」

「ううん」

と蝶一郎は興味もなげに首を振った。

「蝶一郎はお母さんは好きかい？」

蝶一郎は答えなかったが、それは、考えているのでもなく、ためらっているのでもなく、さようなことは答える価値のないことだ、と幼ない心ではっきりと判断しているように見える様子であったのである。この子があの母に対して、何の信頼も愛情も抱いてはいないことがそれでわかり、僕はむしろほっとした。この清らかな子が、あの賤しい母を慕うとすれば、それこそ却って哀れなものに違いないのだ。

「伯母さまたちは？」

暫く黙っていてから、ちらと僕の顔を見て、

「一番大きい伯母さまは好き」

「加津緒伯母さまだね？」

「うん」

「もう二人の伯母さまは？」

黙って答えぬのは、母に対すると同じ思いからなのであろう。この子の清らかな心は、それがた

とえ、母であれ、伯母であれ、浮世の塵を感じさせるものは、断固として受けつけぬのに相違ない。

　この子の含みのある心の動きと言葉つきに興を惹かれ、僕は、池の傍の草の上に座りながら、こうして、幼ないながら含みのある言葉の意味を考え考え、ぽつり、ぽつり、と言葉を続けるのが愉しくなった。

「蝶一郎のお父さんは亡くなったの？」

　黙ってうなずいて、ちらと僕を見上げた瞳が、微かな恐怖の色を浮べていた。僕は、おや、と思い、訊いてはならぬことらしいと考えながら、しかし、また、それ故に更に強く、この浄らかな子の父なる人について知りたい心が起ったのである。

「蝶一郎が幾つの時？」

「五つの時——」

「それじゃ、蝶一郎はお父さんを少しは覚えてるね？」

　微かにうなずいた——と思うと、その小さな体は、ゆらり、と一つゆらめいて、がっくりと前へ倒れかかったのである。

「あっ！　どうした？　蝶一郎——」

　あわてて抱きとめて、担ぎ上げた僕の腕の中で、蝶一郎は一度うっすりと眼をみひらいたが、そのまま、また、すう……とその眼を閉じると、ぐったりと気を失ってしまった小さな体は、抱いている腕の中で、急に驚くほどの重味を増してきたのであった。あまりに突然のことに、僕はさすがに度を失い、

「じいや、じいや——」

　と広い屋敷中に木魂するような大声で呼び立てた。間もなく、裏庭の方からのっそりと現れた弥平じいやの、蝶一郎に対して取った応急の処置は、この場合ではあったけれど、思わず僕を微笑させた。じいやはまず、失神した蝶一郎の顔をじっと凝視め、それから僕を、全く心ないことを仕出

かした、咎められても仕方がない――と素直に観念したほど厳しい容赦のない眼差で見据えてから、おもむろに懐中《ふところ》に手を入れて、セルロイド製の小さな筒型の容器に入った仁丹を取り出し、大きな掌の上にあけた銀色の粒々を、まるで儀式かなどのようなゆっくりと重々しい態度で、蝶一郎の口に含ませたのである。

心気を爽やかにすれば、どのような病いも立ちどころに治るというのが、この昔者の頑固な気質の弥平じいやの信念であり、すがすがしい香を持つこの清涼剤は、医者も薬も信用せぬ弥平じいやの、たった一つの万能薬なのだ。

僕も幼ない頃、この広い庭を遊び廻り、飛び廻り過ぎて、疲労や暑さから来る軽い頭痛や目まいなどを起した時に、この小粒な銀色の薬を、じいやの手から口に含ませてもらったことが幾度かあった。厳粛な儀式を取り行ってでもいるような、ゆっくりと重々しい弥平じいやの態度がそうした気持ちを起させたのか、それとも、その弥平じいやの揺がぬ固い信念には、自然に人を同化させる不思議な強い力があったのか、いずれにしろ、そうして弥平じいやの手から口に仁丹を含ませられ、

「さあ、もうこれでいい。じいやの薬を呑んだのだから、もうじきによくなるよ」

と加津緒伯母から言われると、必らず治ると信じる気になり、そして実際必らず治ったのは、今考えると何となく不思議な気がする位である。

伯母たちも、じいやの薬、と口では笑って言いながら、やはりそうした気持ちからか、腹痛や傷などには、僅かのことでも馬鹿々々しいほどの騒ぎをして、夜中でも、わざわざ医者を呼んだりするのだが、頭痛や熱などは、弥平じいやの信念と、じいやの薬である仁丹に頼って何の不安も感じぬらしい様子なのだ。今じいやが、蝶一郎のために懐中から取り出した淡青色のセルロイド製の仁丹入れは、加津緒伯母の朱塗りの煙草盆と金口の煙管と同じく、見慣れた者には、じいやの附き物のように思われるほど、片時もじいやの傍を離れぬ品物なのだ。

最早子供ではなくなり、離れて考える時は、こうした事柄に微かな苦笑をさえ感じていた僕が、

今厳粛な儀式の重々しさで、蝶一郎の口に仁丹を含ませる弥平じいやの姿を見て、これでよし、とつい容易に安堵した気持ちになってしまったのは、昔置き慣れた環境に再び身を置き、いつかまたその環境に慣れてしまったためでもあったのであろうか。

鯉沼家の空気の中には、近寄り難く入り難く見えながら、ひと度それに近寄り、入り込んでしまえば、今度は容易にそれから抜け出すことの出来ぬ——たとえて言えば、澱んだ古沼からたちのぼる毒気を含んだ瘴気が、気づかぬほどにゆるやかに生物の命を毒して行くように、次第に人に魅入り、徐々に同化して行く——そのような、言うならば、魔気とも言うべきものが確かにあるのだ。

第十章　愛情の姿態

老いてもなお力を失わぬ弥平じいやの頑丈な腕に軽々と抱かれて、涼しい座敷に移された蝶一郎は間もなく意識を取り戻したが、口を利く気力もなさそうな物憂げな様子で、一度みひらいた眼をまたすぐに閉じて、やがてうとうとと眠り初めた。知らせに行ったじいやと一緒に静かに入ってきた加津緒伯母は、蝶一郎の額にそっと手を当てて、

「熱があるようだね」

と眉を寄せた。

「どうもこの子は体が弱いらしいのでねえ」

そう言う調子が、この人には珍らしい深い憂いの色を帯びて、心から蝶一郎の容態を気づかっているらしい様子であったが、蝶一郎をこうしたことに対する自責の思いをまぎらわすために、僕がわざと冗談めかして、

「大丈夫でしょう。じいやの薬を飲ませたのですから、もうじきによくなりますよ」

と言った時、加津緒伯母はその厳しいほど端正な面を、思わずつり込まれたと言った風に微笑ませて、

「そうかえ。それなら大丈夫だろう。吉村さんの匙加減よりは、じいやの薬のお呪禁《まじない》の方がよく利くよ」

と言いながら、ちらりとじいやを眺めやった。弥平じいやを見る時、加わる年齢につれて磨かれた深みを増して行くような加津緒伯母の美しい瞳は、たとえようもなく清冷な輝きを放つのだ。それは深い親愛と信頼と、あくまでも許し切った心と、そしてまた、それ故にこそ、守るべき限界はあくまで厳しく守り通して決して崩さぬ、気高い威厳とを人に感じさせる眼差である。

加津緒伯母のその眼差を見迎える時、年毎に厳しさを増す弥平じいやの瞳は、陽にきらめく細かい小波の光りを宿し、たとえようもなく敬虔な輝きに満ちて来る。そして、厳しい孤独に鍛え抜かれたようなその顔には、えも言われぬほのぼのとした色が満ちて来るのだ。それは見る人に、その心の極まりなく深い愛情と尊崇の念とを感じさせるものであったのである。

加津緒伯母と弥平じいやの眼差を見る度に、僕はいつも、無言のまま交流し合う心と心の響きとも言うべきものを感じ、故は知らず、微かに打たれるものを感じるのであったが、今もやはりそうした思いで、ひっそりと二人を見くらべていた時、畳廊下にはしたない足音を立てて、殆んど駈け込むように座敷へ入ってきたのは、澤野叔母と綾女叔母であった。まるで先を争いでもするような様子で、蝶一郎の枕許の両側へぺたりと座って、

「まあ、どうしたの？　蝶一郎は……熱があるの？」

と綾女叔母が泣き声を出して、白い小さい額に手を触れれば、澤野叔母も負けじと言った風に、蝶一郎のまだ幼児らしさの消え切らぬ愛らしくくびれた手首を仔細らしく握ってみて、

「あるでしょう。脈が少し弱くて早いもの」

と自分の言葉に絶対権威を持たせた言い方をする。もし蝶一郎がしんじつ病気だとするならば、

その病気らしさの徴候を見出すことさえ、綾女叔母に任せてはおけぬ。小癪でたまらぬといった様子で――

「あるわ。確かに――一体どうしてこんな熱なんか出すようになったの？　春樹さん、あなたがどうかしたんじゃない？　蝶一郎があなたと一緒に、池の傍にいるのを見たって、先刻リツが言っていたわ。きっと何か乱暴なことでもしたんでしょう？　でなければ、急に熱なんか出すわけはないわ。こんなビードロ細工みたいな弱々しい子供を扱う時には、そのような扱い方があるってことも知らないのね、あなたは――」

やがて、蝶一郎の手をそっと放した澤野叔母は、いきなり僕に向き直って詰問し初めたものである。出来れば、蝶一郎の倒れた原因は軽い暑気あたり位に言っておきたかった僕も、頭からそうと決めてかかっている澤野叔母の高飛車な調子に誘われて、ついむきになって応酬した。

「僕がどうかしたかって？　無茶なことは言わないで下さい。乱暴をしたなんて、冗談にもほどがありますよ。こんな華奢なビードロ細工みたいな子供を扱うにはどうしたらいいか位は、叔母さまたちより僕の方がよく心得てるつもりですよ。叔母さまたちの扱い方は、せっかく綺麗なビードロ細工を、泥まみれにして汚してしまうものだってことに気がつかないんですか。――僕はどうもしやしません。僕はただこの子に、父親を覚えているかどうか、幾つの時に死んだか、それを訊いてみただけです。そうしたら、この子は真蒼になって倒れてしまったんです。これが乱暴をしたことになりますか。こんな子供には誰でも訊いてみたくなることじゃありませんか――」

簡単に恐れ入ると思っていたらしい僕の、案外な剣幕に気を呑まれたらしい澤野叔母は、口惜しそうな顔色で黙り込んだが、それに代りでもしたように、

「まあ、あなたは馬鹿ね」

とだしぬけに容赦のない口調で僕をきめつけたのは、綾女叔母であった。

「この子にはそんなことを言っちゃいけないのよ。いつかあたしが訊いた時も、この子はとても

怯えた顔色をしたわ。この子の父親は肺病で、ひどく血を吐いて死んだのだと言うから、きっとその時のことを思い出すのが怖くてたまらないのよ。この子の神経は針みたいなものなんですもの。それだのにそんなことを言うなんで、あなたはほんとに呆れた無神経者だわ」

「そう言ったものでもないよ。綾さん」

このような早急の場合にも忘れず持参した例の朱塗りの煙草盆に、例の煙管を、ぱん、ぱん、と叩きながら、加津緒伯母がおだやかに口を入れた。澤野叔母と綾女叔母が入ってきた時から、加津緒伯母の厳しいほど端正な顔に、一時柔かい陰翳を与えていたあのほのぼのと清らかな情感は痕もなく消え去り、加津緒伯母は、厳しさの中に洒脱さと闊達さとを兼ね具えたいつものこの人に返っていたのである。

「春樹は何も知らずに言ったのだからね。あなただって知らなかった時は、春樹と同じことを言ってこの子のその針のような神経とやらを刺激したと自分で言ってるじゃないか」

「でも、あたしは、ただちょっと怯えさせただけで、こんなに気絶させたり熱を出させたりはしませんでしたよ」

綾女叔母は素気なく言い切り、

「あなた方のような無神経者に、病気のこの子を任せてはおけないわ。お末はお末であの通りで、母親だとは言っても何の役にも立ちはしないんだし……今だって、リツを呼びにやったのに来もしない位だもの。今晩はこの子はあたしがあずかります」

意気込んだ口調できっぱりと言った時、納まらぬ顔色で綾女叔母を見据えていた澤野叔母が、ほ、ほ、ほ……と小刻みに調子を刻んだヒステリックな笑い声を立てた。

「あなたが夜通し蝶一郎の看護をすると言うの？　まあ——自分の身の辺りのことさえリツに任せきりのあなたがねえ——御立派なことだわ。さぞいい看護婦が出来るでしょうね。夜中に病人の息の切れたのも知らないでぐうぐう寝ていたなんてことになると、いい話の種になりそうね」

「何も彼もリッに任せきりなのは何もあたし一人のことじゃないわ。澤姉さまだって御同様な話でしょう？　あたしはこれでも澤姉さまみたいに、検温器の目盛りまで人に読ませるような馬鹿な真似はしませんからね」

蔑むように言い放った綾女叔母は、今すぐにでも連れ去ろうとするように、蝶一郎の肩に手をかけた。その綾女叔母の腕を、弥平じいやが横からひたりと押えたのである。押え方もさして強くはなく物を言わぬじいやがこのような場合に、言葉の代りに当然取るべき態度として、礼を失したとも言えぬ物腰ではあったけれど、しかし、綾女叔母をひたと凝視めた弥平じいやの眼差は、その無分別と無思慮を憤って、烈しく詰《なじ》る色を浮べていたのだ。

「お放し、無礼な——」

綾女叔母が気色ばんで弥平じいやの手を振り放し、続けて何か言おうとしたその時に、それを遮るように、ははは、と加津緒伯母が、低いがしかしほがらかに響く闊達な笑い声を立てたのであった。

「じいやはちっとも無礼じゃないよ。お前さんたちの方がよっぽどどうかしてるのさ。ここはくだらないことを大声でいがみ合う場所じゃないんだ。眠ってる子供の枕許じゃないか。ちっとは気をおつけ——ほんとにお前さんたちは、前世は敵同志ででもあったのかねえ？　けれども、前世は前世、今は今だよ。今は同じ血を分け合った姉妹同志じゃないか。それを考えたら少しは人前が恥かしくなりはしないかえ？——ほんとに春樹の言う通りだ。お前さんたちは、せっかくの綺麗なビードロ細工を泥まみれに汚してしまう。汚すばかりじゃない、壊してしまう人たちだ——蝶一郎は誰にもあずけはしないよ。お末はあれでもこの子の母親だからね、いつもとおんなじに母親の部屋へ寝かせます。これで恨みっこなしだろう？　それに聞いてみれば病気でも何でもありやしない。ただ怯えたばかりじゃないか。夜通しの看護なんてものは要りはしないよ。下手に素人看護婦にあずけて、せっかくのビードロ細工を壊されてしまったら、それこそ取り返しがつきはしないからね

――」

加津緒伯母は笑い声を混え、伝法に崩した言葉つきで、わざと冗談めかした言い方ではあったが、内心の苦々しさは、性急に煙管を叩くその手つきに現れているのであった。

「さ、やたらな騒ぎをしてこの子の眼を覚まさないうちに、お前さんたちは部屋へ引き取って昼寝でもしておくれ。こちらはその方が大助かりなんだから――」

追い立てるように言われて、澤野叔母と綾女叔母はしぶしぶと立ち上ったが、部屋を出しなに、

「変ね、お姉さまはいつもじいやの肩ばっかりお持ちになるわ」

と呟いた綾女叔母の言葉はまだ罪のない方で、続いて聞こえよがしに言った澤野叔母の言葉には、明らかに意識して含ませた毒があった。

「よくお気がお合いになって結構なことだわ。全くお人柄にかかわるわねえ。あれで人のことばかりかれこれ仰言るんだから――」

はっとして僕が見た時、弥平じいやは、一瞬、射るようにきらめかせて二人を見た眼をふっと伏せ、加津緒伯母は、何事にも気づきもせず、また聴きもせぬような静かな面持ちで、深く吸い込んだ煙をゆっくりと吐いていたが、気のせいか、はっきりと澄んだその瞳が、一瞬、微かに悩ましげな色を帯びて翳ったように思われたのである。

しかし、この場の情景のそのような微妙な空気の動き方に気づき、ふと襲われた不思議な悩ましさから抜け出すために、伯母のためよりも自分のために急いで話題を探し出した僕が、

「伯母さま、さっき綾叔母さまが言ってましたね。蝶一郎の父親は肺病で血を吐いて死んだのだって――あれはほんとのことなんですか」

と取ってつけたように話しかけた時、

「ああ、あれはどうもほんとらしいよ」

と答えた加津緒伯母の言葉つきも、僕に向けたその眼差も、最早いつもと少しも変らぬこの人の

ものに返っていたのだ。

「お末はあの通りとりとめもないし、この子はこの通りの子供だし、精しい話は聴き出せないけれどね。肺病で死んだことだけはほんとらしいよ」

「蝶一郎の父親というのは、躑躅の山とこの屋敷を描いたという画家なんでしょうね？　お末さんはずっとその人と一緒にいたんでしょうね？」

「そうだろうと思うよ。お父さんは絵を描いていたとこの子が言ってたことがあったからね――だけど、病気が病気だから、きっと仕事も思うように出来なかったものだろう。自分で好んで選んだ道だから、自業自得とも言えば言えるようなものの、でも、苦労のためにああいう半気違いのようになったと思えば、考えてみれば、あれも可哀想な女だよ」

昔、お末さんに対する卑しみと蔑すみの心を、二人の妹たちのように露わな言葉にこそはしなかったが、しかし、時によれば、言葉で示すよりももっと明らかに、自ら身についた威厳と、微妙な立居振舞いや仕草で示していたその人と同じ人とも思えぬほど、加津緒伯母の言葉は、しみじみとして思いやり深そうであった。

落莫の翳や、侘びや僻みの汚染《しみ》などが、身にも心にも自然としみつき易い独り身の暮らしの月日の流れの成り行きが、この人には却って、世間の常の慣らいとは逆に流れて成り行くようなのだ。これでは、僕の母に対して解けたという心も、嘘ではあるまいと僕は考えた。

「その画家という人はどんな人でしたか。僕はお末さんからちょっと聴いたばかりで、顔は無論知らないし、名前も忘れてしまったんですが――きっと綺麗な人だったんでしょうね？　お末さんも綺麗だけれど、蝶一郎のような子供は、両親揃ってよほど美しくないと生れないだろうと思うんですが――」

「そうだねえ……わたしもはっきりは覚えてはいないけれど、まあ綺麗な方だったかも知れないね。おとなしそうな優型の男だったように思うけれど、そう言えば、胸に病気でもありそうな弱々しそうな所もあったように思うよ。この子の体の弱いのは、そのせいじゃないかと思うと、どうも気懸りでね——」

加津緒伯母は、秀でた眉を憂わしげに寄せて蝶一郎の顔を覗き込み、白い小さい額にしっとりと浮いている汗を、帷子《かたびら》の袖でそっと拭った。

蝶一郎の体を、しんじつ心から憂いているらしい加津緒伯母のその様子は、僕にふと奇異な感じを起させた。僕はそれまで加津緒伯母を、子供好きな人だとも思わなければ、蝶一郎を愛しているとも思わなかったのだ。いや、愛しているには違いなかったが、しかしその愛し方は、この人特有のさらさらと流れる水のような自然な態度で、子供というものは可愛いものであり、可愛がられるように出来ているものである。それ故、心が自然にそれに趨くままに愛しもする——といった程度の愛し方に見え特別深い愛情を抱いているらしい気振りや気配は露ほども見えなかったのだ。

しかし、今、気づかわしげに蝶一郎を見守る加津緒伯母の姿を見て、蝶一郎をしんじつ心から愛している者は、澤野叔母でも綾女叔母でもなく、実にこの加津緒伯母ではあるまいか——と僕はこのように思ったのである。

もとより、澤野叔母も綾女叔母も蝶一郎を愛していることは疑いもない。しかもその愛し方は、火のような烈しさで——と言おうか——命を燃焼しつくして悔いぬほどの愛し方である。しかし、その命は浮世の塵と埃に塗れた不潔なものを感じさせ、烈しく燃えるその火の中には、何やら不吉な、たとえば雨夜にとろとろと燃える燐火のような陰惨な匂いが混るようにさえ思われるではないか——

それにくらべれば、言葉にも言わず、色にも現さず、流れる水の自然さで蝶一郎を見守る加津緒伯母の愛情こそ、天上の子なる蝶一郎の天上の美を、あくまで生かし抜くまことの愛と言うべきであろう。伯母さまたちは好きか、と訊ねた時に、一番大きい伯母さまは好き、と答えた蝶一郎の言葉も、それでこそはっきりとうなずける。この子は汚れにも濁りにも決して染まぬ天上の子の清らかな本能で、伯母たちの愛情の姿態の異なり方を見分けていたのだ。

僕はこのような思いを心に繰りひろげながら、秀でた額と眉の辺りに、微かな憂いの色を漂わせている加津緒伯母の、くっきりと刻んだような端正な横顔に見入ったのであった。

第十一章　夜の庭

その夜、書見に夜を更かした僕が、眠る前に爽やかな外気を吸おうと庭へ出てみたのは、最早、真夜中近くのことであった。縁先から庭へ降りて、足の向くままに、木立ちの中の小路を辿り、池の傍をめぐり、幾つかの築山を登り降りしながら、裏庭の池の後に小山の趣きで聳えている築山の傍まで来た時、僕はぎょっとして立ちどまった。

築山の頂きにある苔蒸した石造りの古い小さな祠《ほこら》の前に、凝然と佇んでいる仄白い姿を見出したのだ。月はなく、あくまで澄み透った空気の中で、固く凍ったような光りを放っている星の薄明りで、そここに白く静もる石灯籠の影までが人の姿に見えるような夜ではあったが、祠の前のそれは、確かにまぎれもない人の姿であった。

今時分、何者が——と、どきりとして、誰だ？　と誰何の声をかけようとして、しかし、僕はすぐに気がついた。いかにも深夜のこのたたずまいは人気ない深山《みやま》の趣きではあるけれど、しかし、ここは、日が暮れて小橋を下ろし潜門を閉ざせば、人はおろか、猫の仔一匹も入り込む隙のない鯉沼家の庭である。して見れば、仄白いあの人影は、この屋敷内に住む誰かに違いない、ということに——

「澤叔母さま？——綾叔母さま？——」

この真夜中にこのような場所をさまよう者は、この二人のうちのいずれかに違いあるまいと見当をつけて呼びかけてみたが、人影は答えもせず動きもせずに凝然と佇んだまま、じっと僕を見下ろしているらしい。僕は足場を探りながら頂きまで登りつめ、祠の傍へ近寄った。

「なんだ、お末さんだったんですか。誰かと思いましたよ。蝶一郎はどんな具合いです?」

「ありがとう。大分いいようよ。今はよく眠ってるの」

「それはよかったですね。じいやの薬のお呪禁が利いたのかな」

「そうかも知れないわ。あれはあたしたちも子供の頃よくやられた覚えがあるわね」

ほほ……と軽い笑い声を立てるお末さんを、薄い星明りを透かして僕はじっと凝視めた。仄白く浮く淡色の寝間着姿がしっとりとなまめいて見え、清澄な夜気の中には、狂った心を常軌に戻す神秘な作用があるのではないかと、ふと、そのような気がしたほど、物静かに落附いて見えるお末さんの態度なり言葉なりには、狂った気配は微塵も感じられなかったのである。

その上、身にも心にもしみついた濁った暗い汚染を、仄闇の色におおい隠されたお末さんの顔は、十年前と同じく気高く﨟たけてさえ見えるではないか——全くそれは、ただ見れば、十年前のあの楚々として清らかだったお末さんがそのまま戻ったかとも思われる姿であった。

不思議な愛情の奔流に身を打ちまかせた十年前の夏の宵を思い出しながら、しかし、最早僕の心にはそれに対しては何の感慨も浮ばず、僕はただ、あの時のお末さんと今のお末さんとを思いくらべて、時には狂って見え、時にはまたこのように、常の人と少しも変らぬように見えるお末さんと、あの時と同じ星明りの下で相対するようになった十年の年月の流れに対して、微かな、感慨と言えばまず言えるほどのものを催したばかりであった。

「お末さんは、一体、今時分こんな所で何をしていたんです?」

「あたし?……」

お末さんの言葉の調子が、ふと暗く沈んだようであった。

「あたしはね、さまよう亡霊のために祈っていたの」

ああ、やはりお末さんは狂っている、たった今のあの物静かさも狂気の一つの姿であったのだ――こう思っても、最早、哀れな……と思うほどの気持ちも起らず、むしろ、狂った言葉に調子を合わせることに微かな興味を覚えるほど、僕の心も十年前の夢とは遠く隔たったものであった。

「さまよう亡霊というのは、お末さんの旦那様のことですか。お末さんの旦那様は何だってまた、こんな所をさまよっているんです？　物好きにもほどがあるじゃありませんか」

「いいえ、あの人は、さまよう亡霊じゃありません。あたしの胸の中にちゃんと生きているんです。――ねえ、あなた知ってるでしょう？　あの人はね、躑躅の山の躑躅みたいな紅い血を吐いたのよ。綺麗だったわ――」

お末さんは恍惚とした調子で言ってから、急にきょろきょろと周囲を見廻し、

「ねえ、春樹さん……あのね……」

と声をひそめながら、ぐっと顔を近よせてきた。

「あなた、血の出る草を見たことあって？」

「血の出る草ですって？　そんな不思議なものは見たことがありませんね？　お末さんの言うのは乳草のことでしょう？　あれなら茎を折ると血みたいに出るものがありますよ。もっとも紅くはなくて真白だけれど――」

「いいえ、いいえ、真白なんてそんなのじゃないわ。真赤なのよ。茎も葉も血を噴いて真赤に染んでるのよ。そしてね、土も血を噴いて真赤なの」

「へえ、お末さんは、そんな不思議な草を見たことがあるんですか。僕もぜひ見てみたいですね。一体どこにそんな草が生えてるんです？」

「あそこよ。ほら、御覧なさい」

お末さんは、ひらり、と袖をひるがえすようにして、築山の後の木立ちの中を指さした。

「ね、あそこに生えてる草はみんな、他の場所に生えてる草より大きくて勢いがいいでしょう？

あれはね、土の中からぐんぐん血を吸って、茎や葉の中にいっぱい血を含んでるからなのよ――」

狂った心の描き出す妄想の不可思議さは、常人には全く判断のつき兼ねるものであった。いかにもお末さんが指し示した木立ちの中には、人の背丈ほどもある草が、地面をおおいつくすほどに茂っていたが、しかしそれは、だんだんと人が減り、人手がなくなり、手が廻り兼ねるままに、人目にもつかず滅多に人の入り込まぬ裏庭の奥の方は、最早、幾年となく、木も草も茂るにまかせて打ち捨ててあるためなのだ。

「なるほどね、しかし、夜じゃ血の色が見えないから、後は明日のことにして、もうそろそろ帰ろうじゃありませんか。蝶一郎が眼を覚ましているか知れませんよ」

そろそろと肌に冷たくなり初めた夜気に気づき、とりとめのない話を打ち切ろうとして、僕は蝶一郎の名を出して誘ってみたが、お末さんは、

「いいえ」

と首を振って、

「あたし帰らないわ。だって、まだお兄さまとお話することがあるんですもの」

「お兄さま？……伯父さまですか」

「そうよ」

「だって伯父さまはここにはいないじゃありませんか。いない人と話なんか出来るわけはないでしょう？」

「お兄さまがどこにいらっしゃるか、あたし知ってるのよ。でも、あなたには教えて上げないわよ。――ほら、あれを御覧なさい」

お末さんはまた、ひらり、と袖をひるがえして、深い木立ちの向うに、仄明るい夜空を圧して黒々と聳えている邸の屋根を指さした。

「ねえ、あなたには見えない？　見えるでしょう？――黒い大きな魔の鳥の翼のような真黒い影

が……あれは死の影なのよ。さまよう亡霊の怨魂なのよ。ほら、ね、だんだんと低く屋根の上におおいかぶさって来るでしょう?——」

星の薄光る仄闇の中に黒々と静もる大きな広い邸のそこここに、点々とともる仄赤い灯の色を、深い木立ちを透して望む気持ちは、深山の奥から、点々と散らばる、遠い里の灯の色を望む風情であったが、もとより、お末さんとは、その住む想念の世界を異にする僕には、お末さんの言う魔鳥の翼のような黒い死の影などは見えようはずもない。

僕はただ、木立ちの向うのその灯の色を望んだ時、深山の道に行き暮れた旅人が、一途に里の灯の色を恋うるように、むしょうにその灯の色が懐かしくなり、まだ妖しい想念の中をさまよい続けて、とりとめもない言葉を続けているお末さんをそこに置き放したまま、一散に築山を駈け降りたのである。そしてまた、池の傍をめぐり、木立ちの中の小路を辿って邸の傍まで来た時、

「——差し出たことをお言いでないよ——」

ふいに、怒りに震える疳高い声が耳を打ち、僕は思わずぎょっとして立ちどまった。

「蝶一郎を可愛がるのがどこが悪いのさ? あれは甥だよ。身内の者だよ。しかもまだ子供だよ。可愛がるのはあたりまえの話だよ——」

性急に畳みかけているのは、権高な美しい顔に浮ぶ憤怒の表情までがありありと見えるような、澤野叔母の疳走った声であった。

「立派なことを言いながら、それじゃ自分は一体どうだと言うのさ? あんまりいい気なことをお言いでない——いいかえ? いつか言ったことをよく覚えておいで。あたしはほんとにやるんだから——あたしばかりじゃない、みんなが知ってるんだから——あんまりいつまでもぐずぐず言うと、お兄さまの——」

身動きした僕の下駄が足許の石にかちりと当り、周囲の静寂の中に思わぬ高い反響を起したその音に自分で驚いて、はっと首を縮めた時、

「誰？」

と鋭どい声と一緒に、丸い雪見窓がさらりと開いて、寝巻姿の澤野叔母の半身が現れた。立ち聴くつもりなどは毛頭なく、それでいてつい立ち聴いた形になってしまった僕は、あわてて立ち木の蔭に身をひそめた。澤野叔母は暫く庭のあちこちを眺め廻していたが、誰もいないと見極めがついたらしく、窓はまたするすると閉まった。

「……お兄さまから聴いた……お父さまの……人のことより自分の……」

やがて、用心しているらしく、ぐっと低めたとぎれとぎれな声を後にして、僕はそっとその場を離れたのであったが、胸の中は、吐き捨てたいほどの苦々しさと、もだつく不快な悩ましさに満たされていた。

澤野叔母の相手の声は聴こえなかったが、無論、綾女叔母に違いない。不思議な愛執に取り憑かれた二人の女たちの争いは、昼から持ち越して、この真夜中にまで及んでいるのだ。これが同じ血を分けた姉妹同志であることを思う時、何か知ら恐ろしい宿命的なものさえ感じるではないか――まことに、いかなる宿業の故の、かくも根深い姉妹同志の憎悪の姿であろう。

僕は床に就いた。が、眠れなかった。お末さんと澤野叔母と――二人の女の口から聴いた、お兄さまという言葉が、忘れるともなく忘れていた伯父の姿を瞼の裏に彷彿させた。幼い僕をして、二つの家を繋ぐ一筋の糸とし、伯母たちよりももっと深い、しみじみとしたものを感じる愛情で僕を愛してくれ、僕もまた、伯母たちに対するよりも深いしみじみとした愛情を感じていた伯父――しかし、十年の年月は、その懐かしい伯父の面影をさえ、この脳裡から薄れさせようとしているのだ。五年前に、僕の母に宛てて、家出以来たった一度の便りがあったきり、その後はまた杳として消息の知れぬ伯父は、今、一体、どこでどのような思いで生きているのであろうか――

僕は伯父の家出の前後の事情を考えてみた。

家出の大分以前から、伯父は邸にはあまり居つかず、近くの町で暮らしていた。その頃、伯父には愛していた女があり、伯父はその女と一緒に住んでいたのだ。伯父はひたむきな愛情でその女を愛し、妻として鯉沼家へ入れるつもりであったらしいが、その女が前に賤しい稼業をしていた女だということのために、伯母たちや弥平じいやの頑強な反対を受け、しばしば烈しい争いを起したこともあったらしい。遂に伯父は、伯母たちやじいやを避けるために、自分から鯉沼家を出て、その女と一緒に住んでしまった。その伯父をじいやが度々迎えに行き、時には伯父も折れて帰るのであったが、また争っては出て行くのであった。

そうしたことの度々の繰り返しが、鯉沼家の人らしくない温和な気質の一面、やはり鯉沼家の人には違いない烈しい気質も蔵していた伯父には、堪え難い煩らわしさと無常さとなって感じられたのでもあったろうか——それほど愛していた女の許をさえ、伯父はふッつりと去ってしまったのである。

「東京へ行って来る。すぐに帰って来る——」

と言い残しただけで、殆んど体一つで出たのだと言う。それから十年、伯父は知った者の前に一度も姿を現わさないのだ。これもまた、ひたむきな心で伯父を愛していたらしいその女は、帰らぬ伯父を一年間待ち暮らし、それでも帰らぬ伯父に、態よく捨てられたと思い込んで、自ら命を絶ってしまった。

鯉沼家の者が人を愛する時は、その愛に殉ずるためには、鯉沼家を捨てなければならぬと言う、何かそのような運命でもあるのであろうか、と考えたくなるではないか——僕の母がそうであった。お末さんもそうであった。そしてまた伯父も——

その夜の僕の夢には、鯉沼家特有の彫りの深い立派な顔に、柔かい憂愁の色を漂わせた伯父の面影が、幾度となく現れたり消えたりした。

第十二章　蝶一郎の恐怖

鯉沼家の屋敷の中には、躑躅の山に湧く清水を、小流れの形にしてわざわざ庭の中まで引き込み、池の中へ流れ込ませて、その水をまた川へ流すという、凝った仕掛けの池がある。凝り性の祖父の思いつきで造らせたものであるという。

絶えず小波立てて流れる水のために、池というよりも、変った形の川の感じであり、深さも相当にあるこの池で、僕は子供の頃、よく泳いだりしたものだが、しかし、相当の深さと言っても、せいぜい大人の胸の辺りまでの深さであり、決して人を死なせるほどの深さではないはずなのだ。

ところが、澤野叔母が、この池の中で、死体となって発見されたのは、その翌日の明け方であった。お末さんが、あの不気味と言えば、言葉だけは確かに不気味ではあるが、しかし、誰一人として信じなかった予言をした日から数えて五日目のことである。予言は当ったのである。

発見したのはリツであったが、それを聴くなり、綾女叔母は蒼白となり、殆んど狂乱の態で叫び初めたものである。

「あたしじゃないわ？　みんなあたしが澤姉さまを殺したと思ってるんでしょう？　あたしは知らない——何にも知らない。みんなどうしてそんな顔であたしを見るの？　あの人は、一人で勝手に死んだのよ——」

「お黙り！」

加津緒伯母は厳しく綾女叔母をたしなめた。

「誰もあなたが殺したとも何とも言ってやしない。第一、どうして死んだかもまだわかりはしないのじゃないか。やたらにそんなことを喚き立てていると、却ってあなたのせいだと思われるよ」

加津緒伯母のこの言葉を聴くと、取り乱した心にも、言葉の意味の重大さが呑み込めたのか、綾女叔母はぴたりと黙り込んだ。しかし心はまだ鎮まらぬらしく、上ずッた瞳をうろうろと動かしていたが、その瞳が僕の顔にとまると、突然、わっと泣き声を立てながら、僕の腕にしがみついてきた。

「大変なことになったわ。どうしましょう。何だって、こんなことになったの？　あたしが疑われるじゃないの？　澤姉さまは、死んでまでこんな意地悪するんだわ――」

これが四十近い年の女かと呆れるほど、全く見境いも分別もない少女のような取り乱しようである。僕は幼ない少女をなだめるように、細っそりとした綾女叔母の肩を軽く叩いた。

「馬鹿なことを言っちゃいけませんよ。誰も綾叔母さまを疑ってなんかいやしません。――さあ、落ちつかなければいけません。向うへ行って少しやすんで御覧なさい――」

「いいえ、いいえ、やすみたくなんかないわ。あたしは何にも知らない……何にも知らないのよ。春樹さんは信じてくれるでしょう？」

「無論ですよ」

実を言えば、澤野叔母が池の中で死んでいると聴いた時は、僕は、この数日間、眼をおおいたいほどにまざまざと見た澤野叔母と綾女叔母との、凄まじいまでの愛執と憎悪と嫉妬の姿を思い出し、常軌を越した愛執には、また常軌を越した行為も附きまとうのであろう――もしかしたら、お末さんの予言を利用して、綾女叔母が澤野叔母を――とふと考えたのであったが、しかし、今見る綾女叔母の、この浅間しいまでの取り乱しようでは、人を、まして、その不思議な愛執のために、いかに烈しく憎悪し合ったとはいえ、やはり、血を分けた姉には違いない澤野叔母を殺すほどの度胸などはありそうにも思われぬ。

澤野叔母の死体を邸内へ運んで、隣り村まで呼びにやった医者と警察官の到着を待っている時、お末さんがするすると入って来た。死体の頭の傍へぴたりと座って、じっと死体の顔を覗き込みながら、

「そうらね、あたしが言った通りでしょう？　あなたは水を見くびっていた――だから、水は怒

ったんです。水の魔力が今こそはっきりとわかったでしょう？　でも、これであなたの心には安らぎが出来た――今まであなたの心には、安らぎと言うものがまるでなかったのだから――ねえ、これで安心したでしょう？　安心して眠れるようになったでしょう？――おやすみなさい。初めは恐ろしくても、大きな力に抱かれてしまえば、人は安心するものです――」

そう言う調子は、最早、全く常の人の調子ではない。僕は加津緒伯母と顔を見合せた。やがて、お末さんが、僕等には眼もくれずに――いや、その狂った心は、心に浮ぶ神の姿を凝視めて、他の何者の姿も映らなかったのであろう。宙を凝視め、宙を行く人の足どりでふらふらと出て行くのを見送ってから、僕は加津緒伯母にささやいた。

「少し変ですね」

「少しどころか、いよいよ本物らしいよ。どうも困ったことだね」

さすがに加津緒伯母も、いつものような闊達な口の利き振りは出来ぬらしい様子で、沈んだ言葉つきで言い、男のように秀でた眉を微かにひそめた。

やがて、隣り村にたった一人の若い巡査と連れ立って来た、これもやはり、隣り村にたった一人の医者で、長年、鯉沼家へ出入りの吉村という老医師は、澤野叔母の死体を丁寧に調べてから、水による窒息死以外の徴候はどこにもないことを述べ、髪に隠れた頭部の地肌に、打撲によるものと思われる微かな傷痕が認められるが、しかし、これは致命的なものではなく、打撲の時に、相当強い力が加わっていたとしても、僅かの時間、気絶する位のものであろう――と説明した。

「大人が池の中で溺死するなどということは、馬鹿々々し過ぎて、普通ではちょっと考えられないことのようですが、しかし、決してあり得ないことではありません。気絶するかどうかした時には、風呂の中で溺死することだってあるんですから――癲癇のある者などは、顔を洗っている最中に発作を起して、洗面器の水の中へ顔を突っ込んで、そのまま死んでしまうことがあるんです。これだって溺死ですからね――澤野さまは、池の傍を歩いで居られる時に、石か何かにつまずいて転ぶかどうかされたのでしょう。そして、ひどく頭を打って、気絶の状態のまま、池に落ち込まれたのではないかと思いますが――」

澤野叔母の死の原因を索《もと》めるよりも、有名な鯉沼家の屋敷の内部を見ることに興味を起しているらしい若い巡査も、澤野叔母の居間はもとより、池の傍から庭の辺りも仔細に調べて、どこにも異常な点は見出せぬ、と断言した。

「わたし共の見たところでは、変だと思われる点は何もありません。やはり、これは、他殺でもなし自殺でもなし、過失死というべきでしょうな。どうも、とんだ御不幸なことでした――」

若い巡査は、加津緒伯母に鄭重な悔みを述べてから、やや改まった面持ちで、

「しかし、過失死と申しますと、やはりこれは変死で、自然死とは幾分事情も違って参りますから、順序として、一応、上司に報告して指図を受けなければなるまいと思いますが――取り調べのようなものもありますか知れませんし、さぞ御不快でしょうとお察しは致しますが――」

言いにくそうに言うその若い巡査の実直そうな姿を、加津緒伯母は微笑ましげに見やって、鷹揚にうなずいた。

「どうぞ御遠慮なく、御納得の行くまでお調べ下さい。お役目柄致し方のないことはよくわかって居ります」

このような時、加津緒伯母の態度には、常に倍増して、女ながらも人を圧するような威厳が加わる。若い巡査の瞳には、讃歎に似た色が現れた。この巡査の報によって、数時間後に町の警察官の一行が到着し、周到な取り調べが行われたが、その結果は、吉村老医師と若い巡査の見立てを裏書きして、澤野叔母の死は、やはり過失のための水による窒息死、と断定されたのである。

吉村医師と若い巡査が、最初から、全く問題にしなかったように、僕も、自殺の疑いは一度も抱かなかった。

不思議な愛執に心を奪われ、数十年生き永らえた命の甲斐を、今こそ見出していたような澤野叔

母のどこに、自殺の理由が見出せようか。澤野叔母はそれこそ、死んでも死なぬ命をさえ望んでいたに違いなかったのだ。

そしてまた、その点はおくとしても、たとえばどのような深い事情があり、どれほど心を取り乱していようとも、身辺の整理も何一つ行わず、寝巻姿のまま自殺するような澤野叔母ではないはずである。たとえ女の身でも、鯉沼家の者が、確固たる覚悟をもって自決する時には、やはり鯉沼家の者らしい最後の姿を見せるはずなのだ。鯉沼家はどこまでも鯉沼家であり、鯉沼家の者はあくまでも鯉沼家の者である故に——

自殺の疑いはなく、あるとすればあった他殺の疑いも晴れて、死体の仕末が終り、最早住む人のなくなった澤野叔母の居間の中を見廻し、前夜伸べた寝床がまだそのままになっているのを見た時、僕は異様な感慨に打たれたのである。

白地に秋の七草を染め出した軽やかな絽の夏蒲団は、真中が丸く高まり、胸の辺りで折れ返っている——一度その中に確かに横わり、それからふと何かを思い出すか見るかして、掛蒲団を胸の辺りまで軽く掻い退け、何の気もなく脱け出した姿をありありと眼に偲ばせて——

一体、何が、深夜の寝床から澤野叔母を引き出し、池の傍まで誘い出したのであろうか——一体、澤野叔母は何のために、深夜の寝床を脱け出し、池の傍までさまよい出たのであろうか——しょせん、それは謎であり、今更穿鑿すべきではないであろうと思いながらも、僕はやはり、一度とらわれた思いの中から、容易に脱け出すことが出来なかった。

澤野叔母を寝床の中から引き出したのは、不思議な愛執に悩む思いででもあったのであろうか——悩む心を鎮めるために、澤野叔母は、水辺の冷たい空気を恋うたのでもあったのか——そしてそれが結局予言の通りに、水魔が澤野叔母を誘ったことになったのか——

そうであるかも知れぬ。いや、そうなのであろう——だが、謎の死を遂げた祖父の寝床が、やはりこの通りの有様であったことを思う時、不思議な感慨を押え得なくなるではないか——鯉沼家の者は深夜の寝床から何ものかによって引き出され、謎を残した死に様をせねばならぬという、そういう不思議な運命を背負ってでもいるのであろうか――

「叔父さま……」

ふと思いを破られて振り向くと、昨日、僕の心ない問いで失神してから、ずっと床に就いていたはずの蝶一郎が、恐怖の色を瞳にいっぱい浮べて見上げているのであった。

「澤伯母さまはどうしたの?」

「うん……何でもないんだ。心配せずに、お部屋へ帰っておやすみ」

そういう僕の言葉には耳を藉そうともせず、

「死んだの?……死んだの?……」

と熱心に問いかける小さな顔を眺めて、隠しおおせることではないのだが、しかし、昨日、失神するほどの打撃を受けたばかりの柔かい心に、今またすぐに新しい打撃を与えてよいものであろうか――と、ふと逡巡した僕の心を、その濁りない心は、鏡に映すほども明らかに映し取ったのであろうか――

蝶一郎は見る見る蒼ざめ、烈けるほども大きくその眼をみひらいて僕を凝視めたが、やがて、その眼を、ふっと軽く閉じたと思った時は、あっ、と抱きとめる暇もなく、ふいに放り出された人形かなどのような他愛なさで、ばったりと前へのめったのである。

やがて、意識を取り戻した蝶一郎の全身は、燃えるような熱であった。熱に浮かされ、うるんだ瞳をおどおどと動かしながら、今度は、蝶一郎は、

「じいやを呼んで……じいやを呼んで……」

としきりに弥平じいやを求め初めたのだ。

「じいやを?」

嫌いではない、好きだ、とは言いながら、しかし、姿を見るさえ怖れていた弥平じいやを、急に

求め初めた幼ない心の中が、僕には理解出来兼ねた。

「じいやを呼ぶの?」

「うん」

とうなずいて、

「早く呼んで……呼んで……叔父さま……」

と言うその熱心さには、何か知ら、ただならぬ気配のものさえ感じられるのである。

「ほんとに呼んでもいいのかい?」

「うん」

とうなずいて、また、

「じいやを呼んで……じいやを呼んで……」

と繰り返す。熱にうるんできらきらと光る瞳の中には、何か知ら、烈しい苦悶と焦燥に堪え兼ねるような色さえ浮んでいるではないか。これでは、じいやの姿を見た時に、また何か異常のことが起るとしても、その時はまたその時として、今はこの望みを聴き入れてやらなければなるまい、と僕は考えた。

ところが、弥平じいやが入って来た時、また瞳の中に恐怖の色を見せるかと思った蝶一郎が、苦悶と焦燥の色を消した瞳の中に、ほっと安堵の色を浮べ、熱に赤らんだ頬に微笑さえ浮べながら、伯母たちにさえ自分からは差しのべたことのなかったその手を、弥平じいやに向って差しのべたではないか——

この時から、蝶一郎は絶えずじいやを求め初めて、じいやの姿がその傍にある時は、心から安堵の様子でうとうとと眠り、じいやの姿の見えぬ時は、瞳のうちに、烈しい苦悶と焦燥と、そして恐怖の色を浮べながら、しきりにその姿を求めるようになったのである。

それでいて、じいやがもう怖くはなくなったのか、と問えば、やはり、怖いと答える蝶一郎であったのだ。

第十三章　木の誘い

澤野叔母の死が発表されると、今は落魄したとは言え、さすが鯉沼家の昔の権勢を偲ばせて、弔問の客はきりもなく詰めかけたが、僕はその人たちの頭の中に、一様に、鯉沼家ならば、これ位のことは――という気持ちを読んだのである。

一夜のうちに、一家全部が死に絶えても、それが鯉沼家の出来事であれば、この人たちは、やはり鯉沼家ならば、これ位のことはありそうだ、あってもよい、あり得ることだ、と納得して、動じた色は見せぬであろう――僕はこう考えて、心の中で苦笑した。

僕の家からも、父母の代理として女中が来たが、鄭重な悔みを述べ、霊前に焼香を済ませた後は、僕をそっと部屋の外へ呼び出して、面倒のないうちに一日も早く帰るように――という母の言葉を伝えるのが、実はその重な使命であったようなのだ。

「葬式が済んだらすぐ帰ります、と言っておくれ」

僕は神妙にこう答えたが――しかし、帰らなかった。帰る気などはさらさらなかった。

次々と数を増す鯉沼家の謎――それが僕を惹いていた。それがたとえ、しょせんは解き得ぬ謎であっても――

一つの謎はまた謎を生み、その謎はまた新らしい謎を生む。こうして次々と生れる謎が、次には何を生むであろうか――まだ何か起る。起らねばならぬ。ここは鯉沼家なのだ。そうだ、ここは鯉沼家なのだ――こうした思いが僕をとらえて放さなかったのだ。

予感と言うならば予感、期待と言うならば期待――しかし、こうして、異常な事柄に興味を持ち、好奇の心を押え兼ねて、それの起るを望まぬと見せながら、実は待ち望む――こうした邪悪さこそ、人間の本然の姿なのではなかろうか――

僕のその心は意外に早く、澤野叔母の葬儀が済んだその日のうちに報いられた。

夜、邸中の者が、新らしい位牌のふえた仏間に集まって、語ることもなく、ただ黙然と、急に繁くなり初めた虫の声に耳を傾けている時、お末さんが、殊勝げに数珠をつまぐっていた手を急にとめて

「綾姉さま――」

と呼びかけたのだ。その声の気配で、はっと皆は顔を見合せた。また？　確かにそうした気配を感じさせる声であった。加津緒伯母は微かに眉を動かし、綾女叔母は蒼白となった。弥平じいやは何かの色を浮べた眼差でお末さんを凝視めたまま、巌のようにがっしりと静もった姿を動かさず、リツはやや蒼ざめ、しかし、つつましさを崩すまいと一心につとめている。

「あなたは死にますよ」

ああ、やはり――と思いながら見た時、お末さんの瞳には、あの時と同じく物狂おしげな光りが走った。

「木に気をおつけなさい。木の傍へ近寄ってはいけません。木があなたを呼んでいます。しきりに誘っていいます。早く来い、早く来い、ここに安息がある、と言って――あなたはどうしても行かなければならない――ほら、木があんなに呼んでいる――ああ、あなたはどうしても行く――きっと行く――ほら、聞こえませんか？」

静かな中に、物狂おしげな響きをひそめたお末さんの声は、急に高くなり、一段と狂おしげになってきた。

「この屋敷の中をさまよう亡霊が、犠牲《いけにえ》を求めて、今すぐ血の代価を払え――と叫んでいるのが聞こえませんか？――十年間、草に埋れ、虫に蝕まれつくした血の代価を払え、と言っているのが

――今すぐ、ああ今夜、木があなたを誘いに来ます――あなたはどうしても行かなければなりません――」

ふつりと声を切った後は、狂おしげな余韻ばかりが、前にも増した深い静寂の中に、微かに震える尾をひいて残り、一瞬、部屋の空気は死んだようであったが、その時、突然、綾女叔母はすっくと立ち上り、お末さんの胸に数珠を叩きつけて叫んだのだ。

「馬鹿！ 気違い！ 誰が死ぬものか！ 木が誘うなんて、お前があたしを殺すつもりなんだろう――殺せるものなら殺して御覧。お前みたいな気違いこそ死ねばいいんだ――もうわかった。お前が澤姉さまを殺したんだ！――人殺し……」

恐怖と、やりどころのない憤怒のために、綾女叔母は全く狂乱の態であった。

「お前は厄介者の癖に、あたしたち姉妹を次々と殺して、鯉沼家を乗っ取るつもりなんだ。気違いの真似なんかしたって、もう誰が騙されるものか。お前みたいな毒虫こそ、あたしが殺してやる――」

凄まじい形相でお末さんに摑みかかろうとする綾女叔母を、僕は後からしっかりと抱きとめた。

「綾叔母さま、気を鎮めなければいけませんよ。前は前、今は今なんだから、こんなことは気にしさえしなければ何でもないんです」

綾女叔母は振り返って僕を見ると、瞳ばかり燃えるように輝き、どきり、とするような美しさを漲らせている蒼白な顔を、急に弱々しく歪めて、くたくたと崩折れるように座った。そして、そのまま加津緒伯母の膝に顔を伏せて、静かに泣き始めたのである。僕はまずお末さんを遠ざけなければならぬと思った。

「リツ、お末さんを部屋へ連れて行って、何とかして寝かしつけてしまっておくれ」

自分が巻き起した事の騒ぎも知らぬように、けろりとした顔色で、姿ばかりは殊勝らしく数珠をまさぐっていたお末さんは、リツに子供のようにあやされながら、案外、素直に仏間を出て行った。

「何だねえ、子供みたいに泣いたりなんかして——」

加津緒伯母は綾女叔母の背をさすりながら、

「あんな気違いの言うことなんか、ちっとも気にすることはないじゃないか」

「だって、だって、澤姉さまは死んだじゃありませんか」

綾女叔母はせくり上げながら、子供のような他愛ない言い方である。

「澤野は澤野だよ。あれの死んだのは過失だと、あのお巡りさんも吉村さんも言ったたし、それに違いないと町の警察の人もちゃんと言ったじゃないか。夜中にふらふら庭へなんか出るから、ああいうことになるのさ。——まあ、考えて御覧。木が呼ぶだの、木が誘うだのというのは、大方、木に首を縊ることだろうと思うけれど、石につまずいて転んで池へ落ちるということはあっても、石につまずいて転んで首を縊るなんて馬鹿な話は聴いたことがないよ——」

加津緒伯母は、ははは、と笑ったが、さすがに、いつもの闊達な響きはなく、やはり、どこか物想わしげな風情に見えるのであった。厳しいほど端正な顔の秀でた眉の辺りに、微かな憂いの色を沈ませて、加津緒伯母は暫くの間黙然と、綾女叔母の背をさすり続けていたが、ふとその手をとめて、僕を見返った。

「春樹さん、今夜は蝶一郎をお前の部屋へ寝かせておくれ」

「それはいいけど、でも、どうしてですか」

「お末があの様子じゃ、どうも何だか気になるからね。お末がもしまた夜中に、何か変なことでも言い出したら、あの子はどうなるかわからないよ。それでなくてもあの熱なんだから——」

「ああ、そうですね。じゃあ、早速僕の方へ移しましょう」

そうだ、確かにその心づかいは必要であった、と僕も考えた。蝶一郎——痛み易く傷つき易いこの子の心は、薄く張りつめた玻璃のようなものなのであろうか——全く、この心を守るためには、どのような細かい心づかいも細か過ぎるとはいえぬのだ。

「馬鹿げたことだとは思いますけれど、しかし、とにかく、澤叔母さまの例もあることだから、今夜は用心してみましょう。綾叔母さまはどんなことがあっても、決して部屋から出ないこと——もし、何か変だと思うようなことがあったら、夜中でも何でも構わないから、大きな声でみんなを呼ぶこと——じいやとリツには、家中の戸閉りをよく気をつけてもらって、少し位暑いのは我慢して、窓一つも開けないようにすること——」

それぞれの部屋へ引き取る前に、僕はこれだけのことを注意した。

じいやとリツに手伝わせて、蝶一郎を寝床のまま僕の部屋へ移した時、蝶一郎はそうしたことからすでに何かを感じたらしく、

「どうしたの? 叔父さま、どうするの?」

としきりに不安そうに訊ねるのであった。

「どうもしないよ。蝶一郎のお部屋より、このお部屋の方が涼しいからね。蝶一郎は熱があって熱いんだから、涼しいお部屋の方がいいだろう?」

蝶一郎は納得したらしい様子もなく、まじりまじりと僕を凝視めていたが、すっかり寝床を整え終って、弥平じいやとリツが退って行った時、その瞳は、また急に烈しい恐怖の色を浮べたのである。

「じいやはどこへ行くの? 叔父さま」

「どこへも行かないよ。お家の中にいるよ」

「なぜここにいないの?」

「じいやには、お家の御用がいろいろあるからね。ここにいなくてもお家の中にいればいいだろう?——何にも心配することはないから、安心しておやすみ。今晩は僕が一晩中、寝ないで附いていて上げるから——」

僕はこの言葉を、決して気休めに言ったのではなかった。事実、この蝶一郎と綾女叔母のために、

寝ずの番をつとめるつもりでいたのだが、こうした心の張りが、却って、疲労と睡気を誘ったのでもあったろうか。

僕はいつの間にか、うとうととまどろみ初め、こうしてはいられぬ、これではならぬ、と絶えず悩ましく焦せりながら、時々、はっと驚いて眼をみひらき、そうしてはまた、浅い悩ましい焦燥に満ちた眠りの中へ誘い込まれ――幾度かそうしたことを繰り返し、ふとみひらいた眼に、障子にしらじらと白む夜明けの薄光りを認めた時、僕は、がば、と蒲団を蹴って跳ね起きたのである。

あれは何であったろうか――確かに何かの気配を感じたのだが――堪え難く苦しく焦せる思いで、半ば眠り、半ば覚めていた間の記憶を、呼び起そうとつとめながら、ふと、傍らの寝床に眼を移した時、僕は覚えず、あっ！　と突き走る声を上げたのである。

「蝶一郎――」

蝶一郎の姿が見えぬ。――夢の中に物の影の動く気配を感じたのは、では、あれは蝶一郎の姿であったか――何かに呼ばれたように思ったのは――そうだ、あれは確かに蝶一郎の、魂切るような叫び声であった。その声は確かに庭の方から聞こえたようだ――

僕は蚊帳を跳ね退け、障子を開ける間ももどかしく、縁側から裸足のまま庭へ飛び降りた。ひいやりと肌を打つ山の大気のこもった夜明け方の冷気も、僕の心を鎮めはしなかった。きりきりと胸を嚙む自責の思いに、僕は殆んど、狂おしささえ覚えていたのだ。

「蝶一郎、蝶一郎――」

と呼び立てながら、広い庭の中を探し廻っている時、加津緒伯母の居間の障子がさらりと開いて、寝巻姿の加津緒伯母がするすると縁先へ出て来た。

「どうしたの？」

「蝶一郎が見えないんです」

「えっ？」

と加津緒伯母は眼をみはり、

「そんなことはないだろう？　お前、寝呆けてるね。あの子は、熱で動けないはずじゃないか」

「そうだと思っていたんですが、いつの間にか見えないんです」

「何てことだろう。仕様のないのろまな番人じゃないか」

加津緒伯母は舌打ちしながら、庭下駄を突っかけて自分も庭へ出て来た。

間もなく、蝶一郎の姿は見つかった。裏庭のずっと奥の、茂り合った木立ちの下に、蝶一郎は死んだように生気のない姿で倒れていたのだ。

「蝶一郎！」

冷たい土にひざまずいて抱き起すと、蝶一郎はそれでもうっすりと眼をみひらいて、確かに僕の顔を認めたようであった。

「大丈夫かえ？」

朝露に濡れる裾を引き上げながら近寄って来た加津緒伯母は、気づかわしげに蝶一郎の上に屈み込んで、

「何だってこんな所へ出たものだろう？　熱にでも浮かされたのかねえ――」

「きっとそうでしょう。何か夢でも見たのかも知れませんね」

「怪我でもしているのじゃあるまいね？」

「いいえ、そんなことはないようです。しかし、とにかく吉村さんを呼ばせましょうか」

「怪我がないならいいだろう。下手にいじり廻されるより、熱があるなら冷やして、静かに寝かせておいた方がいいだろう」

「じゃあ、そうしましょう……」

と言いながら、立ち上ろうとして、ふと、上を仰いだ時、ああ、そこに僕は何を見たろうか。茂った木立ちの蔭になっているために、立ったままの姿では却って見えず、座っていたからこそ見え

たのだが——

茂り合った葉の中に、蒼白な綾女叔母の顔が——首に固く喰い込んで葉の中に消えている燃えるような緋のしごきと、鮮やかな木の葉の緑との対照が、この場合ではあるけれど、いや、この場合であればこそ、魂の震えるような悽愴な美しさであった。

ああ、予言はまた当ったのだ。木が綾女叔母を誘い、綾女叔母は木の誘惑を拒むことが出来なかったのだ。

第十四章　死の渦

再び呼ばれて来た吉村老医師は、綾女叔母の死体を調べて、これは完全なる縊死であると言い、このような死に方は、自殺以外には絶対に出来ぬ、と断定した。一緒に来た若い巡査も異論を唱えず、澤野叔母の時と同じく、数時間後に町から到着した警察官の一行もその説を裏書きした。周囲の情況はどうあれ、綾女叔母の死そのものの状態は、完全なる自分の意志によって決行したもの、と見る他はない状態であったのである。

それにしても、あれほど木の誘いを怖れていた綾女叔母を、遂に誘い出してしまった木の誘いとは一体どのようなものであったのであろうか——綾女叔母は木の誘いを怖れるあまり、精神の錯乱を来し、却って、木の誘いに乗る結果となってしまったのであろうか——そのような状態に見え、吉村医師も若い巡査も、町の警察官の一行も、そう考えているらしい様子であった。と言っても、この人たちは、お末さんの予言のことは知らぬのだが、とにかく、綾女叔母の死は、何かの事情による一時的の、或いは発作的の精神錯乱の結果の自殺とされて解決したのだ。

精神錯乱の名が被せられたのは、死そのものは、完全なる自分の意志による自縊死でありながら、周囲の情況には、その死のために集中した精神的な凝固の跡が少しも見られなかった故である。

綾女叔母は、寝巻のままの死に姿であった。祖父や澤野叔母と同じく――綾女叔母の居間に敷かれた寝床は、確かに一度その中に横わり、それから、ふと、何かを思い出すか見るかして起き出したように、枕にくぼみがつき、紫地に、その名にちなむあやめの花を大きく白く染め抜いた軽い絽の夏蒲団は、体の丸味を残したまま、胸の辺りまで掻い退けられていたのだ。これもやはり、祖父や澤野叔母と同じく――

鯉沼家の者らしくない最後だと言ってみたところでどうしようか――精神錯乱の結果とあれば致し方もないことなのだ。しかも、鯉沼家の者らしくない最後を遂げたのは、綾女叔母ひとりではないのだ。鯉沼家の者が、鯉沼家の者らしくなく死ぬ――まるでそのような時が来でもしたかのような有様ではないか――

「まことにどうも、とんだ御不幸続きで――」

やがて、調べるだけ調べ終えた吉村医師と若い巡査は、鄭重に悔みを述べた。澤野叔母の死の時は他の人たちと同じく、鯉沼家ならば――と考えていたらしいこの二人も、今はその鯉沼家であるために常の場合に倍する烈しい好奇心を抱き、そしてまた、やはりその鯉沼家であるために、ぶしつけな問いは差しひかえなければならぬ、と考えているらしい顔色が、僕には明らかに読まれたのである。

帰る時、この老医師は、僕に、何か気づかわしげな、そしてまた、物問いたげな眼差を投げ、しかし充分に人前をわきまえて、無駄な言葉はつつしむ態度で、

「清也も休暇で帰っています」

と言った。

「先日、あなたがこちらへ見えて居られることを話しましたら、非常に懐かしがって、ぜひ会いたいと言っていました。お取り込みが済んだら、気晴らしに少しお話にいらっしゃい」

「ありがとう。いずれ僕もうかがいますが、清也君にも遊びに来るように仰言って下さい。まだ当分はいるつもりですから――清也君が一人前のお医者さんになって、お父さんの後を継ぐのももうじきですね。お楽しみでしょう」

ははは、と老医師は笑った。僕と同年で、大学へ入ってからは別れ別れになったが、小学校も中学校も同級であり、医学を修めて、今は大学の研究室に残って研究中のその息子の将来を愉しむ色が、ちらと、その遠慮勝ちな瞳の中に現れた。

検死、訊問――とすべてが順序通りに運んで終り、死者に対しては最早、何等のつくすべき手だてもなく、ただその冥福を所るばかり――となった時、僕は初めて、この騒ぎに取りまぎれて、さっき僕の部屋へ寝かせたまま、数時間も忘れるともなく忘れていた蝶一郎を思い出した。

「ああそうだ。蝶一郎をすっかり忘れていた――どんな具合いでしょうね？　さっき吉村さんに、ついでに診てもらうとよかったですね」

「なあに、熱位なら大したことはあるまいよ」

気丈なその心も、やはり、さすがに、打ち続く異常な出来事から受ける打撃はまぬかれ難かったものであろうか、加津緒伯母は、この人には珍らしく、微かに放心の口調であった。

「でも、大分熱が高かったようですからね」

「そう心配するほどのことはないさ。子供というものは、放っておいても自然に育つように出来てるらしいから、あれ位のことを気に病むと、却って弱い子が出来てしまうだろう。――さっき、ちょっと覗いてみた時は、よく眠っているようだったよ。なまじっか下手に眼を覚まさせて、また怯えられても困るから、そっとしておいたけれどね」

「じいやかリツか、誰かついてますか」

「じいやは忙しいだろう。リツは震え上ってしまっているよ」

「お末さんは？」

「あれは、この騒ぎも知らないで、まだ寝てるよ。人の前で、変なことでも言い出されると困ると思って、わざと起しにもやらなかったのだがね。警察の人にも、少し頭の変な病人だと言っておいたのさ。まあこんな時は、寝てる者は寝かしておくに限るよ」

加津緒伯母の言葉を聴いていると、怯えのための子供の熱などは、取るにも足りぬもののように聴こえ、また、いかにもそのようなものであるかも知れぬとも思いながら、しかし、やはり、病気でないとは言え、病気の状態にある子供を、数時間も打ち捨てておいたことが気懸りで、僕は、

「ちょっと様子だけでも見て来ましょう」

と言い置いて部屋へ戻った。——廊下からちょっと覗いて見た時、蝶一郎は、顔をやや向う向きに傾けてよく眠っていた。眠っているように見えた。これならば加津緒伯母の言う通り、静かに眠らせておいた方がよいかも知れぬ——と僕はそのまま引き返そうとしたのであったが、ふと、あまりに静か過ぎるその姿に異様な胸騒ぎを感じ、急ぎ足に枕許へ寄ってその顔を覗いた時、僕は思わず、あっと息を呑んだのであった。

これが寝顔——いや、いや、このような生気のない寝顔というものはあるものではない。たとえどのような病気にしろ、ただ眠っているだけならば、どこかに脈打つ生命のしるしは感じられるはずである。その小さな額に手を触れてみようとしてなお顔を近づけ、そして、その透き通るような鼻孔から一筋流れている血に気づいた時、僕は触れかけた手を打たれたように引き込め、

「伯母さま、伯母さま——」

と森閑と静もり返る広い邸中に轟くような大声で呼び立てたのだ。

「早く来て下さい。大変です。蝶一郎の様子が変なんです——」

間もなく、畳廊下を小走りに、しかし、決して取り乱してはいない姿で現れた加津緒伯母は、まず、僕をきっと凝視めてから、するすると蝶一郎の枕辺に近寄り、膝を突いてその額に手を当てた。それから小さな寝巻の襟をはだけて、心臓の辺りに手を当てて、暫くじっと瞳を凝らしていたが、

やがて顔を上げて僕を眺め、静かに首を振ったのである。

「死んでいる……迂闊だった……油断が過ぎたよ……」

たとえようもなく深い沈んだその声を聴き、一瞬にして、厳しい端正なその面をおおいつくした深い悲嘆の色を見た時、僕は響くように理解した。蝶一郎をしんじつ心から、まことの愛で愛していた者は、やはり、澤野叔母でもなく、綾女叔母でもなく、この加津緒伯母であったのだ、と

――

このような場合、澤野叔母や綾女叔母ならば、涙が涸れるほど泣きもし、死ぬほど悶えて嘆きもしようが、しかし、結局はただそれだけのことで、月日が立てば自然に薄れ、その時それほど悲しんだという、その思い出に甘えるだけのような気がするのだが、加津緒伯母の場合は、泣きもせず、愚痴も言わず、涙一つ流しもせぬ――それでいて、決して薄れることもなく、忘れることもなく、生涯その心に痕を残し、もしかすれば、その運命の形をさえ変えるかも知れぬほどの深い悲しみである――と、僕はこのように感じたのだ。

天上の子、蝶一郎！　この子も遂に死んだのか――あまりにも静かなこの最後は、天上の子なるこの麗わしい子が、そのまことの故郷なる天上を恋い、汚濁に満ちたこの世を厭うあまり、人目を避けてひっそりと飛び立ちでもしたように思われる最後ではないか――

「お末さんに知らせなければいけませんね」

一時に胸を圧し初めた悲哀の思いに堪え難く、そしてまた、加津緒伯母の悲嘆の面を長く見るに得堪えず、僕は顔をそむけてこう言いながら立ち上ろうとした。

「そうだね、あれでもこの子の母親には違いないんだから、ちょっと呼んで別れをさせてやりましょう」

「僕が行って来ましょう」

「いいえ、いいよ。わたしが行くよ。あまり急に驚かせて、あれまで変なことになっては困るか

らね——」

加津緒伯母が部屋を出て行って間もなく、僕は異様な物音を聴いて顔を上げた。そして、傷ついた獣の吠え声のようなそれが、いつの間にか部屋へ入って来て、隅の方に座ったまま、つい今の今まで巌のように黙然と身じろぎさえもしなかった弥平じいやの、その巌のような全身を揺すっての慟哭の声であると知った時、僕の心は、よろめくほども烈しく打たれたのである。あのじいやが泣いている——祖父の死後、言葉も言わず、声を出そうともしなかった弥平じいやが、傷ついた獣の吠え声のような、悲しく苦しく物狂おしげな声を上げて泣いている——

ああ、蝶一郎よ！　お前が厭って飛び去ったこの世の人は、しかし、これほどまでにお前を愛していたのだ。蝶一郎よ！　お前が幼ない身をひとり行く昏い黄泉路《よみじ》の旅立ちには、じいやのこの、命を絞る慟哭の声こそ、何にも増しての餞けであろう！——

間もなく、畳廊下をいつになく荒い慌しい足音を立てて戻って来た加津緒伯母の顔は蒼白であった。

「どうしたんです？」

「お末は死んでる——」

「えっ？」

「殺されているよ」

「何ですって？」

「首を絞められて——」

「それはほんとですか」

加津緒伯母はうなずいた。僕は加津緒伯母を突き退けるようにして部屋を出た。廊下を二三歩行った時、加津緒伯母が、

「何も彼も運命《さだめ》なのだよ。この子もこれが運命だったのだよ——運命というものは人の力では動

かせるものではなかったのだよ――」

と涙ぐんででもいるような声で言っているのが聴こえた。

――加津緒伯母の言った通り、お末さんは、首を絞められて、蚊帳の中の寝床の上に、斜かいに倒れて死んでいた。枕許の方の蚊帳の吊り手が一箇所外れている他には、部屋の中には格別取り乱した様子もない。

部屋の入口に立って、これだけの様子を見届けた僕は、それからすぐに廊下を廻って、裏手の方にあるリツの部屋へ行った。

「リツ、また吉村さんへ行ってくれ。それから警察へも――」

リツはさっと蒼ざめて僕を見上げた。

「あの、今度は――」

今度は――この言葉が僕の胸を突いた。そうだ、今度は――このリツの言葉が、今の鯉沼家の運命を、一番によく言い現している。

今度は誰の番か？　と何かに問うてみたくなるほど、鯉沼家の者は次々と不思議な死を遂げて行く――あのお末さんまでも――もしかしたら、あの狂気は見せかけのもので、自分の予言をまことらしく見せかけるために――この人は鯉沼家の姉妹たちに恨みがあるはずなのだ――狂気を装って帰って来たのは、その恨みを晴らすためではなかったのか――と漠然と疑っていたあのお末さんまでも――

残った者は、最早、あの加津緒伯母ただひとりだけではないか――では、この自分は？――鯉沼家の跡目に、と一度は望まれたこともあり、今はこうして加津緒伯母と共に、不思議な死の渦の真只中にいるこの自分は？――こう考えた時、僕は背筋に、慄然としたものの走るのを覚えた。僕はその考えを振り退けるように、わざと乱暴にリツに言った。

「今度は蝶一郎だ。それからお末さんだ。あの気違いが死んだのさ。せいせいするじゃないか。

人の運命は予言出来ても、自分のことはわからないらしいよ」

部屋へ帰ってみると、加津緒伯母がただ一人で、蝶一郎の死顔に薄い化粧をほどこしてやっていた。蒼ざめた小さな浄らかな顔が、生ける者のようなあでやかな色どりを加えて行くのを、僕は黙って凝視めていた。

「よし、よし、これでよし——みんなお前の傍へ行ってしまった——一人じゃないから淋しくはないだろう——」

化粧を終えた加津緒伯母は、こう呟きながら、暫くじっと蝶一郎の、この世のものならずあでやかに美しい顔を凝視めていたが、やがて、ほっと深い息をつくと、

「煙草をおくれ」

と言った。

「伯母さまは煙管でなければ駄目なんでしょう? 取って来ましょうか」

「いいえ、お前のそれでいいよ。あれはもうないのさ」

そう言えば、この邸中、どこへ行くにも、伯母には附き物の、あの朱塗りの煙草盆と金口の煙管とを、今日は一度も見なかったことを僕は初めて思い出した。

「どうしたんですか」

「壊れてしまったよ」

伯母は投げたように言って微かに苦笑した。

「煙管も折れてしまった——今朝、お前が蝶一郎を探していた時、吃驚してあわてて飛び出したものだから、蹴つまずいてしまってね」

加津緒伯母は、僕が火をつけて渡した紙巻を、味も香りもなさそうに、ただ、やたらに煙りばかりを吐きながら、

「人が喜ぶよ」

とぽつりと言った。

「え？　何がですか」

「いいえさ、いい話の種になるだろうということさ。鯉沼家には死神が取り憑いた、幽霊屋敷になってしまった、と言ってね。それでなくても、今までさえ、いいかげんに化物屋敷扱いをされてたのだからね――あっちにもこっちにも死人ばかり――こうなると、だんだんふえて行く死人の数を数えるのが面白いようじゃないか」

最早、何事も運命のままと諦め切ったように、深い悲嘆の翳を払ってしまったその厳しいほど端正な顔に、ほろ苦い微笑さえ浮べながら、加津緒伯母は言うのであったが、その調子には、さすがに、いつもの闊達な響きは薄かった。

「わたし一人になってしまった――」

暫く黙然と煙りを凝視めていた加津緒伯母は、やがてまた、ぽつり、と言った。

「わたしみたいなお婆さんが、たった一人ぼっちで残ったところで、どうなるものでもありゃしない。わたしはもう、何をする張りもなくなったような気がするよ。お前でも、この鯉沼家の後継ぎになってくれればだけれどね。この子の代りに――もっとも、お母さんがまたひどく反対するだろうが――」

「伯母さまは、蝶一郎を後継ぎになさるつもりだったんですか」

「はっきりそうと決めてしまったわけでもないけれど、この子なら、馬鹿でもなさそうだし、見かけも悪くはなし鯉沼家の後継ぎとして人前に出しても、恥ずかしくはないだろうと思ったのだけれどね」

「蝶一郎はもう駄目だけれど、探せば鯉沼家の縁続きの家もあるでしょうし、その中には、僕なんかよりましな人が幾らでもいるでしょう」

「筍みたいなものでね、それは探せば幾らでもいるにはいるだろうが、さてとなると、この子ほどの者は、一人だっていはしないさ」

「もしかしたら、そのうちに、伯父さまがひょっこり帰っていらっしゃるかも知れないじゃありませんか」

加津緒伯母は答えずに、指を焼くほど短かくなった煙草を、それさえ気づかぬ様子で凝視めていたが、

「物事というものはね――」

とやがてまた、ぽつり、と言った。

「初めがあれば、必らず終りがあるものだよ」

第十五章　石の重さ

顔馴染みになった若い巡査の後から、微笑を湛えてこちらを眺めている顔を見た時、僕は、あっ、と驚いた。

「清也君！　清也君じゃないか――お父さんの代理で来たのか」

「そうでもあり、そうでもなし、理由はいろいろあるよ。君にも会ってみたかったし、有名な鯉沼家の今の様子も覗いてみたかったし――こういう機会に、と言うのも変だけれど――」

こう言いかけた清也は、僕の傍にいる加津緒伯母に気づき、はっとした風で、

「どうも失礼申しました」

――と頭を下げた。

「いいえ、なかなか正直に言いなさる――」

加津緒伯母は面白そうに笑いながら、

「どうぞ、どこでも御自由に御覧下さい。邪魔にならないように、わたしは向うに引っ込んでいましょう。――春樹さん、用があったら呼んでおくれ。じゃあ――」

清也と巡査に、鷹揚な態度でうなずいて見せて、加津緒伯母は庭伝いに居間の方へ去って行った。僕は清也を、まず蝶一郎の傍へ案内した。加津緒伯母の最後の心づくしの薄化粧をほどこされた蝶一郎の死顔を見た時、清也の顔には深い感動の色が現れた。しかし、清也はすぐに、科学者らしい冷静さでその色を押え、

「鼻血が少し出ていたんだが、伯母が拭いてしまったのだよ」

と言う僕の言葉にうなずきながら、蝶一郎の死体を調べ初めたが、やがて顔を上げて僕を見たその眼差には、厳しい叱責の色が現れていたのである。

「こうなるまで何故捨てておいたものだろう？　これは君、ジフテリヤだよ」

「ジフテリヤ？――じゃあ、やっぱり病気だったのだね？」

「やっぱりと言って、それじゃ、少しは変だとは思ったのかい？　それでいて何故放っておいたのだい？」

「放っておいたわけじゃないが、病気だとは思わなかったんだ。怯えただけだと考えていたんだ。そう考えてもいいような事情があったものだからね――」

今更何と取り返すすべもない迂闊さに心をさいなまれ、苦しい弁解だと自分で感じながら、僕は、蝶一郎がこうなるまでの成り行きを細かに語った。

「伯母が何と言おうと、僕だけでももう少し注意するとよかったんだが――」

「全くだよ。それほど大事な子供を、誰でも気がつかずにいられないようなことに気がつかずに死なせてしまうなんて、鯉沼家という所は恐ろしい所だね」

清也の言葉は苦々しそうであった。

「しかも滅多に生れそうもないこんな綺麗な子供を――全く、こんな綺麗な子供というものは見

たことがない。これは正に、造化の神の特別心をこめた丹精品だね。こんな綺麗過ぎる子供は、普通の子供とは、どこか変っている方が自然な気がする位だよ」

「そう言えばこの子は確かに変っていたよ」

と僕は、度々不思議な思いをさせられた蝶一郎の、じいやに対する態度を語った。清也はうなずきながら、はだけた蝶一郎の寝巻の襟を搔き合せてやっていたが、

「おや、これは何だい？　こんなものが懐中から転げ出したよ」

と言いながら、淡青色をしたセルロイド製の仁丹入れを拾い上げて見せた。

「じいやのお呪禁の薬というのは、これじゃないのかい？」

「ああそれだよ。しかし、どうしてそんなものを持っていたんだろう？　ちっとも気がつかなかったが――」

「寝つくようになってから、この子は外へ出たことがあったか知ら？」

暫く黙って仁丹入れを眺めていた清也が突然に問いかけた。

「いや、なかったはずだ。今朝は別だが――」

うむ、とうなずいて、清也はその仁丹入れをポケットに入れ、ふととらわれかけた思いを振り放すように勢いよく立ち上った。

「話は後にして、まず仕事を片づけよう――次には、綾女さんとかいう叔母さんの死体を見せてくれないか」

「綾女叔母の？――しかし、あれはもう、君のお父さんと、町から来た警察医が調べてしまったのだよ」

「親父は親父、僕は僕だよ」

清也の言葉には、まるで僕を叱かりつけてでもいるような、きっぱりとした響きがあった。

「僕は白紙のまま、眼に見えるもののすべてを見てみたいんだ。経緯を辿り、解釈をつけるのは

それからさ」

吉村医師と町の警察医が念入りに調べた綾女叔母の死体を、清也は更に念入りに調べた。死体の髪を分けて地肌を覗き、果ては、指で一々触ってみていたが、その指がやや暫し、一つ所で動かなくなったと思うと、

「これでよし——」

と決然とした風に呟きながら、死体の顔に白布をかけた。

「さあ、今度は、お末さんという人の番だ」

お末さんの部屋の中の様子を調べ終ってから、いよいよその死体を調べるために、蚊帳を取り外し、明るい日光の中に露き出しにされた死体を眺めた時、僕は心の中で、あっ！　と叫んだ。そうか！　そうであったのか——これはもっと早く気づくべき事柄であったのだ。

これは綾女叔母の、憤怒と恐怖と絶望のあまりの惨劇なのだ——この考えは、最早、疑う余地のないものと僕には思われたのである。

姉妹中で、一番呑気で他愛ない気質を持っているように見える綾女叔母ではあったが、しかし、澤野叔母と争った時や、お末さんを罵しった時の様子でも知られるように、呑気らしい気質の一面、綾女叔母は、かっと激情にとりつめれば、前後の分別も見境いもなくなるほど、烈し過ぎるほど烈しい気質も持っていたのだ。

鯉沼家の者が、一つのことに思いを凝らし、その思いが凝り固まった時には、その事により、場合により、結果はこうした惨劇となって現れるのだ。しかしまた、必らず、それを償うのも鯉沼家である。綾女叔母は、やはり鯉沼家の人であった。

「わかったよ。清也君、これは綾女叔母の仕業だ」

「何故そうすぐわかる？」

清也は興もなげに問い返した。

「お末さんの首に巻きついているその薄いショール……あやめの花が散らしてあるだろう？　蚊帳の外から見た時はわからなかったが――それは綾女叔母のものなんだ。派手好きな綾女叔母は、自分の身の廻りの物には何でも、自分の名から思いついたあやめの花をつけて喜んでいたんだ。――綾女叔母はお末さんを殺して自殺したんだよ」

「名論だね――理由は？」

「お末さんから、お前は今夜中に死ぬぞ、と予言されて、かっと腹を立てたんだ。昨夜も、みんなの前でお末さんに摑みかかろうとした位だから――」

「ふむ、いよいよもって明らかだ、と言いたいが――しかしね、春樹君、綾女叔母さんは自殺したのではないよ」

「何だって？　しかし、君のお父さんは――」

「親父は親父、僕は僕だと言ったじゃないか。綾女叔母さんは、殴られて気絶させられてから木に吊るされたんだ。だから完全縊死だったのさ。頭の地肌に、ちょっと見たのでは髪の毛にぼかされてわからないけれど、指で触ってみると、固い瘤になっている所があったよ。眼で見た位ではよくわからないから、親父もつい見落したんだろう。澤野叔母さんの頭に傷があったと聴いた時から、僕は綾女叔母さんの頭にもあるかも知れない、きっとあるだろう、いや、あるはずだ――と思っていたんだ」

「すると、澤野叔母は……」

「そうさ、やっぱり殴られて気絶させられてから、溺死させられたのさ。これが、綾女叔母さんの方が先に死んでいたら、澤野叔母さんの傷を見た時にもう、親父も変だと思ったに違いないのだが――何しろ、最初だったし、それに……」

清也はちょっと言葉を切って、笑いながら僕を見て、

「鯉沼家だからね」

と言い足した。

「え?」

「いや、鯉沼家には、いろいろと不思議な魔法があるということだよ。――まず第一が、鯉沼家の鯉沼家という名前と、その名前から聯想する、今では一つの伝説のようになっている鯉沼家の歴史だ。鯉沼家と言えば、今でもこの通り大したものだが、昔は殆んど大名格の家柄だったということだね。それはあの庭や、この邸の造りや、それから方々に飾ってある鎧だの兜だの、槍だの薙刀だのという武器類を見ても、いかにもそうだったろうとうなずかれる。他の家にこういうものが置いてあったら多くの場合、骨董品としてのただの飾り物としか見えまいが、鯉沼家では、それがいかにもしっくりして、鯉沼家はこれでなければならぬ、という気がする位だ――親父から聴いたのだが、君のお祖父さまの代までは、鯉沼家の人が他の村へでも行く時は、この里の者は総出で、羽織袴で村境いまで見送り、その村の者も、重だった者がやはり羽織袴で村境いまで出迎えたものだそうだね。鯉沼家の魔法の第二は、そういう鯉沼家に対する人々の、鯉沼家は鯉沼家だ、という観念だ。この観念が、殆んど魔術のような作用をするんだ。――まず、考えても見給え。赤ん坊ではあるまいし、大人がつまずいて転んだ位で、そうやたらに気絶するものだろうか。しかもその上御丁寧に、池へ落ちて溺死するなんてことは、普通ではちょっと考えられないことだよ。普通なら、傷を見たとたんに起きなければならない疑いが起きなかった――というところが、つまり鯉沼家の魔法なのさ。その魔法に、親父は、いや親父ばかりじゃなく、わざわざ町から出張したお歴々も、二度とも見事に引っ掛ったが、しかしさすがに、三度目の今度は親父も、幾ら鯉沼家でも、これは少し変だ、と考え初めたものらしい。――それで、お前、代りに行け、俺だと、鯉沼家は鯉沼家だ、という頭が邪魔をして、どうも思うようにやりにくいけれど、お前だったら存分にやれるだろう、鯉沼家だからとて、決して遠慮するな――ということになったのさ。おや、君は変な顔をしているね?」

清也は、ははは、と笑った。

「この死体にも、いろいろと鯉沼家の魔法をかけられた跡がある。――この死体は三度殺されてるよ」

「何だって？　三度？――」

「と言っても何も驚くことはないさ。三度殺された、と言っても、何も三度死んだという意味じゃないんだから――僕の言うのは、この死体には殺意のある手が三度加えられた形跡がある、ということなんだから――一度は手で、二度は紐で――これを見給え」

清也は死体の首を指し示した。

「耳の下の辺に薄い痣のようなものがあるだろう？　これは指の痕だ。最初にこれで絞められて――この時は死んだかどうか……恐らく気絶した位のものだろう。二度目は紐で締められて、これで完全に死んでいる。このショールも、しごいて細くすれば紐になるには違いないが、しかし、この肉に喰い込んでいる痕を見ると、もっと細いものだ。これがそうではないかと思うが……巾も合うし――」

清也は、蒲団の傍に解き捨てられているお末さんの腰紐を指さした。

「三度目がこのショールだ。これも相当強く締めてはあるけれど、この時はお末さんは死んでいた。――だから、これは見せかけで、綾女叔母さんに罪を着せるためのからくりなのだよ。これをやった人間は、綾女叔母さんがその時はもう死んでいたことを知っていたに違いないね。これが綾女叔母さんの仕業だとすれば、三度も人の首を絞め直して殺すほど落ちついた人が、急に何をあわてて、寝巻のまま庭へ飛び出して首を縊ったか、それがわからなくなるじゃないか――」

清也は一々説明しながら、丁寧に死体を調べたが、死体にはこの他には、右の眉から額へかけて何か細い棒のようなもので打たれたと思われる細長く腫れた痕があるだけであった。

「おや、これは何だろう？――」

調べ終えた死体の頭を動かした時、敷布の、今まで死体の肩に隠されていた部分についていたぽっちりと黒い焼焦げの痕に眼をとめて、清也は不審そうに呟いた。

「煙草の火が落ちたんじゃないのかい？」

と僕は言った。

「そうらしいが、しかし、お末さんは煙草を吸うのかい？　ここには煙草の道具はないようだが
――」

「お末さんは吸わないけれど、これはきっと、ずっと前についたものだろう。この家は今でこそ女護島のようになってしまったけれど、昔は男も大勢いたんだからね」

清也は焼焦げの痕を指でこすって見ながら、

「この邸で煙草を吸う人は？」

「加津緒伯母と僕とじいやだけだ。澤野叔母と綾女叔母も時々吸うことはあったけれど、気まぐれに悪戯をしてみる、といった程度だった。お末さんとリツは全然吸わない」

「そう、それじゃ、ここはもういい。今度は綾女叔母さんの最後の場所を見せてもらおう」

「しかし、あそこにはもう何もないはずだよ」

「あるかも知れないし、ないかも知れないし、それは見てみなければわからないさ」

やがて、綾女叔母の縊れた木の下に立った清也は、枝を見上げて高さをはかり、それからその枝の下の、綾女叔母が踏台にしたと思われる四角い切石を眺めていたが、突然、

「この石は前からここにあったの？」

と訊ねた。

「さあ、それはどうだったか――腰掛け代りに方々にこんな石があるから、場所は一々はっきりは覚えていないよ」

「相当重そうな石だね」

と呟きながら、清也は腰を屈めてその石に手をかけ、持ち上げようと試みているらしく、顔を赤くいきませて踏ん張っていたが、ようよう四五寸も持ち上げると、すぐに手を放してしまった。

「なかなか重いよ。これは――君は持てるかい?」

そう言われて僕も試してみたが、やはり四五寸も持ち上げると、その重さに堪えられなくなった。

「あなたはどうです?」

と清也は若い巡査に声をかけた。黙って清也に従いて歩き、その調査振りを珍らしそうに眺めていた若い巡査は、笑いながら石に手をかけたが、結果はやはり僕等と同じことであった。巡査は腰を伸ばして手をはたきながら、

「これは前からここにあったものでしょう。こんな重い石をやたらに運べるわけはありませんからね」

「まず、男でも、普通程度の力の者では、転がすか引きずるかしなければ運べない、女には、見世物の大力女でもなければ絶対に運べない、ということがはっきりしたわけですね」

「大分いろいろとお調べになったようですが、何か証拠は見つかりましたか」

「そう、まず少しはね――しかし、僕は、鯉沼家のこの事件の解決には、物的証拠も無論大切だけれどもう一つ、鯉沼家の歴史と精神を知り、鯉沼家を理解することも大切だと考えているんです」

「犯人の見当はおつきになりましたか」

「大体……いや、ほぼ確実に――」

「それは誰ですか」

一度断定された澤野叔母と綾女叔母の死因をくつがえしてしまった清也の調査振りに、烈しい興味を抱いているらしい若い巡査の問いは、急に無言の行を解かれた人のように性急であった。

「この邸内の者です」

「邸内の者?」

と僕は問い返した。

「今この邸に生き残っている者は、加津緒叔母と僕とじいやとリツだけだが、それじゃ、犯人はこの四人の中の誰かだということになるんだね？」

「そうだよ。それをこれから明らかにしようというのだよ」

「外から誰か入ったということは考えられないかね？」

「考えられないね。絶対に――あの堀を泳ぎ渡るだけならまだしも、この厳重な塀を乗り越えるなんてことは、軽業師か忍術使いででもなければ絶対に出来ない芸当だ。それに外部の者はお末さんの予言を知らない。これはお末さんの予言を知っている者の仕業だよ。――まず調べるだけのことは大体調べつくしたつもりだ。後はこうして得た材料を整頓して、当てはまるべき事情に当てはまるかどうかを検討して、そこから結論を引き出すだけだ。――さあ、君の知っていることは何でも話して聴かせてくれ給え。僕は鯉沼家のことなら何でも知りたいのだ。たとえば茶碗の壊れたようなことまでも――」

「そんなものは壊れはしないが――」

僕はこう言いかけて、ふと思い出した。

「ああ、そうだ。そう言えば加津緒伯母が、愛用の煙草盆と煙管を壊してしまったと言っていたよ」

清也は僕の言葉など聴いてもいないように、あちこち庭を眺め渡していたが、

「おや、あそこに珍らしい祠があるね。あそこへ行こう」

と先に立って歩き初めた。加津緒伯母の居間の前を通る時、文机にもたれて庭を眺めていた加津緒伯母が、僕等の姿を認めると、そのままの姿勢で声をかけた。

「もう済みましたか。何かわかりましたか」

「はあ、すっかり――伯母さまが煙管を折って不自由していらっしゃることや、じいやがお呪禁

の薬を失くして困っていることや——そんなことまでわかりました」

微笑みながら答える清也を、加津緒叔母は、愛撫するような眼差で眺めていた。

第十六章　最後の一人

築山の上の古い祠の前で、草に腰を下ろし、清也に促されるままに、鯉沼家について知る限りの事情を語りつくしてから、僕は清也に迫った。

「君は、この事件の犯人は、今生き残っている、四人の中の誰かだと言ったね？　さあ、聴かせてくれ。それは一体誰なんだ？」

「君ではないよ」

と清也は微笑した。

「君にはあの石を運ぶことなどとても出来ないし、気絶した女を抱えて、この広い庭を横切ったり、木に吊したりするような芸当も出来そうには見えない。あの石は、他の場所から運んだものだよ。前からあったものなら、草が生えてるわけもないし、土もじめじめしているはずだが、石を持ち上げた時に覗いてみたら、無論へし折れてはいたが、まだ新らしい草が生えていた。しかもあの附近に、あの重い石を押し転がしたり引きずったりした跡がない所を見ると、あれは両手で抱えて運んだものだよ。綾女叔母さんの踏台に見せかけるためと、それから、綾女叔母さんを木に吊り下げる時の、犯人自身の足場として必要だったのだ。女には絶対に出来ない。君も駄目だ。蝶一郎はこういう場合の男の数には入らない。残るのは一人だ。——さあ、誰だね？」

「じいやだ！」

僕は深い驚きに打たれて叫んだ。

「そうだ。じいやだ」

「しかし、それは信じられない。じいやは鯉沼家のためには、百の命も喜んで捨てるほど、忠義一途に凝り固まった人間だよ。そのじいやが、鯉沼家の人間を三人も殺すなんて――君の言うのがほんとだとすれば、じいやは狂っていたということになる――」

「いや、三人じゃない。じいやが殺したのは二人だ」

「え？　しかし、殺されたのは三人だよ」

「一人はじいや以外の人によって殺されたのだ。――まずじいやの方から片附けよう。じいやは決して狂ってはいなかった。これは確固たる意志と決断をもって成された仕事だ。しかし、或る意味から言えば……と言うのは、世間普通の常識のことだが……それから言えば、君が言う通り、じいやは確かに狂っていたと言えるだろう。じいやの犯罪は、今君の言った、鯉沼家に対する忠義一途に凝り固まった心から起きたのだからね。もっとも、今度の二つの殺人は、前に犯した二つの殺人が露見しそうになった危険から身を守るためもあったのだが――二度目の殺人にも、鯉沼家に対する忠義心と同時にやはり、最初の殺人の露見の危険から身を守る意味があったのではないかと思われるふしがある――」

「前に犯した二つの殺人、と言うと？――」

「考えて見給え。思い当ることがあるはずだ」

「――ああ、じゃあ、君は……」

僕は思わず、呻くように言って清也を凝視めた。

「祖父と伯父と――この二人もじいやに殺されたというのか――」

「そうだ。お祖父さまの場合は、もう何十年も昔のことだから証拠はないが、しかし、そう考えて間違いはないと信じている。伯父さまの死体は、この屋敷の中に埋まっている」

「屋敷の中？」

「そうだよ。そこだ」

清也は手を上げて、築山の後の、血の出る草が生えている——とお末さんが不思議なことを言った木立ちの中を指し示した。

「あの草叢の中のどこかを掘れば、伯父さまの死体が出て来るはずだ。お末さんが言った通りに、十年間、草に埋もれ、虫に蝕まれつくして白骨となった死体がね——」

「そう聴けば思い当ることは確かにある。お末さんはそれを知って怖れていたんだね?」

「さうなんだ。血の出る草とか、茎も葉も血を噴いて真赤になっているとか言うところをみると、じいやが伯父さんを殺して埋めた直後、草に飛び散った血の痕がまだ消えないうちに見たのだと思う。その時の恐怖の記憶が、狂った頭に時々よみ返って来るのだね。——そこは全く、そうした犯罪には恰好の場所だし、この上ない安全な秘密の墓場だよ。いや、そこだけじゃない。この屋敷全体がそうなんだ。こうしていると、まるで深い山の奥にでもいるような気がするじゃないか。その上、普通の山や林だと、いつ人が立ち入るかも知れない危険があるが、この屋敷の中には、そういう危険は全くないんだからね。五人や十人の人間が一度に殺されて埋められても、世間には知れないで済むだろうと思われる位だ」

「じいやは一体どういう気持ちなのだろう。鯉沼家の人間を次々と殺して行くのが、何故鯉沼家のために忠義になるのか僕にはわからない——」

「それはじいやの正義から言ってのことなんだ。だから、世間普通の常識、或いは正義には当てはまらない。それから言えば、じいやは狂っていた、ということになるんだ。もっとも、最初の、お祖父さまに対する殺人は、全くの過失だった——」

清也は祠に蒸した苔をむしり、その苔の冷たさの中に、想念をまとめる端緒《いとぐち》でもあるかのように、掌の中に柔かく握りしめながら語り初めた。

「原因は、加津緒伯母さまに対する愛慕の感情だった、と僕は断言する。と言っても、じいやの伯母さまに対する感情は、普通の感情とは違って、いわゆる、自分のものにするとかされるとか、そんなものではなく、たとえ自分のものにする機会があっても、決してしなかったろうと思う位、神々しい女神を崇めて尊ぶような気持ちなんだが、伯母さまに対するじいやの特別な感情に気づいたお祖父さまは、それを理解出来なかった。世間一般の色恋沙汰と取ってしまわれたのだ。これはお祖父さまにすれば、どうにも胸の納まらぬ許し難いことだったに違いない。召使いの癖に、目をかけてやればつけ上って、身分もわきまえず、鯉沼家の娘に思いをかけるとは不埒な……というわけでね。それでお祖父さまは、夜中にじいやを呼びつけて責めた。が、じいやはどうしても伯母さまを思い切るとは言わない。かっと腹を立てたお祖父さまは、刀を抜いて、思い切れ、さもないとこれで叩き斬るぞ、と嚇かしたのさ。場合に寄ったら、ほんとに斬るつもりだったかも知れないね。その頃の鯉沼家なら、闇から闇へ葬ることも出来たろうし、外部に知れて多少の問題になったとしても、結局は無礼討ち位で、大したこともなく片附いたかも知れないんだからね。身の危険を感じたじいやは、刀をもぎ取ろうとして争って、却ってお祖父さまを殺してしまった。時のはずみによるほんとの過失で、決して、憎んで殺したのでも恨んで殺したのでもない。だからじいやは、その罪を償うために、自分で自分を或る重刑に科した。生涯無言で通すという唖の苦行がそれだ。これは決してなまなかな意志で出来ることではない。じいやが非常に強い意志と、常人とは違った性格の持ち主であることがこれでわかるのだ。——伯父さまと加津緒伯母さまは、じいやの犯した罪を覚って居られた。しかし、じいやが死以上の苦行でそれを償い、生涯を鯉沼家に捧げつくす決心なのを知って許す気になった——」

「加津緒伯母は自分に対するじいやの気持ちを知っていたんだね?」

加津緒伯母の、あの厳しい端正な顔に柔かい陰翳を与えたほのぼのと清らかな情感を思い出して僕は訊ねた。清也はうなずいた。

「そうだ。そしてそれが、生涯未婚で通す決心の伯母さまには、強い精神的な支えとなった。独身の女らしい暗さも冷たさもない、さらさらとした水のような澄み透った性格の出来上ったたゆえんだ。じいやも生涯娶らず、それからずっと二人は、互いに精神的な支柱となり合って生きて来たんだ」

「伯父が殺された理由は？――」

「女のことからだよ。鯉沼家の主ともあろう者が、賤しい女を愛し、しかもその女を邸へ入れようとしている――それがじいやには我慢なり兼ねたんだ。じいやが度々迎えに来るのでうるさくなった伯父さまは、今度こそきっぱりと話をつけるつもりで、女には心配させないために、東京へ行く、と嘘をついて帰って来た。そしてそこの木立ちの中でじいやと談判したのだが、どちらもゆずらぬためにまた争いになった。本気に腹を立ててしまった伯父さまは、召使いの癖に生意気を言うな、お前はそれほど大事な鯉沼家の主人を殺したじゃないか、あんまりうるさいことを言うと、お父さまを殺したことを露《ば》らしてしまうぞ、と嚇かしたのに違いない。それがじいやに殺意を起させたのさ。この人は鯉沼家の主でありながら、賤しい女のために鯉沼家を捨てようとしている、こういう人は鯉沼家の者であって鯉沼家の者ではない。その上、この人を生かしておいては、自分の昔の罪がいつ露われるかも知れない危険がある。自分がいなくなったら鯉沼家はどうなるだろう、この人は、鯉沼家のためには取り除かなければならぬ人間だ――と考えたのだね。いずれ、骨を掘り出して見ればわかることだが、あり合せの石かなどで、頭を殴るかどうかしたものだろう。あの切石を持ち運ぶじいやの力でやられては、ひとたまりもあるまい。伯父さまは、辺りの草を血に染めて倒れてしまったのさ。伯母さまたちは後でそれを知ったが、自分たちも、伯父さまの女のことでは大不賛成だったものだから、やっぱりこれも鯉沼家のためであるとして沈黙し、それを知っているらしいお末さんを、警戒する態度さえ取った。――こうして、伯父さまは家出したことになってしまったが、しかし、困ったことには、これで鯉沼家には主人という者がなくなり、跡目を立てる者がなくなったことだ。五年間沈黙を守った後で、君を養子にと望んでみたが、それが却って君のお母さまの疑いを惹き起して断られてしまうしね。五年振りに舞い込んだ伯父さまの便りというのは、お母さまの疑いを打ち消すための小細工だったのだ。しかし、やはり筆跡に不審があったものだろうね。お母さまはすっかり得心はされなかった。そんなわけで、鯉沼家の跡目を絶やしては大変だ。伯母さまやじいやが焦せっているところへ突然現れたのが、あの蝶一郎という子供だ。あの神のような子供の突然の出現は、じいやには実に神の啓示とも思われたに違いない。鯉沼家の後継ぎはこの子でなければならぬ、とじいやは思い決めてしまった。伯母さまに諮《はか》ってみると、あの子なら、と言う。蝶一郎をどうしても鯉沼家の後継ぎに、と思うじいやの決心は、これでいよいよ固いものになった。僕はあの子の美し過ぎる死顔を見、あの子が死んだ時の、伯母さまとじいやの並はずれた悲嘆の様子を聴いた時から、今度の事件はこの子を中心にして、鯉沼家の歴史と精神が渦巻いて起った事件ではないかと予感したのだが、やはりそうだったのだよ――こんな具合いで、蝶一郎を殆んど神聖視していたじいやにとっては、澤野叔母さんと綾女叔母さんの態度は、神聖なものを汚すもののような気がして我慢出来なかったのだろうね。それで少しつつしむように、と忠告をしたところが、二人の叔母さんたちは、逆にじいやに喰ってかかって嚇かしたのさ。甥を可愛がるのが何が悪いか、お前だってお姉さまと変じゃないか、あんまりうるさいことばかり言うと、お兄さまを殺したことを人に言ってやるぞ、お前がお父さまを殺したこともお兄さまから聴いて知ってるから、ついでにそれも言ってやるぞ――と言ってね――君が夜中に聴いた澤野叔母さんの声というのがそれだよ。相手の声が聴こえなかったのも道理だ。じいやは字が書けるんだから筆談だったのだろう。綾女叔母さんなら、相手がひと言罵れば、ふた言位は罵り返すよ。その日も病気の蝶一郎の枕許で二人が見っともない争いをしたから、じいやはまた忠告をして、また嚇かされたわけなのさ。それが伯父さまの時と同じ順序でじいやの殺意を固めさせた。この二人の女たちは今の鯉沼家にとって何より大切な蝶一郎をだいなしにしてしまう、その上、蝶一郎のために半ば理性を失ってしまったようなこの女たちは、いつなん時、自分の昔の罪を人に喋べるかわかったものではない、今自分がいなくなったら鯉沼家は潰れてしまう、この女たちは鯉沼家の者でありながら鯉沼家の者ではない、むしろ取り除いた方が鯉沼家のためになる――と考えたわけだ。肩を持つとか気が合うとかと、伯母さまとの間を変な風に当てこすって嫌がらせを言われたのも、じいやの殺意を固めさせた一つの原因だね。そこへ持って来てお末さんが、まるで殺す方法を教えるような予言をした――こうして叔母さんたちは次々と取り除かれた――」

「ああ……蝶一郎のじいやに対する不思議な態度が、それでわかったような気がするよ」

と僕は言った。解き難い謎のように感じていた鯉沼家の謎も、理路明らかな清也の言葉で次々と解きほぐされ、僕は、もやもやと渦巻いていた頭の中の靄が、次第に薄れて晴れて行くような思いであった。

「あの子はじいやの殺意を感じていたのだね」

「そうだ。自分の周囲に渦巻く殺気を、本能で漠然と感じ、それがじいやが自分を愛するあまりのことであるのも感じて、殺意には恐怖しながら、じいやその人には不思議な愛情を抱いていた。事件が起り初めてから、じいやに対する態度が変ったのは、じいやが自分の傍にいる間は、他の人の上に恐ろしいことが起らないと考えて、恐ろしいことの起るのを防ぐために、絶えずじいやを自分の傍に引きつけておこうとしたんだ――夜中に外へ出たのは、寝床を移されたことやなどから、今夜はまた何かありそうなことを感じて不安でたまらなかったからだろう――じいやの仁丹入れを拾ったのはその時だよ。あの仁丹入れは踏みつけたと見えて、蓋がひび割れて土が入っていた。確かに外で拾ったものに違いない。そして蝶一郎は寝ついてからは、昨夜初めて外へ出たのだ。だから、拾ったのは昨夜に違いないと僕は断定するのだ。これは昨夜じいやが、あの死体の傍にいたという証拠でもある。石を運ぶ時に落して気づかなかったんだね。蝶一郎は素足で踏んだから気がついたんだ。――あの子はいかにも変っているようだが、しかし、肺病で死ぬような父親の弱い体質と、狂うような母親の脆弱な神経とを受けついでいるあの子には、これが自然な動き方だったんだ。

庭で倒れたのは、綾女叔母さんの死体を見て吃驚したのと、病気の体で無理をして力がつきたためだったろうね――」

リツが屏風のような物を抱えて築山の下を通り過ぎるのに気がついた僕は、清也の言葉のとぎれ目を待って呼びかけた。

「リツ、それは何だい？」

リツは立ちどまって、窮屈そうに腰を屈めながら、

「奥さまがお蔵から白張りの屏風を出すようにとお申しつけでございましたので――さいぜんから、じいやさんの姿が見えませんものでございますから、わたくしが――」

「白張りの屏風というのは何だい？」

清也がふと聴き耳を立てたように僕に言った。

「何も模様のない真白な布で張りつめた屏風のことさ。喪の時に使うもので、普通に言う逆さ屏風と同じ使い道なんだ。もっとも、これを使うのは、鯉沼家でも、家長の喪の時に限られている、と母から聴いているが――伯母はきっと、後継ぎにと見込んだ蝶一郎を、鯉沼家の家長の格で葬ってやるつもりなんだろうね」

清也は、池の面に映る木立ちの倒影を凝視めながら、殆んど無意識のように、祠の苔をむしりむしりしていたが、突然、

「君は鯉沼家を知らないね」

と言った。この時から清也の顔には、微かな苦悩と焦燥の色が現れ初めたのである。

「それはどういうことだ？」

と僕は問い返した。

「いや、君は確かに鯉沼家に繋がる縁の人には違いない。しかし、他の血が混っているために、鯉沼家の血が大分薄くなっている。まだ鯉沼家を完全に理解していない、ということさ。――そこ

へ行くと、加津緒伯母さまは純粋に鯉沼家の人だ。あの顔を初めて見た時から僕はそれを感じた。美しい、と言うより、立派な、と言いたいあの顔は、鯉沼家の精神と性格を明らかに語っている顔だ。あの男のように立派な広い額や秀でた眉や厳しい眼は、非常に強い男性的な気象を現し、美し過ぎる鼻や優しい口や細っそりとした顎の線は、非常に女性的な繊細な神経を現している。男性的な強さと女性的な弱さと、男性の決断と女性の躊躇が完全に融合して、或る形となった時、鯉沼家の精神と性格が、火花を散らして外に現れるのだ――と僕は感じているのだが――」

「あの顔が立派な顔だということは僕も認めるが――しかしそれが――」

こう言いかけて、僕は、はっと何かを理解したような気がして、清也を凝視めた。

「ああ、そうか――君の言うのは――では、お末さんを殺したのは加津緒伯母なんだね？　十年間草に埋もれ、虫に蝕ばまれた亡霊、というようなことを言って、十年前にこの屋敷に何かあったことを仄めかすお末さんの口を閉じさせるためだね？」

「そうだ」

とうなずいた清也の声は沈痛に響いた。

「しかし、殺す気はなかった。と考える理由は、愛用の煙草道具を持参していることからだが――伯母さまはまず蝶一郎を君の部屋へ遠ざけた上で、ゆっくりとお末さんと談じ込んで説きつけるつもりだったんだ。お末さんがどうかすると正気に見える時もあるのに望みをかけて、話せばわかるかも知れないと思ったのだね。ところが、お末さんはわけのわからぬことばかり言う――相手が気違いであることも忘れてかっと腹を立てた伯母さまは、火のついたままの煙管でお末さんの額を打ち据え、手で首を絞めた。ほんとの殺意が起きたのはそれからだ。これは鯉沼家のために取除かなければならない人間だ、と考えた伯母さまは、傍にあった紐で、改めて、気絶したお末さんの首を締め直して殺してしまったのだ。お末さんの額の傷痕も、蒲団の焼焦げも、煙草道具の壊れたのも、これではっきりと説明がつく。あの焼焦げは、敷布だけなら君の言ったように、ずっと前に出来たものだとも言えるが、蒲団も一緒に焼き抜いていた上に、こすって見ると、指先に炭化した布や綿の汚れがつくほど新らしかったからね。これは焼焦げが出来てから、あの蒲団がまだ一度も動かされたことのない証拠だよ。――それから伯母さまはじいやに打ち明けて相談した。その時も う綾女叔母さんを殺してしまっていたじいやは、あのショールを用いて、罪を綾女叔母さんに着せることを思いついたのだ。伯母さまに殺されなくても、お末さんはいずれ、じいやに殺されたに違いないと思うけれどね――」

「それじゃ、加津緒伯母は、じいやのしたことを知っていたわけだね?」

「澤野叔母さんが死んだ時から覚っていたに違いないと思うが、あの二人の妹は伯母さまにとってもいない方がよかったのだろう」

「叔母たちがじいやを脅迫していながら、何の警戒もしないで、易々と誘い出されたのはどうしたわけだろう?」

「蝶一郎の病気がひどく悪いとでも言えばわけはないじゃないか」

と清也は微かに苦笑した。そして、

「さあ、行こう――」

と立ち上ると、どこへ? と問う間もなく、先に立って築山を降りた。それは、まるで何か確かな目的地があり、そこへ僕等を案内するとでもいった様子であったが、その清也が足をとめたのは、さっきまで開いていた障子がいつの間にかひっそりと閉まっている加津緒伯母の居間の前であった。

「いい匂いがしますね」

若い巡査は息を深く吸い込み、匂いの原《もと》を探るように周囲を見廻しながら言った。

「香の香りですよ。いずれ由緒ある名香でしょう――」

囁くように言った清也の言葉から、はっと或ることを予感した僕が、無言のままその顔を凝視めると、清也もじっと僕を凝視め返してうなずいた。

「開けて見給え――」

――床しい香の香りに満ちた居間の中には、鯉沼家の家長たるの格と誇りを示す白張りの屏風を立てめぐらし、清らかな白装束に身を改めた加津緒伯母が――鯉沼家の最後の一人である加津緒伯母が、あの僕の母に突きつけたという緋総の懐剣で、胸を突き、咽喉をつらぬいて、見事な最後を遂げていたのである。あたかも、鯉治家の人の、鯉沼家の人らしい最後の様を、その身をもって示すかのように――

「鯉沼家だよ」

死体に敬虔な目礼を捧げながら、清也がこう囁いた時、僕ははっと響くように、微かな苦悩と焦燥の色を浮べていた先刻からの清也の表情を理解したのである。

「君は知っていたのだね？　知っていてとめなかったのだね？――」

「それは僕が、半分鯉沼家の人である君よりも、もっと深く鯉沼家を理解したからだよ」

「じいやはどうしたろうか？」

「この邸の中のどこかで死んでいる。生涯を捧げつくした鯉沼家と加津緒伯母さまに殉じて――それから自分の犯したことの償いをするために――先刻リツが、じいやの姿が見えないと言ったね。あの時から僕は知っていた。――血は違っても、生涯を鯉沼家に捧げ通したじいやも、やはり、鯉沼家の者だったよ――」

八人目の男

妹より兄へ

お兄さま、何彼につけてこうしてお兄さまに宛てて筆をとり、それでようよう自分の心を支えるのが、この頃妙子の身についた悲しい習性となったように思われます。一時はこの習性の悲しさのためにこの身に負わされた運命の重苦しさと呪わしさがいよいよ烈しく、心に迫るようでもありましたけれど、しかしお兄さま、今、妙子はこの習性の中から一つの救いを見出そうとつとめ、そして見出しかけているような気がしています。自分に問い自分に答えながらこうして書いている間に、何かが少しずつほぐれて行くような気がするのです。一つの救い、それとも一つの鍵――それがこの檜屋敷の呪いの謎を解く鍵か、それともその呪いを背負わされて、この儘で行けばそれこそ生涯浮ぶ瀬もなさそうな妙子の運命を切りひらく鍵か――それはいずれとも解りませんけれど、妙子は必らずその鍵を見出して、この家にまつわる呪いの本尊の正体を白日の下に露き出し、不気味な謎の底の底まで突きとめてみようと決心しています。もう決して不幸には負けまい、負けてなるものかと――。一時は絶えず気を張りつめている苦しさに堪え難くて、ひと思いにこの気をがくりと折ってしまったら……たとえその先はどうなろうとも、暗黒の闇の世界に落ちようとも……と思うことに押え難い誘惑をさえ感じていた妙子でしたが、その妙子にこの勇気を奮い起させたのは、絶えず慰め励まして下さるお兄さまのお手紙と、そしてもう一つは、ああした不幸な出来事が起きる度に口癖のように「これがお前の運命なのだよ。お前はそういう星の生れなのだよ」と仰言るお祖母さまのお言葉なのです、と申し上げたらお兄さまは意外にお思いになるでしょうか。ほんとは妙子自身にも少し意外な気がするのですから――これまではお祖母さまのこの言葉のために、どうにも抗い難い運命の重苦しさをいよいよ強く感じるばかりの妙子であったのでしたから――。ところが数ケ月前のあの不幸の時に、いつもと同じあの重々しい口調でこう仰言るお祖母さまのお言葉を聴き、そのお言葉の中に、何となく人の不幸を悦ぶ残忍な響きのあるのをふと嗅ぎつけたように思った時、妙子は何がどうあろうともこのような理不尽な運命に屈伏してなるものか、と考えたのです。蔵の中にあるあの忌まわしい物に人を呪うどれだけの力があるか、たとえ命を賭けても戦ってやろう、と決心したのです。お祖母さまの仰言るようにたとえばそういう星の下に運悪く生れ合せたとしたところで、それは妙子の望んだことでもなければ知ったことでもないのですもの。たとえどういう恐ろしい出来事が妙子をめぐって起るように見えましょうとそれは決して妙子のせいではないと信じますもの。事が起き事が重なる度に、だんだんと自分ながらどうしようもない陰気な娘になってしまって、やがては恐怖のために発狂するのではないかとさえ思うようになった頃、この家から外へ連れ出して下さい、と繰り返し繰り返しお願いした妙子に、謎はいつかは必らず解ける、しかしその謎を解くためには妙子は勇気を奮い起して最後まで檜屋敷にとどまらなければならないのだ、と仰言ったお兄さまのお言葉が、今こそ妙子には解りかけたような気がします。檜屋敷にまつわる呪いの本体、それとも謎の本体は意外な所にあるのではないか？　これまでは夢にも思わなかった意外な所に――こう考える事も、今は恐怖の思いを誘う代りに、その謎の本体を突きとめるために最後までこの家に踏みとどまろうと思う妙子の決心を、いよいよ固めることに役立つばかりです。――それともお兄さま、お祖母さまのお言葉からふと謎の糸口を引き出せそうに感じたのは、打ち続く不幸と苦悩のために弱り切っていた妙子の神経がふと惹き起したよしのない迷いに過ぎないのでしょうか。孤独の中に老い枯れた人らしくもないお祖母さまのあの気力の強さが、恐怖と苦悩に絶え果てるばかりであった妙子の心に異常な圧迫となって感じられ、お祖母さまの存在までが、その愛情までが、たとえようもなく重く悩ましいものに感じられていたあの頃の、あのような心の状態がふと惹き起したよしのない疑いででもあるのでしょうか。これは物の姿を明らかに映す曇りのない鏡のような直感か、それとも悪夢の類いの妄想か、まだいずれとも判断のつき兼ねる思いではありますけれど、しかしこの謎の本体がどういう場所からどういう意外な姿で現れようとも、妙子はもう決して怖れも驚きもしないつもりです。狂う事が救いのようにさえ思われたほどの、あの烈しい恐怖と苦悩の底に妙子を突き落した呪いの正体を突きとめるまでは、妙子は決してこの檜屋敷を離れません。そのために妙子にまでも危険が及ぶとしましても、それも今は怖れません。たとえ妙子のこの決心がほんとの勇気からのものではなく、ただ、余りにも痛められ傷つけられ過ぎた若い命が、今はどう逃れようもない切羽つまった場所から、必死の思いで立ち上った悲しい反抗の姿に過ぎないとしましても妙子は力の限りこの理不尽な運命に向って反抗し続ける覚悟でいます。

兄より妹へ

今度の妙子の手紙を僕はほっと救われた思いで読んだ。安心したなどという言葉では言い足りない位だ。今だからこそ言うが、謎の本体を大体はっきりと摑みかけていながら、妙子の心をこれ以上混乱させることを怖れるために何も言い得ず、ただ、理性を失うな、くだらぬ妄想で心を曇らせるな、何事があろうと決して怖れず正面から直視する勇気を持て、と励まし続けなければならなかった僕の苦痛は、妙子の苦悩にも更に増した大きなものであったのだ。こうして離れて住む僕の瞳にはお祖母さまと妙子とじいやがたった三人きり、ひっそりと人気もなく住み、真昼間でさえ物怪《け》にでも襲われそうに深閑と静もり返ったあの大きな檜屋敷のたたずまいが、それ自体怪奇な謎の本体ででもあるかのような不気味さで浮んで来る。あの中で妙子の若い命が僕の救いの手も待たずに、打ち続く不幸のために哀れに押しひしがれてしまうのではあるまいかと考え、そうあってはならぬそうさせてはならぬ、と焦せる苦しさに、僕は幾夜も眠らずに反転しながら過したことであったろう。妙子の心が恐怖と混乱の絶頂にあった頃などは、この家から外へ連れ出して、と言う妙子の訴えを聴くまでもなく、謎は謎として捨てておいて、妙子を一刻も早くあの呪われの檜屋敷の外へ連れ出さなければ……と決心しかけたことも一度ならずあったのだが、しかし或る理由から、それはどうしてもしてはならないことだと気がついた時、僕は胸を引き裂く苦痛に歯を喰いしばりながら、すべての謎が明らかに解けるまで檜屋敷を去ってはならぬ、最後までそこにとどまれ、と妙子をさとさなければならなかったのだ。物問いたげな妙子の瞳が浮ぶようだ。しかし、その理由は今は言うまい。言ってはならないことだと思うから——。妙子も今は何も問わずにただ、僕を信じて待つように、とだけ言っておこう。僕も今は、取り戻された妙子の理性と理不尽な運命にはあくまでも反抗し抜く妙子の若い命の自然な力を信じて、安心して計画を進め、落ちついて待つことが出来る——とは何を？　言うまでもなく、檜屋敷の呪いの正体を白日の下に隈なく露き出し、すべての謎を明らかにして、現在の地獄の責め苦の中から妙子を完全に救い出す日を——。お祖母さまのお言葉についての判断は、どこまでも妙子自身の判断にまかせて、僕の批判はさしひかえよう。一つは、曇りを払って輝き初めた妙子の理性の光りを更に増すために——また一つは、すべての謎が明らかにされた時、それは恐らく、今妙子が考えているよりも、もっともっと意外な姿でその本体を現わすに違いないと信じるから——ただ言っておきたいのは、言っておかなければならないと思うのは、妙子、お祖母さまはまことに不思議な方だ、ということだ。この言葉の思い当る時がきっと来ると思う。またもう一つ言いたいことは、たとえばこの先また幾度か不幸が重なり不思議な出来事が続くとしても、妙子の身には絶対に危険はない。妙子自身にそういう意志がない限りは——。もし何かの危険があるとすれば、それは重なる不幸に負けて妙子の神経がまた以前のように弱り果てて、或る暗示に心を獲えられてしまうことなのだが、しかし今はその危険も去ったものだと僕は信じている。それは妙子の理性と悲しい反抗、と妙子は言うが、不当な圧迫にはいつかは反撥せずにはいない若い命の自然な力だと僕は考える。その若さの自然な力を信じているから——。では妙子、これまでも幾度か繰り返したことを僕はここでまた再び繰り返して筆をおこうと思う。呪いや祟りなどというものは今の世には絶対にあるものではない。それこそ悪夢の類いのただの妄想だ。蔵の中にある恐ろしい忌まわしいもの、檜屋敷にまつわる呪いの本尊……と妙子がよく言ったあれにしたところで、古い朽ち枯れたただの木片に過ぎないのだ。からからに枯れてくすんだあの古い木片の一体どこに、生きた人間に働きかける不思議な力があるというのか？　それが働くように見えるのはそれを働かそうとつとめる生きた人間の意志が動いているからだ。謎も呪いも、すべてその人の意志によってただ作られたものに過ぎないのだ――と。

妹より兄へ

お兄さま、また妙子に縁談が起りました。これで八度目の縁談が――。また、と妙子は敢えて申します。ああ、また、ときっとお兄さまもお思いになるでしょう。またきっと何かが起きるに違いないのです。「呪われた檜屋敷の娘、呪いを背負って人なみに嫁ぐことも出来ない娘」として、妙子の名はまた改めて有名になりましょう。普通ならば愉しく華やかであるはずの縁談が起る度に、蒼ざめて慄えおののいていた以前の妙子の心は、世の常の娘心とはくらべようもなく遠くかけ離れたものでしたが、乙女らしさの夢などは微塵も影を残さない磨ぎ澄ました心で、謎を解く機会は今こそ、と気負い立つ今の妙子の心も、やはり世の常の娘心とは何と遠いものなのでしょう。やがてまた四方から浴びせかけられるに違いない好奇と憐憫と侮蔑の白い眼差を思う時は、さすがに辛くて、やはり歯を喰いしばる思いではありますけれど――。お祖母さまは七度も書き慣れた例によって例のあの招待状をお書きになりました。古めかしく枯れ切った味いのあの達筆で――こうした事柄には当人同志の理解が最も大切であると思うこと、それについては幸い当地は夏の景色の優れた所ゆえ、特に改まらず、ただ気軽く遊覧の気持ちで御来訪願いたい、という意味のある招待状を——。先頃までは度々のああした不幸な恐ろしい出来事に懲りもなさらず、縁談の起きる度に傍目にも解るほど勢いづいた御様子で、御自分から進んであれこれなさるお祖母さまのお心は、何か知ら妙子には解り兼ねる遠い所にあるように思われてなりませんでしたが、今は微かに何かが解りかけた気持ちです。お祖母さまは確かに何か事の起きることを待ち望んでいらっしゃるに違いないのです。それが何故であるかを理解出来れば、謎は必らず解けるに違いないと妙子は信じて、獲物を狙う猫のようにじっと身をひそめ、この心をますます鋭く磨ぎ澄まそうとつとめているのですけれど——。今度の縁談の相手の人は、汽車で幾時間もかかる遠い町の人。妙子が女学生の頃、学校のバザーで妙子を見知っていたと言うのですけれど、妙子にはまるで覚えがなく、思い出そうとつとめてみる気も起りません。今の妙子はただこの檜屋敷の呪いの謎を解きたいばかりで、縁談そのものについては何の夢も希望も期待も持ってはいませんから——。ただ、この檜屋敷にまつわる不祥な言い伝えと、最近の相次ぐ不幸な事件の知れ渡っているこの辺りでは、妙子に縁談を申し込む勇気のある者は一人もいなくなったのかと考える時、やはり言いようもない苦い思いが胸にこみ上げ、そして何も知らずに来るこの人が何か哀れで、この人を危険から救うためにこの縁談はまだ何事もない今のうちに、こちらからきっぱり断ろうかと、ふとこんな仏ごころのようなものが湧き出そうにもなりますの。

兄より妹へ

仏ごころが起きそうだという妙子は、実は、やがてまた必らず見るに違いない不幸な、或いは危険な出来事を前にして、またしても心が弱り初めているのではないかと、僕は何よりそれを怖れている。いかにも妙子の見る通りお祖母さまは確かに何か事の起きるのを待ち望んで居られる。事は必らず起きるに違いない。そして檜屋敷の謎を解くためには、事の起きることが絶対に必要なのだ。仏ごころなどを出してはならない。妙子、事は起さなければならないのだということを忘れずに、この縁談にはむしろ妙子から気乗りの様子を見せなさい。お祖母さまのお目につくように——。

妹より兄へ

お兄さま、とうとうあの人が来ました。もしかしたら、この檜屋敷の謎を更に深めて、妙子の心にまた新らしい苦痛の傷痕を残したまま、忽然と姿を消してしまうかも知れないあの人が——。年はお兄様と同じ位、名は泉信介——この人についてはこれ以上の何事も知る必要はないと思い、知ろうとつとめもせずそれでいてお兄さま、妙子はこの人と最初の一瞥を見合せた瞬間から、早くもこの人のすべてを知りつくしたような、この人もまた妙子のすべてを知りつくしているような、こんな不思議な気がしてならないのです。これはきっと、この人が妙子を見た時の深か深かとした温かい眼差が、この頃の好奇と憐憫と侮蔑の入り混った白い眼差ばかりを見慣れた妙子の心を、ふとこんなありそうもない夢の中に引き入れたものなのでしょう。「お前、あの人をどう思うかえ？嫁ぐ気があるかえ？」お祖母さまがそっとお訊きになった時、「ええ、お祖母さまさえよろしければ……」わざと作った羞らいで答えようとしながら、妙子は、まるで長い間忘れていた娘心が突然蘇生《よみがえり》でもしたように、自然に赤らむ顔の向け場に困る気持ちでしたが、これもやはり、あの人の眼差に誘われたありそうもない夢のせいでしょう。「そうかえ。それは結構なことだよ。いい人らしいからね。今度はうまくまとめたいものだよ」こう仰言ったお祖母さまのお瞳は、けれども妙子には、お言葉とはまるきり反対のお心を現わしているように思われたのでした。お祖母さまは不思議な方だと仰言ったお兄さまのお言葉を心にとめているためか、それとも乙女らしさの夢のかけらさえも振り捨てて磨ぎ澄ました妙子の心が、これまでは映らなかった物の姿なり心なりをはっきりと映すようになったのか、それはいずれとも解りませんけれど、そう思って見ればいかにも不思議な御様子がはっきりと瞳に映ります。今度はうまくまとめたいと仰言ってから一時間も経たないうちに、お祖母さまはこの人に何も彼も話しておしまいになったのです。普通の人情から考えれば、お祖母さまとしては、あくまで秘し隠しなさりたいはずの、檜屋敷にまつわる不気味な言い伝えと、妙子の縁談をめぐって起きたあの三つの不幸な事件とを――しかもどう考えても、信じて打ち明けたとは言えないような、何か知ら底意のありそうな御様子で――「この家にはまことに不思議な言い伝えがございましてね」とあの低く重々しいお声を一層重々しく低めながら――。「今でこそこの家は、あの表門の傍にある大きな檜の木から名を取って檜屋敷と呼ばれれまして、この近在では少しは知られた家柄になって居りますが、六代前の先祖までは、貧しいほんのその日暮らしの水呑百姓だったと申します。その六代前の先祖がこの家の主でございました頃、或る秋の日暮れ方だったと申しますが、一人の六部が一夜の宿を乞うて参りました。主は快くその六部を家へ入れましたが、それきりその六部の姿を見た者が一人もないのでございます。あの六部は朝まだ暗いうちに発って行った、と主は申しましたそうですが――それから間もなく、それまではその日暮らしの水呑百姓に過ぎませんでしたこの家が、人の目を驚かすほどの俄分限者になりましてね。広い土地を買い入れますやら、一本々々の柱まで吟味した大きな屋敷を建てますやら、それはもうこの近郷では及ぶ者は一人もない有様だったと申します。そうしてそれから間もなく、厭な噂が立ち初めましたのでございますよ。あの六部はあの夜のうちに殺されたのだ、六部が意外な大金を持っていることを知った主はむらむらと悪心を起して、六部を絞め殺してしまったのだ。その時六部は断末魔の苦しい息の下から、この怨みは必らず晴らしてやる、七代まで祟ってやるぞ、とこう言って息が絶えた……とまあこういう噂なのでございますが――」あの人は格別驚いた風もなく、おだやかな微笑をたたえた瞳で、ちらと妙子を眺め、お祖母さまを見返して、「噂と言いますか伝説と言いますか、そういうような話は、田舎の旧家などには有り勝ちなものですね。しかし今の世に祟りだの呪いだのというものがあろうとは思われませんが――」「いいえ、ところが祟りも呪いもあるのでございますよ」こう仰言ったお祖母さまのお声は嚇かすように響きました。「これの縁談が一向にまとまりませんのでね。いつでも出来かけては壊れてしまいまして――それも四遍目まではただ壊れただけで済みましたけれど五人目の人はあなた、夜川へ泳ぎに行ったきりいつまで経っても帰らず、翌朝向う岸へ死体になって上りましたし、六人目の人は山へ行って崖から落ちて死にましたし、七人目の人は蔵の銅の雨樋が折れて落ちた時に丁度その下に居りまして、頭を割られて死んでしまいましたし――人間の怨念と申しますか執念と申しますか、そういうものはやはり残るものだとわたしは信じて居りますのですよ」「しかしそれは、そういう言伝えとそういう不幸な出来事が偶然に一致しただけのことでしょう。六代も昔の祟りが今頃ひょっこりと出て来るなんてのは、何だか変だと思いますね」「いいえ、祟りはずっと続いていたのでございますよ。そのためにこの家では代々普通の嫁取りも聟取りも出来ないのでございます。怨念は消えませんものとみえましてね」「供養と仰言いますと?」「蔵の中に六部の位牌をことでは、怨念は消えませんものとみえましてね」「供養はして居りますのですが、やっぱりそれ位の位牌を祀ってあるのでございます。後向きにしましてね。表向きに祀ることの出来ない人の位牌をそうして祀るのを、この地方では逆さ仏と申して居りますが――ところがそれが、不幸のあります時には、その前に必らず動くのでございますよ」「位牌が動くのですって?」あの人は珍らしそうに眼をみはって、「それはまた不思議なお話ですね。どなたかそれを御覧になったのですか」「はい、最初の時と二度目の時はわたしが見ましたし、三度目の時はじいやが見ました。実を申しますと、せっかくこうしておいで願いましたのですから、何かおもてなしの支度をと先刻蔵へ入りました時にもわたしはあれが動いたのを確かに見ましたのです。せっかくこうして出来かけた不思議な御縁がまたひょんなことで破れるのではないかと思いますと、わたしはどうも気が気ではないのでございますよ」こう仰言った時、傍で見ていた妙子の瞳には、お祖母さまのお瞳が、何か獣じみた青い燐光を放って輝いたように思われたのでした。そしてお兄さま、妙子は或る一つの事だけははっきりと理解したのです。それが何故であるかは解りませんけれど、お祖母さまはこれまで妙子の縁談をまとめるために努力して居られたのではなく、破るために努力して居られたのだ、そして今度もそうなのだ、ということを——その日の夕方、廊下で行き会った時、黙って会釈して通り抜けようとした妙子の傍へつと寄って来たあの人が、辺りを憚るように声をひそめながら「お蔵の鍵はどこにあります？」黙って見上げて、じっと凝視めているその瞳と、瞳が逢った時、妙子の心は突然何かの不思議な美しい響きに触れて、自然にそれに応えるように、「二つありますの。一つはいつもお祖母さまのお居間にありますし、一つはお納戸の押入の中にあるはずですわ」「それを僕に借して下さい。後でそっと誰にも覚られないようにして——」お兄さま、何故か、どうするのかと確めもしないで、ただ、物の響きに応じるように、この人の言葉通りに動いてしまった妙子の判断は正しかったのでしょうか。この人を信じてよいかどうかを考える暇もなく、妙子はもうこの人を信じ初めているようです。

兄より妹へ

妙子の瞳は謎に向ってだんだんはっきりとみひらかれて行くようだ。お祖母さまが何故妙子の縁談をまとめるためにでなく、破るために努力して居られたかが解る日もやがて近い、と言うのは、檜屋敷の呪いの謎が解ける日もそう遠くはないという意味だ。あれが動いた——いや、あれの動くのを見た、とお祖母さまが仰言ったとすれば、事は近いうちに必らず起きるに違いない。注意してあらゆる場合に処する用心を忘れぬように——。今、力強い助力者の出来た妙子にはもう僕の助言も必要ではないかも知れないとも思うけれど——。乙女らしさの夢のかけらさえも振り捨てたと言う妙子の心に、今愛情が美しく花開き初めている様子が、僕にははっきりと見えるような気がする。最初に瞳を見交した瞬間にもうその人のすべてを知りつくしたような気がすると言う妙子は、若い一途な心でその人を愛しているのだ。その愛情が美しく報いられるようにと僕は祈らずにはいられない。愛情が妙子を今までよりももっと美しくもっと強くするだろう。愛する者は自然に勇気を持つものだから——。この世にはこの世の厳しい掟の数々があって、どのような至純至高の愛情もその掟の前では決して許されず、その愛情のための勇気を持ってはならないというそういう悲しい愛情もあるものだということを妙子は考えたことがあるだろうか。いや、これは妙子に言う言葉ではない。僕が自分に言い聴かせる言葉なのだ。僕がこの数年間愛し続けている或る少女の姿が今ふと目に浮びその面影があまりにもよく妙子に似ているように思われたから——。

妹より兄へ

お兄さま、事はとうとう起りました。昨夜鮎の夜釣りに行ったあの人が、足場にした崖の後の岩が崩れたために怪我をして、手足や顔を血だらけにして帰って来たのです。あの人の姿を御覧になった時のお祖母さまのお顔——血塗れなあの人の姿にお驚きになったのではなく、あの人が帰って来たというそのことにお驚きになったようなそのお顔を見た時、妙子ははっきりと或る事を理解しました。事はまだ終ったのではない、この人がまだここにいるとすれば、この人の命のある限り危険はまだ続く、ということを——。けれどもそう考えている心を覚られてはならないと、ただあの人の怪我にだけ驚いた風をしながら傷の手当てをしている時、あの人がお居間へ去って行かれるお祖母さまの後姿を見送りながら、そっと妙子の耳に口を寄せて、「明日じいやの手を見て御覧なさい」え？　と見上げると、あの人はちらと白い歯を見せて笑いながら、「僕に足場を教えてくれたのはじいやなのですよ。だから僕は、じいやが手をかけるに違いない岩の手の当りそうな場所に、青いペンキをべたべた塗りつけておいてやったんです」ああ、と妙子は息をとめてあの人を凝視め、それからふっと何かに突かれた思いで「あなたはお帰りになりませんの？」「僕がですか」あの人はさも意外そうに眼をみはりながら「いいえ、僕は帰りませんよ。僕はそんな卑怯者でも臆病者でもありませんからね。あなたを逆さ仏の呪いから救い出すまでは、こういう危険に百遍遭っても帰らないつもりです。用心は充分していますよ。ただ少し位は怪我をして見せないと、向うが却って用心しますからね。いずれ逆さ仏はまた動くでしょう。お祖母さんとじいやにだけしか見えない動き方でね、と言うのは、あんなものは動きはしないし、動く道理がない。という意味なんですよ」事もなげに、むしろ悪戯らしくさえ微笑でこう言うあの人の言葉を聴いた時、妙子は思わず胸にぐっとこみ上げてくる感情を押え兼ねて、微笑しようとしながら涙をこぼしてしまいました。愛する者は自然に勇気を持つものだとお兄さんは仰言いましたが、愛するために妙子は却って心が弱ってしまいそうです。妙子のためにこの人をこの上こうした危険に遭わせてよいものかどうかと――妙子さえ身を引けば、この人の上にある危険は去るに違いないのですから――今朝そっと見たじいやの手には、確かに青いペンキの痕がありました。お祖母さまの御様子には、追いつめられた獣のような、何か狂気じみた焦燥の色が見えるようです。謎はこうして次第に解けて行くようではありますけれど――。

兄より妹へ

カイケツチカシ」サラニサラニツヨクアレ」アニ

妹より兄へ

ソボシンダ」スグカエレ」タエコ

妹より兄へ

お兄さま、長い間身についていた悲しい習性の名残りのように、同じ家にいながらこうしてお兄さまに宛てて筆をとるのは、これは誰にも覚られないうちに一刻も早くお兄さまに訊《ただ》さなければならないことだ、としきりに囁きかける直感に心を急き立てられているからです。お兄さま、妙子は今、不思議な疑いに悩まされています。それはお兄さまもあの人も言葉にも態度にもそれらしいところは少しもお見せにならず、ただ見れば全くの初対面の間柄のように見えますものの、ほんとはお兄さまとあの人とは親しい……と言うより以上にもっと深い、信じ合い心を許し合ったお友達なのではないかということと、数日前お祖母さまがああした不思議な死に方をなすった時、遠い町にいらっしゃるはずのお兄さまが実はその場に居合せていらしたのではないか、そしてあの人もそれを知っていたのではないか——ということなのです。それは蔵の傍の、妙子の七度目の求婚者が、折れて物凄い勢いで落下した銅の雨樋に額を割られ、辺りの草を血に染めながら倒れた丁度その同じ場所に、頸の骨と肋骨を折って倒れて居られたお祖母さまのお亡骸の傍に落ちていた繃帯から惹き起された疑いなのですが、——巻いた指からすぽりと抜け落ちた形のその繃帯の結び目にふと目をとめた時、妙子は、ああ、これはお兄さまだ、と直感したのです。結び目がしっくりと落ちつかず、巻いた布と直角になるようなあの不器用な子供のような結び方を、何という下手な結び方――とよく妙子が笑ったことを、お兄さまはお忘れでしょうか。これが人に見つかっては、と咄嗟に考えた妙子が手を差し伸べようとした時、一点に落ちたまま動かない妙子の視線を辿っていたと見えるあの人が、横からついと手を伸ばして、「ああ、これは僕のだ。今落ちたのです」と言いながら、すぽりと自分の右手の人さし指にはめてしまったのでした。その動作がいかにも自然に見えたのと、それでなくても先日の怪我であちこち繃帯だらけなその姿とで、誰一人として疑いを起さなかったのは仕合せでしたが、けれどもお兄さま、妙子一人は知っています。あの人の右手の人さし指には怪我などないということを――毎日手当てをして繃帯を巻くのは妙子なのですから――。それからこれは、それがあの人の指に納まってから気づいたことなのですけれど、それは一見繃帯らしくは見えますものの、実は何かの布を細く引き裂いたものに違いないということでした。――お兄さま、後は簡単に申し上げましょう。妙子はやがて町からお着きになったお兄さまの手を注意して眺めて、右手の人さし指の腹に、鋭どい刃物か何かで切り込んだような傷痕を見つけ、そして、悪いと思いながら探ってみたお兄さまの背広のポケットの中に、端を引き裂いたハンカチを見出したのです。お兄さま、これは一体何を語るものなのでしょう。お兄さまも御存知のように、蔵の明りとり窓の鉄棒がゆるんで抜け落ち、お祖母さまは過まってそこから墜落されたのだと言われていますけれど、お祖母さまは一体何のために、そういう危険なことをなすったのでしょう。もしかしたら――もしかしたらお兄さまは、妙子をこの檜屋敷の呪いの中から救い出して下さるために――ああ、お兄さま、妙子は決してお兄さまを責めているのではないことを御理解下さい。妙子はただ知りたいだけなのです。知らずにいるのが苦しいだけなのです。

妙子にすべての真実を語る時が遂に来たようだ。僕は初めから秘し隠すつもりは少しもなく、ただその時期の来るのを待っていたのだが、今こそその時期が来たのだと思う。いかにも妙子の直感した通り、僕と信介君とは――いや、まず順を追って書こう。蔵の中にあるあの忌まわしいものについての謂われ因縁は、妙子もすでに聴き知っている通りだが、ただ一つ、妙子の知らぬこと、知らされなかったことがある。それは六部を殺して金を奪い、俄長者となった六代前の先祖には、丁度年頃の一人の息子と一人の娘があったが、忌まわしい噂を怖れて、この俄長者の家と縁組を望む者は一人としてなかったために、これでは跡目が絶えてしまうと焦せった長者は、とうとう兄妹同志をめ合せて一組の夫婦とした――ということなのだ。これが真実かどうかは僕は知らない。幾代も前の先祖のことなど、今更たずねようにもそのよしがなく、これはただ、迷信が人々の上に絶対な力を持っていた頃の人の口から口へと語り伝えられた、言ってみれば一つの伝説に過ぎないのだが、しかし、その後数代にわたってこれに近い近親者同志の結び合いが行われていたことは確かだと思う。その証拠はお祖母さまだ。幾代もにわたる長い間の不倫な、或いは不純な結び合いによって濁り切った恐ろしい血の毒が、お祖母さまの代になって、遂に一つの異常な性格となって現れてきたのだ。「檜屋敷の御隠居様は気性の勝った男まさりの偉ら者だ」とこの近辺の者は言っている。この言葉は当っている。お祖母さまは気性の勝った才覚も人に優れた偉い方だ、普通なら――と僕が敢えてこう言う理由は、お祖母さまの場合その偉さは全く形の変ったものとして現れてきているからだ。あの絶対的な強力な意志、やむことのない実行力――お祖母さまの場合あれはすでに正常のものではなかったのだ。幾代もの先祖達が忌まわしい伝説に災いされて、不倫な、或いは不純な結び合いを余儀なくされた――と言うそれが、恐ろしい血の毒のために、生れながらに異常な性格を植えつけられたお祖母さまの頭の中では、この家の後継ぎは不倫な、或いは不純な結び合いによって生れたものでなければならぬ、と置き換えられて、そのためには手段を選ばぬ、それは正に絶対な一つの掟と言ってもいいほどの強力な意志となって現れたのだ。もとよりこのようなお祖母さま自身の結婚も、世の常のそれとは大分異ったものであったに違いない。そのお祖母さまによって妙子のお母さまが生れた。妙子はお父さまとお母さまについては、妙子が生れると間もなく病気で相次いで亡くなられた、とだけしか聞かされていないはずだが、ずっと前じいやがちらと洩らした口裏から僕が探り得たところでは、妙子を生むと間もなくお母さまは自殺され、お父さまは家出してしまわれた、というのが真相だ。妙子のお父さまとお母さまもまたお祖母さまの掟の犠牲者であったのだ。僕の筆はあまりにも残酷なほど、あまりにも真実を語り過ぎると妙子は恨むかも知れないが、妙子が正に堕ち入ろうとしていた輪廻地獄の恐ろしさを語るためには、これもまたやむを得ないことなのだ。——この輪廻の地獄はこうしてめぐりめぐって、遂に妙子の代まで経めぐって来た。妙子は、僕と妙子が真実の兄妹ではないことをまだ知らないはずだと思う。僕もつい数年前に知ったことなのだから——。僕は妙子が生まれると間もなくこの家へ連れられて来たのだ。どこから？　それは恐らくはお祖母さまとお祖母さまの強力な意志の下で完全な傀儡となり果てているじいやの他には、誰一人として知った者はないのだと思う。何のために？　言うまでもなく妙子の兄として育てられ、やがて妙子の夫となるために——。血の不倫がなければ心の不倫を、とお祖母さまの掟は要求したのだ。その掟がどれほど厳しい恐ろしいものであったかは、四度破れ三人の死者を出し、一人の怪我人を出した妙子の縁談を見ればよくわかる。お祖母さまはこうして妙子の神経が次第に弱って恐ろしい暗示にかかってしまう時を、狂人の執拗さと根気強さで待って居られたのだ。お祖母さまの性格を理解しその計画を知った時、僕はその残忍さに慄然としながら、たとえ命を賭しても妙子をこの輪廻地獄から救い出さずにはおくものか、と決心した。三人の若者の死の蔭には、お祖母さまの意志と、その意志に操られているじいやの手が働いているに違いないと信じた僕は、まず三つのうちのどれか一つの死の実相を突きとめて証拠を握り、それをお祖母さまに突きつけて計画を中止させようと考え、親しい友である信介君に、すべての事情を打ち明けて、力を借してくれることを頼んだのだ。妙子に縁談を申し込むことは手段として絶対に必要であった。結果によっては思いやりのない冷酷な手段となったかも知れなかったが、しかし妙子が信介君を愛しているると同じように、信介君もまた妙子を愛しているとすれば、妙子の胸に芽生え初めた愛情は無駄にはなるまい。二人の間の正しい愛情と理解と、そして曇りのない理性によって、必らず解決出来る問題であろうと僕は信じている。——妙子の推察する通り、お祖母さまの御最後の時、僕はその場に居合せた。妙子が信介君に渡した鍵であの重い土戸を開き、あの前日から蔵の中にひそんでいたのだ。そうしていろいろ調べた結果はやはり僕の信じた通りであった。僕は蔵の明りとり窓の鉄棒がすぐに抜き取れるように弛められて、そこから体を乗り出せば容易に手の届く雨樋に、僅かな震動を与えただけでもすぐに折れるように、強性な酸を用いて人工的に腐蝕させた痕跡のあることを発見したのだ。妙子の疑いを惹き起した繃帯は鋭どい刃物のようになっている雨樋の折れ目で指を傷つけた時、ハンカチを引き裂いて応急に自分で手当てをしたのだが、それが抜け落ちたのは、僕がそうして雨樋を調べている時、偶然に蔵へ入って来られ、突然僕の姿を御覧になったためにかっと取りのぼせて、恐ろしい狂人の本性を現して猛然と躍りかかって来られたお祖母さまと争った時であったろう。妙子をこの輪廻地獄から救い出すために、たとえ過失とは言え、僕はお祖母さまを殺してしまった大罪人なのだ。理由はどうあろうとも、とにかく育ての大恩あるには違いないお祖母さまを——。檜屋敷の呪いはお祖母さまであった。その呪いも解けた今、忘れていた若い娘心を取り戻して、いよいよ美しく輝き初めた妙子の面影を胸に秘めて、僕はやがてこの地を去ろうとしている。それは僕が檜屋敷にまつわる不祥な言い伝えにも、そして数々の危険を伴うお祖母さまの仕向けにも怖れず一途に妙子を望み通して、遂に不幸な死を遂げた三人の若者にも増して妙子を愛しているからだ。僕がこの数年間愛し続けている或る少女とは妙子のことなのだ。二人がほんとの兄妹ではないことを知った時から、僕は妹としてではなく、美しい一人の少女として妙子を愛し続けてきたのだと言ったら、妙子は驚きもしよう、僕を責めもするだろうが、しかし、檜屋敷の外へ連れ出してと言う妙子の訴えを退けたのは、僕が妙子を心から愛し、あくまでも妙子を清く美しくあらせたいと希ったためであったと知れば許してくれるだろうと思うのだが――妙子を連れ出した結果、僕がもし戒めを忘れてこの愛情をつらぬく気持になったとすれば、それは生れた時から僕を真実の兄と信じ続けてきた妙子にとっては、やはり不倫な、地獄の愛とも感じられるに違いないと、僕はそれを怖れて、妙子のためにこの愛情を天上の高さと美しさに保ちたいと希ったのだ。いずれにしろ、地獄の道から妙子を守ろうと決心して、そして立派に守り通した今、僕は淋しいながら誇りに満ちた思いを抱いて妙子の傍を去ることが出来る――妙子がこれを読む頃、僕はどこにいるだろうか。或いはあの山から山へと移り住む山窩の子であるかも知れない僕の心に、今、遠い先祖の血の呼び声がよみ返ってきたのでもあろうか。遠い果てない山々がしきりに僕を呼ぶようだ。

さらば妙子よ――。

柿の木

（一）

サダの考える事や言う事やする事は、他の子供とはどこか少し違っている。サダを知る人達は、それを、サダは小さい時に柿の木から落ちて頭を打った、そのせいで少うし頭が変なのだ——と言うのである。サダはよくは覚えてはいないけれど、そう言われれば、空と地面が逆さになってくるくる廻った、思い出すと綿のようにふわふわした妙な恐怖を誘い出す記憶が、遠い夢のようにおぼろげに、心のどこかに残っているような気もするのだ。その記憶に、はっきりとした確証のようなものを与えたのは、母の言葉であった。

「お前を馬鹿にしてしまったのはあの柿の木だ——」

或る時、サダが母に言いつけられた用事をしくじった時、母はサダの頬をぴしゃりと打った後で、腹立たしげな、しかし、微かな憐れみを含んでいるようにも思われる調子でこう言ったのだ。サダは打たれた頬を押えて、涙ぐんだ眼をしながら、黙りこくって柿の木を凝視めていたが、あの木さえなければいいのだ——ぼんやりと、心のどこかでこんな事を考えていたのであった。凝視めているサダの瞳には、その柿の木は、不思議な威容と重圧をもってぐんぐんと迫り、あくまでも自分の行く手を阻むもののように思われて、それを取り除いてしまいたいと希う心は、切ないように烈しかった。

その翌日、サダはこっそりと勝手許から庖丁を持ち出して、柿の木のある裏庭へ出て行った。——間もなく、カツン、カツン……と、何か堅いもので堅いものを打つような妙な音が聞え初め、それがたゆまぬ根気と努力を思わせる執拗さで、いつまでもうるさく続くので、一体何だろうかと裏へ出て見た母は、ちょっとの間、呆れて口が利けないような顔をした。サダが顔を真赤にして、大粒な汗をぽたぽたと流しながら、自分の胴ほどもある太い柿の木を庖丁で叩いていたのである。

「馬鹿が！　何をするか！」

やがて、くわッと一時に怒りをかき立てられたらしい母は、叫びながら飛んで行って、力まかせにサダの頬を打った。サダはよろよろとよろけ、ぽろりと庖丁を取り落し、そのまま、もっと打たれるのを待つように、ぼんやりと地面を凝視めながら、母の前に立っていた。観念しきった風に身動きさえもせぬそのサダの頬を、母はまた、耳ががんと鳴るほど打ったのである。

「こんなもので木を伐ろうなんて、馬鹿は馬鹿だけの考えしかしない。ほれ、これを見ろ！」

母がサダの眼の前へ突き出して見せた庖丁は、刃がぼろぼろにかけて、柄が抜けそうにぐらぐらしていた。サダはちらりと母を見上げ、ちらりと庖丁に眼をやり、それからまた地面に眼を落した。それは、打たれる度に、何のために打たれるのかを理解出来ず、それでいて、じっと尾を垂れたまま打たれ続ける犬のようにおずおずしていたいつものサダの瞳とはまるで違った、冷たく見えるほど綺麗に澄んだ瞳であった。

柿の木から受ける恐ろしい重圧の感と、それを取り除きたいと希う心の切なさとを母に言い説く何のすべも知らず、サダはただ、慣らされた諦めの中に静かに身を置き、このような場合にいつも身に受けるものをじっと待ち設ける気持ちであったのだが、それにしても、冷たく見えるほど綺麗に澄んだその瞳は、サダ自身も全く気づかぬ心のずっと奥底にひそむ、深い何かの思いを語っているようであった。母には、その冷たく澄み透ったサダの瞳の光りは、自分の邪慳さを責めているもののように思われたのであろうか。母は納めかけた怒りを、また自分から新らしく掻き立て、いらいらと額に青筋を浮き出させた。

「馬鹿の癖に、ふてくされることだけは一人前に知っている――」

母に、二三度続けさまに頭を小突かれたサダは、ようよう気がついたように顔を上げ、怒りに青筋立った母の顔をいぶかしげに凝視めた。一つの不思議な想念がサダの心を占め、サダはつい眼の前の母の存在さえも全く忘れ果てていたのである。

じっと地面を凝視めていると、眼の前が次第にぼやぼやとぼやけてきて、地面が、まるで風に浮く雲のような果敢なく摑まえどころのない軽さで、すう……と眼の辺りまで浮き上り、そしてそれと同時に、頭も体も何も彼も、少しも重さのない、水のように色もないものになって、ふわふわと宙に流れて漂いそうな気がするのだ。何故だろう、どうしたのだろう――とサダは一心にそれを考え、苦痛も悲哀も憂愁も、風のように霧散しそうなその想念の世界に、もっと深く身を沈めてしまいたいとこい希いながら、しかし、そうした自分の悲しい希いには、自分でそれと気づかずにいるのであった。

母の怒りの表情をいぶかしく凝視めながら、サダの心はまたしても同じ想念の中へ引き戻されたのであろう。すぐ眼の前にある母の顔までが次第にぼやぼやとかすんできて、耳の傍でがんがん怒鳴る母の声が、遠い木魂のように、ぼうん……ぼうん……と鈍く響いてひろがるのだ。ふと、その声のひろがりが、何かに突き当って撥ね返るように、サダの近くへ戻って来て、眼に見えず音も聞えず、静かなしかし執拗な力で、絶え間もなく押し寄せる波のように、ひたひたひたひたと体を押し包んだ――と思った時、サダはふらふらと気を失って倒れてしまったのである。

その夜、くどくどといつまでもきりなく続く母の叱言を、サダは啞のように黙りこくったまま、どこか遠くを凝視めているような瞳をして聴いていた。それは次の展開を怖れるあまり、続く叱言の中にむしろ身を置く安住の場所を見出し、それの失われぬことを希ってでもいるように見える様子であったが、やがて、どうしても開かぬ重い口を無理に押し開きでもするようにして、

「柿の木が憎い――」

とぽつりと一言だけ言った。そして、それきりまた啞のように黙ってしまった。突然、しかも意外な言葉で叱言を中断された母は、暫く呆気にとられたようにサダを眺めていたが、やがて、ぷッと噴き出すような笑い声を立てた。つり込まれて、父も渋い笑顔をした。この場の成り行きの事情

さえまだよく呑み込めぬはずの小さな弟や妹達までが、母の顔色を眺めながら、それがさも面白い事ででもあるように手を拍って囃し立てたのである。弟妹達のそのような様子を、サダは悲しそうな瞳で眺めたが、しかし、それきり二度と口を開こうとはしなかった。母は笑った後で、その笑った事の馬鹿馬鹿しさで一層腹を立てたような疳の立った顔つきで、

「この馬鹿が——何でもかんでも柿の木のせいにすればいいと思っているのか。柿の木に何の科があるか。馬鹿なのは皆お前の生れつきだ——あの柿の木だって、お前よりは家の役に立っている——」

打擲の手を逃れようともせぬサダの様子が、サダを打つ母の手に一層容赦のない力を加えているように見え、それは嘘も偽りもない肉親であるために、却って烈しい憎悪の姿をまざまざと見せる恐ろしさであったが、サダは遠くを凝視めた静かな眼差を乱そうともせず、それは一体どのようなものなのであろうか——何か知ら心を占める不思議な想念に身を打ちまかせた有様で、母の憎悪と憤怒の姿にさえ全く気づかぬらしい様子であった。

「これ、止せ！　もう止さんか！　馬鹿のすることを本気で怒って何になるものか——」

むッつりと腕を組んで眺めていた父が、苦々しい顔をして母をたしなめなかったら、サダは恐らく朝までも、母の打擲の手を受け続けていなければならなかったろう。しかしこの時、父の言葉によって、人にはわからず、自分にもはっきりとは理解出来ぬ不思議な想念の世界から、現在身を置くこの場所に初めて心を引き戻されたらしいサダは、母の手よりも、父の言葉に烈しく打たれでもしたように、ぴくりと肩を震わせたのだ。そして、じっと父を凝視めてから、がくりと首を垂れたサダの眼からは、ぽろぽろと大きな涙が落ちたのである。これまで、母から打たれ小突かれ、どれほど手ひどい折檻を受ける場合でも、ただ、しいんと沈んだ深さを増すばかりで、決して涙を浮べようともしなかったサダの眼から——

これまで、時々疑わしそうにサダの顔を眺めることはあっても、しかし、はっきりと口に出して

サダを馬鹿と言わなかった者は、父がただ一人だけであった。その父が、母の折檻の手からサダを救うために初めてはっきりと口に出してサダを馬鹿と言った――このことは、言った父自身も、言われたサダも何一つとしてはっきりとは意識せず、それでいて、自分でも気づかぬ心のずっと深い奥底では、互いに何か知ら運命的なものを感じ合ってでもいるような、ふとそのような気配の感じられるその場の情景であったのである。

言ってみれば、父が初めてはっきりと口に出して、サダを馬鹿と言ったその瞬間から、もとより眼にも見えず、耳にも触れず、しかし、サダの運命には、それを転機として大きな旋回が行われたとも言える――この夜はそういう夜であったのだ。

（二）

父がたった一度、口に出してサダを馬鹿と言ったことが、まるでサダの馬鹿を確証づけでもしたように、翌日からサダは、今までよりも一層ひどく周囲の者達から馬鹿扱いをされた。最早誰一人として、遠慮や思いやりの手心を加える者はなくなったが、しかし、サダの方でも最早、以前のようなあの打たれるわけもないのに尾を垂れてじっと打たれ続ける犬のような、悲しい惨めな瞳色は見せなくなった。

「サダは馬鹿だもの、ごめんよ」

何かをすっかり悟り切ったような深い瞳に、不思議におだやかな微笑を漂わせながら、自分を馬鹿扱いにする誰にでも同じこの言葉を、ゆっくりと落ちついた静かな口調で言うのであったが、それは落ちるだけ落ち切り、最早これ以上落ちる気づかいのない今の環境にこそ、むしろ心の安住の場所を見出してでもいるように見える様子であった。すると、それを言われた人達は一様に、おや！　と何かまごついた顔をしてサダを眺め、そのようなサダの悟りに何か心を責められることでもあるような微かに間の悪るそうな表情を見せるのだ。

母までが、急に勝手が違ったようにまごまごした。詫びるのでもなく、悲しむのでもなく、責めるのではなおさらない、ただ、急に深味と静けさを増したようなサダの瞳は、母のいら立ちを無性に掻き立てるものであるらしかった。決して責めてはいないその眼差から、却って責めるよりももっと深く切なく心を刺すものを受け取り、むしろその自責の思いの苦しさに、それに打ち克とうと強いてつとめてでもいるように、母は前にも増したむごい折檻の手を加える事が度々あったが、しかし、サダはどのようにひどく母に当てられても、やはり、奇妙に優しく見えるその微笑を消そうとはしなかった。母の真似をして、馬鹿というのがサダの名ででもあるように、サダを馬鹿々々と言う小さい弟妹達にも、サダはその、湖の上をわたる静かな小波のような微笑を見せて、

「サダは馬鹿だもの、ごめんよ」

と言うのである。

ただ、サダは、それまでは母よりも父と一緒にいることを悦び、父の前でだけは、時には自然な素直な少女らしい心の動きを見せることもあったのだが、あれ以来、急に父に対して変によそよそしい風を見せ初め、どうかすると父の慈愛の眼差よりも、母の厳しい折檻の笞の下に身を置くことに、不思議な心の安らぎを覚えるらしい風さえ見せるようになったのである。

そのようなサダの態度を解せぬことに思い、近寄ろうとする父は、その度に、それを遮りとめるサダの厳しい、そしてたとえようもなく切なげな眼差に出会い、そのまま一歩も進むことは出来なくなってしまうのであった。それでいて父は絶えず、どのような場合でも、どこにいても、どこからか執拗に自分を追い求めているサダの眼差を感じるのであった。それが父を悩ましくした。

自分の何かがサダを苦しめているらしいことだけは漠然と感じ、しかし、それが何であるかを理解出来ぬ父は、とうてい解き得ぬ謎に面した時のような悩ましくいら立たしい気持ちに襲われなが

ら、これは一体どうしたことであろうか——と、遮られて近寄ることも出来ぬサダの姿をただ遠くから眺めて、——あれの瞳は決して馬鹿の瞳ではないが——と首を傾けることが度々あった。

——サダは十六になった。母は、

「幾つになっても馬鹿は馬鹿だ。馬鹿に何が出来るものか」

と頭から決め込み、サダについてそれ以外の考え方をすることなどは、まるで思いも寄らぬらしい様子である。

サダの家は、もともとあまり裕ではない百姓なので、何一つとして家の役に立ちもせぬサダを、いつまでも遊ばせて、ただ食べさせておくわけには行かなかった。今までのサダに出来るたった一つの仕事と言えば、それは弟妹達の守りをすることであったけれど、今よりもっとずっと幼なかった頃でさえ、母の邪慳な仕打ちや言葉をそのまま見習い、サダをいじめて困らせることを、何か愉しい遊戯かなどのように心得ていた弟妹達は、年齢を増し、やや物心がついてくるに従って、サダに対するその仕打ちには、子供の考えなしの無邪気さとばかりは言い切れぬものが出来てきたのだ。サダを苦しめる事によって母の気に阿ねようとする小ざかしい意図さえ見え初めて、最早とうてい、サダの手には負えぬものとなってしまった。

弟妹達の守りさえ、満足につとめおおせることが出来ぬとなってみれば、最早サダはこの家では、まるきり不用なだけでなく、邪魔な存在とさえなってしまったのだ。だんだんと邪慳さを増す母の仕打ちで、サダは身にしみてそれを知らされた。食べずに生きて行くことが出来るなら——ふと、このような思いが浮び、しかし、それがどれほど哀れな惨めな思いであるかは意識せず、その想念はあくまでも一つの想念として、サダにとっては、ただ、心の苦痛に堪え難い時、一時逃れて僅かの間身を沈めるただそれだけのものに過ぎなかったのである。

そのようなサダであったから、この頃毎夜父と母とが、子供達を床に就かせてしまってから、ひそひそと自分を町へ奉公に出す相談をしているのを知ってはいたけれど、しかし、それだからと言って、一体サダに何が言えるであろうか——サダはただ、慣らされた諦めの中に深く身を沈め、自分にもわからぬ深い心の奥底にひそむ何ものかを瞬きもせずに凝視め、自分の意志には全く関りなく、人によって定められて行く自分の運命の行く先を、果敢ない思いで見守るばかりなのだ。人にはわからず、自分にも理解出来ぬそうした不思議な思索によって、磨き抜かれでもしたように、サダの深い瞳はいよいよ深味と輝きを増し、サダは一層無口な少女となってしまった。

或る朝、父が改まった顔をしてサダを呼んだ。そして、家の都合で、いよいよサダに町へ奉公に行ってもらうことに決めたこと、サダの奉公に行く家は、若い夫婦と生れて間もない赤ん坊だけで、仕事らしい仕事と言っては別に何もなく、決して気骨の折れる家ではないことなどを細々と言い聴かせた後で、

「旦那様にも奥様にもお目にかかって来たが、お二人とも物わかりのいい優しそうな方だった——もう二三年も経てば、家も少しは楽になるだろう。そうしたらすぐに迎えに行ってやるからな。辛かろうがそれまで辛抱してくれよ」

と優しくつけ加えた。

「迎えに行ってやるなんて、お父さんは余計なことを言いなさる。だからこの馬鹿がなおさらつけ上ってしまうのだ。家には馬鹿に食べさせるような余計なものはないから、御迷惑でも、一生飼い殺しにして下さるようにお願い申せばいいのに——」

父がサダに優しくするのがさも気に入らぬことでもあるように、母は傍から憎々しげに口を挟みとげ立った毒々しい眼差をサダに投げた。サダは、父にも母にもはっきりと澄んだ瞳を向け、無言のままこっくりとうなずいた。

物を言う度に口の端がひくひくとひきつり、いらいらと青筋立った額の辺りに露わに見える生活の労苦と重圧とを、すべてサダのためと考えてでもいるような母の、このような場合にも、母らしいいたわりの言葉一つすらもかけぬその邪慳ささえも、父に呼ばれた時からすでに、それればかりが

たった一つの身についた仕草である慣らされた諦めの中に、すべての思いを沈め切ったサダにとっては、このような場合に必らず聞かねばならぬこのような言葉——として、ただ、その心の表面を僅かにかすめて過ぎたばかりであったのであろうか——

そうも見えた。そのようなサダの様子であった——が、やはりそれは、場合が場合であるだけに、これまでとは違い、サダの心を、深く鋭く刺しつらぬいたものであったに違いないのだ。やがて、父と母の前を立ち、外へ出ようとしたサダは、上り框で下駄をはこうとした時に、急に体の中心を失いでもしたように、よろよろとよろめき、がッくりと土間に膝を突いてしまったのである。僅かに体を支えていた気力が、それですっかり尽きてしまいでもしたように、そのままサダは静かに崩折れかけたのであったが、驚いた父が思わず腰を浮かせ、

「サダ！　どうした？」

と声をかけた時、その体は一時にしゃんと引き緊った。きりッと顔を上げたサダは、ゆっくりと首を振って見せたのであったけれど、振り向きもせず、背中を向けたままのその姿には、これまでのサダには全く感じられなかった何か知ら意固地なものが感じられ、それが父には、サダが初めて全身で示した悲しい反抗とも抗議とも思われたのであった。

やがてサダは起き上り、静かに膝の土を払い、無言のまま家を出た。どのような烈しい感情を、どのような必死の努力で堪えているのであろうか——と痛ましい気がするほど、がくり、がくり……と、一足々々膝を折るような歩き方をするサダの後姿を、父は不安な思いで見送っていた。一体あれは何を考えどのような思いでいるのであろうか、まるで熱に浮かされた者のような歩き振りをするではないか——父はこう思い、すぐにもサダを呼びとめて、その心の中を覗きたい気持ちに駈られながら、しかし、どのような心遣いも固く全身で拒んでいるようなサダの姿を見ると、声をかけて呼びとめる方策もない、術のない思いなのであった。

このような父の思いをよそに、村端れの野原へ出たサダは、馬鹿にも考えることがあるのか

——と母に嘲笑われながら、いつもじっと膝を抱えて、ぱッちりと眼をみひらきながら、空を眺めたり風を聴いたりしていた小川の傍の草叢へ行って、いつものように草の中にうずくまった。そこはサダの一番好きな場所であった。澄んだ空や、そよ吹く風や、小川の水のせせらぎの音や——それらが、サダの傷ついた心を静かに柔かく撫でさすり、この場所でこの草の中に在る時だけ、サダは心の鎧いを解き捨てて、痛み傷ついたその心に、暫しの憩いを与えることが出来たのである。

——膝を抱えながら、雲一つなくあくまで蒼く明るく澄み切った空をじっと凝視めていたサダは、ふと、何かをいぶかしむように、ゆるく、ぱちり、ぱちり……と眼を瞬いた。

眼の前を、ふッと黒い影のようなものがよぎって過ぎた、と思った瞬間、あくまで蒼く明るく澄み透った空の色が急に昏み、おや！　といぶかる間もなく、サダの眼の前は、もやもやと靄がかかったようにかすんできて、さやさやと草の葉に鳴る風の音がだんだんと遠く微かに遠ざかり、小川の水のせせらぎの音もぱッたり止んで、ただきらきらと光って動く、美しい光りの幅のように見え初めた。——のめるように草の上へ体を投げ出したサダの口からは、生れて初めてのような、長い長い嗚咽の声がもれ初めたのである。

（三）

長い間そうしていたサダは、だんだんと近づいて来る透った子供達の声を聞いて、そろそろと顔を上げた。追いかけっこでもしているように、きゃッきゃッとはしゃいだ声を立てながら走って来た子供達が、サダが体を埋めた草叢の近くの川傍に丸くしゃがんで、何かを始めたらしい気配であった。その中にはサダの弟妹達もいた。こら、こら……と、弟が時々何かをたしなめるような声をかけているところをみれば、小さい動物でも玩具にしているのであるらしいけれど、草の蔭になってサダには見えないのだ。

サダは、これまで一度として、誰一人にも見せたことのなかった懐かしそうな柔らいだ眼差で、弟妹達の後姿を見守っていたが、やがて、静かに草の中から身を起し、懐かしさと愛情をこめた優しい声で、そっと一人々々の名を呼びかけた。弟妹達は悪戯の手をとめ、きょとんと驚いた瞳を上げて、草の中にサダの姿を探し初めた。

「やアい、馬鹿があんな所に隠れてら——」

真先にサダの姿を見出した弟が、サダを見つけた事に対してではなく、探していたものが見つかった事に対する歓声を上げげた時、サダはふいに、体のどこかに思いがけぬ痛みを感じでもしたように、微かに眉を動かし、一瞬、瞳の色を沈ませて弟を凝視めた。それは、こうした場合になっても自分がまだ、この小さな弟妹達からでさえ、馬鹿と呼ばれる存在にしか過ぎぬことに、烈しい悲哀と驚愕を感じでもしたように見える様子であったが、しかし、サダはすぐに、その思いに打ち克ち、すがすがしく涙に洗われて、いつもよりも一層、深味と輝きを増したその瞳に、あふれるばかりの愛情の色を湛えて、弟に微笑みかけたのである。

「サダは明日から町へ奉公に行くからねえ、お前たち、お父さんやお母さんに世話を焼かせないで、おとなしくしておいでよ」

生れて初めて口にするこのような姉らしい言葉に、自分ながら気恥かしさを感じてでもいるようにおずおずとしたその愛情の姿が、いかに見る者の心を痛ましめるほど物悲しいものであろうとも、弟妹達の年齢は、まだそれを理解するほどに長けてはいなかった。弟妹達は吃驚したようにサダを凝視め、それから何か探るように互いの顔を見合っていたが、やがてぷッと噴き出したのだ。サダのこのような姉らしい口の利き方が、さもさも世にも面白い事ででもあるように——

「やアい、馬鹿が生意気なこと言ってら。馬鹿なんかどこへでも行ってしまえ!」

弟が腕白に言うと、妹も後に従いて、

「やアい、馬鹿が生意気なこと言ってら。馬鹿なんかどこへでも行ってしまえ！」と足踏みしながら囃し立てた。そのような小ざかしい様子にさえ、一層切ない愛情をそそられでもするように、サダは悲しいほど優しい微笑で弟妹達を眺めながら、静かにその傍へ近寄った。弟妹達はサダに、いいッ！　と歯を剥いて見せ、くるりと背を向けると、最早サダの存在などは全く忘れ果てた様子で、またしても悪戯に取りかかり始めたのであったが、何気なく後からそれを覗いたサダは、思わず、あッ！　と小さな叫び声を上げたのである。

弟が片手に握った紐の端には、生れて間もない、まだ足どりさえ覚束なく、ようよう眼を開き初めたばかりと思われるような仔猫が、痛々しく首を縛られて、びしょ濡れになった体を震わせながら懸命に草の根にしがみついているのである。剥き出した小さな爪に必死の努力が見えながら、しかし、体の重味をそれ一つに支えとめて、今にもぽきりと折れてしまいそうなその細い薄い爪の、何という胸を引き裂くばかりの痛々しさであろうか――

サダは突然受けた感情の激動に蒼ざめ、その痛々しさから眼をそむけようとし、しかし、吸い寄せられたように仔猫の体から眼を放すことが出来ないのであった。仔猫の体が烈しく震えていることによって、サダはその苦痛の命がまだ終ってはいないことを感じ、ああ、まだ生きている、可哀想に――と考えるのだ。ああ、まだ生きている、まだ――

弟がその仔猫の横腹を、片手に持った棒切れでちょいちょいと突つくと、ただ小さく口を開くばかりで最早鳴き声も立て得られないほど弱り切っているらしい仔猫は、草の根にしがみついている爪先の力がゆるんだ拍子に、くるりと腹を返して、他愛もなく水の中にずぶずぶと沈んでしまう――暫らく水の中で、首を振り、四肢をもがいて苦しんでいるけれど、それはほんの僅かの間で、最早もがく力も失いかけているらしい仔猫は、やがて、ぐッたりと四肢を伸ばして、水の底に背をつけてしまう――それをぐッと引き上げて、ようよう草の根を深り当てて、弱々しく摑みしめるのを待って、また水の中へ突き落す――

この同じ動作を幾度となく繰り返しながら——それは恐らく、仔猫の命の絶えるまで続けられるのであろうが——きゃッきゃッと声を上げで悦んでいる子供達の、それがどれほど残酷な行為であるかも意識せぬらしい明るい笑顔を眺めた時、サダはきりきりと胸を突き刺す感情を、最早どう押えるすべも知らなかった。これが子供の無邪気さというものなのであろうか——恐らくはそうなのであろう——だが、ああ、それだからと言って、これをこのまま許しておいていいものであろうか——相手は、反抗する力も持たず、苦痛を訴えるすべさえも知らぬ可憐な動物ではないか——サダの胸には初めて弟妹達に対する烈しい憎しみが湧き上って来たのである。

「何をするの？　お前たちは——可哀想なことおよしよ。死んでしまうじゃないか！」

弟は仔猫の紐を握ったまま、呆気にとられた顔色でサダを見上げた。全く初めてなサダのこのような口の利き方が、ひどくその心を戸迷いさせたらしい様子であった。いっときの間、鼻白んだ顔色でサダを眺めていた弟は、やがて、照れかくしのように、ふふん、と鼻の頭に皺を寄せると、

「馬鹿は黙ってろ！」

と憎まれ口を利きながら、サダの腰に、どんと烈しい体当りをくれた。サダはその弟をこれもやはり初めて見せる、厳しい責めるような瞳で凝視めたのである。言うならば、それは、打たれるわけは何一つなく、それでいて絶え間もなく降り続ける烈しい折檻の笞の下で、苦痛と恐怖に逆上したあまり慣らされ身についた服従の念も忘れ果てて、無意識に攻勢を取る犬のような瞳にも見えた。ふと、弟がたじろいだ時、サダは蒼ざめたその頰に、一時にかッと血の色をのぼせ、

「お前たちは——罪もないものをいじめて——あんなに苦しんでるものを——早く殺してやった方がいい位じゃないか——」

きれぎれに叫ぶように言いながら、弟の手から紐をひったくった。そして、ぎりぎりと歯を嚙み鳴らしながら、仔猫の体ともそれを水の中へ放り込んだサダの顔色は、一瞬のぼった血の色も失せて、凄みわたるまで蒼ざめ、頰がぴりぴりと震えて、眼がきりきりとつり上っていた。

――水の中で、暫らく首を振り四肢を弱々しくもがいていた仔猫は、間もなく、すっかり力が尽き果てたと見え、白い腹をくるりと返して、水の底にぐったりと長くなった。――その体が流れる水に押されて、ふうわりと軽く浮いた――と思うと、くるりと廻って、またすう……と底に沈んだ――

水の中でも仔猫の眼が、ぱッちりとみひらいたままでいるのは何故だろう――何故だろう――と、サダはぼんやりと考えながら、くるり、くるり……と廻って、ふわり、ふわり……と浮いたり沈んだりしながら、少しずつ流されて行く仔猫の姿をじっと凝視めていた。

柔かい藻のように揺れる毛が、水の中でさらさらさらさらさらと微かな音を立てて鳴っているのが聴こえるようであった。さらさらさらさらと鳴り続ける軽い微かな囁き声のようなあれは――ああ、あれは、苦痛の命を終った仔猫の、優しい可憐な喜びの歌ではないか――震えもがいていた、あの胸を引き裂く痛々しい苦悶の姿にくらべて、すべてを水に打ちまかせ、それに押されるままに、ただ軽く浮いて漂うその姿の、何というかろやかさ！　胸がふくらむほどの安らかさであろうか――

仔猫の首に巻きついた長い紐が、水面を泳ぐ蛇のように、すらすらと動いて光って見える。仔猫の体が動くにつれて、すらすらと伸びて流れ、くるくると輪を描いて水の中に巻ま込まれ、そしてまたすらりと伸びて水面に浮び、蛇のようにぬめぬめと光ってくねる――あの紐でさえも、仔猫の可憐な喜びの歌に調子を合せて、愉しく踊り戯れているように見えるではないか――

じっと水面を凝視め続けるサダの顔は、次第に、法悦の中に浸り切った者のような、不思議に輝かしい表情を帯びてきた。その瞳も今までの険しさをすっかり消して、何か愉しい夢でも見ているような、恍惚とした色に輝き初めてきたのである。いつものサダとはまるきり違うサダの様子を、呆気にとられて眺めていた弟妹達は、やがて、薄気味悪そうな眼を見合せながら、少しずつ、後退りし初めた。しかし、サダは、それらの事には全く気づかぬらしい様子であった。

(四)

「サダ、ここにいたのか」

父の重たい手が肩に置かれるまで、サダは身動きもせずに水面を凝視めて立ちつくしていた。

仔猫の死骸はもうすっかり遠くへ流されてしまって見えない。

——しかし、サダにはまだ見えるのだ。永久に瞳の中から消えぬのではないかと思われるほどの鮮やかさで——くるり、くるり、と廻って、ふわり、ふわり、と浮いたり沈んだりしながら流されて行くあの姿が——柔かい藻のように揺れる毛が、水の中でさらさらさらと鳴っているのが、まだはっきりと聴こえるのだ。ああ、あれは、苦悶の命から解放された仔猫が歌う、可憐な喜びの歌なのではないか——

長い紐が、仔猫の首を巻いた蛇のように、ぬめぬめと光ってくねり、すらすらと流れて光る——くるくると輪を描いて水の中に巻き込まれ、すらりと伸びて、うねうねとうねるあの紐は、仔猫の喜びの歌に合わせて踊る踊りであろうか——ああ、それにしても、あれは何故であろうか——あの眼！　水の中でもぱッちりとみひらいた、二つの硝子玉のような眼！　眼！

「サダ、お前、奉公に行くのがいやなのではないか」

サダはまだ夢の思いから覚め切らぬような、輝かしく恍惚とした眼差で父を見上げた。

「ううん——」

サダは、大きくゆっくりと眼を瞬きながら首を振った。

「行くよ。サダは行くよ。ねえ、お父さん——」

「何だ?」

「お父さんは何故、サダを馬鹿と言わないの？」

こう言ったサダの言葉の調子には、厳しく父を打つものがあり、父は、はッと何かを理解しかけた気がしたのであったが、しかし、何やら必死なものを思わせるサダの瞳色は、それを考える余裕も父に与えず、すぐにもその返事を迫るように思われたのだ。

「これ、サダ、何を言う――お前はちっとも馬鹿じゃない。ただ、普通の子供と、どこか少しばかり違っているだけだ――」

「どこか少し違ってる――」

と呟きながら、サダは喰い入るような瞳で父を凝視めたと思うと、急に、叩き伏せるような烈しさで、ぱッと父の手を払いのけた。

「嘘だ！　嘘だ！　お父さんは嘘ついてる！　言わなくても心の中では、やっぱりサダを馬鹿だと思ってる！　みんなとおんなじに、サダを馬鹿にしてるんだ！」

「サダ、サダ――これ」

「嫌いだよ！　お父さんなんか大嫌いだよ！　サダは馬鹿だもの！　どこへでも行く――どこへでも行くよ！　サダは馬鹿だもの！」

父に叩きつけるように叫びながら、サダはくるりと背を向けて、めちゃくちゃに草の中を駈け出した。

「サダ、サダ――」

「嫌いだよ！　お父さんなんか大嫌いだよ！」

走りながらサダは、声を出さないで泣いていた。火のような熱い涙が頬を灼きながら伝って流れ、ただせつなくあえぐばかりで声の出ぬ口へ流れ込むのを、呑み込み呑み込みして走りながら、どこかへ行ってしまいたい、一時も早く――とサダはそればかりを念じているのであった。

どこかへ――ああ、しかし、それは一体どこであろうか――それはサダにもわからぬのだ。それは、あの母の住まぬところ、弟妹達の住まぬところ、顔を知り名を知る者の一人として住まぬところ——そして、そして、ああ、あの父！　自分を憐れむように眺める父の眼差のないところ——そうした所であるかも知れなかった。

父はサダを、お前は馬鹿ではない——とはっきり言った。しかし、それでいて、その言葉には、何となく自信なげな曖昧な響きのあったのを、サダは殆んど獣のような本能で感じ取り、それが、慣らされた諦めの中に身を沈めることをさえ忘れ果てたほど、サダの心を打ち砕いてしまったのだ。父までが——あの父までが——やはり、父はあの時以来、ずっとそのような眼で自分を眺め続けてきていたのだ——そう思う切なさに加えて、責任のないその場きりの言葉で、子供のようにあやしなだめられなければならぬ自分を思う惨めさは、サダの心に僅かに残る最後の自制までも奪い去り、何をするかどうなるか自分にもわからぬ狂暴な悲しみの中に、サダを投げ入れてしまいそうであった。

どこへでも——ここを、そして、この思いを逃れることとさえ出来るならば——こう思った時、ふとふわり、ふわり、と水に押されながら流れて行く仔猫の姿が眼に浮び、ああ、あの何も彼も、すべてが終ってしまった安らかさ！　ああした安らかさが自分には望めないのであろうか——と烈しい渇望に心を燃え立たせたサダは、急に走る足どりも覚束なくなり、体の中心を失ってふらふらと前へのめり、ばッたりと草の中へ投げ出された。そのままサダは起きようともせず、草の中へ顔を埋め、口に当る草をぎりぎりと噛み、両手に触れる草を引きむしりながら、押えに押えていた嗚咽の声を、一度に胸の底から押し出すようにして泣き初めたのである。

——翌日、サダが父に連れられて行った家は、サダの住む村から少し離れた町にある小じんまりと万事が小綺麗に整った家であった。勤め人だという旦那様は三十才位の元気のいい人で、父やサダに友達のような物の言いようをし、二十四五才に見えるおとなしそうな奥さんは、サダを一時も早く新らしい環境に馴染ませたいと、いろいろと細かく心を砕いているらしい様子であった。生れて半年目だと言う赤ん坊は、くるくるとよく肥って、奥さんの膝の上で丸まっちい足をばたばたさせながら、あんといっぱいに開いた口の中へ手を入れ、アア……アア……とわけのわからぬ片言を、一人で愉しそうにしゃべり続けていた。

挨拶が済み、サダの身をくれぐれも頼み、暫らく世間話を交して、サダを送ってきただけの用事をすべて果した父は、帰る時にそっとサダを勝手口へ呼び出した。

「何にも心配することはない。よくお願い申しておいたからな――」

と優しくこれからの勤めについての心得を、いろいろと細かく言って聴かせながら、しかし、サダをわざわざ呼び出した父のしんじつの意図は、もっと他にあるようであった。言いたい事があり、聴きたい事がある――確かにあるはずなのだ――と促しているような父の態度であったけれど、サダは語られている言葉にさえも、うなずきもせずに、ただ、黙ったまま父の前に立っていた。父の顔を見ようとさえもしなかった。父は暫く待っていたが、サダのそのような態度から、どうしても物を言わぬらしいと見極めがつくと、苦労のために年齢よりはずっと老いたその顔には、淋しい諦めの色が現れたのである。

「じゃあ――お父さんはもう行くから――辛い事があったら、いつでも遠慮せずに言って寄越せよ」

言うならば今だ、何か言ってはくれないのか――と懇願しているように聞える言葉つきであったけれど、しかし、サダは、それでも口を開こうとはしなかった。昨日、父に烈しい言葉を投げつけて、どこかへ、どこかへ――と念じながら草の中を走った時から、サダは、父や母はもとより、サダが町へ奉公に行くということを珍らしがって、悪口混りにハラハラと話しかける弟妹達にも、ひと言も物を言おうとはしなかったのだ。家を出る時も唖のように黙ったまま、別れの言葉さえ口にしようとはしなかった。

最早、物を言うという習性は、サダの生活の中からは全く取り除かれてしまいでもしたように、サダはふと開きかけたその心の殻を、またしても前にも増して固く閉じ、人にはわからず、自分にも理解出来ぬ何かの想念の中に閉じこもってしまったのである。昨日のあの激情は、サダの心をふと襲った不思議な通り魔ででもあったのであろうかと思われるほど、しいんと静まり返った底深い水のようにどのような感情の小波一つさえも現わさず、ただ、その瞳ばかりが、いよいよ深味と輝きを増したように思われるサダの姿は、最早どのような手だてをもってしても、その心を開かせることは出来ぬであろうことを、父に思い知らせるに充分であったのである。

しかし、サダは、心残りらしい様子を露わにその背に見せて、だんだんと遠く小さくなって行く父の後姿を、門口に立って見送りながら、胸の中で切なく、お父さん、お父さん――と呼び続けているのであった。母や弟妹達と同じく憎まなければならぬはずの父が、何故このようにも懐かしいのであろうか――しかし、このような思いも、父を恋い求める烈しい思いの前には断ち切られ、サダは父の懐かしさに胸の中ですすり泣いた。もし、奥さんのサダを呼ぶ声がもう少し遅かったなら、サダはそのまま父の後を追って駈け出したことであったろう。それからどうなるかも考えずに――父の前に立った瞬間に、再び心の殻を固く閉じてしまうとしても――

「馴れるまで、当分淋しいでしょうけど、我慢して頂戴よ」

こっくりとうなずきながら、部屋の隅に小さく座ったサダは、まだ頭の中で父の姿を追いながら、白い道をぽこぽこと歩いて、だんだんと小さく黒く遠くなって行く姿は、何だか月夜の影のようだ――と、ぼんやりとこんなことを考えていた。次第に遠く小さくなりまさって、やがて、白い道に一点ぽつりと落ちた黒いしみのようになって行くその姿は、恐ろしいまでの厳しい孤独の感じでサダの胸を圧し潰した。

「サダの仕事はね――仕事と言っても別にないのよ。ただちょいちょいお使いや、お勝手のお手伝いを少しばかり――あとは坊やを遊ばせてくれればいいの。坊やの名は一男、おちびさんの癖にやんちゃさんですからね」

奥さんの膝に横に抱かれた赤ん坊は、うんと頭をそらして、丸い瞳でサダに笑いかけながら、ころころと肥った足でうんうんと奥さんの膝を蹴り、体を弓のようにしなわせた。

「さあ、坊や、お友達が出来てよかったことね。お近づきに抱っこしておもらいなさい」

ふうわりと軽い重さで、奥さんの腕からサダの腕の中へ落ちてきた赤ん坊は、まるで吟味でもするような奇妙に真面目くさった眼差で、暫らくまじまじとサダの顔を凝視めてから、これで納得がいったとでも言うように、きゃッ、と声を上げ、ぴょこんと体を一つ跳ねさせたと思うと、今まで口の中にくわえていた柔かい湿っぽい手を伸ばして、サダの鼻を摑もうとした。絶えず軽く弾んでいる赤ん坊の柔かい体から伝わって来る温味は、これまで全く知らなかったほのぼのと心の温まる暖かいものをサダに教えてくれるようであった。その中に混るように思われる何か切ない懐かしいものが、固く鎧ったサダの心をほどきかけ、サダは赤ん坊の顔に頰をすりつけてはらはらと涙を落した。

「あら、どうしたの？　もうお家を思い出して恋しくなったの？」

吃驚して優しく訊く奥さんに、

「いいえ、忘れてしまいそうで嬉しいのでございます」

サダはこのような意味の答え方をし、理解し兼ねて眼を瞬く奥さんに、しかし、説明を加えて聴かそうとはしなかった。

「あの子の瞳は、ちょッと見ると冷やりとするほど冷たく澄んでいるけれど、じっと凝視めていると、だんだんと烈しく火みたいに燃え上りそうな気のする瞳ね。狂信者の瞳のようだわ。黙ってるけど役に立ちそうで嬉しい――」

「変った子らしいが、しかし、確かに悪い子ではなさそうだね」

あとで旦那様と奥さんとが交したこのような話を、もとよりサダは知る由もなかった。サダはただ、昨日までは、諦めの中に静かに置くことに慣らされたその身を、急に変った新らしい環境の中では、一体どこへ置くべきであろうか、と考え、それを見定めでもするように、冷たく澄んだ、しかし、内に烈しいものをひそめたその瞳を、内なる心に深く深く向けていたのである。早くも一つ身についた厳しい孤独を毅然として守りながら——

(五)

「サダはまるで小さいお母さんのようね」

と奥さんに笑われるほど、サダは親身に赤ん坊の一男の世話をした。そのサダの様子は見る者に、サダの命はまことに一男のためにのみあるものであり、一男がなければ、サダの命は全く要のないものなのであろうか——と何か知らこのような不思議な感じを起させるものでさえあったのだ。

「坊や、たまにはお母さんの所へも来て頂戴。坊やはもうサダの子になっちまったの？　え？　おっぱいが欲しい時だけお母さんを思い出すのね、坊やは——坊やに振られて、お母さんべそをかいてます」

子供を自分の腕に抱こうとする時、奥さんは子供に言い、サダに笑いかけながら、

「ちょっと借して頂戴な」

と、そうする事が何か愉しい遊戯ででもあるような様子で、手を差しのべるのであった。そのような時、サダは面映ゆげな、そして、何か済まなそうにも見える微笑を浮べながら、奥さんの手に一男を渡すのであったが、一男が奥さんの腕に抱かれてしまうと、ふッと微笑を消した淋しい孤独な表情になり、このまま取り上げられてしまうのではあるまいか——と考えてでもいるような、気づかわしげな瞳をいつまでも一男から放さないのであった。一男が乳を飲みながらうとうとと眠ってしまう時などサダは妬ましそうな眼をふッと伏せて、何ものからも見放され果てたような孤独な

表情を、全身に現わすことがあったのである。

「まあ、可笑しいこと——坊やの小さいお母さんが妬いてるわ。はい、ありがと、お返しいたしますよ」

奥さんがサダをからかいながら一男を返して寄越すと、サダはまたそっと微笑していそいそと手を差し出す——そのサダの微笑は、家にいた頃、

「サダは馬鹿だもの、ごめんよ」

と言う時に見せていたものとそっくりの微笑であった。しかし、もとより、それを知るはずもない奥さんはただ、そのようなサダの様子を眺めて、長い間人手に奪われていた子供を、ようよう取り戻しはしたけれど、またいつ奪われるかわからぬ不安に怯え切っている不幸な若い母親のようだ——と、ふとこのように思い、そしてまた、もし、サダの手から、一男をほんとに取り上げてしまったなら、その瞬間にサダは、根を切られた草のように、しぼんで枯れてしまうのではあるまいか——と、このようにも考えるのであった。一男に対するサダの愛情には、奥さんがそう考えるのも無理ではないような何か知ら、見る者の心を切なくするようなものがあったのである。

必要以外の事は決して口に出さぬと、自分で自分に誓ってでもいるように、極端なまでの無口でありながら、しかし、サダは、家の中の仕事も、上手にきちきちと片附けて行った。聞きもせず、習わりもせず、それでいて、何をどうすればよいかのその手順なりやり方なりを、本能で自然に会得して行くようなサダの仕事振りは、しばしば奥さんを不思議がらせ驚かせた。

「ねえ、あたしの言った通り、よく役に立つ子でしょう？　難を言えば無口過ぎることだけれど、でもそれだって、余計なお喋りをするのよりは信用が出来ていいわ」

奥さんは、それがまるで自分の手柄ででもあるように、自慢げに旦那様に言うのであった。

「役に立つかは知らないが、あれはどうもひどく変ったところのある子だよ。あの無口は普通ではない感じだ。君は呑気屋さんだからいいけれど、普通に気の利く奥さんだったら、ああいう子は

却って使いにくくはないのかい？」

全くはサダの事になど何の関心も持たず、しかし、この時ふと、サダがこの家へ来てから最早数ケ月も過ぎていながら、サダと言葉らしい言葉を交したことのないことを思い出した旦那様は、熱心にサダを褒める奥さんに向って、罪のない言葉敵として立つことを面白がっているらしい様子であった。

「変ってると言えば、確かに変ってるけど、でも決して悪い方にではないの。とてもいい方にだわ。気の利いた奥さんなら、あたしなんかよりもっと上手に、あの子のいい所を生かして役に立てると思うわ」

「一男を可愛がる様子だって普通じゃないよ。あの様子を見てると、僕はどうも不安になる。今に飛んでもないことが起るのではないかと思ってね」

「まあ、ひどい事を仰言るのね。あたしはむしろその反対よ。サダにならら安心して坊やを任せきりにしておけるわ。サダが坊やをあんなに可愛がるのは、とても淋しい子だからなのよ。——あなたは駄目、滅多に家にいらっしゃらないから、まだサダをよく御存知ないのよ」

奥さんは笑いながら話を打ち切った。

サダは幸福であった。ここではサダを馬鹿と言う者は一人もいなかったからである。サダはその幸福の中に、初めはためらいながら、やがて次第に慣れて安堵した様子で身を沈めて行ったのであったが、しかし、時々はッと気がつき、信じてはならぬものを信じかけている自分を誡めでもするように、一男と遊んでいる時でさえ、固く心の殻を閉じ、自分一人の想念の中にたてこもって、厳しい孤独の表情を全身に現すことがあった。

サダの様子を見るために、畑で作った野菜などを持って、時々訪ねて来る父は、奥さんからサダの勤め振りを褒めちぎられて、ほっとした顔をしながら、しかし、まだすっかりとは不安の解け切らぬ眼差で、そっとサダを眺めるのであった。サダの眼差には、今も少しも変らず、父を厳しく、そして切なく拒むものがあり、父が話しかければ、口数少なくうなずきはするけれども、サダは、自分からは決して父に話しかけようとはしなかったのだ。

「サダ、無口なのはあんたのいいところだけれど、でも、お父さんにだけはもっと何とか言って上げたらどう？　せっかく逢いに来て下さったのに――」

所在なげな父の姿を見兼ねて、奥さんが気の毒そうに取りなすと、

「いいえ、これは昔からこうなのでございまして――別に情が薄いというわけでもないのでございますが――これはやっぱり性分なのでございましょうなあ」

父は淋しそうに笑いながら、却ってサダのために言い訳をするのである。そして、長く邪魔をした詫びを言いながら腰を上げる時、父は何か言いたげな眼差でサダの姿を求め、かたくなに自分を拒むらしいその姿を見ると、諦めた淋しい顔色になって立ち上るのであった。父が帰る時は、いつでもそっと勝手口から外へ出て、いつまでも、いつまでも、父の姿が白い道に落ちた一点のしみとなり、やがて全く消えてしまうまで、胸の中で切なく、お父さん、お父さん――と呼びかけながら見送っているサダであることを、父は夢にも知らず、サダもまた、そのような自分のまことの姿を、決して父に知らせようとはしなかったのだ。

（六）

或る時、父は帰りしなにそっとサダを呼んだ。サダは拒むらしい態度を見せたが、しかし、すぐに奥さんの眼のあることに気づいた風で、黙って父に続いて外へ出た。

「お前がよく勤めると仰言って、奥様が大層悦んで居られるから、これからも大事に勤めて、可愛がって頂くようにしろよ」

と優しく言った後で、ひどく言いにくい事でもあるように、父は暫らく黙って白い道を凝視めていたが、やがて、これはどうでも言わねばならぬ事なのだ、と心を決めた様子で、皺に囲まれたその眼をしばたたきながら、

「お前がよく働くことは、いつもお母さんにも話して聴かせてあるから、お母さんも自分の間違いに気がついたらしい。この頃は何だかお前に済まないようなことを言っているよ。家の事がうまい具合いに行かないもんだから、お母さんも少しむしゃくしゃしてたんだな。お前には可哀想だった――それで、なあ、サダ――無理を言うようでお前には気の毒だが、二三日お暇を頂いて帰ってくれるわけには行くまいかな？　四五日前にお母さんが、畑で少し足を痛めて伏せってるので、そうしてもらえると大変都合がいいのだがなあ。御主人様にはお父さんからよくお願い申すから――」

それがどれほどサダの心を傷つけるものであるかを知り抜き、そのために却って自分の心を痛めているらしい父は、サダに気を兼ねながら、相談をするようなたどたどしい言葉つきで言うのであった。

サダは父の顔を見ようともせずに、長い間黙って立っていたが、急に烈しくいやいやをすると、目まいがするように額に手を当てて勝手口へ駈け込み、くたくたと崩折れるように板の間の上り口へ膝を突いてしまった。ふと、眼の前がもやもやとかすんできて、何も彼も遠くはるかなものになってしまいそうであった。さらさらさらさらと鳴って流れる水の音のような微かな音がどこからともなく聞え初めて、それが長い間忘れていた何かを、しきりにサダに思い出させようとするようであった。あれは何であったろう――悲しいなつかしい、そして、胸をしめられるほどせつないものであったように思うのだが――どこかから、微かな可憐な、水の底でりんりんと鳴る小鈴の音のような歌声が聴えて来る――あれは、いつ、どこで聴いたものであったろう――確かに覚えはあるのだが――あれは？　――ああ、あれは？――

「――サダ、サダ――どうしたの?」

時の観念も失い、周囲の事物のあらゆるものを忘れ果てて、長い間そうしていたサダは、奥さんに幾度も幾度も呼ばれてから、ようよう気がついたように顔を上げた。泣いているのではないかと、奥さんを気づかわせたサダの瞳は、まだ心を去り切らぬ不思議な想念の翳を追って、ふと奥さんの胸をどきりとさせたほど、異常に澄み切った美しさであった。

「お父さんはもうとっくにお帰りになったわ。――やっぱりお家が恋しいのでしょう? 二三日位ならちっとも構わないから、一月に一遍ずつ帰ることにしたらいいわ」

慰めるように言う奥さんの言葉の意味がはっきりと呑み込めぬように、サダは暫く黙って奥さんの顔を見上げていたが、やがて想念の翳の消え去ったその瞳には、ぎょッとした色が浮び、サダは奥さんの腕の中で自分に笑いかけている一男に、何か切なそうに見える眼差を投げながら、

「いいえ、いいえ――」

とせわしく首を振ったのである。

「サダは帰りたくはございません。――お役に立ちますなら、どうぞ、いつまでも置いてやって下さいまし」

では、サダが帰りたがっていると思ったのは、自分の思い違いであったのか――と奥さんは考え、しかし、サダについては、これまでもこのような思い違いが度々あり、それに慣れていた奥さんは、サダの言葉を別に深い意味には取らず、ただ、僅かの間でもこの家を離れることを辛がるほど、深く一男を愛してくれるサダを、今までよりも一層いとしいものに思っただけであった。

「坊やは仕合せね。お母さんがいなくなっても、サダさえいてくれたら、坊やには何にも不足はないわねえ。もっとも、お母さんだって、坊やを置いちゃ、どこへも行かれはしないけど――」

奥さんはサダの気を引き立てるように言って明るく笑った。サダは奥さんから一男を受け取り、苦しがって手足をばたばたさせながら顔をそむける小さな体を抱きしめ、柔かいその顔に幾度とな

く頬をすりつけた。心に残る不思議な想念の悩ましさをそれで忘れようとつとめてでもいるように、一男を愛撫するサダの様子には、どこか物狂おしいようなところがあった。

「お母さんのない子だって、世の中には幾らもいるのに、うちの坊やは二人もお母さんを持っていますのよ」

この日から一層サダを信じる心の厚くなった奥さんが、近しい人達に、サダの情愛深さを、わが事のように、誇らしげに吹聴しているのを聴く時など、サダは面映ゆげに微笑し、深いその瞳に一瞬しみじみと滲むような色を見せ、しかし、すぐに、この仕合せは確かに自分のものであろうか――これに慣れてもよいものであろうか――と考え、それに慣れようとする自分を深く誡めてでもいるような様子で、つつましく面を伏せてしまうのであった。

――サダがこの家へ来てから一年経った。

狂信者のような瞳――と最初の日に奥さんが言ったサダの瞳も、この頃はあの烈しい輝きが薄れて幾らか和やかに見えるようになった。しかしサダがいつも、どのような事をどのように考えているかはそれは誰にも理解の出来ぬことであった。

「あの子は一体何を考えているのだろう」

と旦那様が不思議がり、誰よりもよくサダを知っているつもりの奥さんでさえ、時には、実は全くサダを知らぬのではないか――と、ふと自分で考える時があったほど、サダの想念はあくまでもサダ一人だけの想念であり、サダの心の中には、人に打ち開き、人の入り込むことを許す部分と、決して破ることの出来ぬ固い掟でもあるように、人にはもとより、自分でも決して開かぬ部分とがあり、それがはっきりと二つに区別されているのではないか、とも思われるような、そのようなサダの様子であったのだ。

一男はころころと仔犬のように転げて歩いて、可愛い片言をしゃべるようになっていた。

「チャヂャ、チャヂャ――」

とサダをあどけなく呼びかけて、母よりもサダのあとを多く追い、黒々としたつぶらなその瞳は、サダの姿を自分の身近に見出すことの出来ぬ時にだけ、焦れて真剣な涙を流した。

「まあ、何をお話してるの？　坊やとサダのお話は、通訳がなければわかりっこないみたいね」

と奥さんが呆れた声を立てるほど、大人にはとうていわからぬただの音《おん》のような一男の片言を、サダは明らかな文字を読むほども確実に聴き分けて、決して間違えることがなかった。そしてまた、

「サダがついててくれる間は、坊やにはお医者はいらないわ」

と奥さんが笑う位、一男のことでさえあれば、全く眼につかぬどのような微かな変化でも、サダは獣のように敏感に嗅ぎつけた。それは全く、サダは、風の匂いによって周囲の事物の変化を知る獣のような、不思議な本能を具えているのではないかとさえ思われるほどであった。その頃、奥さんは間もなく二人目の子供を生もうとしていたので、一男は夜もサダに抱かれて寝て、その幼ない眼中には、最早全く母の存在などはないように思われた。

「じゃあ、行って来るわ。留守をよく気をつけてね、坊やの事はくれぐれもお願いしますよ。サダがいてくれると思って、あたしすっかり安心してるの。——ああ、それからもう一つお願いがあるわ。今度の赤ちゃんは取り上げないで、あたしが可愛がる分に残しておいて頂戴よ」

気軽く言って笑いながら、元気に入院した奥さんは、しかし、予定の日数が過ぎても、退院することが出来なくなった。赤ん坊は無事に生れて肥立って行ったけれど、その後の奥さんの体の具合いが思わしくなかったのである。

サダは奥さんがいた時と少しも変らずに、家の仕事を手順よくきちきちと片附け、一日に一度ずつ暇を造っては一男を連れて病院へ行き、産褥の後の病床にいる奥さんを見舞った。強いられもせず、そうしようとつとめているのでもなく、ただ、そうする事がいかにも自然であるようなサダの様子が、自分では滅多に病院へ顔を出さぬ旦那様には、何となく不思議なものに映ると見え、

「家の仕事だの坊やの世話だので、サダは忙しいのじゃないか。そう毎日行かなくてもいいよ」

時には旦那様は、サダをいたわるように言うのであったが、サダは静かな微笑で応えるばかりで、決してその日課を変えようとはしなかった。

「赤ん坊がそんなに珍らしいのかな。サダはよっぽど子供好きなんだね」

旦那様が呆れたように言う時にも、サダはただ、動くともない微かな翳を水面に見せる風のような静かな微笑で応えるばかりであった。全くはサダは、赤ん坊になど、何の関心を持ってはいなかったのだ。春男と名づけられたまだ顔立ちもはっきりと定まらぬ赤ん坊が、一日々々大きく丸くなって行くのを眺めながら、サダは、一男の場合には、苦しいほどひしひしと胸をしめつける愛情が、この赤ん坊の場合にはまるで湧き上って来ずに、不思議なほど冷淡でいられるのを、同じ奥さんの子供だのに——と、ぼんやりと自分ながら理解し難いことに考える時があったのである。

（七）

或る時、奥さんが、何気なさそうな声で、

「旦那様は毎晩お帰りになる？」

と訊いた。

「はい」

とサダははっきりと答えた。奥さんはサダの顔を探るように見た。サダの顔はいつもと同じ静かな表情で澄み切って、何の色も動きも現わしてはいなかった。

「そう——この頃はちっともここへ来て下さらない——会社の用でも忙しいのか知ら？　どう？何かそんな風が見えて？」

「はい」

とサダはまたはっきりと答えた。奥さんはまた探るようにサダの顔を見た。しかし、奥さんは、サダの表情からも返事からも、それがしんじつか嘘かを見出すことは出来なかった。奥さんはふと、いらいらと、眉を寄せた。

「ああ、もういいわ。お帰りになったってならなくたって、そんな事ちっとも構いやしない。どうせ何か他の御用が忙しいんでしょう――お前も心配しなくてもいいよ」

奥さんは、早く帰れというような手真似をすると、乱暴に寝返りを打ってサダに背を向けた。その奥さんの、微かに震えているように見える細い肩を、サダは当惑した表情で暫らく凝視めていたが、やがて、その瞳の色を淋しそうに沈ませると、

「お大事になさいまし。また明日参ります」

といつも帰る時に言う言葉を呟くように言い、奥さんの背に向って丁寧に腰を屈めてから、一男の手をひいて病室を出た。母の傍を離れることを何とも思わず、大好きなサダと外を歩くことの愉しさに幼ない胸を弾ませて、喜々としてまつわって来る一男の小さな手の、涙ぐましいような柔わ柔わとした感触も、今日はサダの沈んだ瞳の色を和げはしなかった。すでに或る一つの想念がサダの心をとらえ初め、それがとうてい逃れられぬものであることを、サダは悩ましい思いで意識していたのだ。

家へ帰ってからも、サダは悩ましく当惑した表情を続けていた。それが何であるか自分にもはっきりとはわからず、それでいて何か知ら、厳しく自分を責めなければならぬような、責めることのあるような、もだもだとした感情がサダを苦しめ続けているのであった。ああ、またあれが来るのではないか――とふと考え、漠然とした影のような恐怖に襲われながら、しかし、そのあれが何であるかは、サダ自身にもわかってはいないのであった。

夕方になると、サダは旦那様の帰りを待たずに、一男と二人きりの食卓についた。奥さんが入院して暫くの間はそうでもなかったが、この頃はもう旦那様は、夕食までに帰って来ることは殆んど

なかったのだ。いつもだと、一男がぽろぽろとこぼす御飯粒を一つ一つ丁寧に拾い、お菜を食べ易いように箸で小さくちぎってやったりなど、絶えずまめまめしく世話を焼くサダが、この日は、一男が皿をがちゃがちゃと鳴らして、

「チャヂャ、チャヂャ、ゴハン――」

とやかましく急き立てるまで、膝に手を置き、どこか遠くを凝視めているような眼差で、身動きさえもしなかった。いつもとは何となく手順や運び方の狂ったような調子で、それでもようよう一日の仕事を終えると、サダは一男を寝かしつけてから、何かを深く深く考えているような、それともまた何も考えず、心を風のように空《くう》にして、ただ、そこにそうしているだけのようにも見える様子で、かっきり十二時まで、茶の間にきちんと座っていたが、十二時が打ち終ると、そろそろと立って家中の戸閉りを見廻り初めた。十二時が過ぎても帰らない時は、朝まで待っても無駄だということを、旦那様は言葉ではなくその行為で、いつの間にかサダに覚え込ませてしまったのである。

その夜、サダは一男に添寝しながら、幾度か寝苦しそうに寝返りを打った。何か夢に驚きでもしたように、突然ぱッちりと眼をみひらいて、傍に眠る一男の顔を覗き込んだり、部屋の中を怖しそうに見廻したりした。そしてまた枕に顔を埋め、一男を抱きしめて、浅い眠りの中にうつうつと入って行くサダの耳には、さらさらさらさらと鳴る微かな水の音がひっきりなしに流れ込み、サダの眠りは一晩中その水の音に揺られ通した。

入院生活が長びくにつれて、奥さんは次第に、何かを焦せるようにいらいらしてきた。入院前の物静かさなどは、全くどこかへ置き忘れでもしたように、何でもないことにまでひどく腹を立てて、当り場所のない怒りのはけ口を、サダ一人の中に見出してでもいるように、サダに当り散らすことが多くなり、今までは決して言った事のなかった乱暴な言葉でサダを叱かりつけたりした。

「何とか物をお言い――啞の真似でもする気なの？　何も言うなと旦那様に言いつけられているんだね？――ああ、もういいよ。旦那様とぐるになって、たんとあたしを馬鹿におおし」

時にはこのように言う奥さんの言葉から、サダは、旦那様が時々顔を見せ、優しい言葉をかけさえしたなら、奥さんの怒りは或いは鎮まるのではあるまいか——と、ちらと考えることがあったが、しかし、たとえばそれに違いないとしても、一体サダにどうすることが出来ようか——サダはただ黙って、その思いをじっと胸に嚙みしめ、受ける由もない奥さんの厳しい叱責を受け続けるだけなのだ。

「サダは奥さん思いだから、きっと僕の事などいろいろと言いつけてるんだろうな。どうぞお手柔らかに願いますぜ。ヒステリーを起させると病気に悪いからね——どうもね、いろいろ仕方のないことがあるんだよ。男には男だけの、女にはわからない交際やなんかがあるからね。病院のことも気にかかるけど、どうも暇がなくてね。奥さんの具合いはどんな風かい？」

旦那様は旦那様で、幾夜も続けて家をあけた時など、やはり、サダの澄み透った瞳で凝視められるのが面映ゆいらしく、途中で買って来た菓子の包みなどをサダの前に置きながら、冗談と真剣とを混えた奇妙な表情で、サダの気を引くように言うことがあった。そのような時、サダは、深か深かとした瞳の中に、一瞬、ちら、ちら、と何か烈しい色を浮べて旦那様を凝視め、しかし、すぐにその眼を伏せて、微かに首を振りながら、

「サダは何にも申しません——」

だから安心しろ——とでもいうのであろうか——と旦那様は冗談めかして考えようとしながら、しかし、すぐに、その考えには自分で納得出来ぬものを感じて、サダの生真面目さが感染《うつ》ったような真面目な表情で考え込むのであった。自分は知らぬ間にサダに対して何かひどい仕打ちをし、それがサダを苦しめ、そしてまた自分は知らぬ間に、サダから何かを許されているように見える——一体自分はサダに何をしたろうか——それを問い訊してみようにも、サダの全身には、最早旦那様のどのような言葉も拒んで受けつけぬ固い決心のようなものが見えているのだ。

そうして旦那様が持って帰った土産は、翌日そっと奥さんの枕許に置かれるのであったが、いら

立って狂乱の状態にある時は、奥さんはそれをサダに投げつけなどした。何を言っても何をしても、ただ深か深かとした瞳で凝視めるばかりで、決して逆らわず、言い訳さえもしようとはしないサダの態度に、なおさらいら立ちをつのらせた奥さんが、或る日、思わず、

「お前はふてくされてるんだね。そんな子はあたしは大嫌いだよ」

と口走った時、サダはふいに背後から突きのめされでもしたようによろよろとよろめき、急に烈しい目まいを感じでもしたように額に手を当てて、何かを思い出そうと一心に焦せるような瞳をしていたが、やがて、

「ごめん下さいまし。サダは馬鹿なのでございます」

と呟くように言って、淋しくにっこりした。そのようなサダを見ると、奥さんは胸に微かな痛みのようなものを感じ、自分のはしたなさを後悔するのであったが、しかし、後悔したそのことにまた腹を立てて、一層サダに意地悪くした。

奥さんのその態度には、決して責めてはいないサダの眼差から、却って責めるよりももっと深く切なく心を刺すものを受け取り、むしろその自責の念の苦しさに堪え難く、それに打ち克つために、一層烈しい折檻の手を振り上げていたあの母の態度によく似たところがあったのである。奥さんはもとより知る由もなかったが、あの頃、母の烈しい折檻の手を、黙って堪え続けていたように、今サダは、受ける由もない奥さんの呵責の仕打ちを、その身と心のすべてをもって受けとめているのであった。

（八）

サダは一男を相手にしている時でさえ、あまり口数を利かず、だんだんともとのサダになって行

くように見えた。自分にもわからぬ何かの想念が、またしてもサダの心を占め初め、サダの心は揺れる波に乗って流れるように、その想念のまにまに漂うてでもいるのであろうか――前にも増して冷たく澄み透った美しさと、厳しい烈しい輝きとを加えてきたその瞳は、心にもなく眼にもない遠い何かを凝視めるように、一つ所に凝らされたまま動かぬことがしばしばあった。ようやく続いていた浅い眠りさえも、サダを見捨てて去ってしまった。

夜中に、ぴくり、と体を震わせて眼を覚ましたサダは、暫く遠い記憶を探るように、ぱちり、ぱちり……と眼を瞬いているが、やがて、はッとしたように起き直って、傍にすやすやと眠っている一男を、

「一ちゃま、一ちゃま――」

と揺り起すのである。

「一ちゃま、どうぞ起っきして下さいまし。サダの言うことを聴いて下さいまし。――奥さまはサダがお嫌いになったようでございます。サダはお暇を出されるかも知れません。一ちゃまとお別れするようになったら、サダはどうしましょう。一ちゃまとお別れする位なら、サダは死んでしまいとうございます――」

眠そうに瞳をうるませている一男を抱きしめて、サダは繰り返し繰り返し掻き口説くのだ。

「一ちゃまを奪られたら、サダは死んでしまいます。一ちゃまは誰にもやりません。――ええ、やりませんとも。一ちゃまもどこへもいらっしゃいませんねえ。――どこへも行かない、サダの傍にいると仰言って下さいまし。どうぞ、そう仰言って下さいまし――」

サダは一男をゆすぶり立ててかき口説き、サダの真剣な表情に怯えた一男が、わけはわからずにただうなずいてサダの胸に顔を埋めると、その上に灼けつくような熱い涙をはらはらと落すのであった。こうした夜が幾夜も続いて、サダは痩せて蒼ざめた。

「サダ、どこか悪いのじゃないのかい？　顔色がよくないよ。あんまり無理をしちゃいけないね」

数日振りに家へ帰って来てサダの蒼ざめた顔色に気づき、家をあけた事の埋め合せのように優しく言った旦那様は、無言のまま微かに首を振るサダの眼差から、何かを切なく訴えてくるものを感じながら、しかし、それが何であるかはわからないのであった。時々訪ねて来る父も、次第に変って行くサダの様子に心を痛めながらも、サダの眼差の中に、前よりももっと厳しく自分を遮り拒むもののあるのを感じ、ただ遠くから見守る他はなかったのである。

入院してから二ケ月過ぎて、奥さんの体もすっかり快復した。

奥さんの退院があと二三日後に迫り、旦那様も家にいつくようになった或る日、サダはいつものように一男を連れて病院へ行った。奥さんは入院前よりもふくふくとした血色のいい頰をし、寝台に腰をかけて赤ん坊をあやしていたが、サダを見ると、何かはにかむ風に、ちらと奇妙に眼を瞬いて、

「おや、来てくれたの？　会社の御出勤みたいに、来るだけはそれでも毎日来てくれるのね」

と軽く嫌味のように言った。今になれば不思議な気がするほど、焦れに焦れた日を送っていた頃、当るわけもないサダ一人に辛く当り過ぎたことを考えると、われながら気恥ずかしい思いで、そのために却って急には優しさを出せない気持ちであったのだ。サダは黙って眼を伏せて、珍らしそうに赤ん坊を覗いている一男の頭を撫でていたが、やがてその眼を上げると、

「奥さま！」

と思い迫った声で呼びかけた。

「奥さま、お願いでございます。どうぞ、サダをいつまでも置いてやって下さいまし。きっとお役に立つように致します」

サダは声を震わせ、見る人の心をふと掻きむしるほどな、痛ましいほど一心な瞳色であった。

「さあ、ねえ――」

と奥さんは気のない返事をして、また赤ん坊をあやし初めた。

「奥さま！」

「え？」

「お願いでございます」

「お願い？——ああ、そのこと——そのことなら、あたしも考えてるのよ」

奥さんは、サダの一心な瞳から眼をそらしながら、

「考えてみるとねえ、今度は子供が二人になったんだし、サダには少うし無理じゃないかと思うのよ。随分忙しくなるに違いないから、サダにはきっと出来ないわ。もっとも、あたしが帰るまではいてもらわないと困るけど——」

サダは突然烈しい打擲の手を受けでもしたようによろよろとよろめき、それがただ一つの支柱でもあるように、一男の小さい肩をしっかりと摑んで眼をつむった。最早全く顔色とてはなかった。思い迫ってただ一つの事を思いつめたサダの瞳には、両手で前にかざした赤ん坊の体の蔭からそっとサダを覗いている奥さんの、悪戯らしい微笑を見て取る余裕もなかったのである。ふとした悪戯心が巻き起した意外な事の展開に、奥さんがただ呆然と眼をみはっている間に、サダは夢の中を行く人のふらふらと定まらぬ足どりで外へ出た。

「チャヂャ、チャヂャ——」

と後を追った一男に無意識のように差し伸べた手は、最早、一男の小さい指を握る力さえもないようであった。

「サダ、サダ——待って頂戴——」

はっと気がつき、あわてて呼び戻そうとした奥さんの声も、どこかから何か聞える——と微かに感じられたばかりで、サダの耳には、意味のある言葉となっては届かなかった。

もとより、奥さんのあの言葉は、まことの心からのものではなく、退院を眼の前にした喜びのあまりの、自分ではただ、罪のない戯れのつもりに過ぎなかったのだ。それがあまりに意外過ぎる展

開を見せたために、奥さんはただ呆然として、サダは一体どうしたというのであろうか——自分の悪戯はそれほどひどい悪戯であったろうか——と、サダの姿の消えた扉の辺りを不安な面持ちで凝視めながら考え込み、サダをあのまま帰したことに微かな悔いを感じたが、しかし、やがて、方策の尽き果てた気持ちのまま、

「いいわ。サダがあんまり真面目過ぎるからいけないのよ。だから悪戯をしてみたくなるんだわ。ねえ、赤ちゃん、サダはお馬鹿さんな子ね。冗談なんてまるでわからないのだもの。——でも、いいわ明日来た時にほんとのことを言ってやりましょうね。サダはきっと喜ぶわ。それとも退院するまで知らない顔でいて、家へ帰ってから種を明かしてみたらどうか知ら?——吃驚させて喜ばせて、それから今までよりうんとよくしてやるのよ。——ねえ、どう? その方が面白いでしょう? 赤ちゃんはどう思う?——」

赤ん坊に話しかけながら奥さんは、つい今の不安はすっかり消えて、新らしい悪戯を思いついた子供のように浮き浮きとした心で、その事も退院の喜びの中へ数え込んでしまった。

——サダの様子がいつもとすっかり変ってしまったことを、幼な心にも感じるらしく、一男は心細そうに、

「チャヂャ、チャヂャ——」

と呼びかけながら体をすり寄せて来るのであったが、サダはその一男を、涙は最早心の中で尽き果てたのでもあろうか、乾いて、火のように燃える瞳でじっと凝視めて、切なそうに唇を噛むばかりなのだ。

夕方、暗くなってから家へ帰って来た旦那様は、灯りの下にしょんぼりと座ったサダの影のような姿にぎょッとし、異様に燃え輝くその瞳の光りに更に驚かされた。サダはその瞳の光りばかりで生きているような感じであった。それでいて火のように燃えきらめくその瞳は、旦那様を凝視めながら旦那様の姿を、全く意識してはいないらしいのだ。

たのである。

「サダ——」

と呼びかけようとして、ふと言葉を呑み、旦那様は、頭上の電灯を仰いだ。サダの周囲から、もやもやとした黒い薄い影のようなものが立ちのぼり、すう……と電灯の光りが昏んだような気がし

「サダ、どうしたんだ？　そんな瞳をして——熱でもあるのではないか？　苦しかったら早くやすんだ方がいいよ」

サダはその声でようよう気がついたように、僅かに瞳の色を動かして旦那様を眺め、微かに口を開きかけた——と思うと、そのままばッたりと前へ突伏してしまった。驚いた旦那様が抱き起してみると、サダの体は火のような熱さであった。

「疲れ過ぎたんだろう。奥さんが帰って来たら、仕事は奥さんに押しつけて、当分ずるを構えた方がいいよ。一男ももうお兄ちゃんになったんだから、今までみたいに何も彼も世話を焼かなくてもいいよ。一人で遊ぶ癖もつけなくちゃね——熱にはとてもよく利く薬があるから、それを飲んで今日はもうおやすみ。何も用事はないから——」

奥さんと一男のことを言った時、サダの瞳に、烈しい苦悶の色が浮んだことには気がつかず、長い間、留守勝ちにした罪の償いをする機会が出来たことに、むしろほッとしているのではないかと思われるような様子で、旦那様は、小簞笥の中の薬を探したり、コップに水を満たしたりなど甲斐々々しくサダの世話を焼くのであった。

そのような旦那様の動きを、夢の中のおぼろな影のように感じながら、サダは、どうしよう、あどうしよう——と絶えず烈しく焦せっていた。熱は病気の熱ではなく、心の苦悶の外に現れた姿なのだ——と、ひと言旦那様に告げることが出来るなら——旦那様なら、旦那様なら、奥さんの怒りを鎮め、気を変えさせることが出来るかも知れないのだが——しかし、それを口に出すことを考えたばかりでも、サダの心の苦痛は増すのであった。

これまで、いつも、どのような場合でも、苦痛を逃れるために閉じこもり、それに閉じこもりさえすれば、どのような苦痛も忘れることの出来たあの想念も、最早サダのこの苦悶を癒やす力はなくなったのであろうか——

（九）

その夜、サダの見た夢は、眠りの間も絶えず苦悶し続ける心が、熱に浮かされて描き出した不思議な幻であったのであろうか——それとも、内なる心に深くひそみ、サダ自身にも知られなかったあの想念が、初めて外に現した不思議な姿ででもあったのであろうか——それは恐ろしい夢であった。

——どこであろうか——広い広いただ果てもなく広い野原を、サダは右手に庖丁をしっかりと握って歩いていた。一面に白く煙って見える周囲を眺めて、サダはぼんやりと、夢のようだ——と考え、白く無限にひろがるこの不思議な世界の中で、自分の姿が、微かに動く黒い小さい影のように見えることを意識していた。

サダの行く手には、白々と煙る空の中に、際限もない高さをもって聳える大きな柿の木が一本ぽつりと立っている。サダはその柿の木の傍へ行き、手に持ったこの庖丁で伐ってしまわなければならないのだ。行きたくはない、けれども行かなければならない、伐りたくはないけれども伐らなければならない——このような、誰から何のためにともわからず、強いて負わされ、絶対に背くことが出来ず、必らず果さなければならぬ苦しい義務の観念で、サダの足は重く、心はそれにも増して重かった。庖丁は、誰かはっきりわからないけれど、誰かが渡してくれたものである。

「これであの木を伐ってしまえ！」

こう言った声は、父の声に似ていたようにも思われる。その声は、何がどうあってもお前はあの木を伐らなければならぬぞ、という厳しい威圧と、あの木さえなければお前は救われるのだ、という優しい慰藉とを混えた不思議な響きを持った声であった。

あの木さえなければ――そうだ、あの木さえなければ――サダもそれを長い間希い続けてきたのであった。今、その木を伐る時が来た。誰かがその木を、伐れ！　と言っている。厳しくサダに命じているのだ。ああ、とうとう、あの木を伐ってもいい時が来た――こう思いながら、それでいてサダは心がすくみそうに恐ろしいのであった。だんだんと近づき、しらじらと無限に白くけむる世界の中に黒々とした威容を際立たせて来るあの柿の木には、人のように息づく生きた命があり、不思議な恐ろしい力を持っていることを、サダは獣のような本能で、漠然と、しかし、絶対に外れぬ確実さを持って感じているのだ。

行きたくはない――サダは幾度か足をとめかけた。すると、ああ、恐ろしいことには、柿の木がぐんと大きく揺らぎ、音も響きも聞えず、しかし、確かに感じられる烈しい地響きを立てて、一歩サダに近寄って来るではないか！　お前が来なければ、こちらから行くぞ、と言うように――それを見るのが恐ろしさに、進まぬ重い足を引きずって、サダはただ歩くのだ。

伐りたくはない――サダは幾度か庖丁を捨てようとした。すると、ああ、何と言う恐ろしさであろうか！　庖丁は、握りしめた指を開いたサダの手を離れようとはせず、却って、まるで命と意志とを持つもののように、しっとりと柔かい感触で、サダの掌の中に吸いついてくるではないか！　お前はどうしてもあの木を伐らなければならぬのだ、と言うように――それが恐ろしさに、サダは庖丁を捨てることも出来ないのだ。

これさえなければ――と悲しくいら立って、時々眼の前にかざして見る庖丁が、どぎどぎと光り、きらり、と射るような輝きを放つのを見て、サダは、今は明るい月夜なのではないかと思い、空を仰ぎせめてそれでもあれば——と、救いを求める気持ちで月を探した。しかし、月はどこにも見えず、空にも周囲にも地面にも、しらじさと薄くけむる白い光りが一面に漂うているばかりなのだ。

——柿の木はいつか、サダの眼の前に聳えていた。際限もなく空に向って伸びている逞しくふしくれだった太い幹が、威嚇するようにサダに迫り、艶々と光る固い葉が、不気味に輝く無数の眼のように、上からじっとサダの様子をうかがっている。その固い葉の一つ一つが、それぞれ違った表情を持ち、声のない言葉でひそひそと囁き合っていることまでが、サダにははっきりと感じられるのであった。

伐りたくはない——伐りたくはない——恐ろしい——この木を伐ると、きっと何か恐ろしい事が起るのだ——サダが庖丁をぽろりと取り落しそうになった時、

「お前を馬鹿にしたのはこの柿の木だ！」

どこから聴こえる声であろうか——サダは恐る恐る周囲を見廻した。誰も見えない。ただ、一面に、白い白い月光のような白さと虚しさがあるだけである。柿の木の葉が、サダを嘲けるようにざわざわと揺れた。声はまた聴こえる。はっきりと厳しく確かな響きで——

「お前を馬鹿にしたのはこの柿の木だ！」

サダは耳をおうた。しかし、声はまだ聴こえる——

「お前を馬鹿にしたのはこの柿の木だ！」

「お前を馬鹿にしたのはこの柿の木だ！」

ああ、声はまだ聴こえる！　聴こえる！　聴こえる！　聴こえる！　聴こえる！　——だんだんと大きく強く烈しく、空からも前からも横からも背後からも、そして、地面からも湧き出るように——それが入り乱れて、押し合い揉み合い、重なり合い、ぐわアん……ぐわアん……と凄まじい地響きを立てて、渦巻き荒れ狂う波のように、サダを取り巻いて喚き立てる。

「お前を——お前を——馬鹿に——馬鹿に——」

「ああッ！」

とサダは引きちぎるような叫び声を立てると、体ごとぶつかるように、最初の一撃を打ち込んだ。あとはめちゃくちゃに力にまかせて切り込んだ。その度に何か柔かい弾力のある手応えがして、やがて、木がぐらぐらと揺れ初めた。不思議だ――とサダは思った。いつかの柿の木は、幾ら打っても打っても、固い力で腕を弾ね返すだけであったのに、しかしあれは、ほんとにあった事だったろうか――それとも夢であったのだろうか――

「その事ならあたしも考えてるのよ」

だしぬけに声が上から降ってきた。ああ、この声は聴きたくない声だ。聴いてはいけない。これを聴くときっと何か恐ろしいことが起るのだ――それがはっきりとわかりながら、しかし、サダは聴かなければならぬのだ。絶対そむけぬ強い力を持った何かが、誰かが、どこかから、聴け！　とサダに命じている。この命令があれば、聴くまいとどのようにつとめても、必らず聴こえる声であることを、サダは知っている。

「考えてみるとね――」

ああ、とうとう聴いた。サダは上を仰いだ。柿の木の上には奥さんの顔があった。いや、奥さんの体が柿の木であった。いや、いや、柿の木だと思ったのは奥さんの体であった。いや、いや――ああサダには何だかよくわからない。頭が狂おしく乱れに乱れ、思考する力も理解する力も失い果てたように、サダはただ見、ただ感じた。高い高い際限もなく高い柿の木の頂上には、奥さんの顔が載っていた。苦悶か嘲笑かの表情に歪んで見えるその顔が、木が揺れる度に、風にもまれるようにゆらゆらと動くのだ。心がすくむような恐ろしさだ。しかし、何かが、誰かが、どこかから、見ろ！　とサダに命じている。

「今度は子供が二人になったんだし――」

サダは両手で耳をふさいだ。しかし、声は一際はっきりと聴こえて来る。

「サダには少うし無理じゃないかと思うのよ――」

おや、あれは何であろうか――柿の木の切口から、赤い血がたらたらと流れている。柿の木から血が――いや、血が流れるのは奥さんの体なのだ。サダの頭のしんを、しんしんと水のような冷たいものが流れ初めた。もう見まい――サダは眼をふさいだ。しかし、やはり、その血の色は、一際増した鮮やかさで、サダの瞳に迫って来るのだ。

やがて、白い土の上に、赤く鮮やかに盛り上った血が、すう……と細い筋を引いて流れ初めた。糸のように細いその流れが、見る見るうちにぐんぐんと幅を増して、大きな広い血の流れとなり、あッと言う間にサダの足まで浸してしまった。サダは逃げようとした。しかし、足が動かぬのだ。――それにしてもこの冷たさは――これは氷のように冷たい血だ。恐怖に心を凍らせながら、見ろ！　と何かが命じるままに、恐る恐る足許を見たサダは、あッ！　と声を上げて眼をみはった。

それは血ではなかった。サダはいつの間にか、美しい透明な流れの中に、足を浸して立っていたのだ。眼を上げて見廻した周囲も、最早あの、白々とした月光のような白さと虚しさにのみ満ちて無限にひろがる恐ろしい野原ではなかった。遠くの山が、澄明な空気の中で紫にかすみ、青々と茂った草の葉が、そよ吹く風にさやさやと鳴っているここは、サダが痛み傷ついた心に暫しの憩いを与えていたあの懐かしい野原ではないか――あの木にも、この草にも、それぞれはっきりとした見覚えがありそれぞれ懐かしい思い出がある。夢の間も憧れ通したこのなつかしい場所へ、サダは今こそ帰って来ることが出来たのだ。

流れに洗われている足に、何かが柔かく触れたことを感じ、サダはふと足許に眼を落した。おや、あれは何であろうか――静かな流れに押されるままに、くるり、くるり……と廻り、ゆらり、ゆらり……と浮いたり沈んだりしながら、流れて行くものは――確かにどこかで見たことがあるはずなのだが――あれは？　あれは？――あッ！　猫！　白っぽい仔猫！　あの猫がまだここに――

長い紐を首に巻きつけた白っぽい毛並みの仔猫が、流れのままに、くるりと廻って、すう……

と沈み、ふうわりと浮いて、くるりと廻り――静かに少しずつ流されて行く――柔かい藻のように揺れる毛が、水の中で、さらさらさらさらと、鳴っているのが聴こえるようだ。長い紐が、すらすらすらすらと、水面を泳ぐ蛇のように光ってくねり、サダの足許に吸い寄りそうだ。そして、ああ、あの眼！　ぱッちりとみひらいた二つの硝子玉のような眼が、じっとサダを凝視めて動かない。

何故あの仔猫は、あのようにサダを凝視めるのであろうか――サダはあの仔猫を、残酷な子供達の手から奪い取り、苦痛の命から解き放してやったのではなかったか――サダは見まいとした。しかし、眼をつむれば瞼が透き、手で押さえれば手が透いてしまう――何かが、誰かが、どこかから、見ろ！　と厳しく命じているのだ。

仔猫の毛の色が、次第に変って見えてくる。薄い茶色に――そして、だんだんと濃い茶色に――ああ、形までも変って来る――あの形は？　あの色は？――確かにどこかで見たことがある。あの形もあの色も、サダには一番親しいものであったような気がするのだが――そして、ああ、あの眼は？　あれは猫の眼ではない――あれは？　あれは？――ああッ！　あれは一ちゃまの眼だ！

茶色の水兵服を着た一男が、ゆらゆらと水に揺すられながら、ぱッちりとみひらいた二つの硝子玉のような眼で、水の中からじっとサダを凝視めている。

――鋭どい叫び声を上げて、サダは眼を覚ました。体中がしっとりと冷たい汗に濡れて、わなわなと震えていた。サダはきちんと蒲団の上に起き直り、傍にすやすやと眠っている一男の寝顔をじっと凝視めた。一男は今ここに、確かにサダの傍にいる。しかし、二三日後に奥さんが帰って来たなら――ああ、このいとしい者を、誰にも渡さず、しっかりと自分のものにしてしまうには――

ふと、何かを理解したように思った時、サダの眼の前は、次第に白くぼやけてきて、どこかから、さらさらさらさらと鳴る静かな水の音が聴え初めた。その水の音はひっきりなしにサダの耳に流れ込みしきりに何かを促すようであった。――あの眼！　水の中の二つの眼！　眼！

「誰にもやらない！　誰にもやらない！」

と呟き続けるサダの瞳色は、次第に、何か楽しい夢でも見ているような、恍惚とした色を帯びて輝き初めたのである。

（十）

翌朝、旦那様は、勝手許でいつものように甲斐々々しく立ち働いているサダを見て驚いた。

「サダ、無理をしちゃいけないよ。熱は下ったのかい？」

「はい、有難うございます。もうすっかりよろしゅうございます」

いつになくはっきりと答えたサダの顔を旦那様は珍らしそうに眺め、まだ少し熱のありそうな顔色だが、しかし、立ち働くことが出来るならば、と簡単に安心してしまい、内なる思いをじっと凝視めて他の何ものも映らぬようなそのサダの眼差には全く気づかずにしまったのである。やがて、旦那様を会社へ送り出したサダは、いつもよりも丁寧に家の中を片附けてから、一男によそ行きの茶色の水兵服を着せ、靴下も新らしい茶色のものを出してはかせた。一男はサダの肩に摑まってにこにこしながら、

「チャヂャ、ビヨイン？」

一男は病院へ母に逢いに行くのが嬉しいのではなくて、ただ、家より変った場所へ、サダと一緒に行くのが嬉しいだけなのだ。サダは淋しくにっこりして、そう訊く一男の顔をいとしそうに眺めた。

「いいえ、今日はもっといい所へ参りましょう。一ちゃまはサダとなら、どこへでもいらっしゃいますねえ？」

一男は、うん、とうなずいた。

「サダも一ちゃまとならどこへでも参ります。もう、誰も、サダから一ちゃまを奪ることは出来ません。一ちゃまももう、他の人の所へはいらっしゃいませんねえ?」

一男はまたあどけなくうなずいた。サダは、懐かしそうに一男の顔に眺め入りながら身支度をさせてしまうと、今まで着ていた着物を脱いで、初めてここへ奉公に来た時に着て来た着物に着更え、帯もやはりその時のものを締めた。ここへ来てから造ってもらったものは、一枚々々しゃんと畳んで押入れへしまった。そして家中の戸閉りを見廻り、火の気によく気をつけて確かめてから、一男の手をひいて外へ出た。

——夕方、病院では奥さんが、入院以来初めて顔を見せなかったサダの身を気遣い、いらいらと病室の中を歩き廻りながら、昨日の悪戯を、そろそろと本気に後悔し初めていた。そこへ、会社から帰った旦那様が、サダと一男を迎えに来たのである。

「あなた、サダは?——」

旦那様の姿を見るなり、飛びつくようにして訊ねかけた奥さんを、旦那様は怪訝な瞳色で眺めて、

「サダは家にはいなかったよ。ここへ来てるんだろう?」

「いいえ、今日は一度も来なかったの——」

そう言いかけた奥さんは、はッと何かを思い当った瞳色になり、

「あなた、坊やは? 坊やは?——」

と忙しく問いかけた。

「坊やはどうしてます?」

「どうしてるも何も、坊やもいないよ。サダがどこかへ連れて行ったんだろう。家はすっかり鍵がかかっていて入れないんだ。だから僕は、てっきりここだと想って来たんだが——おい、どうしたんだ?」

「あなた、早く坊やを——サダが坊やを——昨日あたしが——」

旦那様には全く意味のとれぬ言葉を、きれぎれに口走ったと思うと、奥さんは見る見る血の気を失い、体を弓のようにそらしてのけぞった。

——丁度その頃、たった一人で、炉傍で煙管をくわえていたサダの父は、疲れ切った様子をして、幽霊のようにふらふらと入って来たサダを見てぎょッとした。

「サダじゃないか!」

サダは見知らぬ人に呼びかけられでもしたように、暫く不思議そうに父を眺めていたが、やがて、ようよう気がついたように、

「ああ、お父さんだったねえ」

と呟いて、懐かしそうににっこりした。

「今時分どうしたんだ?」

あれほど家を嫌っていたサダの突然の帰宅には、何かそれ相当のわけがなくてはかなわぬことと思い父は不安な思いを押え切れずに、訊ねかけたのであったが、サダは答えず、さも草疲れたように、上り框にぐったりと腰を下ろし、また父を凝視めて懐かしそうににこりとした。その微笑は父の胸にしみ入った。あれほど厳しく切なく自分を遮り拒んでいたサダの内にある何かが、ふッと軽く風に吹き消されてしまった雲のように、今は痕もなく取り除かれてしまっていることを、父はその微笑から感じたのである。

「そんなとこにいないで上へ上ったらどうだ?」

「ううん、いいの——」

と首を振り、ふと遠くを凝視める眼差をしたサダの顔には、父に謎の思いをさせた不思議な微笑が浮んだ。上へ上ることを拒むとすれば、では、最早日の暮れかけた今時分からまた帰って行くつもりなのであろうか——と父は怪訝に思い、その理由を訊さなければならぬ気持ちに迫られながら、

しかし以前、厳しく切なく自分を遮っていたものとは全く別な厳しさで、そうした問いには決して答えぬサダであろうことを、響きに応じる音のような確実さで感じたのであった。

「ねえ、お父さん――」

サダはまた懐かしそうに、しげしげと父を凝視めながら、それが掟ででもあるように、滅多に口を開かなかった以前には全くなかった親しげな調子で、

「サダはお父さんに、言いたいことがあったから帰って来たんだよ」

「言いたいこと？」

「ああ、言いたいことがあったの」

「それは後でゆっくり聴こう。大分疲れてるようだから、少し休んだ方がいい」

サダはゆっくりと首を振って、上り框に手を突きながら、よろよろと立ち上った。

「ほんとに帰るのか？　今日はもう遅いから、わざわざ帰らなくてもいいだろう」

「ああ、もう――」

と言いかけた言葉をふつりと切って、サダは、子供が夢の中で見せるような、切ないほどあどけない清らかな微笑を浮べたのである。

「ねえ、お父さん――」

「何だ？」

「サダは馬鹿じゃなかったよ」

父はふと胸を突かれてサダの顔を見直し、そして、別に自分の言葉を待ち望む風ではないサダの静かな表情に、却って、何か言わなければならぬ、しかし、何を――と切なく気を急き立てられる思いをしたのであった。

「ああ、お前はちっとも馬鹿じゃない。何故急にそんなことを言うんだ？」

そう言いながら、ふと何か気が咎めることでもあるように、気弱そうに眼を瞬いた父の顔を、サ

ダは、冷たく綺麗に澄み透って、深か深かと輝く瞳でじっと凝視めて、ひとり言のように、

「お父さんにはわからない。でも、じきわかるよ——ああ、やっぱりわからないかも知れないねえ」

それからサダは、父にちょっと頭を下げるような奇妙なしぐさをして、ふらふらと、裏へ出て行った。

「柿の木はちっとも変らないねえ」

と言うサダの声が微かに聴こえて来た。

一々変なことを言うが、一体どうしたわけであろうか——と、父は次第につのる不安な思いを押え切れず、よしまたあの以前の厳しい拒絶の眼差を見るとしても、強いてもサダの心を開かせ、事情を残りなく訊さなければ——と考え、焦せる気持ちを鎮めるために、煙草を詰めかえなどしながら、サダの戻るのを待っていた。

しかし、サダは、いつまで経っても戻っては来なかった。サダは柿の木の低い枝に、自分のしごきを掛けて縊れていたのである。村端れの野原を流れている小川の、浅い澄み透った水の中に、ゆらゆら揺れて漂うている一男の小さい屍《しかばね》は、その翌朝野原へ遊びに行った村の子供達によって発見された。

幼ない一男の屍が、一男自身には縁もゆかりもないはずの場所で発見されたことは、一見、謎の出来事のように見えるのでもあったけれど、しかしそれは、サダが、われとわが手でその若い命を断ち切ったことによって、明らかに解釈づけられる出来事のようにも思われたのである。

どのような出来事が、どのような経過をとってここまで進み、この川傍で何が起り何が行われたかその細部は知る由もないながら、しかし、人々は、眼に見えるだけの情況で、サダと一男の死を理由づけ、解釈づけようとしたのであった。それは何かそうしなければならぬ責任を感じてでもいるような様子であった。

サダは一男を連れて、懐かしい故郷のこの川傍へ、春の一日を遊びに来たのに違いない。そう言えば、ここはサダの一番愛した場所のはずではなかったか――そうしてサダが懐かしい故郷の風物に心を奪われてる間に、水の危険を知らぬ幼ない一男は、幼な心の興にまかせて川へ入り、底の小石に足を滑らして、サダが気がついた時は、最早つくす手だてもなかったものに相違ない。大人の脛を、ようよう浸すばかりのこの浅い流れも、まだ歩み振りもたどたどしい一男の命を奪うには充分の深さを持っていたのであったろう――こうして、あやまって主人の子供を死なせてしまったサダは、自分の命で償いをつけたのだ。

人々は、サダと一男の死を、このように理由づけ、このように解釈して満足した。自分の過失を償うすべを知っていたサダは、決して馬鹿ではなかったのだ、馬鹿に見えていただけなのだ――とすることで、長い間馬鹿扱いをしたサダに対する申し訳が立ちでもしたように――。

しかし、サダの父は、漠然とではあったけれど、

「サダは馬鹿じゃなかったよ」

と言ったサダの言葉には、もっと違った意味があったのではなかったか――という考えを捨てることが出来なかった。

「サダが坊やを殺した――」

と半狂乱に叫ぶ奥さんの言葉も、父には、時には、容易に理解出来る言葉のように思われ、また時には、生涯理解出来ぬ言葉のように思われた。サダの縊れた柿の木は間もなく伐り倒されて、人々の胸に残るサダの記憶も、次第に薄れ、そして、やがて消えてしまった。しかし、サダの父は、いつまでも、

「サダは馬鹿じゃなかったよ――お父さんにはわからない。でも、じきわかるよ――ああ、やっぱりわからないかも知れないねえ」

と言ったサダの言葉と、

「ああ、もう――」

と言いかけてふつりと言葉を切った時のサダの、子供が夢の中で見せるような、切ないほどあどけない清らかな微笑を忘れることが出来なかった。そして、ああ、もう――と言う、もう、とは、もうどうしたと言う意味なのであったろうか――と考えるのであった。

「――ああ、やっぱりわからないかも知れないねえ――」

とサダが言ったように、やはりサダの心は、その全部は、父にも、理解し難いものなのであったろう。

記憶

これがもし自分でそう申し述べているように、しんじつ祖父殺しの犯人であるとすれば、まことに不思議な犯人であると言わなければならなかった。秋空をそのまま映したような深い瞳に底知れぬ哀愁の色を湛え、見る者に痛ましい気を起させるほど、すっかりと思い定めた悪びれず落附いた態度で、

「私が殺しました。お祖父さんを殺したのは私です」由美ははっきりとこう言いながら、何故殺す気になったか、どういう風にして殺したか、と問われると、「殺す気などはありません。ただ憎いと思っただけです。殺した覚えもありません。けれども、私が殺したに違いないのです。お祖父さんを憎いと思った時、あれが来てしまったのですから……」と答えるのであった。あれとは何か、と問われた時、由美は微かに身を慄わせ「病気なのです」と答えた。「恐ろしい病気なのです。それが起ると、私は何も覚えがなくていろいろな事をしてしまうのです……」

十幾年の間の隙間ない愛情の集積が、一時に、そのままそっくり同じ量の憎悪と置き換えられでもしたように、生れて初めて心から祖父を憎いと思った時、久しい間忘れていた由美の、あの悲しい恐ろしい病いが出てきたのだ。もっとも、それが果して病気であるか、それとも、普通に言う癖とは多少変った癖であるか、由美にもよくはわからぬのだが……しかし由美はそれを、人にも言えぬ恥かしい恐ろしい病気と思い込み、物心ついてこの方、ずっとそれを怖れ続けて暮らしてきた。では、由美がそれほど怖れるその病気とは、一体どのようなものであったろうか。それは由美がどうかしてわれを忘れそうになった瞬間に、何の前触れもなく不意に由美を襲い、全くの虚無の世界、

忘我の世界へと、否応なしに由美を連れ去るものであった。最初にそれが由美を襲ったのは、由美が七つの時、祖父に連れられて野原へ遊びに行き、そこで、十二三の男の子供達が五六人で、野良犬の子をいじめて遊んでいるのを見た時であった。子供達の輪の中に囲まれ、棒切れで小突き廻されながら、よたよたと逃げ迷うている哀れな仔犬の姿は、幼ない由美の胸を痛くした。「あの犬、可哀想ね。お祖父さん、あの犬、可哀想ね……」由美は祖父の手を握りしめて真剣な調子で繰り返し、しかしさすがに、自分よりは年上な子供達への遠慮から、逃がしてやってくれとまでは言い兼ねながら、その場を立ち去り兼ねていたが、いよいよ興に乗り図に乗ってきたらしい子供達が、仔犬の尾に紙を結びつけ、それにマッチの火をつけたのを見た時、由美の胸には、一時にかッと燃え上る火の塊のようなものが突き上げてきた。ああッ！と魂切るような声を上げて祖父の腰にしがみつき、「やめて、やめて、お祖父さん、早く、早く……」と叫び立てる由美の声は、一瞬、悪戯な悪童共をもひるませたほどであったが、ふいに由美はその声をふつりととぎらせた。絶入るような悲鳴を上げてきりきりと狂い廻る哀れな小さな生き物の絶望的な瞳が、唯一の頼みの綱でもあるように自分を見た、と感じ、自分がそれに対して全く無力であることの苦痛に幼ない胸をしめつけられた時、由美はふいにどこからか湧き起った遠い鈍い地響きのような物音を耳にしたのだ。おや、あれは何だろうかといぶかしむ暇もなく、凄まじい地響きを立てて近づいて来たその物音は、あッと言う間もなく由美を引き捕えてその中に巻き込み、あとはただ由美を中心に、遠くなり近くなり渦巻き湧き返り、轟々轟々と永劫のように果てもなく続くそれは全く物凄まじい轟音の渦であった。それと同時に由美の周囲には、ほのぼのと白く薄光る靄のようなものが一面に立ちこめてきた。次第に濃くなるそれにしっとりと身を包み込まれた時、由美はこれは白い闇だと感じたのである。白い靄を隔てて遠い光芒を透し見る趣きのそれは、全く白い闇ともたとえ得べきたたずまいであったのだ。その白い闇に包まれ、音の渦に巻き込まれ、他には何の思いもなく、生きとし生きるわが身の命さえも忘れ果てて、全くの虚無の世界、忘我の世界に、そうして由美は幾ときを過したのであろうか。白い闇が次第に薄れ、渦巻く轟音が次第に遠のき、由美がはッとわれに返った時、由美の体は祖父の腕の中に羽交締めに抱き締められ、子供達の中の一人は血の滲んだ手を押え、他の子供達はそれを囲みながら、呆気にとられた顔色で由美を眺めているのであった。「由美、女の子の癖に乱暴をするものじゃない」そう言う祖父の顔を由美は不思議そうに見上げ「由美は何もしないわ。お祖父さん」息が弾み、何となく胸苦しい気がしながら、それが何の故か由美には理解出来ず、従って祖父の言葉も納得の行かぬものであったのだ。「何もしないことがあるものか。噛みついたり引っ掻いたり、まるで猫の子だな、お前は……」子供達は笑ったが、由美はいよいよ怪訝な顔をした。それは、一体何の事であろうか？　由美はただ、薄光る白い闇を凝視め、渦巻く轟音に耳を傾けていただけではないか――しかしそれを言い説こうにも、七つの由美にはそのすべもない事であった。そのような由美にとっては、祖父の言葉はいかにも理不尽なものに思われ、「由美は何もしない、由美は何もしない……」と言い張っているうちに、いつか由美は、子供ながらに自尊心を傷つけられた憤りに涙を浮べ、むッと唇を引き結んで、飽くまでも、祖父の言葉に抗う気勢を示した。由美のその様子にふと心を惹かれでもしたように、ふッと笑い声を納めて進み出たのは、手に血を滲ませた少年であった。「そうだ、由美ちゃんは何もしない。悪いことをしたのは僕達なんだ。だから由美ちゃんは怒っただけなんだ。ね、そうだね？」怒りはしない、と由美は思い、この言葉からも何となく腑に落ちぬものを感じはしたが、しかし、少年の明るい瞳を凝視めているうちに、由美の唇は自然にほぐれてきたのである。「犬は？」「犬はそこにいるよ。由美ちゃん欲しい？　欲しければ上げるよ」由美はまた少年の瞳を凝視め、にこりとしてうなずいた。由美はこうして思わぬ事から、可憐な献身の友シロを得、その少年真二との、その後も長く変らぬ友情を得た。これだけをもって考えれば、最初のそれは、由美に思わぬ仕合せをもたらせたとも言えば言えるのではあったが――しかしやはり、二度となり三度となり度重なる毎に、それは由美の心に言い知れぬ重荷となり、底知れぬ恐怖を感じさせ、時には不具者めいた暗い負け目をさえ抱かせるものとなったのである。

二度目にそれが由美を襲ったのは、由美が九つの時、意地の悪い年上の女の子供達から、「高利貸の子、親なし子」とからかわれた時であった。まだこの言葉の意味をはっきりと理解する年頃ではなかったが、しかし由美は、自分がそうした言葉で呼ばれる子供であることに、はッと新らしい眼を開かれたような驚きを覚え、その言葉の嘲弄的な調子に胸を刺されて、かッと怒りに燃え立った時、またしてもあの、ごうッ……と不意にどこからか湧き起った遠い鈍い地響きのような物音を耳にしたのだ。その時由美は、二年前の最初のあの記憶をはっきりと心によみ返らせたわけではなかったが、しかし、ああ、あれが来た……と思ったのである。そしてまたあの白い闇に包まれ、あの音の渦に巻き込まれ、全くの虚無の世界、忘我の世界の中に幾ときかを過し、やがて覚めた由美の前にはまたしても、由美の全く思いも寄らぬ事柄が待ち受けていた。傷ついた子供から、気違い猫、と罵られ、他の子供達から詫びろ、と責められながら、由美は強情に唇を引き結び、ひと言詫びようともしなかったが、しかしあの時のように、「由美は何もしない……」と言い張りはしなかった。或いはしたかも知れぬ……と由美は心の隅で漠然と自分の行為を認め、そして、あの薄光る白い闇と渦巻く轟音とをたとえどう言い説いてみたところで、しょせん理解はされまいという事を、悩ましい思いで感じていたのである。何の前触れもなく突如として湧き起る遠い鈍い地響きのようなその物音を、由美が心から怖れ初めたのはこの時からであった。それはその後も度々由美を襲い、否応なしに白い闇と轟音とに満ちた全くの虚無の世界、忘我の世界へと由美を連れ去り、そしてまた幾ときかの後、ふいにこの現実の世界へと放しやるのであった。そしてその度に由美の身辺には必らず、由美には全く覚えがなく、それでいて自分の仕業だと悲しくも信じなければならぬ何かの事柄が起っていた。それの起る動機をつくる事を怖れるあまり、由美は次第に意識して人との接触を避けるようになり、やがて成長した少女となった由美の周囲には、祖父と真二とシロの他には、心をひらいて語る人ひとりさえない有様となったが、由美はそれによって寂しさを感じたことは一度もなかった。否、これこそは由美の望んでやまぬ安住の世界であった。由美のためには蛸のようにわが身をさえ喰い兼ねぬ祖父と、由美一人にその生を捧げ、由美の他にも人のあることさえ知らぬような、まことに献身そのもののようなシロとの愛情の防壁に護られていれば、あれを惹き起す動機の生れようはずもなく、由美は、最早絶対に二度と再びあれは襲いはせぬとの信念を抱くまでとなっていた。そして真二！　ああ真二こそは、由美の生きるただ一つの瀬であった。思わぬ事から結ばれた二人の友情は、十年の間少しも変ることなく続き、二人の年に従って成長したそれはいつか幼なげな、しかしそれだけに一層美しく一層真剣な愛情となり、無言のまま通い合う心と心のつながりは、なまじい言葉と言葉の誓いよりも、一層強く一層固いものでもあるとも言える、そういう間柄であったのだ。病気に対する恐怖の薄らいだ由美の心が、ひたむきに自分の身辺に向けられ初め、それが真二を中心として働き初めたのは、ごく自然な成り行きとも言うべきであったろう。そうして自分の身辺に考え深い瞳をそそいだ由美は、やがて、或る一つの事の整理を思い立った。整理……それは祖父の事業、高利貸というその事業をやめてもらうことであった。由美は真二のためにそれをしなければならぬと考えたのだ。誰に負わされたのでもなく強いられたのでもなく、自分で自分に負わせた、それだけに他から負わされたよりも一層強く厳しい、それは一種の責任感のようなものであった。

これがこの日頃ずっと続いている二人の間の習慣であったが、その日も由美と真二は村端れの河原で落ち合い、強い初秋の陽ざしを受けてぬくぬくとぬくもり、香ばしい匂いを放っている草の上に座っていた。「ねえ、真二さん……」傍に静かにうずくまっているシロの頭を撫でながら、由美は物想わしげな風情で口を開いた。「この頃村の人達が、お祖父さんと由美の事を何と言っているか知っていて？」「知らないね」「河辺の爺さんは金と孫娘を墓の中まで持って行くつもりだろうか、と言っているのよ」「由美ちゃんは何故この頃になって、そういうことばかり気にするようになったの?」「何だか息苦しくなるからなの、由美には優しいお祖父さんだのに、人にはどうしてああいう事が出来るのか知ら? よくても悪くてもあれは気魄というものなのでしょうね。人といる時のお祖父さんを見ると、由美は時々あの気魄の烈しさに圧し潰されそうな気がする事があるの。由美といる時のあの優しさがお祖父さんの本性なのだと、由美は信じたいのだけれど……」「無論、由美ちゃんはそう信じなければいけないよ。お祖父さんがああいう事をするのも、結局は由美ちゃんのためなのだと僕は思うから……」「何故それが由美のためなの?」「いつかは由美ちゃんを一人ぼっちで残して逝かなければならないと思うのが、お祖父さんには不安で心配でたまらないのじゃないか知ら? 自分がいなくなって一人ぼっちになっても、由美ちゃんが不自由なく暮らして行けるようにと考えての事に違いないと僕は思うけれど……誰だって由美ちゃんといる時のお祖父さんの様子を見れば、しんは本当は優しい人なのだと思わずにはいられないだろうと思うよ。お祖父さんがこの村へ移って来た時、由美ちゃんはまだ生れて半年も経たない赤ん坊だったそうだ。若い者なら何でもして働くという事も出来るけれど、お祖父さんはその時でももう相当の年だったし、殊に赤ん坊の由美ちゃんを抱えていてはどうする事も出来なかったのだろう、結局、由美ちゃんの将来のために、持っている金をふやす方法を考えるのが一番近道だった訳だろう、と噂している者も大勢いる。だから、ああいう商売にもかかわらず、お祖父さんはその割には、そうひどくは人に憎まれていないのだよ」「その割には、と言うの? それじゃ、ひどく憎んでいる人も少しはいるのね?」由美はぼんやりと放心した調子で呟き、暫く黙って川面を凝視めていたが、やがてまた物わしげな顔を振り向けて「由美だってお祖父さんのその気持ちはわからなくはないのよ。でも何だかたまらないわ。もうやめて欲しいと思うわ。由美はもう一人ぼっちじゃないもの。ねえ、由美は一人ぼっちじゃないわ。真二さんがいるじゃないの?」聴く真二の胸を痛くするような、いじらしいほどの信頼の調子を、由美は自分では少しもそれと気づかずに繰り返すのであった。「高利貸なんていやな商売、真二さんも嫌いでしょうね?」「僕?……」真二は不意を突れたように、微かに赤らめた顔をそらし、「僕はただ、由美ちゃんがお金持ちなのは困ると思うんだ。僕は金持ちじゃないから……自分で鍬も持たなければならないただの小地主の息子だから……」真二の横顔を凝視めていた由美の顔には、一瞬はッと泣き出しそうな色が浮んだ。これが二人が初めて交した、約束と言えば約束の言葉であったのだ。由美はこみ上げてくる切なさを胸の中へ押し戻すように、じッと眼をみはり、乱れる呼吸を静かに整えていたが、やがて厳しく聞えるほどきっぱりとした声音で、「いいわ。約束するわ。お祖父さんに言ってあの商売やめてもらうわ。由美もお金なんかない方がいいの」「しかし由美ちゃんそれは……」「いいの。大丈夫よ。お祖父さんきっと聞いてくれるわ」そう言う由美の顔には、祖父の愛情の上に絶対の支配権を持つ自分を誇るような、驕った色さえ現れていた。

その夜「お祖父さん、お願いがあるの」と切り出した由美の顔を、祖父は愉しげな笑顔で見やりながら「はてな、また何か由美のおねだりかな?」「そうかも知れないの。でもいつもと違うのよ。お祖父さんの今の商売をやめて欲しいの。高利貸なんて人に憎まれるいやな商売だわ。由美はそんな事をして人を苦しめてまでお金持ちにはなりたくないわ。お祖父さんが由美のために今の商売を始めたのだという事はわかっているけれど、今度は由美のためにそれをやめて欲しいと思うの……」「由美!」ぴしりと鞭うつような厳しい声音に、驚いて祖父の顔を見直した由美は、思わずはッと息を呑んだ。祖父の額には、太い青筋が幾筋も露われ、由美が初めて見る烈しい怒りの表情であった。自分の言い分が祖父の長年の労苦の蓄積を崩すことになり、その結果、祖父を多少は落胆させるかも知れぬとは考えていたが、しかしこの烈しい怒りは由美には全く思いも寄らぬことであったために、祖父の愛情を信じ切って驕った心が俄かに動揺し初め、由美は急に頼りない思いにとらわれてきた。「誰がお前にそういう智慧をつけたのだ?」「由美は、誰からも智慧などつけられはしないわ。ただ約束しただけだわ」「誰と、何の約束をしたのだ?」「真二さんと、お祖父さんに商売をやめてもらうと約束したの」「何のためにだ?」「人を苦しめていると思うのが辛いからだわ」「ふむ、真二とはあの男だな……お前、その真二と他にも何か約束があるのだろうな?」由美は悪びれず、祖父の愛情と平静を引き戻そうと念ずるように、真直ぐに祖父の瞳を凝視めてうなずいたが、しかし、祖父の怒りは最早自制の域を越えたものであるらしかった。「由美! いいか、お祖父さんの言う事をよく聴け! お祖父さんが人を苦しめるなどとお前は生意気な事を言うが、人間のほんとの苦しみとはどういうものかお前にはわかっているのか? わかるまい。お祖父さんはその人間のほんとの苦しみを苦しんできたのだ。お前のためにだぞ。それにくらべれば、お前がお祖父さんに苦しめられていると思う者達の苦しみなどは言うに足らん。遊び事のようなものだ――お前が真二とどういう約束をしようと、それはお前の勝手だがわしは絶対に許さん。わしはそういう男にお前をやる位なら、いっそ乞食にでも呉れてやった方がまだしも思い切りがいいと思う位だ。いいか、そんな男の言う事を真に受けていると、いつか捨てられて、野垂死にをするか汽車往生でもしなければばならなくなるぞ。それでもよければ、その男の所へ行け! 死んでもここへは帰らぬ覚悟で行け! わしも長く生きたお蔭で、お前の野垂死にする所が見られるわけだ。これも自業自得というものであろうがな……」祖父の言葉の含む毒々しい憎悪の色が一時に由美の自制を奪い、由美はかッと逆上した。憎い……体をわなわなと慄わせ、まるで祖父から感染りでもしたような、烈しい怒りと毒々しい憎悪に燃え立って祖父を見据えた時、由美はふいにあの、ごうッ……とどこから湧き起る遠い鈍い地響きのような物音を耳にしたのだ。ああ、あれが来る――「あぶない! 言わないで、お祖父さん……ああッ……」と由美は叫び、顔をおうて立ち上った――瞬間、驚愕に大きくみひらかれた祖父の眼が瞳の隅にちらと映った――そこまでは、覚えていた。あとはあのほのぼのと薄光る白い闇と、渦巻き湧き返る、音! 音! 音の世界が……そうして幾ときか過ぎ、闇が薄れ、音が遠のき、ふッとわれに返った由美は、訝かしげに辺りを見廻した。由美は庭の隅の草の中に俯伏せに倒れていたのだ。身を起して振り仰いだ頭上には、冷たく冴え返った秋の月が皎々と照っていた。いつの間に、どうしてここへ……と考え、ああ、そうだった、とはッと閃くような速さで祖父との言い争いを思い出したが、不思議なことに先ほどの怒りも憎悪も拭ったように消えて、しみじみとした寂しさが胸を満たして来るばかりであった。祖父も寂しい人なのだ、と思い、あの怒りも憎悪も、自分から見捨てられはしまいかと思う寂しさを隠すための虚勢ではなかったろうかと考えると、それを覚り得ず一途にとりつめて、遂にあれを惹き起してしまった自分の不覚さが悔まれるばかりなのである。「お祖父さん……」一時も早くいたわり合いたい切ない愛情に胸をつまらせながら家へ戻り、縁先から部屋の中を覗き込みながらこう呼びかけようとした由美は、しかし、あッと声を呑み、よろめく体を僅かに柱によって支えたのであった。不自然に体を折り曲げ、ひと目見ただけの由美の眼にも、最早息のないことが明らかに知られる姿で、祖父は部屋の中に倒れていたのである。しかもその首には、先刻まで縁先の柱に掛けてあった白いタオルが固く巻きついているではないか！　祖父は死んだ。殺されたのだ。誰に?……ああ……由美は絞るような呻き声を上げ、がくりと土に膝を突いた、――しかし、自分はこれほど、殺すほど祖父を憎んだであろうか?……ああ、やはり憎んだのであろう。その証拠が祖父のこの姿ではないか?　あの白い闇と渦巻く轟音はいつも、胸の奥底の隠れた邪悪の心を引き出し、形にして示して見せるのではなかったか！　今更何を思い何を言おうと、しょせんは詮ない繰り言に過ぎぬのだ。自分はあの瞬間、殺すほど祖父を憎み、そして遂に殺してしまったのだ――声の出ぬ切ない熱い嗚咽に胸を焼きつくした由美は、やがてよろめきながら立ち上り、祖父の死体に悲しい一瞥を投げ、不安げにまつわりつくシロを連れて、白々とした月光の下を、一点黒く地に落ちた影のような、細々と頼りなげな姿で歩き初めた。――真二の家の裏手へ出た由美は、薄赤く灯の見える裏二階の真二の部屋の窓を、暫く懐かしそうに凝視めてから、腰紐をほどいて傍の立木にシロをつなぎ、足早にそこを離れた。悲しげなシロの鳴声が追いかけるように聞え、窓の開く音が聞えたように思ったが、由美はそれを聴くまいと耳を押えて駈け出した――。

――痛ましく憔悴した体を真二に支えられ、厚いショールに肩を包んだ由美は、晴れわたった青い空をまぶしげに仰いでいた。二人がよく語った河原には最早春のきざしが見え、まばらに消え残った雪の間から、猫柳がすくすくと枝を伸ばし、艶々しい天鵞絨の花肌を陽に輝やかせていた。二人が最後にここで会ったあの日から早くも数ケ月の日が過ぎていたのだ。――覚えはないが、しかし、あれに襲われている間に祖父を殺したと思い込み、そう言い続けてきた由美にとっては、祖父殺しの真犯人は他にあった。由美があの白い闇と渦巻く轟音との世界に連れ去られている間に、祖父は全く別の人間によって殺されたのだと聞かされ、思いがけなく、二度と見ることはあるまいと思い諦めていたこの河原の明るい陽光を、こうして晴れて仰いでいる今の境遇の方が、よほど夢のように思われるのであった。「――腰紐でつながれているシロを見た時、僕はすぐに、由美ちゃんとお祖父さんの間に何かあったな、と思った。シロを連れて由美ちゃんの家へ行って見ると、案の定、お祖父さんは殺されているし由美ちゃんはいない――いよいよ何かあったな、とは思ったが、しかし僕は、由美ちゃんが殺したのだとは夢にも考えなかった。幾ら年寄りだとは言ってもお祖父さんは男で、しかもまだ体も達者なのではないか。由美ちゃんのような弱々しい娘の手でそう簡単に殺せるはずはないからだ。――とにかく警察へ駈けつけて見ると、由美ちゃんがいて、お祖父さんを殺したのは自分なのだ、覚えはないが確かに殺したに違いないのだと言っている。それでも僕は信じなかった。白い闇と音の渦巻の話を聴いた時、ああ、これは由美ちゃんの言うその病気とお祖父さん殺しとが偶然一緒になったのだ、と僕はそう考えた。お祖父さんと由美ちゃんのような間柄では、たとえ突発的にどういう出来事があったにしろ、最後の瞬間には、愛情が何より強い自制の働きをするはずだ。由美ちゃんが気がついた時、庭の隅に倒れていたというのがその証拠だ、由美ちゃんはお祖父さんに危害を加えてはならぬと思う一心で、意識を失いながらも庭まで駈け出してそこで倒れたのだ……こう信じた僕は、由美ちゃんが何と言おうと、警察がどういう方針をとろうと、僕は僕でどこまでも、お祖父さんは由美ちゃんが庭の隅に倒れている間に、全く別の人間によって殺されたのだという方針で進み、必らず自分の手で真犯人を挙げ、由美ちゃんの潔白を証拠立ててやろうと決心した。——シロはその時どうしていたろうか……僕が第一に考えたのはこれだった。シロはもう老犬には違いないが、しかし決して馬鹿な犬ではない。犬なら犬の本能で主人に危害を加える人間を黙って見ているはずはない。敵わぬまでも飛びついて咬みつくなり引掻くなり、それとも逃げる犯人を追いかけるなりしたはずだ……こう考えた僕は、シロの体に何かそういう痕が残っていはしまいかと、隅から隅まで調べて見た。ところがあった！ これこそ全く運のいい偶然だったと思う。そうして調べているうちに僕は、シロが時々うるさそうに前脚で口の辺りを引掻くのに気がついたのだ。歯の間に魚の骨など刺さった時によくやるあれだ。はてな、犯人と争った時に口の中に怪我でもしたのかな、と思って口を開かせて見ると、牙に何か細い黒い紐のようなものがからみついているではないか。ひっぱり出して調べて見ると、それは薄く鞣した黒い革の切れだった。これは一体何から裂けて取れたものだろうかと、さんざん頭をひねった末、微かに残っていた煙草の匂いを嗅ぎあて、そうだ、これは革の煙草入れから裂けて取れたものに違いないと思った時、僕はもう十中九まで、犯人の当たりはついたと思った。——この辺の百姓達や小商人達はみんな腰に煙草入れを下げているが、その中から、由美ちゃんのお祖父さんと何か関係のある者……金を借りている者、その中でも特に厳しく貸金の催促を受けているような者、そして破れた所をつくろった革の煙草入れを下げている者を探し出し、シロがその者を見覚えているかどうかを確めればいいわけだと思ったのだ。お祖父さんの首を締めたタオルは由美ちゃんの家のものだし、其奴にも意外だったに違いないが、お祖父さん殺しの犯人は自分だと由美ちゃんが自分から名乗り出ているしまさかシロの口の中に動かし難い証拠が残っていたとは知るまいから、其奴はもう絶対に大丈夫だとたかを括って、裂けた所だけつくろって、その煙草入れをそのまま用いているに違いないと僕は信じたのだ。この辺の百姓達や小商人達にとっては、使い慣れて手ずれのした煙草入れというものは、古びれば古びるほど手離し難い愛着のある貴重品なのだから、なかなかちょっとやそっとの事では捨てるものではない。――考えた通り、其奴はすぐに見つかった。シロの実験も見事な出来栄えだった。僕が押えなかったら、シロは其奴を咬み殺してしまうところだったよ――色を失っている其奴に、どうだ、あの夜もこの通りだったろう、と言ってやると、ぎくりとしたらしいが、飽くまで白を切ろうとするので、煙草入れの切れを突きつけて、シロの口の中にこの証拠が残っていた、お前のしたことはシロと由美ちゃんが見ていたのだぞ。由美ちゃんが自首して出たのは、あれはお前を油断させるための芝居なのだ、と言ってやったところが、其奴は、そんなはずはない、娘はいなかったと言った。馬鹿なことを言ったものだよ。無論僕は其奴を、その場から警察へ突き出してやった。――あの時、もしかしたら、調子に乗り過ぎた僕達の悪戯で殺されてしまったかも知れないところを由美ちゃんに助けられたシロは、由美ちゃんがあぶなくお祖父さん殺しの犯人になろうとするところで、十年昔の恩返しをしたわけなのだ――」いそいそと先に立つシロを見守る由美の、窶れた白い頬にほのぼのと温い血の色のさして来るのを眺めて、真二は自分の方が幸福そうに微笑むのであった。「それから由美ちゃん由美ちゃんを怖がらせていたあの白い闇と音の渦巻の謎も解けたよ」由美ははッと顔色を動かして真二を凝視めた。「病気だと由美ちゃんは言ったが、あれは病気でも何でもない。ただの記憶なのだ」「記憶ですって？　でも、由美は今まで、あんな音を聴いた覚えもないし、あんな白い闇を見た覚えもないのよ」「それなのだ。覚えがない頃の記憶……と言うのも妙だが、そのようなものなのだ。――これは由美ちゃんの心を痛めるかも知れないが、しかし由美ちゃんはこれから強くならなければならないのだから――由美ちゃんのお母さんは或る男に、つまり由美ちゃんのお父さんにだまされて、お祖父さんの反対を押し切って一緒になったが、由美ちゃんを生むと間もなく飽きられて捨てられてしまった。親にそむいて出た家へ帰ることも出来ず、思いつめてとりのぼせてしまったお母さんは、由美ちゃんを抱いて汽車の来る線路の中へ飛び込んだのだ……由美ちゃんが生れて二ケ月過ぎたばかりの頃だったそうだ――車輪にはねとばされてお母さんは即死したが、由美ちゃんは不思議に傷ひとつ負わず、息の絶えたお母さんの傍に転がって、無心な顔で月を凝視めていたそうだ——その時の記憶が、あまりに異常な場合の異常な記憶なので、何か異常な事柄に出遭った時に、無意識の間によみ返って来るのだろうと、或る偉いお医者様が言った。非常に珍らしいが、しかし例のない事でもないそうだ。——一人娘にそういう死に方をされたお祖父さんは、その時から、すっかり人が変ったようになってしまったのだと言うことだ。その土地を捨てたのは、思い出が苦しくていやなのと、由美ちゃんが大きくなってから、いろいろな事を知るのを避けるためだったのだろうと思う。高利貸という人の嫌う商売を選んだのも、由美ちゃんの将来に備えるためも無論あったに違いないが、それと同時に、世間の人間に復讐するような気持ちも多分に含まれていたのではなかったろうか——僕の事で由美ちゃんにひどいことを言ったのは、由美ちゃんもお母さんの二の舞いをするのではないかと思う心配で、逆上してしまったために違いないのだ。——由美ちゃん、謎は謎のままでいる間こそ、不気味でもあるし恐ろしくもあるけれど、解けてしまえば、この通り何でもないことばかりなのだ。もう由美ちゃんは二度とあの音に襲われて悩まされることはない。絶対にない……そう信じなければいけないよ。信じることが出来るね？」由美は蒼ざめてはいたが、しかし、しっかりとした態度でうなずき、丁度その時傍へ駈け寄って来たシロをとらえて「シロ……」と懐かしそうに呼びながら、枯れ縮んだ草に膝を突いて、シロの首に顔を押し当てた。「お祖父さん、可哀想なお祖父さん……」胸の中に繰り返しているうちに、苦難の生涯を非業に終えた祖父の幻がふと瞳に浮び、思わずはらはらと流した涙が、シロの毛の中に滲み込んだのであろうか。シロは押えられた首を無理にねじ曲げ、不思議そうに由美の顔を覗き込んだ。錚々と鳴って流れる雪解けの水の音は、由美の傷心をしずめるように響いていた。

伴《バ》天《デ》連《レ》物語

一、ミゲル夜陰に訪うこと

――「……のう、上様、今こそ御正路《ごしょうろ》に立ち返られい。夙う洗礼《バウチイシモ》を受けられて、一心不乱に祈禱《オラショ》を唱えられい。さすれば霊魂《アニマ》の救いは必定じゃ。天国《ハライソ》へお昇りやるは一定《いちじょう》でおじゃるろう。貴いおん身のいまわの際の告白《コンヒサン》は、必ず天主《デウス》をも動かしまらそうず……」

一念こめて身共が申せば、ミゲルにて傍らより、

「上様、伴天連殿の申さるる通りじゃ。ただ一遍に御後悔あって、天主の御加護に頼まれい。この世の栄華はあまりに果敢ない。来世の栄華をこそお頼みあれい。天主のおん聖寵《ガラサ》は永劫不変じゃ。――のう、これは上様のおん身一つのためではござない。関白家のおん後のためでござる。後にお残りやる御台様、若君様、姫君様のおんためじゃ。今こそ貴い洗礼のおん水に、この世の科《とが》を洗い流いて、万物のおん親、広大無辺の天主のおん聖寵に頼もうとはなでう思《おぼ》されぬぞ？」

ひたと双手をつかえ、頬に流れる涙《なんだ》を拭《のご》いもあえず申したに、関白様にはよそ事のように、素気ものう聞き流す御風情におりやったが、

「のう、上様、左近が今生のおん願いじゃ」

とミゲルが重ねて申して、ひしとおん袖に取り縋うたところで、

「くどい！」

とにべもないおん言葉と共に、さもうるさげにその手を振り払われたものでござる。

「女々しい繰り言は申すまい。秀次は所詮闇の子じゃ。天国なんぞとは思いもよるまじい。地獄《インヘルノ》の奈落の底に堕てうこそ身の分じゃ。のう、御坊……」

血の気の失せた青白いおん顔に、氷のような笑いが走った。

「天国には天使《アンジョ》ばかりで、白う豊かな色体《しきたい》の女人は居るまいの？　花の香りは満ちていようが、生まなましい血の匂いは嗅げまいの？　天使の群に囲まれて花の香りを嗅ぐよりも、秀次は白う豊かな女人の色体掻い抱いて、地獄の劫火に焼かれたがましなのじゃ。そこには血の匂いが満ちていよう。生まなましゅう鮮やかな血の匂いがな！　噎せ返るような血の匂いがな！　貴老は今も嚮後《きょうご》も天国ばかりで地獄を知らぬ身じゃろうほどに、この世の冥加に見せて進ぜよう。ほれ、よう見やれ！　これが地獄の血の色じゃ！」

あなや、と申す間もございない。関白様は右手《めて》の脇差取り直すより早う、ぐさとおん腹に突き立てられた――さッと飛び散る血の飛沫《しぶき》！　むッと鼻を突く血の匂い！　身共は覚えず飛び退りざま、

「ゼズス、マリヤ！」

と声高う称名《しょうみょう》を誦えた。

「伴天連殿……」

悲痛なミゲルの叫びが耳を搏った――と、その端的《たんてき》、身共ははッと眼を覚まいた。――夢じゃ。夢でござった。この日頃よう見る夢じゃ。関白様には当時親しゅう智音《ちいん》を蒙りながら、力及ばず、遂に、洗礼を授けまらすること叶わなんだ憾みが、かくは恐ろしい夢となって、当時この身をさいなむものでござるろう。

この世に在られまいた折りの悪虐無残な御所行の故に、今は地獄で劫火の責苦にも遭われうずる関白様が霊魂のためにも、せめて鎮めの祈禱を申そうとて、寝床の上に座り直いて、胸に十字《クルス》をえがいた折しも、

「伴天連殿……」

耳を搏ったは、正しゅう、今が今夢に聞いたミゲルが声じゃ。はて？　夢か現か？……暫しがほどはその差加《しゃべつ》に迷う思いで澄まいた耳に、またしても、

「伴天連殿……」

続いて、ほとほとと戸を叩く音が聞えまらする。

「伴天連殿、ここお開け下されい。それがしじゃ！　左近じゃ」

はや疑いもないミゲルが声でござる。

「ミゲル殿な？」

「いかにも、そのミゲルでござる」

それにしても、この夜陰に及うで、そも何用あっての訪れぞ？　と身共は怪しみながら、手燭をかかげて戸を開いた。

「いざ、入られい」

「さらば御免下されう」

外の闇を後にして、忍びやかに入り来たったミゲルが黒衣法体《ほったい》の姿を、仄暗い手燭の光りの下にしげしげ凝視めて、身共は暫しは出ずる言葉もござなんだ。僧形《そうぎょう》のミゲルがこの姿は、今宵初めて見るにはなけれど、今も眼に彷彿する、あの関白様が聚楽の城のおん主として世にときめいて居られまいた頃の、凛々しゅう艶やかな若衆姿にくらぶれば、これはまたあまりに変り果てた姿でござる。殊に今は草木もしずもる夜陰の翳を映いてか、若う清らな顔容《かんばせ》に、水のような幽かな憂いの色の見ゆるのが、昔を知る身共が瞳には一入哀れに映るのじゃ。

洗礼名ミゲルこと立花左近《たちばなのさこん》は、五奉行の一人《いちにん》前田徳善院殿が甥御にして、関白様御最後の際までもお傍に仕えまらしたる側近のお小姓衆の一人でござる。関白様御謀叛の懸疑にて、高野山《こうやのやま》にあえのう御生害のみぎりは、おん後慕うておん供申すべいところを、徳善院殿が縁により、太閤様より助命の御沙汰下された。なれどミゲルは、お主の亡い後、われ一人世に栄ゆるを潔しとせいで、末の望みも血気の夢もその黒髪と共にふつりと断って、今は非業の御最後遂げられた御主家の弔《とぶら》いに余念もござない。若うすくやかな色身《しきしん》を墨染めの衣に包み、身も清う行い澄まいて、姿はこの国の僧形ながら、心は道心堅固な吉利支丹《キリシタン》でござる。

二、関白様がお忘れ形見のこと

「伴天連殿、ぜひに貴老の御才覚を煩わしたいことあって、かくは時ならずも参じてござる。夜陰の夢を驚かいた罪は、平に御容赦下されい」

「なんの、その御会釈に及ぼうかは！　絶えて久しゅう見えなんだに、今宵はようぞ見えられた。まず、寛ろがれい。して、それがしの才覚とはな？」

「さればじゃ、まずその前に、貴老のお目に入れたいものがござる」

ミゲルは外に向うて、

「与兵衛《よひょうえ》、入りやれ！」

と小声に呼ばうた。おう、と同じゅう小声に応《いら》うて忍びやかに入り来まらいたを見れば、四つか五つとも覚しい童子《こども》を背に負うた、年のほどは五十余りとも見ゆる農人体の男《おのこ》でござる。ミゲルはこの者の入り来たった後、外の気配をうかがうげに、四辺の闇をすかし見ようてからひたと戸を閉ざいたが、身共が気の故か、秀でた眉の辺りの憂いの色が一際増して、何とや由ありげな物腰仕振りには見えまらいた。

「与兵衛、伴天連殿じゃ。挨拶しやれ」

ミゲルに促された与兵衛は、おそるおそる身共が前に進み出て、うやうやしゅう腰を屈めて礼をないた。深い皺を刻うだ顔は逞ましゅう陽に焼けて、太い眉毛の下の細い眼が、慈悲の光りを宿いて柔こう輝いて、なにさま実直そうな人体じゃ。大きゅう広い背《せな》に小さい童子をさも大切そうに負うて、それを揺り上げ揺り上げする様は、いかにもその人体にふさわしゅう、何とや笑ましげな眺めでござった。

「はて、この仁《じん》はな?」

「それも後に語りまらするが、御坊のお目に入れたいはこれじゃ。……のう、それ、これを御覧じられい!」

ミゲルは身共が手より手燭を取り、与兵衛が背の子供の顔に近附づけた。ふッさりと額に垂れた前髪を乱いて、広う大きな与兵衛が背が絹の寝床ほども心地ようてか、すやすやと軽い寝息を立てていまらいた子は、近寄せた手燭の光りが、眠った瞳にもまばゆう映ってか、幽かに眉を寄せたと見ると黒う愛《め》づらかな眼をぱッちりと開いた。

「おお、若、お目を覚まいてか? 大事ない! 驚かれいでよい! 若はよいお子じゃ。それ、のう若、若の前においやるが伴天連殿じゃ。若は伴天連殿に逢いとうて、ここへ参られたのでおじゃろうの?」

軽うあやなすミゲルが言葉に、与兵衛が肩につけたふくよかな頰を離いた子は、肌の色、瞳の色、髪の色の違う身共が顔を、恐れる風もなく暫しがほどまじまじと凝視めてあったが、やがて、何思うてか、白う細かな歯をこぼいて、にこりとあどけのう笑《え》うだものじゃ。

「左近、ここはマリヤ様のおいやる天国よの?」

清らに澄うで涼やかな声でござる。

「いや、天国ではおりない。それ、天国はあしこじゃ」

ミゲルは見えぬ空を指さいて、

「ここはマリヤ様に仕える伴天連殿のおいやる吉利支丹寺でおじゃる。若はここで伴天連殿と共に、マリヤ様や天主様やベレンの若君様にお仕え召さるでおじゃろうの?」

聞き分けようなずいた顔は、幼ないながらに凛々しゅう威を含うで世の常の育ちの子とは見えいでござる。しかもその色の白う眉の秀でた﨟たけた面ばせには、どこやら見覚えがあるようなのじゃ。

「左近もここにいやるとの?」

「左近は折々に来まらする。若がおとなしゅうマリヤ様にお仕え召さる様を見に、な」

「与兵衛はの?」

肩よりさしのぞいたあどけない顔をふり仰いで、与兵衛は重々しゅう頼もしげに答えてござる。

「与兵衛は若君様のお傍を離れまらせぬ!」

若君様とな?……はて、いかなる仔細の和子ではござろうぞ?――覚えず不審を顔に出いた身共にミゲルは言葉のううなずいてから、与兵衛が耳に何やら囁いた。与兵衛はうなずいて背の和子を揺り上げながら部屋の隅に退いた。

「伴天連殿……」

改まった風に口を開いたミゲルが声は、心なしか沈うで聞えたのじゃ。

「御坊にはあの和子を何とお見やるぞ?」

「さればじゃ、何とや深い仔細のありそうな……優れて高貴のおん生れとは見まらいたが……」

「いかにも、見らるる通りじゃ。優れて貴いおん生れじゃ。あの和子のおん生れを懸念のう明かいて才覚頼む相手は、この広い世に御坊の外にはござない。余人には、迂闊にあの和子のお顔も見せられぬ。のう、御坊、構えて他言御無用ぞ」

「しかと心得た。して、あの和子のおん生れはな?」

「されば……」

ミゲルは身共が耳に近う口を寄せて声を低めた。

「あの和子こそは、関白様がお忘れ形見、千代丸君と申すおん方、関白家に残ったただ御一人のお血筋じゃ」

「や! 何とな!」

出家の身として埒ものう、身共は覚えず声を突き走らいて、後は続く言葉ものうミゲルが顔を凝視めてござる。まことあり得べうもないことじゃ。おん叔父君太閤様が御瞋恚《ごしんい》受けて、おん血筋の末までも根断やしされつくいたはずの関白家に、かくも薦たき愛づらかな若君の在《お》わしまらそうとは！

関白様、高野山にあえのう御生害あって、二十八年の露の命を終えられたは、去んぬる年の七月十五日、夏の香を含うだ青葉の色が、一際冴えて見ゆる頃でござった。一の台のお末のおん方を初めとないて、御正腹《ごしょうふく》の若君二人、姫君一人、二の台お辰のお方、三の台お今のお方なんど三十余人のお局方、それにお脇腹の多くな若君姫君方が、三条河原のお仕置場で、情を知らぬ河原の者の刃の銹と消え果てられたは、それより一月後の八月二日のことでござった。河原の土を紅う染め、流れの水さえ血の色に染うだあのお仕置の痛ましさは、一年過ぎた今もなお、京童らの胸を慄わせ、おん亡骸を埋めた塚に立てられた木標に「悪逆畜生塚」と筆太うしるされた字は、まだその墨色さえも薄れいでござるを！

それを今唐突に、ただ御一人のお血筋と聞き、夢かと驚く身共が顔をミゲルはじッと凝視め返いて、深う深ううなずいたのじゃ。

「伴天連殿、貴老のそのお驚きも道理《ことわり》じゃ。身共も初めは夢かと思うた。——申さば仔細は次の通りじゃ。まずお聴き召されい……」

とあって、さて、ミゲルがこまごまと語り出でいた事の仔細のあらましは——

三、千代丸君洗礼を受けらるること

聚楽第の大奥に数あるお局方の一人に、お秋のお方と申さるるがおりやった。このお方、京のさる由緒あるお家の娘御にて、おん年未だ二十歳に満たず、艶やかに薦たけたその顔容は、聚楽の女王《にょおう》と謳われたお辰のお方にもやはか劣らず、お心ばえもすぐれて優しゅうござったれば、関白様の御寵愛もお辰のお方、お今のお方、なんどに優るとも劣らず深うござったが、千代丸君を身籠られた頃より何とのう御気色《みけしき》優れず、月の進むにつれて御悩の重さは増すばかりなれば、暫しが保養にと生家へ戻られたは最早月も満てうずる頃でござった。

やがてほどのう月満ちて勇ましゅう呱々の声を上げられたは、関白様のおん血をひいた玉のように愛づらかな若君、即ち千代丸君でござったが、そのお喜びも束の間にて、お秋のお方には産後の肥立ち悪しゅう、関白様と若君のおん名を口の端に残いたまま、あたら花の命を散らいて果てられた。その悲しみに取り乱いてか、それともまた、初孫を手離す辛さが堪え難うてか、お秋のお方の親御たちは、産の紐が事のほか重う、若君には遂に日の目を見られいで、母者《はわじゃ》と共に果てられてござる――と、かようにお城へ伝えられたものじゃ。

悪魔天狗《ジャボ》になと魅入られてか、日に増し御素行は荒むばかりにて、とりわけこの日頃は、人の生ま血を見、女人の色体に触れいでは、夜も明けず日も暮れぬ様でおりやった関白様には、常ならば随分疑念もあるべいところを、格別深う問い訊しも致されいでただ御香料を下し置かれた。もとより事情《わけ》を知る者には固う口止めないてあったれば、他には誰一人として知る者もないまま、千代丸君には亡き母者の生家の奥深う、祖父御祖母御《じじごばばご》の掌《て》の珠として、虫の気ものうすくすくと生い立たれ、去んぬる年の三条河原のお仕置も、この君一人はまぬかれていまらしたが――

「……じゃが、御坊、人の口に戸は立てられぬの譬、秘め事は秘むれば秘むるほどいつとはなしに広がるものじゃ。千代丸君のおん生れも、遂に人の口の端に上り初めた。やがては伏見のお城へ届いて、太閤様のおん耳にも、してまた淀のおん君のお耳にも入ろうずろう。のう、御坊、御坊も知らるる通り太閤様にはお捨君一つの情に一途に溺れて、正理《しょうり》の進退も定かでござない。まいて淀のおん方はな、瞋恚の心の強いお方じゃ。関白家のお血筋が残っていると知らるれば、草の根分けても探し出いて、息の根止めるは必定じゃ」

「いかさま、その儀じゃ」

「賢《さと》う聞き分けよいとは申すものの、遊び盛りの幼なさでは、強いて屋敷の奥に閉じ込めることも叶わず……ついして人の眼に触れれば……のう、御坊、御坊はお気がつかれいでか？　母御前《はわごぜ》こそ異れやはり受けたおん血は争えぬ。千代丸君には、御台様のお腹なるおん兄君仙千代君、おん弟君十丸君にどことのう似通うていまらする」

それ聞いて身共ははたと合点ないた。千代丸君の﨟たけてあどけない面ばせを、どこやら見覚えがあるようなと思うたは、その面せの中に今は亡き仙千代君、十丸君のおん面影を見まらいた故じゃ。仙千代君にはおん六歳、十丸君にはおん三歳のいとけなさで、三条河原の露と消えまらしたが、御最後の際に走せつけたミゲルが手にて、母御前なる一の台お末のおん方及びおん姉君なる一の姫君と共に、貴い洗礼を授けまらしたなれば、今は浮世の苦患《くげん》をよそに、天国で天使の群と遊び戯れておじゃるろう。

「垣間見た千代丸君のお姿に不審ないてか、この日頃、由ありげに屋敷の周囲を徘徊致す者が殖えたと申す。祖父御祖母御には思案に余うたところで、あの与兵衛を身共が許に遣わいて、事の仔細を明かされたのじゃ。身共も初めは夢かとも思うたが、事の次第が分明《ぶんみょう》ないて見れば、なでうそのままに捨て置かれうぞ。この身に代えても若君のおん命を守りまらするが一つの仕儀と存じて、かくは夜陰にまぎれて参じてござる。──のう、伴天連殿、世が世なれば栄華を極むるおん生れにありながら、世にも果敢ないはこの君がおん身じゃ……」

仄暗い燭の下に、若う清らなミゲルが瞳は、思いなしか露を含うで輝いていまらした。

「いかさま。承われればもっともな仕儀じゃ。及ばずながら身共も力を添えまらしょうず。して左近殿、貴辺の御才覚はな？」

「さればじゃ、若君に洗礼を授けまらして、おん身柄を御坊に托しまらせては、と。──のう、御坊、異教徒《ゼンチヨ》の衆は無慈悲なれど、若君があのおいとけなさで世を捨てて、吉利支丹の宗門に帰依なされたとあれば、よもむざとおん命を奪いまらせせは致すまじい。してまた御坊、天主の栄光《グロリア》知らぬ世の痴《うつけ》な輩は、吉利支丹寺を襲えば天主の法力による神変ありとて怖れると聞く。のう、身共が頼むはそれじゃ。この聖教会《サンタエキレンシャ》の中にありまする限り、若君のおん身はまず万全《まんぜん》じゃ」

「いかさまそれはよい御思案じゃ。ならば早速に洗礼を授けまらしょう。して、あの与兵衛と申すはの？」

「与兵衛も若君とおん共に洗礼を受けうと申す。あの者はお秋のお方の幼な頃より仕えいまらしたる者なれば、その忠心は鉄石じゃ。与兵衛にはいかなる事をお明かしやっても大事ない」

ならば早速《さそく》にと身共は祝福《ベンサン》で浄めた聖い御水をとり、洗礼を授けまらする用意をないた。ミゲルが口よりよう言いさとされてあったと見えて、若君には身共が導きまらするままに、おとなしゅう膝ついて合掌瞑目された。そのおん傍に与兵衛も謹うでうずくまうた。定めの経文を誦《ず》しながら、身共は若君のおん額に、ミゲルは与兵衛が額に聖い御水を三度ずつ注ぎかけたのでござる。

「パデレとヒイリョとスピリッサントの聖名《みな》をもって吾れ爾《おんみ》を洗い奉るなり、あめん——まことに信じ奉る、万事叶い、天地を造りたまうデウス・パデレを、またその御独子《おんひとりご》、われらが御主《おんあるじ》ゼズス・キリシトを……」

天地は寂として音ものう、ただ、声を合わいたケレドの誦文《じゅもん》が、仄暗い燭の下に水のように静かに流れるのみでござった。

四、淀のおん君お召しのこと

身共が突如として淀の御殿より迎えの使者を受けまらいたは、千代丸君がこの聖教会のお人となられてより早くも一月の日が過ぎて、さすが、破戒無残の御所行こそあったれ、御生得《ごしょうとく》のおん質《さが》は衆に優れていまらしたるおん父君の血は争えず、「天にましまます……」「ガラサ充ち満ち……」などカテキイシモの大事なところを賢《さか》しゅう誦《そら》んじて、あどけのう唱えられる頃でござった。お使者の口上は、

「淀のおん君、吉利支丹の有難い御法話を聴聞《ちょうもん》ないて、寄進致したいとの仰せでござる。御大儀ながらあれなる駕籠にて罷られい」

と言うにあったが、何がさて淀の御殿の迎えとあれば、それはただに表のこと、裏は千代丸君がおん身がことに相違あるまじい。君がおん身がこと遂に淀の御殿へ届いたかと、身共もさすがに胸とどろいたなれど、辞退致いて叶うことではなければ、ただ一遍におん主ゼズス・キリシト、サンタマリヤ、もろもろの聖徒達《サントス》の御冥加のほどを祈念仕りながら、

「かしこまってござる」

と謹うでお受けに及うだ。さて御殿へ参じておん前に罷ったところで、

「ルイシ・フロイシ伴天連殿な？　ようぞ見えられた」

隔心《きゃくしん》もなげに仰せられるお顔をつくづく仰ぎ見まらいたに、いかさま、人の口に違《たが》わずお美わしい。なれどそのお美わしさには、関白様が一の台様お末のおん方のお優しさも、二の台お辰のお方の艶やかさものう、秋の夜空にかかる月のように冷とう冴えたお美わしさじゃ。淀のおん君が隔心なげに振舞わるれば、身共は更に隔心なげに振舞うて、おん主ゼズス・キリシトがこと、吉利支丹の宗門の掟なんどをこまごまと説きまらいたに、一々うなずいて聞かれておりやった淀のおん君には、話が洗礼に及うだところでふいと身共が言葉を遮られたものじゃ。

「関白殿には御坊と久しい間の知音と聞えたに、さほどに貴い洗礼を、何故に受けられはせなんだの？」

「わたくしの力及ばず遂に洗礼を授けまらすること叶わなんだが、今に憾みに存じまらする」

「ならば関白殿には地獄へ参られたよの？」

「その儀でおじゃる」

紅い唇《くち》の端に冷とう小気味よげな笑いが浮うだと見たは、身共が僻目でござろうか。

「千代丸君はの？　関白殿が忘れ形見、千代丸君と申すが、洗礼受けて御坊が許にいまらすると風の便りが聞かいてくれた……」

仰いだ眼に黒う切長な眼差がちらと動いて光ったが、すでに期したることにてあれ、してまたこの身は貴い司祭職《サセルドウテ》じゃ。なでう偽りの申されうぞ。身共は覚悟極めてありていに御答話ないてござる。

「いかにも関白様がお忘れ形見はいまらする。なれど今は千代丸君とは申されいで、シモン殿と申しまらする。まだいとけなきおん年ながら、信仰《ヒイデス》固う持戒怠りなければ、後日はあっぱれ道心堅固の吉利支丹とはなりまらしょうず」

「御坊が千代丸君を引取られたは、その成長待って、関白家を再び興そうとの御所存か？」

「これはお言葉とも覚えまらせぬ。吉利支丹の出家の身分を致いては、来世の栄華をこそ望もうずれこの世の栄華は夢でおじゃる」

「のう、御坊……」

黒う切長な眼がまたちらと動いて光って見えた。

「御坊を見込うで頼みがおじゃる。何と聞き届けてはたもるまいか？」

「はてまた改まっていかがなお事でござろうぞ？」

「千代丸君を妾に渡いて欲しいのじゃ」

端的に申し出だされたは、御身分にてはあれ、いかさま物に怖れぬお人とは見えまらいた。

「はて、してその御所存は？」

「構えてその身に大事はない。ただ、豊臣の天下が二つに分れうを防ぐためじゃ。のう、なんとの？　太閤様に奏聞ないて御坊を一城の主ともしまらしょうほどに……」

「これはまた勿体ない御諚《ごじょう》なれど、その儀は切《せち》に御辞退しまらする」

「何故にの？」

お声は鷹揚に聞えたなれど、白い額の辺りにぴりりと疳の筋の走るが見えてござる。

「異教徒の衆は知りまらせねど、吉利支丹の身を致いては、虚栄《ワイダーデ》は大きな科の一つでおじゃる。まいて虚栄にひかされて信に背くなんどは思いもよるまじい。豊臣が天下二つに分れうとの御懸念は、構えて御無用と存じまらする。シモン殿もまた虚栄を厭う吉利支丹でおじゃれば……」

身共は怒りのお言葉を覚悟ないて言い切ったに、思いがけものう淀のおん君には、ほほほ……と高ううららかに笑われたものじゃ。

「ようぞ申された！　さすがは御坊よな！　おん身が道心試そうための戯《ざ》れ言《ごと》じゃ。許されい！関白殿がお血筋がただ一人にても残ると聞けば、妾にとっても喜ばしい。この上ともに頼みまらする」

その後はほんぼんに隔心なげに親しゅう打ちとけてこうお物語りあったれば、身共はほッと安堵の思いに落着ないた。さて数刻後、御寄進の品々を抱えておん前を退下ないたに、案内《あない》に立った腰元衆の一人が、お廊下の曲り角にてふいに足つまずかいて、よろよろと身共が胸に倒れかかった。

「はて、何と致されたな？」

ほほほ……と口を押えて、優しゅう詫びる態に腰を屈めた顔を見れば、右の眼の下のぽつりと黒い黒子が愛嬌を添えて、まずは目に立つ美しさじゃ。事のう済んだことなれば、その日のことはミゲルにも与兵衛にも明かさいで、身共が一人の胸に秘め、さてその夜、事のう済んだお礼の祈禱を申そうとて胸に入れた念珠《コンタス》を取り出そうとないたに、はて、いっかな手に触れぬ。怪体《けだい》な、とは思うたが、格別思い当りもないままに、深う考えもせいで、別な念珠取り出いて、ねんごろにお礼の祈禱を申してござる。

五、証拠の品念珠がこと

それより数日《すじつ》の後、さる吉利支丹衆の大名のお館《たち》に、御ミイサ申せうとて、朝より招かれて、こもごもの談義に時を費した身共が、はや日も暮れ初むる頃に戻って来まらいたところ、いそいそと出迎えた与兵衛が、身共が顔を見るより、何やらむはたと当惑ないたげに暫し口ごもうて居りやったが、ややあって、

「はて、御坊様にはお一人とな？　若君様はいかが召されたぞ？　して、今日の首尾は、何とござったぞ？」

「何とな？　若君が何と致されたとな」

早速《さそく》には言葉の意味も解《げ》せぬままに、身共は何気のう問い返いてござるが、その端的、はッと息を呑うだ態にて、細い眼を見る見る大きゅう眦も裂けうずるばかりに見開いた与兵衛が驚きの様は、笑止と申すも哀れでござった。事の次第は解せぬながらに、身共もはたと胸を突かれて、

「これのう、何とないぞ？　その様はの？　若君にはまだ御寝《ぎょし》ならいでか？」

「ええ、御寝どころか——ならば御坊様には、ほんぼんに何事も存じ召されぬとな？——さては思わぬ油断ないてたばかられたか！」

きりきりと歯を噛み鳴らす様の只事ならず見えたれば、身共も今は心もそぞろびいて、

「はて、いちえん解せぬ。これのう。まず落附いて事の次第を語りやれ」

とさまざまに宥めたところで、与兵衛もようやくに胸を鎮めて、されば——と語り出いた事の次第のあらましは、次の如くでござったのじゃ。——この日、陽もまだ高い頃、優しゅう艶《あで》やかな物腰言葉つきで訪いを告げた若う美しい女性《にょしょう》がござった。まず見たところ、大身の奥向きに仕うる女房衆のなり形じゃ。俗に世人と申す吉利支丹寺にはなにさま不似合な客人なれば、与兵衛も初めの

ほどは不審ないたが、女房の口上聞くに及うで、不審は根ものう解けたのでござる。女房が口上はこうでござった。

「妾は今日伴天連様の参じられたさる大名衆の奥向きに召仕うる者……書状は後に残って人目に触れては憚り多うおじゃる故、口伝えの口上をもって……」

とまずかように前置きないて——もと聚楽第伺候のその大名が、関白様がお血筋のことをいずれよりか洩れ聞いて、ぜひに御意得たいと切なる願いでござる。関白様亡い後もその忠心は変らずあれば伴天連様にも快う承引ないて、かくは妾を差し遣わされた。武士《さむらい》衆のお迎えは由々しゅう人目に立つを慮ってのはからいなれば、夙う妾と共にあれなる駕籠にて参じられい——とあって、

「御不審もおじゃろうほどに、証拠の品も持参致いておじゃる。それはこれなる品……」

と差し出いたを見れば、身共が当時離さぬ念珠じゃ。行き届いた口上にあれ、加えて身共が容易には身を離さぬはずの念珠までを持参致いてのことなれば、与兵衛は露疑わいで、その女房が手に千代丸君を渡いたのでござる。

「その念珠はこれなる品……のう、これはしかと御坊様がお品と見まらいたに……」

と与兵衛が差し出いたを見れば、疑いもない、あの淀の御殿のお召しの日に、いずくにてか失うたままのあの念珠じゃ。はた、と思い当るふしのあって、身共が胸は轟いた。

「してその女房衆の顔かたちはの?」

「されば、色の白うて愛嬌のある……おお、それ、思い出いてござる。右の眼の下に、ぽつりと黒い黒子があって、それが色の白さを際立たいていまらいた」

はや疑うべうもない。これは淀のおん君のお仕業じゃ。それと致いても、ことさらに身共が身には覚えのある同じ女房を遣わさるるとは何たる皮肉なお仕業じゃ。彼の君の思い揚うた冷たい笑いが見ゆるようじゃ。人を疑わぬ出家の分と致いてはぜひもないながら、淀のおん君の隔心なげな御様子に迷《まど》わされて、ついうかと気を許いたは、かえすがえすも身共が緩怠でござった。せめて与兵

衛になと事の次第を明かいてあったには、かくもむざと奪い去られは致すまじいに、と今更悔ゆるも詮ない仕儀じゃ。身共は胸噛む思いにて、初めて与兵衛に、淀の御殿へお召しの次第を明かいてござる。

「おお、ならば、若君様にははや……」

「その儀じゃ。お痛わしゅうはあれど、霊魂は天国にお昇りやってござろうず。おん兄君、おん姉君、おん弟君のおん許へ、な……」

言うも心の痛む仕儀ではござったが、今はこの身も及ぶまじい。君が幼なき霊魂のために、ただ一遍に天主のおん聖寵を希うばかりじゃ。

「淀のおん君とは、天使のような顔ないて、悪魔の心のお人よな……」

床に伏いて身悶え嘆く与兵衛が様は、まこと物に狂うたかとも見えまらいたが、やがて、何思うてか、がばと身を起いた。

「御坊様、おさらばじゃ」

「これ、何としやる？」

「腹掻き切って、若君様のおん供しまらする。お慈悲じゃ、逝かいて下されい」

「お待ちやれ！　お身は吉利支丹ではなかったか？　吉利支丹の宗門にては、自害はきつい御法度じゃ」

「ならば、おん供致すも叶いまらせぬか？」

与兵衛は胸掻きむしって悶えてあったが、やがて、

「おお、ならば、若君様と同じ刃《やいば》の錆となって……」

と口走るより早う、はや闇の色に閉ざしつくいた外へ向うて駈け出いたのでござる。その所存明らかなれば、身共も最早とどめいで、闇に消えて行く後姿に、十字架《クルス》を切って祈ってござる。淀の御殿に乱入ないて、狼藉者として刃の錆と消えうには、宗門の旨に違わないで果てうずろう。申さ

ば殉教《マルチリヨ》のたぐいにも入るべい最後じゃ。やがて与兵衛が姿は闇の彼方に消えつくいた。身共は床に膝ついて幼のう果てた千代丸君が霊魂のために、してまた、ほどのうおん後を追おうずろう与兵衛が霊魂のために、一心不乱に祈禱を念じた。

「——いかに広大無辺、御善徳御大切の源なる御身天主よ、おん身が憐れな被官の霊魂を御手に受けたまえ！　いかに慈悲哀憐、至りて甘味《あまこ》にてましますビルゼン・サンタマリヤよ、追放人なるエワの子われら、この涙の谷に号《な》き叫びて、ひたすら頼み上げたてまつる、われらが御訴訟を顧みたまい、おん身のおん取り合わせによりて、彼等の霊魂をなぐさめたまえ！　あめん！……」

岩谷選書版「あとがき」

「鯉沼家の悲劇」を書いたのは昭和二十二年十月であった。今になって見ると、時代がはっきりわからず、読む人を戸迷いさせるような所があるのではないかと思うけれど、これは私がその年の四月に大連から引揚げて来たばかりで、日本の変り方がまだはっきりと呑み込めなかったためではないかと思う。鯉沼家のあの雰囲気は、そっくり私の母の生家から取ったものである。どうにも馴染み切れない今のこの世相の中で時々湧き起る、昔育ったああした雰囲気に対する烈しい郷愁のような気持ちと、あの邸の中に住む人たちへの愛情が、私にこの作を書かせたとも言えるのである。あの雰囲気を逃れるために家も故郷も捨て去っていながら、今になってそれを恋しがる私は、結局、非常に古い女だということになるのかも知れない。これを書く時私は、一週間（正味五日）でどうでもこれを書かなければならぬ窮地にわざと自分を追い込んだ。木々先生から二百枚位のもの、というお話があった時、書いたものが手許にあります。と咄嗟に嘘を申し上げ、ノートに書いたそれを清書するためとして、一週間の日数を頂いた。書けるかどうか自分の力試し運試しのつもりであった。疲労のために一度夜中に卒倒したが、気がつくとすぐに、感じのなくなったような指にペンを握って、これが書けなかったら小説を書くのはやめてしまおう、と考えながら書き続けた。木々先生からお申しつけ受けたよりも大分枚数は超過したが、鯉沼家のあの雰囲気と、中に住む人たちの姿態とをもっと色濃く描くために、私はもっと多くの枚数と日数が欲しかった。これを書く時私は、探偵小説らしく構成することなどはまるで考えずに、鯉沼家の雰囲気を出すことと、中に住む人間を全部死なせることばかり考えていた。こういう時世にこういう人たちを生かしておくのが、何か気懸りでならなかったのである。書き上げた時、木々先生が、蝶一郎一人位は生かしておいてもいいのではないか、とお笑いになったけれど、私はやはりこの子にも死んでもらいたかった。こういう世の中にこういう子供を生かしておく痛々しさに自分で堪えられそうもないからである。こうなると私の頭の中では、夢と現実との区別がまるでないようでもある。謎を造りながら、その謎を謎らしく扱うこともせず、探偵小説としては珍らしく素直な（それとも不用心な）作品で、その意味でも人を戸迷いさせるのではないかと考えている。

「柿の木」は十年前の作品を、引揚げてから書き直してみたものである。私が小説を書き初めてから二度目の作。最初のものを書いた時、私は無鉄砲に木々先生にお送りした。私が、探偵小説を書いてみたいと考えたのは、先生の「文学少女」を読んだ時であったから。子供の頃から、変った子だ妙な子だ、と言われ続けていた私は、ミヤを理解した大心池先生のような方が欲しかった。ところが思いがけなく先生からお返事を頂き、それに勇気を得て、殆んど夢中で書き上げたのが、「柿の木」である。あの時お返事を頂かなかったら私は、最初の一つを書いたきり、二度と小説は書かなかったろうと思う。何を書こうと考えもせず夢中で書いていながら、サダと小猫を苦しめ過ぎているのではないかと、それが非常に苦しかったことを覚えている。私が小猫を殺したことがあると誤解した友達もあったけれど、殺すどころではない、私はこういう可憐な小さな生き物が子供にいじめられているのを見てさえ、夜も眠れなくなってしまうのである。人にしろ動物にしろ、無力な可憐なものの苦しむ様を見る辛さ、それを見るのが苦しさにいっそ死んで欲しいと希うような気持ちが、私にこれを書かせたのであったろうか。

「伴天連物語」は昭和二十二年五月頃、ずっと前から好きで、いつかは書きたいと思っていたこういう文体を無理なく書きこなせるかどうか、その小手調べのような気持ちで書いたもの。秀次だの淀君だのルイシ・フロイシだのと実在の人物を出してはあるけれど、しょせんは作り話で、秀次には千代丸という子供はなかった、などと史実を調べ上げられては困るのである。秀次にしろ淀君にしろ今では最早伝説的な存在となっている。とすれば、子供の一人位勝手に作ってみてもいいではないか、と少し横着に構えてみただけのことなのだから。

「記憶」は同じ年の七月頃、ただ何となくこういうものが書いてみたくて書いてみた。ずっと昔、人間の記憶は生後二三ケ月頃から始まると書いてあるのを何かの本で読み、そういうものかと思っている時に、またた別な本で同じような記事を読んだ。しかもそれはもっと早く、生後二日目の出来事を記憶している人がいるという記事であった。ふと思い出したこういうことが、私にこういう小説を書いてみたい気を起させた。こういうことは、まるきり嘘の作り話では困るけれど、そういう記事を読んだ覚えは確かにあるのだから。本人がそうと意識しないだけのことで、ごく幼ない頃の異常な記憶が何かの形で頭に残り、それが異常の場合に何かの形で表に出て来るという、そういうこともあり得るだろうと考えたのである。

「八人目の男」はやはり同じ年の八月頃、ふとした伝説のような話から思いついたもの。数年前の私であったら、たとえ思いついても決して書かなかったろうと思う題材である。これを書いた時私は、こういうものを書く気になっただけ私は大人になった、と考えた。

今、こうして、自分の書いたものを思い出しながら並べて見て、私は、不思議な淋しさを感じている。まだまだ稚ない自分をはっきりと見せつけられる思いがするからである。そして自分の作品には何か知ら一聯したもののあることを感じ、それを突き崩してみたい気持ちが非常に強く動いて来る。人の世の汚濁から故意に眼をそむけようとする潔癖さ、汚濁を直視することを怖れる稚なさ、そういうものを抜け切りたいと焦る思いであるかも知れない。小説を書き初めた頃、私は次のような二首の和歌を詠んだ。

君と行く道と思へばいばらとて何か怖れむ吾も連れ給へ
いざわれも君とし行かむ君と行く道にいばらの生ふるものかは

今、私は何となくこの歌を思い出して口ずさみ、幼ないながらに一途に文学を愛し憧れたあの頃の熱情を取り戻したいと希っている。そして、木々先生、江戸川乱歩様を初め、私を教え導いて下さった多くの方々には、お礼を申し上げると同時に、致らなさをお詫び申し上げ、そしてまた改めてお願い申し上げたい気持である。どうぞ、これから先もお見守り下さい、と。

昭和二十四年二月二十八日

柿の木（シュピオ版）

（一）

サダの考える事や、云う事や、する事は、他の子供とはどこか少し違っている。それをみんなは、サダは小さい時に柿の木から落ちて頭を打った、そのせいで少うし頭が変なのだ、と云うのである。サダはよくは覚えてはいないけれど、そう言われれば、空と地面が逆さになってくるくる廻った、思い出すと、綿のようにふわふわした妙な恐怖を誘い出す記憶が、遠い夢のように、おぼろげに心に残っているような気もするのである。

「お前を馬鹿にしてしまったのはあの柿の木だ」

いつかサダが、母に云いつけられた用事をしくじった時、母はサダのほっぺたをぴしゃりと打った後で、腹立たしそうな、けれども何だか憐れみを含んだような調子でこう言った。サダは打たれた頰を押さえて、涙ぐんだ眼をしながら、黙りこくって柿の木を凝視めていたが、あの木さえなければいいのだ——ぼんやりと心のどこかでこんな事を考えていたのだった。

その翌日、サダはみんなに知れないように、そっと勝手許から庖丁を持ち出して、柿の木のある所へ行った。——カツン、カツン、と、何か堅いもので堅いものを打つような変な音が、何時までもうるさく続くので、何だろうと裏へ出て見た母は、ちょっとの間、呆れて口が利けないような顔をした。サダが、顔を真赤にして、ぼたぼた汗を流しながら、自分の胴ほどもある太い柿の木を庖丁で叩いているのである。

「馬鹿が！　何をするか」

母は飛んで行って、サダのほっぺたを、サダがよろけたほど打った。サダはぽろりと庖丁を取り落すと、もっと打たれるのを待つようにぼんやりと地面を凝視めながら、母の前に立っていた。母はそんなサダを、また耳ががんと鳴るほどひっぱたいた。

「こんなもので木を伐ろうなんて、馬鹿は馬鹿だけの考えしかしない」

母がサダの眼の前へ突き出して見せた庖丁は、刃がぼろぼろにかけて、柄が抜けそうにぐらぐらしていた。サダはちらりと母を見上げ、ちらりと庖丁に眼をやり、それからまた地面に眼を落した。それは打たれる度に、何のために打たれるのか解らないのに、尾をたれている犬のように、おずおずしていたいつものサダの眼とはまるで違った、冷たく見えるほど綺麗に澄んだ瞳だった。母はその事でまた腹を立てた。

「馬鹿の癖に一人前にふてくされる事だけは知ってる」

頭を小突かれてやっと気がついたように、サダは顔を上げた。じっと地面を凝視めていると、眼の前がぼやぼやとぼやけてきて、地面が雲のように軽くすうっと浮き上って来る。そして頭も体も何も彼も、少しも重さのない、水のように色もないものになって、ふわふわと宙に流れて漂いそうな気がするのである。何故だろう、何故だろう――とサダは、一生懸命にそれを考えているのであった。すぐ眼の前にある母の顔までがぼやぼやとかすんできて、耳の傍でがんがん怒鳴る声が遠い木魂のように、ぼうん……ぼうん……と鈍く響いて広がるのだ。ふと、その声の広がりが、何かに突き当って撥ね返るようにサダの近くへ戻って来て、眼に見えない波のようにひたひたと体を押し包んだ、と思うと、サダはふらふらと気を失って倒れた。

その夜、くどくどといつまでも続く母の叱言を、唖のように黙りこくったままどこか遠くを凝視めているような瞳をしてサダは聴いていた。

「柿の木が憎い」

とぽつりと一言だけ言った。そして、それきりまた唖のように黙ってしまった。みんな笑った。まだよくわけの解らない弟や妹達までが、大人の真似をして手を拍ってはやし立てた。サダはそんな弟妹達を、悲しそうな瞳で眺めたが、やっぱり何にも言わなかった。母は笑ったあとで、笑った

ために一層腹を立てたような疳の立った顔つきで、

「この馬鹿が――何でもかんでも柿の木のせいにすればいいと思ってるのか。柿の木に何の科があるか。馬鹿なのはみんなお前の生れつきだ」

こんな事を言ってサダをぴしゃぴしゃと打った。

「これ止せ、もう止さんか。馬鹿のする事を本気で怒って何になるものか」

むっつりと腕を組んでいた父が、苦々しい顔をして母をたしなめなかったら、サダは朝まででも打たれ続けていなければならなかったろう。けれどもサダは、母の手よりも、父の言葉に烈しく打たれたように、ぴくりと肩を震わせた。そして、じっと父を凝視めてから、がくりと首をたれたサダの眼からぽろぽろと大きな涙が落ちた。父はそれまで、時々サダの顔を疑わしそうに眺める事はあっても、はっきり口に出して馬鹿と云った事は一度もなかったのである。

その事があってからサダは、今までより一層みんなから馬鹿にされた。けれどもサダはもう、尾をたれて打たれる犬のような眼はしなくなった。

「サダは馬鹿だもん、ごめんよ」

何かをすっかり悟り切ったような深い瞳に、不思議におだやかな微笑をただよわせながら、こんな風に云うのである。するとそれを言われた人はみんな、おや！　と何かまごついた顔をしてサダを眺める。母までが、急に勝手が違ったようにまごまごした。詫びるのでもない、悲しむのでもない、急に深味を増したようなサダの瞳は、母をなおさらいら立たせた。けれどもサダは、母にどんなにひどく当られても、やっぱり奇妙に優しく見える微笑を消さなかった。母の真似をして、馬鹿というのがサダの名ででもあるように、サダを馬鹿々々と云う小さい弟妹達にも、サダは、湖の上を渡る小波のような微笑を見せて、

「サダは馬鹿だもん。ごめんよ」

と云うのである。

ただ、サダは、それまでは母よりも父といるのを悦んでいたのに、どうしたのか父にだけ変によそよそしい風を見せるようになった。父はそんなサダを眺めて、――あれの瞳は決して馬鹿の瞳ではないが――と考えているような顔つきで、首を傾げる事が度々あった。

サダは十六になった。母は、

「幾つになっても馬鹿は馬鹿だ。馬鹿に何が出来るものか」

と決め込んでいる。サダの家は、もともとあんまり裕でない百姓なので、何にも役に立たないサダを、いつまでも家で遊ばせて、ただ食べさせておくわけには行かなかった。今までのサダに出来るたったひとつの仕事と言えば、弟妹達の守りをする事であったけれど、小さい時でさえサダを馬鹿にしきって、サダをいじめて悦んでいた弟妹達は、少し大きくなると、なおなおサダを馬鹿にして、いじめて困らせる事ばかりを覚えて、サダの云う事など一つも聞かなくなってしまった。弟妹達の守りさえ、サダには出来ない仕事になってしまったのだ。サダは、サダの家ではまるきり不用なだけでなく邪魔な存在にさえなってしまったのである。だんだん邪慳になる母の仕打でサダにもそれはよく解った。だから、この頃毎夜父と母が、子供達を床に就かせてから、ひそひそとサダを町へ奉公に出す相談をしているのを知っていたけれど、サダは何にも言わなかった。深い瞳がいよいよ深味を増し、サダは一層無口な子になってしまった。

ある朝、父が改まった顔をしてサダを呼んだ。そして家の都合で、いよいよサダに町へ奉公に行ってもらう事に決めた事、サダの奉公に行く家は、若い夫婦と生れて間もない赤ん坊だけで、決して骨の折れる家ではない事などを細々と言い聴かせたあとで、

「二三年もたてば家も少しは楽になるだろう。そうしたらすぐ迎えに行ってやるからな。辛かろうがそれまで辛抱してくれよ」

と優しくつけ加えた。

「迎えに行ってやるなんて、お父さんは余計な事を言いなさる。だからこの馬鹿がなおさらつけ

上るのだ。家には馬鹿に食べさせるような余計なものはないから、御迷惑でも一生飼い殺しにして下さるようにお願い申せばいいのに——」

父がサダに優しくするのが気に入らないように、母は傍から憎々しげにこんな事を言った。サダは、父にも母にも、はっきりと澄んだ瞳を向けてこっくりとうなずいた。一言も物を言わなかった。それからサダは立ち上って、ふらふらと外へ出た。がくり、がくり、と一足々々膝を折るような歩き方をするサダの後姿を、熱に浮された人のような歩き振りをすると思いながら、父は何だか不安な気持ちで見送っていた。

サダは、馬鹿にも考えることがあるのか——と母に嘲笑われながら、いつも膝を抱えて、ぱっちりと眼をみひらきながら、空を眺めたり風を聴いたりしていた小川の傍の草むらへ行って、いつものように草の中へうずくまった。そこはサダの一番好きな場所だったのだ。

じっと空を凝視めていたサダは、ふと、何かをいぶかしむようにゆるくぱちぱちと眼をまたたいた。眼の前がもやもやともやがかかったようにかすんできて、草の葉に鳴る風の音が、だんだん遠く遠ざかって行く。小川の水のせせらぎの音もばったり止んで、ただ動く光りの幅のように見え出した。のめるように草の上へ体を投げ出したサダの口からは、生れて初めてのような、長い長い嗚咽の声がもれ初めたのである。

（二）

長い間そうしていたサダは、だんだん近寄って来る透った子供の声を聞いて、そろそろと顔を上げた。追っかけっこするように、きゃっきゃっ言いながら駈けて来たサダの弟妹達がサダの近くの川傍に丸くしゃがんで何かし始めた。こら、こら、と弟が時々何かたしなめるような声をかけているのを見ると、小さい動物でも玩具にしているのらしいけれど、草の蔭になってサダには見えない。サダは、今まで誰にも見せなかった懐かしそうな瞳で、弟妹達の後姿を見守っていたが、やがてそっと一人々々の名を呼びかけた。弟妹達は悪戯をやめて、きょとんとした瞳を上げてサダの姿を探し出した。

「サダは町へ奉公に行くからねえ、お前達、お父さんやお母さんに世話を焼かせないで、おとなしくしておいでよ」

サダが優しくこう言うと、弟妹達は吃驚したようにサダを凝視め、それから何かさぐるようにお互の顔を見合っていたが、やがてぷっと噴き出した。サダがこんな姉らしい口を利いたのは、これが初めてだからである。

「やアい、馬鹿が生意気な事いってら。どこへでも行ってしまえ」

弟が腕白に言うと、妹もあとに従いて、

「やァい、馬鹿が生意気な事いってら。どこへでも行ってしまえ」

とはやし立てた。サダはそんな弟妹達を、悲しいほど優しい微笑で眺めながら、そろそろと後へ近寄った。弟妹達はサダにいいッと歯をむいて見せると、くるりと背を向けて、また悪戯に取りかかり出した。何気なく覗いたサダは、思わずあっと小さい声を上げた。

弟が片手に握った紐の端には、生れて間もないまだ眼もろくろく見えないような子猫が、痛々しく首を縛られて、びしょ濡れになった体を震わせながら、懸命に草の根にしがみついているのである。弟がその子猫の横腹を、片手に持った棒切れでちょいちょいと突つくと、ただ口を開くばかりで、鳴き声も立てられないほど弱り切っている子猫は、草の根にしがみついている爪先の力がゆるんだ拍子に、くるりと腹を返して他合もなく水の中にずぶずぶと沈んでしまう。しばらく水の中で、首を振り四肢をもがいて苦しんでいるけれど、それはほんのわずかの間で、もうもがく力も失いかけているらしい仔猫は、やがてぐったりと四肢を伸ばして、水の底に背をつけてしまう。それをぐっと引き上げて、ようよう草の根をさぐり当てて、弱々しく摑みしめるのを待って、また水の中へ突き落す。――こんな事を繰り返しながら、きゃっきゃっと声を上げて悦んでいるのである。

「何をするの？　お前達は――可哀想な事およしよ。死んでしまうじゃないか」

弟は口をぽかんと開けてサダを見上げた。サダがこんな口の利きようをしたのも、これが初めてだからである。いっときの間、戸迷いしたようなぼんやりした顔つきをしていた弟は、照れかくしのように、ふふんと鼻の上に皺を寄せると、

「馬鹿は黙ってろ」

と憎まれ口を利きながら、サダの腰に、どんと烈しい体当りをくれた。サダはそんな弟を、やっぱり初めて見せる、厳しい責めるような瞳で凝視めたのである。それは、打たれるわけもないのに、あんまり打たれ続けて、苦しさと怖れに逆上したあまり、無意識に攻勢を取る犬のような瞳にも見えた。ふと、弟がたじろぐと、サダは、

「お前達は――罪もないものをいじめて――あんなに苦しんでるものを――早く殺してやった方がいい位じゃないか」

きれぎれに叫ぶように言いながら、弟の手から紐をひたくった、そして、ぎりぎりと歯を噛み鳴らしながら、仔猫の体ともそれを水の中へ放り込んだサダの顔色は、すっかり蒼くなって、頰がぴりぴりと震えて、眼がきりきりとつり上っていた。水の中で、しばらく四肢をもがいていた仔猫は、すっかり力がつきたと見えて、白い腹を返りて、水の底にぐったりと長くなった。その体が水に押されてふわりと軽く浮いたと思うと、くるりと廻って、またすうっと底に沈んだ。

水の中でも仔猫の眼が、ぱっちりと開いているのは、何故だろう、何故だろう――と、サダはぼんやりと考えながら、くるりくるりと廻って、ふわふわと浮いたり沈んだりしながら少しずつ流されて行く仔猫をじっと凝視めていた。藻のように揺れる毛が、水の中でさらさら鳴っているのが聴こえるようだった。長い紐が、水面を泳ぐ蛇のように、すらすらと動いて光って見えた。凝視めて

いるうちに、サダの顔は、次第に不思議な表情を帯びて来た。瞳からも今までの険しさがすっかり消えて、何か楽しい夢でも見ているような、恍惚とした色に輝き初めたのである。いつものサダとは、まるで違うサダの様子に、呆気にとられて眺めていた弟妹達は、薄気味悪そうな眼を見合せながら、少しずつ後退りし初めた。けれどもサダは、そんな事にもまるで気がつかない様子だった。

「サダ、ここにいたのか」

父の重たい手が肩に置かれるまで、サダは身動きもせずに水面を凝視めて立ちつくしていた。仔猫の死骸はもうすっかり遠くへ流されてしまって見えない。――けれども、サダにはまだ見える。――くるりくるりと廻って、ふわふわと浮いたり沈んだしながら、少しずつ流されて行く――藻のようにゆれる毛が、水の中でさらさら鳴っているのが聴えそうだ――紐が仔猫の首を巻いた蛇のように、ぬめぬめと光ってくねる――そして、水の中でもぱっちりと見開いた、二つの硝子玉のような眼――眼――

サダは、まだ夢を見ているような、恍惚とした瞳で父を見上げた。

「サダ、お前、奉公に行くのが嫌なのではないか」

「ううん」

サダは、大きくゆっくりと眼をまたたきながら首を振った。

「行くよ。サダは行くよ。――ねえ、お父さん」

「何だ？」

「お父さんはなぜ、サダを馬鹿と言わないの」

「これ、サダ、何を言う。お前はちょっとも馬鹿じゃない、ただ普通の子供と、どこかちっとばかり違っているだけだ」

「どこか違ってる――」

と呟きながら、サダは、喰い入るような瞳で父を凝視めたと思うと、急にぱっと父の手を払いのけた。

「嘘だ、嘘だ、お父さんは嘘ついてる。言わなくても心の中では、やっぱりサダを馬鹿だと思ってる。みんなとおんなじにサダを馬鹿にしてるんだ」

「サダ、サダ――これ」

「嫌いだよ。お父さんなんか大嫌いだよ。サダは馬鹿だもん、どこへでも行く――どこへでも行くよ。サダは馬鹿だもん」

父に叩きつけるように叫びながら、サダはくるると背を向けて、めちゃくちゃに草の中を駈け出した。

「サダ、サダ」

「嫌いだよ、お父さんなんか大嫌いだよ」

走りながらサダは、声を出さないで泣いていた。

翌日、サダが父に連れられて行った家は、サダの村から少しばかり離れた町の中にある小ぢんまりした綺麗な家だった。旦那様は三十位の元気のいい人で、奥さんは二十四五位のおとなしそうな人だった。赤ん坊はくるくるとよく肥って足をばたばたさせながら、手を口の中に入れて、アアアアとわけのわからない事を、一人で楽しそうにしゃべっていた。

父は帰る時に、サダをそっと呼んで、

「よくお願い申しておいたからな」

と優しくいろいろな心得を云って聴かせた。サダは黙ってうなずきもせずに、父の前に立っていた。

「じゃあ、お父さんはもう行くから――辛い事があったらいつでも云って寄越せよ」

サダはそれにも黙っていた。昨日、父に烈しい言葉を投げつけて、草の中をむちゃくちゃに駈けてからサダは、父にも誰にも一言も物を云わなかった。家を出る時も唖のように黙って出て来たのである。けれどもサダは、だんだん小さくなって行く父の後姿を、門口に立って見送りながら、胸の中で切なく、お父さん、お父さん――と呼びつづけているのであった。奥さんのサダを呼ぶ声がもう少し遅かったら、サダはほんとに、父のあとを追って駈け出した事だったろう。

「当分淋しいでしょうけど、我慢して頂戴よ」

部屋の隅に小さく坐ったサダは、まだ頭で父の姿を追いながら、白い道をぽこぽこ歩いて、だんだん小さく黒くなって行く姿は、何だか月夜の影のようだ――とぼんやりこんな事を考えていた。

「サダの仕事はね、仕事といっても別にないのよ。ただちょいちょいお使いやお勝手の手伝いや少しばかり――あとは坊やを遊ばせてくれればいいの。坊やの名は一男、おちびさんの癖にやんちゃさんですからね」

奥さんの膝に横に抱かれた赤ん坊は、うんと頭をそらして丸い瞳でサダに笑いかけながら、ころころした足でうんうんと奥さんの膝を蹴って、体を弓のようにしなわせた。

「さあ坊や、お友達が出来てよかったことね、お近づきに抱っこしておもらいなさい」

ふわりと、軽い重さでサダの腕の中に落ちた赤ん坊は、しばらくサダの顔を、まじまじと凝視めてから、今まで口の中にくわえていた柔かいしめぽい手を伸ばして、サダの鼻を摑もうとした。赤ん坊の体から伝わって来る温味は、今まで知らなかった暖かいものを、サダの心に教えてくれるようだった。その中には何か懐かしい切ないものさえ混っているように、サダには思われた。サダは、赤ん坊の顔に頰を摺りつけて、はらはらと涙を落した。

「どうしたの？　もうお家を思い出して恋しくなったの？」

吃驚して優しく訊く奥さんに、

「いいえ、忘れてしまいそうで嬉しいのでございます」

サダは、こんな風な意味の、答え方をしたのである。

「あの子の瞳は、ちょっと見るとひやりとするほど冷たく澄んでるけど、じっと凝視めていると、だんだん火みたいに燃え上りそうな気のする瞳ね。狂信者の瞳のようだわ。黙ってるけど役に立ちそうで嬉しい――」

あとで奥さんが、旦那様にこんな事を云っていたのを、サダは知らなかった。

（三）

「サダはまるで、小さいお母さんのようだ」

と奥さんに笑われるほど、サダは親身に、赤ん坊の一男の世話をした。一男がサダに命を吹き込んでいるように見えた。

「坊や、たまにはお母さんの所へも来て頂戴。坊やはもうサダの子になっちまったの？　え、おっぱいが欲しい時だけお母さんを思い出すのね、坊やは――坊やに振られてお母さんべそをかいてます」

奥さんは、こんな事を云って笑いながら、サダに、

「ちょっと借して頂戴」

と手を出すのである。サダは何か済まなそうな微笑を見せて、奥さんに一男を渡すのであったが、一男が奥さんの腕に抱かれてしまうと、このまま取り上げられてしまうのではあるまいかと、気づかっているような心配そうな眼を、いつまでも一男から離さないのであった。一男が乳房を吸いながらうとうとと眠ってしまう時など、サダはねたましそうな眼をふっと伏せてしまう事があるのである。

「まあ、坊やの小さい母さんが妬いてるわ。はい、ありがと、お返しいたしますよ」

奥さんが、サダをからかいながら、一男を返して寄越すとサダはまたそっと微笑して、いそいそ

と手を差し出す。そんな時のサダの微笑は、

「サダは馬鹿だもん、ごめんよ」

と云う時に見せたものと、そっくりの微笑であった。奥さんは、そんなサダの様子を眺めて、長い間人手に奪われていた子供を、やっと取り戻したけれど、またいつ奪われるか解らない不幸な母親のようだ——とふと、こんな事を思ったりした。サダの手から、一男をほんとに取り上げてしまったら、その瞬間にサダは、根を切られた草のように、しぼんで枯れてしまうのではあるまいか——とこんな事も思うのだった。

サダは、あんまり口数を利かなかったけれど、家の中の仕事も上手にきちきちと片附けて行った。

「ねえ、あたしの云った通り、よく役に立つ子でしょ。余計な事をしゃべらないのも信用が出来ていいわ」

奥さんはこんな事を云って、旦那様に自慢した。

サダは幸福だった。ここでは、サダを馬鹿と云う者は、一人もいなかったからである。

サダの様子を見るために、畑で造った野菜などを持って、時々訪ねて来る父は、奥さんから、サダの勤め振りを褒めちぎられて、ほっとした顔つきをしながら、でもまだ何だか不安の解け切らないような瞳で、そっとサダを眺めるのであった。父が話しかければ、口数少なくうなずきはするけれどもサダは自分からは決して、父に話しかけようとはしなかった。

「サダ、無口なのはあんたのいい所だけれど、でも、お父さんにだけはもっと何とか云って上げたらどう？　せっかく逢に来て下さったのに——」

奥さんの方が、かえって気の毒がってとりなすと、

「いいえ、これは昔からこうなのでございまして、別に情が薄いというわけでもないのでございますが、やっぱり性分なのでございましょうなあ」

父は淋しそうに笑いながら、かえってサダのために云い訳をするのである。父が帰る時は、いつ

でもそっと勝手口から外へ出て、いつまでもいつまでも見送っているサダなのを、父は知らないのだ。ある時、父は帰りしなにそっとサダを呼んだ。

「お前がよく勤めると云って、奥様が大層悦んでいられるから、これからも大事に勤めて、可愛がって頂くようにしろよ」

と優しく云ったあとで、少し云い憎そうに、

「お前がよく働く事は、いつもお母さんにも話して聞かせてあるから、お母さんも自分の間違いに気がついたらしい。家の事がうまい具合に行かないもんだから、お母さんも少しむしゃくしゃしてたんだな。この頃は何だかお前に済まないような事を云ってるよ。それで――お前には無理を云うようで気の毒だが、二三日前にお母さんが、畑で足を少し痛めて伏せってるので、二三日お暇を頂いて帰ってくれると、都合がいいのだがなあ。御主人にはお父さんからお願い申すから――」

相談するように、サダに云うのであった。

サダは、父の顔を見ずに、長い間黙って立っていたが、急に烈しくいやいやをすると、目まいがするように額に手を当てて、勝手口へ駈け込んだ。そして、板の間の上り口へ膝を突いてしまった。ふと、眼の前がややもやとかすんで、何も彼も遠くはるかなものになってしまいそうだった。長い間そうしていたサダは、奥さんに幾度も幾度も呼ばれてから、やっと気がついて顔を上げた。泣いているのではないかと、奥さんが心配したサダの瞳は、いつもよりももっと冷たく、綺麗に澄んでいた。

「やっぱりお家が恋しいのでしょ？　二三日位ならちっとも構わないから、一月に一遍ずつ帰る事にしたらいいわ」

奥さんは慰さめるようにこう云った。サダは、ぎょっとしたように奥さんを見上げ、奥さんの腕の中でサダに笑いかけている一男に、何か切なそうに見える瞳を投げながら、

「いいえ、いいえ――」

とせわしく首を振った。

「お役に立ちますなら、どうぞいつまでも置いて下さいまし」

奥さんはそれを、サダがちょっとの間も、一男から離れるのを辛がっているのだと思い、一男をそれほど親身なものに考えてくれるサダを、今までより一層いとしいものに思った。

「坊やは仕合せね、お母さんがいなくなっても、サダさえいてくれたら、坊やには何にも不足はないわねえ。もっともお母さんだって、坊やを置いちゃ、どこへも行かれはしないけど——」

奥さんは、サダの気を引き立てるように、明るく笑った。サダは、奥さんから一男を受け取って、苦しがって手足をばたばたさせながら顔をそむける一男に、幾度も幾度も頬ずりしては抱きしめた。

「お母さんのない子だって、世の中には幾らもいるのに、うちの坊やは二人もお母さんを持ってますのよ」

奥さんが、近しい人にこんな風に、サダを自慢するのを聴きながら、サダは幾らかきまり悪そうな、でも幸福そうな微笑をするのであった。

サダがこの家へ来てから一年たった。狂信者のような瞳——と初め奥さんが云っていたサダの瞳も、この頃は激しい輝きが薄れて、和やかに見えるようになった。けれども、サダがいつも、どんな事を考えているかは、それは誰にも解らない事であった。一男はころころと仔犬のように転げて歩いて、可愛い片言をしゃべるようになった。

「チャヂャ、チャヂャ」

とサダをこんな呼び方をして、母よりサダのあとを多く追った。大人には解らないただの音のような一男の片言を、サダはみんなが不思議がるほど上手に聴き分けて、決して間違える事がなかった。

「サダがついてる間は、坊やにはお医者さまはいらない」

と奥さんが笑う位、一男の事でさえあれば、どんな微かな事でも、サダは獣のように敏感に嗅ぎつけた。その頃、奥さんは、間もなく二人目の子供を生もうとしていたので、一男は夜もサダに抱かれて寝て、まるでサダのほんとの子供のように見えた。

「坊やをお願いしますよ。サダがいてくれると思ってあたし安心してるの。ああそれからもう一つお願いがあるわ。今度の赤ちゃんは取り上げないで、あたしが可愛がる分に、残しておいて頂戴よ」

こんな事を云って笑いながら、元気に入院した奥さんは、予定の日数が過ぎても、退院する事が出来なくなった。赤ん坊は無事に生れて肥立って行ったけれど、その後の奥さんの体の具合いが思わしくなかったからである。

サダは、奥さんがいた時とちっとも変らずに、家の仕事をきちきちと片附けて、一日に一度ずつ暇を造って、一男を連れて病院へ奥さんを見舞った。次男《つぐお》と名づけられたまだ顔だちもはっきりとしない赤ん坊が、一日々々大きく丸くなって行くのを眺めながら、サダは、一男の場合には苦しいほどひしひしと胸をしめつける愛情が、この赤ん坊の場合にはまるで湧き上って来ずに、不思議なほど冷淡でいられるのを、同じ奥さんの子供だのに――とぼんやり自分ながら解らないものに考える事があった。

(四)

ある時、奥さんが何気なさそうな声で、

「旦那様は毎晩お帰りになる?」

と訊いた。

「はい」

とサダははっきり答えた。奥さんはサダの顔をさぐるように見た。サダの顔はいつもと同じ静かな表情を浮かべている。

「この頃はちっともここへ来て下さらない。会社の用でも忙しいのか知ら？　何かそんな風が見えて？」

「はい」

とサダはまたはっきり答えた。奥さんはまたさぐるようにサダの顔を見た。けれども奥さんは、サダの表情からも、返事からもそれが真実か嘘かを見出す事は出来なかった。奥さんはふと、いらいらと眉を寄せた。

「ああ、もういいわ。お帰りになったってならないたってちっとも構やしない。お前も心配しなくてもいいよ」

奥さんは、早く帰れというような手真似をすると、乱暴に寝返りを打ってサダに背を向けた。サダは当惑したような顔つきで、震えているように見える奥さんの細い肩を、しばらく凝視めてから、

「お大事になさいまし。また明日参ります」

といつも帰る時に云う言葉を、呟くように云った。そしてやっぱりいつものように腰をかがめながら、母の傍を離れるのを何とも思わない、一男の手をひいて外へ出た。家へ帰ってからもサダは、当惑した表情を続けていた。それが何であるか自分にもはっきり解らないけれど、何か知ら自分を責めなければならないような、もだもだした感情がサダを苦しめるのである。

夕方になるとサダは、旦那様の帰りを待たないで、一男と二人きりの食卓についた。奥さんが入院してしばらくの間はそうでもなかったが、この頃はもう旦那様は、夕食までに帰る事はほとんどない。何時もだと、一男がぼろぼろ御飯をこぼすのを、丁寧に拾ったり、お菜を食べ易いように小さくお箸でちぎってやったりまめまめしく世話を焼くサダが、この日は一男が、お皿をがちゃがちゃ云わせて、

「チャヂャ、チャヂャ」

とやかましく催促するまで、膝に手を置いてぼんやりしていた。何時もより少し狂ったような調子で、一日の仕事が済むと、一男を寝かせつけて、何か深く考えているような、また何も考えていないような瞳をして、サダは、かっきり十二時まで、茶の間にきちと坐っていたが、十二時が打ち終るとそろそろ立って家中の戸締りを見廻り初めた。十二時過ぎても帰らない時は、朝まで待っても無駄だという事を、旦那様はいつの間にか、サダに覚え込ませてしまったのである。その夜サダは、一男に添寝しながら、幾度か寝苦しそうに寝返を打った。何か夢に驚いたように、ぱっちり眼をさましたりした。

入院生活が長びくにつれて、奥さんは次第に、何かを焦せるようにいらいらしてきた。何でもない事に腹を立てて、サダにまで当り散らす事が多くなった。今まで決して云った事のなかった、乱暴な言葉でサダを叱かりつけたりした。何を云ってもサダが黙っているので、なお腹を立てた奥さんが、思わず、

「お前はふてくされてるんだね。そんな子はあたしは嫌いだよ」

と口走った時、サダは急に目まいがしたように額に手を当てた。そして、何かを一心に思い出そうとあせるような瞳をしていたが、やがて、

「ごめん下さいまし。サダは馬鹿なのでございます」

と呟くように云って淋しくにっこりした。

そんなサダを見ると、奥さんは自分のはしたなさを後悔するのであったが、後悔した事にまた腹を立てて、一層サダに意地悪くした。

サダは、一男を相手にしている時でさえ、あんまり口数を利かず、だんだんもとのサダに返って行くように見えた。夜中に、ぴくりと体を震わせて眼をさましたサダは、しばらく遠い記憶をさぐるように眼をぱちぱちさせているが、やがてはっとしたように起き直って、傍ですやすや眠ってい

る一男を、

「一ちゃま、一ちゃま」

と揺り起すのである。

「一ちゃま、起っきして下さいまし。サダの言う事を聴いて下さいまし。奥さまはサダがお嫌いになったようでございます。サダはお暇を出されるかも知れません。一ちゃまとお別れするようになったら、サダはどうしましょう。一ちゃまとお別れする位なら、サダは死んでしまいとうございます」

眠そうに瞳をうるませている一男を抱きしめて、サダは繰り返し繰り返しかき口説く。

「一ちゃまを奪られたら、サダは死んでしまいます。一ちゃまは誰にもやりません。ええ、やりませんとも」

サダの真剣な表情におびえて、一男がサダの胸に顔を埋めると、サダはその上にはらはらと涙を落すのである。こんな事が幾晩も続いて、サダはやせて青ざめた。

奥さんの体もようやくもと通りになり、あと二三日で退院出来るようになった。旦那様も家にいつくようになった。サダはいつものように、一男を連れて病院へ行った。奥さんは入院前よりふくふくした頬をして、寝台に腰をかけて赤ん坊をあやしていたが、サダを見ると、

「おや、来てくれたの？　会社の御出勤みたいに、来るだけはそれでも毎日来てくれるのね」

と軽く嫌味のように言った。今まで随分サダに、わけもないのに辛く当った事を考えると、急に優しい口を利くのが恥ずかしかったからである。サダは黙って眼を伏せて、珍らしそうに赤ん坊を覗いている、一男の頭をなでていたが、

「奥さま」

と思い迫った声で呼びかけた。

「お願いでございます。どうぞサダを、いつまでも置いてやって下さいまし。きっとお役に立つ

ようにいたします」

サダの瞳色は一心だった。奥さんは、

「さあ、ねえ」

と気のない返事をして、また赤ん坊をあやし初めた。

「奥さま」

「え?」

「お願いでございます」

「お願い?　ああ、その事――その事ならあたしも考えてるのよ」

奥さんはサダの一心な瞳から、眼をそらしながら、

「考えてみるとねえ、今度は子供が二人になったんだし、サダには少うし無理じゃないかと思うのよ。もっともあたしが帰るまでは、いてもらわないと困るけど――」

サダは打たれたようによろよろした。奥さんの瞳がそっとサダを眺めて、悪戯らしく微笑しているのを、サダは知らなかったのである。サダはふらふらと部屋を出てしまった。

「チャヂャ、チャヂャ」

と後を追った一男に、無意識のように差しのべた手は、一男の小さい指を握る力さえもないようであった。

「サダ、サダ」

とあわてて呼び戻そうとした奥さんの声も、サダには聞えなかったのであろう。

奥さんはサダに、決して本気であんな事を言ったわけではなかった。奥さんも、サダに頼まれなくとも、サダのようなよく働く娘には、いつまでもいてもらいたいと思っているのである。この頃は随分いじめて、可哀想な目にも逢わせたけれど、それはこちらからさっぱり謝まって、気持よく笑って済ませて、これからは今までより一層よくしてやろう――と思っているのである。それだの

に、サダにあんな意地の悪い事を言ったのは、サダの顔色があんまり真剣なので、つい、からかってみたくなったのである。そして、サダをがっかりさせた後で、二倍も三倍も悦ばせてやろうと思う悪戯心からであった。部屋を出て行ったサダの様子の、あんまり異様なのに、悪戯が過ぎたか知ら――と思って、奥さんは少し心配になったけれども、明日来た時にほんとの事を言ってやったら、サダはなお一層悦ぶだろう。それとも退院するまで知らない顔でいて、家へ帰ってから種を明かしたらどうだろう――などと、奥さんはその事も、退院の悦びの中に数え込んでしまった。

サダの様子が、いつもとすっかり違ってしまったので、一男は心細そうに、

「チャヂャ、チャヂャ」

と呼びかけて、体をすり寄せて来た。サダはそんな一男をもう涙も出ない瞳でじっと凝視めて、切なそうに唇を噛むのである。

(五)

その夜、サダはこんな夢を見た。

――広い広い果てもなく広い野原に、大きな柿の木が一本ぽつんと立っている。一面に白く見える周囲を眺めて、サダはぼんやり、夢のようだ――と考えていた。サダは右手に庖丁を持って柿の木に近づいた。

「行きたくはない。けれども行かなければならない」

こんな気持ちでサダの足は重かった。庖丁は誰かはっきり解らないけれど、誰かが渡してくれたものである。

「これであの木を伐ってしまえ――」

こう言った声は、父の声だったようにも思う。

「伐りたくはない。けれども伐らなければならない」

やっぱりこんな気持ちで、サダの心も重かった。庖丁がどぎどぎと光って、時々きらりと射るような輝きを放つのを見て、サダは、月夜ではないかと思った。けれども、月はどこにも見えない。

――伐りたくはない――伐りたくはない――恐ろしい――サダが庖丁をぽろりと取り落しそうになった時、

――「お前を馬鹿にしたのはこの柿の木だ」

――どこから聞える声であろう――サダは、恐る恐る周囲を見廻した。誰も見えない。一面に白い白い月光のような白さと虚しさがあるだけである。声はまた聞こえる。

――「お前を馬鹿にしたのはこの柿の木だ」

――サダは耳をおうた。

――「お前を馬鹿にしたのはこの柿の木だ」

――声はまだ聞こえる――聞こえる――きこえる――きこえる――お前を――お前を――馬鹿に
――馬鹿に――

「ああッ」

サダは引きちぎるような叫び声を上げると、体ごとぶつかるように、最初の一撃を打ち込んだ。あとはめちゃくちゃに力にまかせて切り込んだ。その度に何か柔かい弾力のある手応えがする。木がぐらぐらとゆれ初めた。不思議だ、とサダは思った。いつかの柿の木は、幾ら打っても、固い力で腕を弾ね返すだけだったのに――でもあれは、ほんとにあった事だったろうか、夢だったのだろうか。

――「その事ならあたしも考えてるのよ」――

だしぬけに声が上から降って来た。ああ、この声は聴きたくない声だ、これを聴いてはいけない、

聴いてはいけない、何か怖ろしい事が起る――けれども聴かなければならない。――「考えてみるとね」――ああ、とうとうまた聴いた――サダは上を仰いだ。柿の木の上には、奥さんの顔があった。いや、奥さんの体が柿の木であった。いや、いや、柿の木だと思ったのは奥さんの体であった。いや、いや、ああ、サダには何だかよく解らない。

高い際限もなく高い柿の頂上に、奥さんの顔が載っている。木が揺れる度にその顔が、風にもまれるようにゆらゆらと動く。苦悶か嘲笑かに奥さんの顔は歪んで見える。

――恐ろしい――恐ろしい――ああ、恐ろしいことだ――

「今後は子供が二人になったんだし」――もう聴かない。サダは耳を押えた。――「サダには少うし無理じゃないかと思うのよ」――とうとう聴いてしまった――おや、あれは何だろう――柿の木の切口から、赤い血がたらたらと流れている。柿の木から血が――いや、血が流れるのは奥さんの体だ。頭のしんをしんしんと水のような冷たいものが流れる――流れる見てはいけない、見てはいけない――サダは眼をふさいだ。けれども見える、やっぱり見える――ああ、あれは何だろう――白い土の上に、赤く鮮かに盛り上った血が、すうと細い筋を引いて流れ出した。その流れが見ている間にぐんぐん広がって、見る間にサダの足まで浸してしまった。逃げよう、ああ、逃げられない、足が動かない――冷たい――水のように冷たい血――いや、血ではない、これは川の流れなのだ。血だと思ったのは間違いだった。美しい透明な流れの中に、サダは足を浸して立っているのである。おや、この景色は覚えがある。白々とした荒涼な野原だと思っていた周囲には、何時の間にか青々と草が茂って、風がさやさやと草の葉を鳴らして吹いている。遠くに見える山の形もサダには懐かしいものだ。ああ、ここはサダの一番好きだった川の傍なのではないか――水の中に見えるものは何だろう――くるりくるりと廻って、ゆらりゆらりと浮いたり沈んだりしながら流れて行くものは――猫――白っぽい仔猫――藻のような毛がさらさらと鳴っているのが聴えるようだ――長い紐が蛇のようにすらすらと、サダの足許に吸い寄りそうだ――あの眼――ぱっちり開いた二つの硝子玉のような眼が、いつまでもサダを凝視めて動かない。恐ろしい——ここもやっぱり恐ろしい所だった。見てはいけない——けれども見なければならない。眼をつむれば瞼が透く、手で押えれば手が透いてしまう——仔猫の毛の色が次第に変って見えてくる——薄い茶色に——そして、だんだん濃い茶色に——ああ、形までも変ってくる——あの形は——あの色は——どこかで見た事がある。サダに一番親しい色だったような気がする。あの眼は——あれは猫の眼ではない——あれは——あれは——ああッあれは一ちゃまの眼だ。茶色の水兵服を着た一男が、ゆらゆらと水にゆすられながら、ぱっちり開いた二つの眼で、水の中からじっとサダを凝視めている。

——鋭どい叫び声を上げて、サダは眼を覚ました。体中がしっとりと冷たい汗に濡れて、わなわなと震えていた。きちんと蒲団の上に座って、一男の寝顔を凝視めているサダの眼の前はだんだん白くぼやけて来て、さらさらと鳴る水の音が、ひっきりなしにサダの耳に流れ込んだ——水の中の二つの眼! 眼!

「誰にもやらない、誰にもやらない」

と呟やき続けるサダの瞳色は、次第に、楽しい夢を見ているような、恍惚とした色を帯びて輝き初めた。

朝になるとサダは、旦那様を会社へ送り出してから、何時もよりも丁寧に家の中を片附けた。それから一男によそ行きの茶色の水兵服を着せて、靴下も新らしいのをはかせた。

一男はサダの肩につかまってにこにこしながら、

「チャヂャ、ビョイン?」

一男は病院へ、母に逢いに行くのが嬉しいのではなくて、ただ家より変った場所へ、サダと遊びに行くのが嬉しいのである。サダは淋しくにっこりして、そう訊く一男の顔を、いとしそうに眺めた。

「いいえ、今日はもっといい所へ参りましょう。一ちゃまはサダとなら、どこへでもいらっしゃいますねえ」

一男は、うん、とうなずいた。

「サダも一ちゃまとなら、どこへでも参ります。もう誰もサダから一ちゃまを奪る事は出来ません。一ちゃまももう他の人の所へはいらっしゃいませんねえ」

一男はまたあどけなくうなずいた。サダは懐かしそうに一男の顔に眺め入りながら、身支度をさせてしまうと、今まで着ていた着物を脱いで、初めてここへ奉公に来た時に、着てきた着物に着更えた。帯もやっぱりその時のものを締めた。ここへ来てから造ってもらったものは、みんなしゃんと畳んで押入へしまった。そして家中の戸閉りを見廻ってから、一男の手をひいて外へ出た。

病院では奥さんが、夕方になってもサダが来ないので、昨日の悪戯をそろそろ本気に後悔し初めていた。そこへ会社から帰った旦那様が、サダと一男を迎えに来た。

「おや、サダはどうしたんだ？」

家が戸閉りがしてあってはいれないと聞いた奥さんは、見る見る血の気を失ってのけぞってしまった。

ちょうどその時分、たった一人で炉傍で、煙管をくわえていたサダの父は、疲れ切った様子をして、幽霊のようにふらふらと這入って来たサダを見てぎょっとした。

「サダじゃないか」

サダは、見知らぬ人に呼びかけられたように、不思議そうに父を眺めていたが、やっと気がついたように、

「あ、お父さんだったねえ」

と呟いて懐かしそうににっこりした。

「今時分どうしたんだ？」

それには答えないでサダは、さも草疲れたように、上り框にぐったりと腰を下ろした。

「そんなとこにいないで上へ上ったらどうだ」

「めんどくさいから――」

とサダは謎のような微笑を見せた。今時分からまた帰って行くつもりだろうか、と父は不思議に思ったけれど、訊いてもサダは答えそうにないと思った。

「ねえ、お父さん」

サダはまた懐かしそうに、しげしげと父を凝視めながら、

「サダはお父さんに、言いたい事があったから帰って来たんだよ」

「言いたいこと?」

「ああ、言いたい事があったの」

「それはあとでゆっくり聞こう。大分疲れてるようだから、少し休んだ方がいい」

サダはゆっくりと首を振って、上り框に手を突きながら、よろと立ち上った。

「帰るのか? ちゃんとお暇を頂いて来たんだろう?」

「ああ、もう――」

と言いかけた言葉を、ふつりと切ってサダは、子供が夢の中で見せるような微笑を浮かべた。

「ねえ、お父さん」

「何だ?」

「サダは馬鹿じゃなかったよ」

「ああ、お前は馬鹿じゃない」

とあわてて言いながら、父はサダの様子を心配そうに眺めた。サダはその父の顔を、綺麗に澄んだ瞳で凝視めて、ひとり言のように、

「お父さんにはわからない。でもじきわかるよ――ああ、やっぱり解らないかも知れないねえ」

それから、父にちょっと頭を下げるような奇妙なしぐさをして、ふらふらと裏へ出て行った。

「柿の木はちっとも変らないねえ」

と言うサダの声が微かに聞こえて来た。

一々変な事を言うが、一体どうした事だろう――と、父は何か不安な気持ちになりながら、戻って来たらよく訊きただささなければ、と思って、サダの戻るのを待っていた。しかしサダは何時までたっても、戻っては来なかった。サダは、柿の木の低い枝に、自分のしごきを掛けて、縊れていたのである。

浅い水の中にゆらゆら浮いている一男の小さい屍は、その翌朝発見された。あやまって主人の子供を死なせたサダは、自分の命で償いをつけたのだ、とみんな思った。サダは馬鹿ではなかったのだろう。馬鹿に見えていただけなのだ、と考える事で、サダに申訳をするつもりであった。けれども、サダの父は、漠然とではあったけれど、

「サダは馬鹿じゃなかったよ」

と言ったサダの言葉には、もっと別な意味があったのではないか――という考えを捨てる事が出来なかった。

「サダが坊やを殺した」

と半狂乱に叫ぶ奥さんの言葉も、父にはわかるようでありわからないようであった。

サダの縊れた柿の木は、間もなく伐り倒されて、みんなサダの事は忘れてしまった。けれども、サダの父はいつまでも、

「サダは馬鹿じゃなかったよ――お父さんにはわからない。でもじきわかるよ――ああ、やっぱりわからないかも知れないねえ」

と言ったサダの言葉と、

「ああ、もう――」

と言いかけて、ふっと言葉を切った時のサダの、夢のような微笑を忘れる事が出来なかった。そ

して、ああ、もう——という、もう、とは、もうどうしたという意味なのだったろう——と考えるのであった。やっぱりサダの心は、父にもわからなかったのであろう。

斑《ぶち》の消えた犬

（一）

事の起りは、頼子の抱いてきた白毛のむくむくとした可愛い仔犬からであった。

その時、道子ときね子は、碁盤を持ち出して、この頃覚えた朝鮮五目という遊びに興じていた。形勢はどうやら道子の方に不利なようで、浮き浮きと首を振ったり口笛を吹いたりしているきね子を、いまいましそうに睨みながら、少し焦れ気味になっている所へ、

「お姉ちゃん、お姉ちゃん」

とはしゃいだ声で叫びながら、頼子がかわいいお河童頭を振り立てて駈け込んで来たのである。

「お姉ちゃん」

「うん？」

「あのね、このワンワンね」

「うん？」

「このワンワンね、お姉ちゃんてば」

せっかく勢込んで来たのに、五目に夢中になっている道子ときね子が、こんな風に空返事ばかりしているので、頼子はすっかり憤慨してしまったらしい。小さい唇をきゅっと引き結ぶと、抱いていた白い小犬を、熱戦最中の碁盤の真中へ、どさりと放り出した。白黒の直線模様のように綺麗に並んでいた碁石がさっと散った。驚いた仔犬は、またそれを散り散りに蹴散らして飛び降りた。

「あら、あらっ、ヨッコちゃんてば何をするの。まあ、悪い子、そんな事をするともう遊んだげないから――」

きね子はあわてたが、道子は却ってほっとしたような顔色で、

「ま、可愛いワンワンね。ヨッコちゃん、ママちゃんに貰ったの？」

と急に頼子の相手になり始めた。

「ううん、お兄ちゃんに貰ったの。お兄ちゃんこのワンワン原っぱで拾って来たのよ。お腹すかしてキュウンキュウン泣いてたんですって。可哀想だから連れて来たの。お乳沢山飲んだわよ」

頼子は、道子の家の隣家《となり》の子供で、年は今年五つである。パパはずっと前に亡くなったとかで、まだ若い美しいママと、尋常二年生のお兄ちゃんと三人きりで、つつましくはあるが、そう貧しくもない暮しをしている。今年女学校を出て家にいる子供好きな道子とはよい友達で、ほとんど毎日のようにやって来るので、度々顔を合せるきね子ともすっかり仲よしになってしまっているのである。

「ヨッコちゃん、このワンワンなんて名前？」

いつまで睨んでいてももとにならない碁盤を諦めて、きね子も話の仲間入りをした。

「ウルルちゃんよ、お兄ちゃんがつけたの」

「ウルルちゃん？　面白い名前ね」

「ウルルちゃんね、おねんねすると、ウルルウルルって泣くの。そいからこんなにするの」

頼子は自分の体を、ぶるぶるぶるぶる震わせて見せた。

「そいからまたウルルウルルキュウンキュウンって泣くの」

「それでお兄ちゃんがウルルとつけたのね」

ウルルはひょいひょいと跳ねるような歩き方をしながら、部屋の中を嗅ぎ廻って、花や人形などにちょいちょいとチョッカイを出してみている。左の後足に怪我をしたと見えて繃帯を巻いていて、そのせいで普通の歩き方が出来ないらしいのである。

「お兄ちゃんが連れて来た時、ウルルちゃんとっても汚かったの。黒い毛もあったの。ママちゃんがお湯殿へ連れてって、シャボンつけてジャブジャブ洗ったの。そうしたら黒い毛みんな白くなっちゃったわ。そいからママちゃんがお薬つけて繃帯してやったの」

頼子は可愛い仔犬の家来が出来たのが嬉しくてたまらないらしい。叱ったりたしなめたりする事で、ウルルが自分の所有物だという事をはっきりと表示してみたいらしく、始終ウルルの姿を眼で追って、何でもない事にまで、

「ウルルちゃん、駄目よッ」と怖い声を出してみる。

するとそれまで、無心な様子でふざけていたウルルは、はっと怯えた様子で後足の間へ尾を巻き込んで縮こまってしまう。そして耳を伏せて、涙ぐんだような瞳をおどおどと震わせ、何を悪い事をしたかを一所懸命に知ろうとするような様子をする。そんなウルルの様子をじっと眺めていた道子が、

「ウルルはどうしてあんなに怯えるのか知ら?」

と呟いた。

「きっと、野良犬でいる間、悪戯小僧に散々ひどい目に遇わされたのよ」ときね子が言った。

「そうね、でも、まるきりの野良犬らしくない所もあるわね。言葉をよく聴き分けるじゃないの」

道子はそう言って、頼子に、

「ヨッコちゃん、ウルルちゃんを叱るのはもっとよく馴附《なつ》いてからでなくちゃ駄目よ」

と言い聞かせた。

（二）

「ネコちゃん先に置きなさいな」

「いやよ。今日はミイ公が先に置くのよ。負けた方が先に置くんだそうよ」

今日も道子ときね子は縁側へ碁盤を持出して、どちらが先手を持つか言い争っていた。そこへ、今日は頼子のお兄ちゃんの貞夫が飛び込んで来たのである。

「お姉ちゃん、お姉ちゃん、大変だよ」

片手に新聞を振りかざしながら、顔を真赤にして飛び込んで来た貞夫は、縁側へ上ると、いきなり碁盤の上へどかっと腰を下してしまった。

「ね、ね、大変なの。家のウルルの事が出てるんだよ」

「新聞に?」

「ほら、ここに。ね、出てるだろ」

貞夫はがさがさと新聞を拡げて、案内広告欄の中の、赤鉛筆で線を引いた箇所を指さした。貞夫はまだあまり沢山字を知らないので、間違えないようにママが印をつけてくれたものらしい。しるしは二箇所についている。

「尋ね犬、生後六ケ月、毛長く白黒の斑、耳立つ、尾先巻上る。左後足に傷、軽き跛《びっこ》をひく、右犬を発見されし方はお知らせ下され度し相当の謝礼を呈す。姓名在社《ざいしゃ》」

「尋ね犬、生後六ケ月の仔犬、特徴毛深く純白、耳立つ尾先巻上る。首輪、皮に金色の金具、犬標番号関東庁一一八二、右の犬お気づきの方はお知らせ下さい。御礼差上げます。青雲台六四、風見」

「きっとウルルの事に違いないってママは言うんだよ。そうか知ら?」

「どっちの方が?」

「両方とも」

「両方ともって変じゃないの? 貞夫ちゃん——これはまるで別々の犬よ。ウルルとも違うわ。でも——」と道子はもう一度広告を見直した。「やっぱりそうよ。初めのは、まるで違うわ。体の恰好や傷や跛は似てるけど、ウルルは真白で斑なんかないでしょ。あとの方は——あら、そう言えばそうね、これで左の後足に傷をつけて跛をひかしたらそっくりウルルになるみたい――でもこれには跛の事なんか書いてないわ」

「傷は迷児になってから出来たんじゃないのか知ら?」きね子が口を挟んだ。

「ああ、そうだ。そうよ、きっと。ネコちゃんも時にはいい事を言う事もあるのね。貞夫ちゃん、先のは違うけど後のはウルルかも知れないわ」

「でもねえ、お姉ちゃん」貞夫はどうにも解せないという顔をした。「ほんとはね、後ののより、先の方がウルルにそっくりなんだよ」

「斑のある方が?――でも、ウルルは斑なんかありゃしないじゃないの?」

「あったんだけど無くなったの」

「斑が無くなった?」

道子ときね子は同時に変な声を出した。

「うん、あのね、こうなんだよ」と言いかけたが、貞夫はうまく説明が出来ないと思ったらしく、

「ちょっと待って。僕ママを連れて来るから」

と言って駈け出して行った。そしてすぐにママを引っ張って戻って来た。

「貞夫ちゃんが何だか変な事を言ってるけど、どういうお話?　ママさん」

道子は早速問いかけた。友達と言ってもいいほど若く見える貞夫達のママを、道子もきね子も、貞夫達の真似をしてママさんと呼ぶのである。

「あたしもどっちがどっちか解らないから、お姉ちゃんにお訊きしていらっしゃいと言ったのよ」

とママは説明し始めた。「貞夫が連れて来た時、ウルルは確かに白と黒の斑だったの。それがあんな真白になっちゃったのよ。あんまり汚れていたから綺麗にしてやろうと思って洗い始めたら、お湯が真黒くなっちゃって、黒い毛が段々さめて行くんでしょ。びっくりしたわ。絵具で染めていたらしいのよ」

「ふうん、そう聞くといかにも両方ともウルルみたいな気がして来るわね。でも変だなあ、おんなじ犬をどうして別々に探したりするんだろう――あんなに綺麗な犬に、何だってわざわざ斑をこさえたりしたんだろう」

道子は爪でぴちぴちと歯を弾きながら考え込んでいたがふと顔を上げて訊いた。

「ママさん、ウルルは首輪や犬標はつけていなかった？」

「ううん、そんなもの何もなかったよ。首んとこへちぎれた紐をぶら下げていたよ」

横あいから貞夫が答えた。道子はまたむずかしく眉をしかめて考え込んだ。

(三)

「ちょっと待ってて頂戴な」

そう言って奥へ引込んだ道子は、やがて新聞をどっさり抱えて現れた。

「貞夫ちゃんがウルルを拾ったのは一昨日《おととい》だったわね。あたし、斑でない方の広告がきっとそれより前にも出てるような気がするの」

道子はそれきり黙って、たんねんに一々新聞を引繰り返して調べていたが、やがて、

「当った、当った」と嬉しそうに言って大きな息をついた。「ネコちゃんもママさんもちょっと見てよ。ほらね、斑の方のは四日前から出てるわ。貞夫ちゃんが拾った前の日から――斑でない方のはそれより丁度五日前から――だから、これはどっちもおんなじウルルなのよ」

「どういう訳で？」

きね子とママは、同時に不思議そうな顔で問い返した。

「こうよ。ウルルのほんとの飼主は、青雲台六四の風見という人なの。それをこの姓名在社氏が

盗んだのよ。すると風見氏が愛犬の行方を尋ねる広告を出した。姓名在社氏はそれを見て、人に気附かれると困るから、白犬を斑犬に染め変えて、犬標も首輪も取っちゃって紐で犬をつないでおいた——するとその犬が紐を嚙み切って逃げてしまった。あわてた姓名在社氏は、拾った人がまさか犬の体を洗濯しようなどとは思わないから、逃げた時の犬の状態を目当てに尋ね犬の広告を出した——という訳なのよ。傷は盗み出す時に手荒い事をしてつけたのか、それともその前にも逃げ出そうとして棒で打《ぶ》たれでもしたのか——どう？　解ったでしょ？」

きね子の方は、道子が度々こういう事をするのを知っているので大して驚かなかったけれど、ママはすっかり吃驚《びっくり》してしまった。

「まあ、まるで千里眼みたいね。でも、その姓名在社氏はよくよくの犬好きな人なのね。人の犬を盗んだり、毛色を染め変えてまで隠そうとしたり、逃げられると広告までして探したり——」

「あたしはそうは思わないの」道子はきっぱりと言った。

「姓名在社氏が犬好きな人なら、ウルルは紐を嚙み切って跛をひいてまで逃げようとはしないわ。あたしは、姓名在社氏はウルルが可愛くて盗んだのじゃなくて、何か別にわけがあって盗んだのだと思うの」

「じゃ、それはまあいいとして、飼主が解ればお返ししなきゃならないけど——でもあたし自分で行くのは嫌だわ。道子さん、あなたその風見さんて方にウルルをお届けしてくれないこと？」

ママはそう言って道子の顔を見た。

「こうなれば乗りかかった船みたいなものだから、引受けてもいいわ」

道子はきね子の方を向いて、

「そうと決れば早い方がいいわね。じゃ出掛けようか、ネコちゃん」

と気早に支度をし始めた。

「姓名在社氏の方はどうするの?」

「犬泥坊なんかつかまえたってつまらない。見逃しておいてやりましょうよ」

(四)

青雲台六四の風見という家はすぐに解った。

ウルルが前にその家に飼われていたのに違いないという事も、家へ入らない先から解った。門を入る頃からウルルの様子が変り始めたのである。自動車に乗っている間も、降りてから少しの坂道を歩く間も、びっくりした瞳を悲しそうに見張って、きね子の腕の中で小さくなっていたウルルは、門を入る頃から急にクンクンと小さい鳴声を上げて下へ降りようと踠《もが》き始めたのだ。

「どう?」

道子は得意そうに囁いてきね子の腕を突いた。きね子はちょっと合図のように顎をしゃくってうなずいた。案内を乞うと、出て来た若い女中は、きね子の腕の中で踠いているウルルを一目見るなり、挨拶も忘れて、

「奥様、奥様、レオが――」

と叫びながら奥へ駈け込んだ。待つ間もなく、中年の上品な婦人が、一刻でも遅れたら取り返しのつかない出来事にでもぶつかったような、真剣な顔色で駈け出して来た。道子の合図できね子が、ウルルを放すと、ウルルは一直線に婦人の胸に飛びついた。

「ほんとにお礼の申し上げようもございません。レオはあたしの子供のようなものでございますの。これがいなくなりましてから、あたしは毎夜これの姿を夢にまで見まして落附いて眠れた晩は一晩もございませんでした」

やがて、丁寧に応接間へ招じ入れた道子ときね子に、風見夫人はこう言って、戻って来た子供のようにいとしいウルルのレオに頰ずりしながら涙ぐんだ。それから、

「ちょっとお待ち下さいまし」

と言って出て行った夫人は、間もなく戻って来て、

「これは却って失礼かも知れませんけれど」

とそっと四角い封筒をテーブルに置いた。

「奥様、これは戴きませんわ。そんな積りじゃございませんもの」

道子は封筒を押返した、しかし夫人がそれでは済まない済まないとしきりに言い張るので、道子は貞夫と頼子への褒美にと思って、それでは空気銃と眠り人形を頂きたいと言った。夫人は怪訝な顔をしたが、道子の説明を聞くと明るく笑って潔く封筒を引込めた。

「よろしゅうございますわ。あたしもお目にかかってお礼申し上げなければ気が済みませんけれど、今日はもう遅うございますから明日はきっと——。確かにお約束致しましたと、そのお坊ちゃまにもお嬢ちゃまにも申し上げて下さいましね」

「有難うございます。ではネコちゃん、お暇《いとま》しましょう」立ち上った道子は、まだ夫人に抱かれたままでいるレオの手を握った。「ウルルちゃんのレオちゃん、さよなら、もう一人で外へ出たりしちゃいけませんよ」

「いいえ、レオは一人で外へ出した事はありませんの、外へ出る時はいつもあたしか女中かが随いて参りますの。あの時は、お隣へ泥坊が入って、夜中に大変騒がしかったものですから、何だろうと思って戸を開けて見ました時に、レオも様子が変なものですからうかうかと出てしまったのでございましょうね。すぐに気がついて探したのですけれど、もうどこにもいなくて——」

「あら、その泥坊は騒がれて逃げ出しましたの？」

「ええ、何でも大変な値打のあるダイヤを盗んで行ったのだそうですよ。ちょうどその晩、奥様

は素晴らしいダイヤを手に入れたのが嬉しくて、お親しい方達をお招きして自慢してお見せになったのだそうですの。夜遅くお客様が帰っておしまいになると、奥様はお疲れになったものですから、金庫の中へおしまいにならずに、寝室の窓側の化粧台の上にダイヤを載せて、そのままお寝《やす》みになったそうですの」

「おお、新聞で確かそんな記事を読んだようでしたわ」きね子が言った。「泥坊は、雨樋をよじのぼって窓硝子《ガラス》を切ってダイヤを盗み出したけど、降りる時に足を踏み外した音で見つかったとかって――」

「ええ、そうなんですのよ。でもとうとう逃げ終せてしまって、いまだにダイヤも犯人も出ないという話ですわ」

「お隣は何と仰言るお家ですの？」

「田原様と仰言って、大変なお金持の方。御存知でいらっしゃいますか」

「いいえ。でもあたしそんな話が大好きなんです」

自分でそう言う通り、こんな話になると、根掘り葉掘り訊きたがる道子の癖を知っているきね子は、半ばは夫人に気を兼ねたためもあって、そっと道子の腕を押えて促した。

丁寧に見送られて、道子ときね子は風見家の門を出た。

「ここが、ダイヤを盗まれて病気になった貴婦人のお邸ね」道子は、冷く厳めしげに聳えた石の塀を見上げて呟いた。「なるほど、高い事は相当高いわ。でもこれ位なら、体の軽い男なら訳なく乗り越えられそうね」

こんな事を言いながら歩いていた道子が、不意に立ち止った。

「ネコちゃん、あたし何だか気になることがあるの――ちょっと待って――」

「どうしたのよ？　早く帰りましょう。あたしお腹がすいたわ」

「よくお腹をすかせる人ね。――ちょっと黙ってよ」

道子は髪の中へ指を突込みながら、石塀に背をつけて屈み込んでしまった。

「駄目よう、こんなとこで——」

肩にかけたきね子の手を、道子は邪慳に振り払った。

「黙ってと言うのに、解らない人——あ、そうだ」

だしぬけに叫んで飛び上った道子が、今来た道をどんどん駈け戻り始めたので、きね子は吃驚して後を追った。風見家の門へ駈け込んだ道子は、案内も乞わずに玄関へ入り込んだ。仕方がないのできね子も後に続いた。

「お忘れ物?」

吃驚して出て来た夫人は、それでも優しく笑いながら訊いた。

「いいえ、奥様、お隣の宝石泥坊が解ったんです」

「まあ」夫人は呆気にとられた顔をした。

「それはレオを盗んで斑犬に変えた人です。——その人、多分男だろうと思います。その男は、田原邸に素晴らしいダイヤがあること、その晩客をして邸の者がみんな疲れてよく眠るだろうという事を知って、頃を見計らってダイヤを盗みに入りました。そして、先刻《さっき》のお話の通り、盗むのは首尾よく盗んだけれど、逃げる時にへまをして気づかれてしまいました。うかうかしていると捕まってしまう、捕まった時にダイヤを持っていては面白くない、ダイヤさえ持っていなければ、何とか言い逃れが出来るかも知れない——こんな事を考えながら、あっちへ隠れ、こっちへ隠れしている時に、足許へ小さい犬がちょこちょこと飛び出して来ました。初めは、吠えられては大変だと思って、摑まえて口を押えたのかも知れません。レオは赤ちゃん犬だからそんな事も出来たのでしょう。けれどもそのうちに頭に、ちらっとある考えが閃いたのです——」

「解った」きね子が叫んだ。「犬の体の中へダイヤを隠すことね。犬に呑ませちまったのでしょ?」

「そう、それも確かに一つの方法ね。でもその男はもっと別な方法を取ったの。ナイフか何かで犬の体に傷をつけてその中へダイヤを押し込んだのよ。勿論悲鳴を上げられないように、ハンカチか何かで口を縛っておいて――その時は、自分だけ逃げて、後で犬を盗みに来るつもりだったかも知れないけど、そのうちに逃げられる隙が出来たので、犬を連れて逃げたのでしょう」

「ああ、あたしも何だか解ってきたようですわ」今度は夫人が言った。「レオのこの足の傷がそうなのでございましょ？　じゃあ、この中にはまだダイヤが入っているんでしょうか」

「入っていなければならないと思いますの。それでなければあの男が、広告までしてレオを探す意味が解りませんもの。うっかり取り出すのは危険だから、ダイヤを入れたまま、レオをまるきり別な犬に仕立てる方が安全だと思ったのでしょう。誰だって、犬の足の中にダイヤが入っていようなんて考えないでしょうものね。――奥様、レオを今晩一晩お貸し下さいません？　明日はきっとお返し致しますわ」

「ええ、構いません。どうぞお連れ下さい。でも御自分でお調べなさいますの？」

「いいえ、叔父が警察にいますから、頼んで調べてもらおうと思います」

（五）

道子たちがまたウルルを連れて帰って来たのを見ると、ママは、

「千里眼も当てにならなかったらしいわね」

とからかい出そうとしたが、理由《わけ》を聴くとすっかり驚いてしまって、目のあたりダイヤを見るような眼差でレオの足の傷を眺めた。

小さい頼子は何の話だか訳が解らず、ただ、眠り人形が貰えると聞いて嬉しがった。

「さあ、また一仕事だわ」一息入れた道子は勇み立った。「ネコちゃん、あんたレオの足を切る勇

気ない？」

「いやだわそんなこと。自分でしたらいいじゃないの？」

「あたしだって嫌よ、可哀想だもの。やっぱり獣医さんに頼んだ方がいいか知ら――じゃあ、ネコちゃん、あんたレオを獣医さんの所へ連れてって頂戴。子供が悪戯して硝子玉を押し込んだと言えばいいわ。あたしはこれから叔父さんの所へ行って来るから――」

「手術を見てなきゃいけない？」

「勿論よ、ちゃんと見てなきゃ――もしかして失くなりでもしたら大変だわ」

「血が出るでしょ？」

きね子がいつまでも行き渋っているのを見兼ねたと見えてママが、

「あたしが行って来るわ。あたしこれでもきね子さんみたいな弱虫なんじゃないのよ」と笑いながら言い出した。

道子とママは一緒に出て行って途中で別れた。道子は二時間ほどで、すっかり叔父さんと打合せを済まして帰って来たが、ママはそれより大分遅れて、脚に真白い繃帯を巻いたレオを抱いて帰って来た。

「どうだった？　ママさん、ママさんの方が早いかと思ったら遅かったのね。面倒だった？」

「いいえ、少時《しばらく》待たされちゃったものだから、それで遅くなったの」ママはそう言って、帯の間から小さい紙包みを取り出した。「はい、これ、確かに――」

「ちょっとあたしにも見せて」

と寄って来たきね子と額をくっつけ合って、道子はそろそろと紙包みを開いた。

「まあ、凄いわね」

二人はその美しく光る石を、交る交る摘み上げて灯に透して見たり、掌の上を転がして見たりした。

「獣医さん何とか言わなかった?」

「いいえ、何にも——」

ママは、血を見て怖《お》じけたせいか、妙に疲れたような瞳《め》をして、顔色も何だか冴えないようであった。

（十八）

翌日、きね子はまた道子の家にいた。二人とも何となく浮き浮きとした顔をしていた。レオを斑犬に変えた男が捕まったこと、その男は栗原と言って、支那人の手下を使っている宝石専門の泥坊だったこと、ダイヤは無事に田原夫人へ戻ったこと——などを、たった今、道子の叔父さんから電話で知らせて来たからである。風見夫人はちゃんと約束を守って、朝早く空気銃と眠り人形を持って来てくれたので、貞夫も頼子も躍り上って悦んだ。道子は自分が手柄をした事よりも、二人の小さいお友達を悦ばす事の出来た方がよほど嬉しいらしい。絶えず愉しそうな微笑を浮べていた。きね子はまたそんな道子を、無邪気な尊敬と感嘆の瞳をもって打ち守るのだ。

「やっぱりミイ公は偉いわね」

「そんな事は、この勝負をつけてから言って頂戴よ」

道子はこんな事を言いながら碁盤を持ち出した。そこへまた頼子がばたばたと駈け込んで来た。

「あ、来た来た。また駄目にされるわ、きっと」

やっぱりそうだった。頼子は、二人のお姉ちゃんの注視を一身に浴びようと、碁盤の上へちょこんと乗っかってしまったのである。

「お姉ちゃん、このお服綺麗でしょ?」

「ええ、綺麗ね——ヨッコちゃん、いい子だからちょっと退いて頂戴な」

「やよ、もっとよく見てよう」頼子は、得意そうに腕を拡げ、胸を張って見せて動こうとしない。

「仕方ないのね。じゃもっとよく見て上げましょ。おや、まあ、ボタンが沢山並んでること、まあ綺麗——ママちゃんに買ってもらったの?」

「ううん、買わないの。ママちゃんがボタンつけてくれたの」

「それ、ヨッコちゃん昨日着ていたお服よ、ねえ」

ときね子が言った。頼子が見せに来た服は、今まで着ていた服に、ママが新らしく、布で包んだ飾りボタンを胸に二列に行儀よくつけてくれたものなのである。

と、そこへ道子に電話がかかって来た。立って行った道子は、間もなく変な顔をして戻って来た。

「どうしたの?」

「叔父さんからよ。田原夫人から、戻って来たダイヤは偽物だって抗議が来たんだって——」

「偽物?」

「うん、それでね、栗原を調べたら、偽物と入れ換えた覚えはないと言っていて、それは嘘ではないらしいと言うのよ。それでね、ネコちゃん」道子は、碁石でおはじきをしている頼子をちらりと見て、声をひくめた。「叔父さんはね、ダイヤが偽物に変ったのは、レオが栗原の所を逃げ出してから、貞夫ちゃんに拾われるまでの間か、それでなければ手術をした時か、二つのうちの一つしかないと言うのよ。そしてね、最初の場合はちょっと考えられないと言うの。レオの足の中にダイヤの入っている事を知ってるのは栗原の他には一人もなかったのだから——だから、掏り換えられたのは手術の時、そしてそれの出来た人はたった一人——ネコちゃん、解る?」

「ええ、解るわ」

きね子は、怖いものでも見たように眼を見張って、ごくんと唾を呑んだ。

「でも、そんな事が——まさか——」

「あたしもそう思うわ。きっと何かの間違いだわ」

道子ときね子は怖じけたように黙り込んだ。道子の叔父さんの言った、本物のダイヤを偽物と掏り換える事の出来たたった一人の人――というのは、貞夫達のママの事であった。

仕方がないといえば仕方のない事でもあったろうけれど、ママはかなり厳しく調べられた。けれども、ママは何にも知らないと言い張って、また事実それはただの疑いに過ぎなかったらしく、ダイヤはママの周囲のどこからも出ては来なかった。

レオの手術をした獣医にも怪しい所はなかった。獣医は硝子玉だと信じて、そんな高価なダイヤだなどとは夢にも思わなかったと言うのである。そうして、ママにかかった疑いは自然に解けたような形になったが、本物のダイヤはいつの間にか偽物に変った謎は、そのまま残ってしまった。道子は残念がって、

「口惜しいわね、口惜しいわね」と言い暮していたが、謎を解く手掛りになりそうなものは何にもなく、そのまま一週間ばかりの日が過ぎてしまった。

（七）

ある朝、御飯を食べながら新聞を拡げた道子は、何を見たのか急に眼を大きくして、新聞の上へかぶさるようにして読み始めたが、いきなり箸を握ったまま電話口へ飛んで行って、きね子を呼び出した。

「大変なの。直ぐ来てよ。きっとね」

命令するように言うと、向うの返事も聞かずに切ってしまった。三十分ほどしてきね子が、むっつりとまだ眠気の去らないような顔をしてやって来た。

「ネコちゃん、今朝の新聞読んだ?」

「そんな暇があるもんですか」

きね子は、朝早くから呼びつけられたのが気に入らないらしく、少しばかり斜な機嫌である。

「じゃ、ちょっとこれを読んで頂戴」

きね子は、だるそうに足を投げ出して新聞を引き寄せたが、少時《しばらく》するとぽいと新聞を放り出し、大きな欠伸と一緒に伸びをした。

「やれやれだわ。もうどうにも仕様がないわね。口惜しくても諦めた方が無事よ。あんまり深入りすると、ミイ公もこの獣医さんみたいに、いきなりぐわんとやられるかも知れないわよ」

その新聞には、レオの足からダイヤを取り出す手術をした獣医が、昨夜自宅で何者かに殺害されたという記事が大きく出ていたのである。致命傷は、鈍器で強打されたらしい後頭部の打撲傷であった。

筆蹟をくらますために、波線状の文字で書いた置手紙が、死体の傍に残されていたが、それには獣医はレオの足から硝子玉だと思って取り出したのが、意外には素晴らしいダイヤだったので、ふっと眼が眩んで、ママの隙をうかがって手早く硝子玉と取り換えてしまった。それを知って、自分はダイヤを返すように迫ったけれど、獣医はなかなか聴き入れないので、止むを得ず殺してダイヤを奪い返した。という意味の事が書いてあった。一読して、栗原の手下の者の仕事だと分るような書き振りである。

なお新聞には、栗原はそんな事はまるで知らない事だと言い張っているけれど、そのうちに口を割るだろう、そうすれば獣医を殺害した犯人も容易に判明するだろう――と書き添えてあった。

「これで片附いたとしておいた方がいいわ。ほんとに危いから――」

きね子は、真剣に道子の身を気遣って言うのである。

「うん、でもねえ、何だか変なのよ」ぼんやり新聞を瞶《みつ》めながら考え込んでいた道子は、急に顔を上げた。「やっぱりやるわ。その代り今度失敗《しくじ》ったらきっぱり諦めちゃう」

「あたしは不賛成だな」

「そんな事言わないで手伝ってよ、ね、お願いだから――」

道子はきね子の肩に手をかけて、顔を覗き込んだ。「むずかしい事じゃないの。ヨッコちゃんがこないだ着てたボタンの沢山ついた洋服、あれを借りて来て欲しいの。ね、こんな風に言うのよ。ネコちゃんに、ヨッコちゃんと同じ位の姪があるの。ヨッコちゃんのあの服が大変可愛らしかったから、おんなじのを造ってやり度い、型をとる間貸して下さい――解って？」

「御苦労さま」

呑み込めない顔で不承不承出掛けて行ったきね子は、間もなく頼子の洋服を持って戻って来た。

道子は受け取った洋服を平に下に置いて、ボタンを一つ一つ押してみたり撫でてみたりしていたが、

「ああ、これらしい。ネコちゃんちょっと鋏取って頂戴」

服から切り離した一つのボタンを、道子は注意深く指に摘んで、そろそろと布《きれ》を剝がし始めた。きね子はじっとその指先を凝視めた。布の下には、きっちりと押しつめた綿の塊があった。道子は静かにそれをほぐした。

あっ、と声を上げたのはきね子の方であった。道子はただもう魅入られたように、いつまでも凝視めて口も開かない。綿の中からは、燦然と目も眩むばかりに輝く宝石が現れたのである。

「どう？　ネコちゃん」道子がやっと口を開いた。「綺麗だわね。やっぱり硝子玉なんかとは光りが違うわ。これをじっと凝視めていると、人の命の一つや二つ、何でもないような気がして来やしない？」

「じゃあ、やっぱりママさんが？」

道子は暗い顔をしてうなずいた。

「殺したのも？」

「それは物のはずみというんでしょうね。そう思い度いわ」

「ミイ公はどうしてそれに気がついたの？」

「この新聞記事よ。置手紙に、獣医は硝子玉だと思って取り出したのが意外にもダイヤな事を知って急に目が眩み、ママさんの隙を見て硝子玉と掏り換えた――と書いてあるでしょ？　ねえ、ネコちゃん、レオの脚から出た時、このダイヤは、どんな風だったと想像出来る？」

「きっと血がついていたでしょうね」

「そうよ、血だらけな硝子玉みたいなものを見て、それも最初に硝子玉だと吹き込まれていながら、すぐにダイヤと覚るなんて、よほど宝石に明るい人でなければ出来ない事だと思うわ。よし覚ったとしても、丁度うまい具合いに、おんなじ形の硝子玉がそこにあったというのも可怪《おか》しいわ。何にも知らない獣医さんが、どうしてそんなものを用意出来たのでしょ？　レオは、前触れも何にもせずにいきなり連れて行ったのよ。やっぱり獣医さんは、その時ダイヤだなんて事は夢にも知らなかったのだと、あたしは考えるわ。それからこの置手紙が、あんまりはっきりと犯人を暗示し過ぎているのも何だか可怪しい、却って反対に取れそうな気がしたの。そうして考えているうちにふっと浮んだのが、この洋服のボタンなのよ」道子はちょっと言葉を切った。きね子は黙って先を促した。

「ヨッコちゃんがこれを見せに来たのはいつだった？　ネコちゃんも覚えてるでしょ？　あの翌日だったわね。――この服は、こんなボタンなんかつけなくてもこれで立派なのよ。造花の飾りのある所へこんなボタンなんかつけたものだから、却ってごてごてして嫌味になっちゃったわ。ママさんにそれが解らないはずはないのよ。あたしの見た所ではママさんは随分洗練された趣味を持ってる人だわ。こんなこってりした飾りを好む人じゃないはずだわ。ねえ、ここまで考えたら、ネコちゃんだって、きっとあたしと同じ結論に達したろうと思うわ。――ダイヤを持って帰った時、ママさんの顔は蒼かった。随分手間取って帰って来た——それも立派に意味のあるものになって思い出されるわ。くらくらと目が眩んだのは、獣医さんじゃなくてママさんだったのよ。ママさんは返すのが惜しくなってしまった。すっかりダイヤの魔法にかけられたママさんは、ふらふらと街へ出て、同じ大きさの同じ切り方の偽物を買って来た、手間取ったのはそのせいよ」

「獣医さんを殺しのは？」

「獣医さんはその時はちっとも知らなかったけど、後で自分も調べられたり新聞を読んだりして、ママさんのした事をすっかり見抜いてしまったのよ。そして脅迫したんだわきっと。——嫌な話だけど我慢して聴いてね」

道子は話し難そうにきゅっと眉を寄せて顔を赤らめた。

「ダイヤを盗んだ事を世間に知られ度くないなら——それとも、ダイヤを寄越せと言ったか知ら——いいえ、やっぱり獣医さんには、持っていても危険なダイヤよりは、ママさんの方が欲しかったに違いないわ。ママさんはまだ若くてあんなに綺麗なんですもの。——そしてとうとう昨夜、ママさんは、宝石泥坊として世間の人の前に姿を曝すか、自分を投げ出すか、二つに一つの決心を迫られて争いになった時、何かの機《はず》みで獣医さんが倒れて卓子《テーブル》の角か何かで頭を打ったのね。そして結局、あんなでたらめな置手紙をして逃げ出さなければならない破目になってしまった——みんなこれのせいよ、ネコちゃん。そう思うとあたし、こうして持っていても掌が焼けそうな気がするわ。いっそのこと、黙ってレオの脚の中へ永久に埋めちゃった方がよかったような気がするわ」

道子はまたじっと眼を伏せてまばゆく輝く石に見入った。

「それでどうするの？」きね子が促した。

「さあね、ネコちゃんはどうしたらいいと思う？　あたしママさんの事より、貞夫ちゃんやヨッコちゃんが可哀そうでならないの。ね、きょう一日、あたしに考えさせてよ」

翌日の昼ごろ、電話で呼出されたきね子が急いで出掛けて行って見ると、道子は重荷を卸したように晴れ晴れした顔をしていて、きね子の案じ顔を見て却って笑い掛けた。そしてそのまま黙って奥へ引込むと、碁盤を持出して来てきね子の前へ置いた。

「万事無事解決よ。さあ、いつかのお預けの勝負を附けましょうよ」道子は自分の方から黙って黒石をぽつんと一つ真中へ置いた。「今度はネコちゃんにもずいぶん嫌やな思いをさせちゃったけれど、あのダイヤはね、栗原の手下が持っていても世間の評判になってしまったから処分のしようがない事を知って、正しい持主のところへ送り返したのよ。きっと明日の新聞へ出るでしょ——さあ、あんなことはみんな忘れちゃって、早くこの勝負をつけたら、ヨッコちゃんのところへ洋服を返しに行きましょうね」

満洲だより

（兄より妹へ）

王《ワン》が多加子の手紙を持って来てくれて、

「永見さん、この方からよくお手紙来ますね。奥さんですか」

と訊いた。そして、妹だと言ったら、つまらなそうな顔をしていた。僕から見ると、尋常三年生が書いたみたいな多加子の字でも、他人が見ると、立派に女の字に見えるらしいと思って、僕は少し可笑しかった。

多加子は何時も、僕の便りには、ちっとも満洲らしい珍しい事が書いてないと、不平そうな事を言うが、満洲という所は、別にそう珍しい所ではない。殊に大連あたりは、日本内地と大して変らない。

所々に、異国風な古めかしい建物があって赤や青で塗り立てた、支那風の家があって、アカシヤの並木があって、その街の中を馬車《マアチョ》がドンドンと走り、洋車《ヤンチョ》（人力車）がすいすいと泳ぎ、日本人の他に、満洲人、ロシヤ人、朝鮮人の多いのが、日本内地より変っていると言えば、変っている位のものだ。

満洲人でもロシヤ人でも、商人はみんな上手に日本語を喋って、どこへ行っても日本語で用が足りるので、つい不勉強になって、満洲語もまだろくに覚えない。

先達《せんだつ》ても、覚えたての満洲語で、王に用を言いつけてみたら、幾度も訊き返されたあげく、

「アイヤ！　永見さんの満洲語むずかしいですねえ。英語みたいでさっぱり解らんです。日本語で言って下さい。私もその方早く解ります」

と冷かされた。そして王は、日本語で言い直す僕の顔をにやにや眺めて、

「アイヤ！　永見さん、日本語は上手ですねえ」

こんな事を言った。第二世ではあるまいし——。

王というのはここの——ここは聖徳寮《せいとく》と言って、独身社員の寄宿舎みたいな所だという事は、確か前に言ったはずだったね——ボーイで、年は二十二三歳、仲々よく働くし、気質も面白いので、みんなに可愛がられているが、たった一つ悪い癖がある。

それは、寮の者は皆、ちょっとした買物などは王に頼むが、そんな時に、金や品物を誤魔化す事だ。

昨日もこんな事があった。

夕食後、食堂に残って、五六人の友達と煙草をふかしながら雑談を交していた時、誰かが、後片附をしていた王に買物を頼んで、金を渡していた。すると、僕の横にいた村井というのが、じろりと王を見て、

「王、昨日の事を忘れるな」

と言った。続いて島田というのが、

「寮の中に泥坊がいては、安心して居られんからなあ」

と言った。

「王、お前またやったのか」

誰かがこう言って王をからかうと、みんな一緒に笑い出した。

僕も笑う事は笑ったが、それと同時に、何かはっとして、王の顔を眺めずには居られなかった。王は物を誤魔化す癖のあるのは、寮中誰知らぬ者もないのだが、しかし、こんな風に大勢の前でづけづけというのは、どんなものだろう——と思ったのだ。

あとで村井と島田が、手柄顔に語るところを聞くとこうだった。

昨日、と言うから、今日から数えると一昨日だ。村井と島田は、寮の住人達のためにも、それから王自身のためにも、王の悪癖を矯《た》めてやろうと相談して、王にわざと金を誤魔化させるように仕向けた。現行犯として、うむを言わさず引っ捕えようと言うのだ。二人は、煙草や菓子や、他にも何か買物を言いつけて、

「幾らあるか知らないが、大ていこれで足りるだろう」

と島田がポケットから、裸のままじゃらじゃら入れていた金を、無造作に摑み出して王に渡した。王は無論トリックなんて事は知らないから、すっかり島田の言葉を真に受けて、安心して誤魔化した。

「何時もみたいな狡い言い逃れは利きやしない。さすがに彼奴《あいつ》も蒼くなったよ」

「よほど懲りたらしいから、当分あの癖は出さないだろう。出したらまたひどい目に逢わせてやるだけさ」

二人はこんな事を言って愉快そうに笑った。

話の工合では、よほどひどい制裁を加えたものらしい。しかし、僕はこの話は、聴いていてあまり愉快ではなかった。

王の癖はもとよりいい癖ではない。けれども、企んで王をおとし入れたような二人のやり方も、考えようによれば卑怯ではないか——

何だかつまらない事を書いたようだ。多加子には、こんな事は興味はないかも知れないね。次には何かもっと面白い便りをしよう。

（妹より兄へ）

珍しく長いお手紙頂いて、多加子は、満洲よりも、お兄様の長いお手紙の方がよっぽど珍しいわ、と思いました。お母様も、

「まあ、潔《きよし》もハガキでない手紙を書く事もあるんだね」

と珍しそうに、封筒の裏を返したり表を返したり、何時までも眺めていらっしゃいました。

王というボーイさんの話、大変面白く感じました。村井さんと仰言《おっしゃ》る方と、島田さんと仰言る方は、正義派なのですわね。少し過激な。

「そんな時には、それとなしに注意してやって、口で言わなくても、目はちゃんととどいているんだぞ、って様子を見せておくのが一番いいのですよ。癖となれば、一遍や二遍叩いたり殴ったりしたところで、直るものではないからね。人の前でわざと恥をかかせたりして、もし仕返しでもされたらどうしますか。潔には、その辺の事はよく気をつけるように言っておやりなさい」

お母様はこんな事を仰言いました。潔には、お母様は何時でも、取越苦労ばかりなさるのですわ。

王さんによろしく。

物をくすねるのは確かに悪い癖ですけれど、多加子の尋常三年生の字を、奥さんの字と間違えてくれるなんて嬉しくなります。


（兄より妹へ）

「妹からよろしく言って来たぞ」

と王に言ったら、

「ありがとう」

とにこにこしていた。

さて、寮にも別に珍しい事はない。

ペンを弾《はじ》いたら何か珍しいものが出て来るかも知れないと思って、あまりパチンパチン弾き過ぎたので、五円札に北斗七星みたいな点々が出来てしまった。もっとも針の先で突いたほどの小さいものだが。

こんな事を書くと、お母様は、僕が何時も始末が悪く、机の上へ金を放り出して置くようにお思いになるといけないから、ちょっと言い訳をしておきます。これは今友達が、先に貸したのを返しに来て、机の上へ置いて行ったものです。これを書き終えたらしまいます。

——戻って来た五円札がまた出て行った——と言うのは、ここまで書いたところへ島田が来て、

「ちょっと五円ほど足りないんだが、貸してくれないか——」

と言うので、そのまま渡してやった。

「村井も一緒かい」

村井と島田はよく一緒に遊びに出るので、訊いてみたら、

「これから救い出しに行くんだよ」

と笑っていた。

「昨日、バッカスのルミ子から、病気だから金を持って来てくれと電話がかかって来たもんだから、彼奴は三浦から金を借りて出かけたんだ。それきり帰らないで、今僕の所へ、金が足りなくなったから、三十円ばかり持って迎えに来いと、電話で言って来たんだよ。病気なんて嘘で、洋服でもねだられたんだろう。村井は酔うと気が大きくなるからね」

「電話口でも酔っ払ってた?」

「知らない。王が聞いて取次いでくれたんだよ」

バッカスというのは連鎖街と言って、東京で言えば銀座のような所にある酒場。ルミ子というのはそこの女給で、村井と仲のいい人。

寮の人達は大ていこんなような生活をしている。書く事がないのでつまらない事を書いてしまった。

（兄より妹へ）

村井と島田が行方不明になってしまった。

金を持って村井を救い出しに行った島田までがそのまま帰らず、初めのうちはみんなも、島田まで捕虜にされてしまった、と笑っていたが、二日三日と過ぎ四日五日と経っても帰らないとなると、会社の事もあり、笑ってばかりは居られなくなったので、バッカスへ電話をかけてルミ子を呼び出し、村井と島田を返してくれ、と談判した。

ところが可笑しいことにはルミ子の話では、村井も島田も、ここ一月ばかりバッカスへは顔を見せず、ルミ子も病気もしなければ、村井にそんな電話をかけた覚えもない——と言うのだ。僕達は顔を見合せてしまった。

「村井にかかって来た電話を聴いたのは王なんだよ。僕は丁度その時村井の部屋にいたから知ってるんだが、ルミ子から、病気で金が入用だから三十円持って来てくれ、と言って来たと言っていた。それで村井は、半分しかないから半分貸せと言って、僕から十五円取り上げて直ぐ出て行ったんだ。どんな声だったか王に訊いてみようじゃないか」

と三浦が言うので、僕達は王を呼んで訊いてみた。

「女の人の声でした」

と王は言った。

「バッカスのルミ子さんの電話は、度々村井さんに取次いだので声も知ってますけど、ルミ子さんの声に似ていました。だから、バッカスのルミ子だと言われると、直ぐそう思ってしまいました」

「島田にかかって来た電話は、村井の声だったのか」

「ほんとに村井さんかどうか、顔を見ないから解りませんけれど、声は似ていました。それに村井だと言うから、そう思いました」

王はこう答えた。心当りをみんなで手分けして探し廻って見たが、二人はどこへどう消えたか今日になるまで現れて来ない。何時まで捨ててもおけないので、先刻《さっき》みんなで相談して、警察へ届け出る事にした。

何か間違いがあったのだろうか。無事に帰って来ればいいが——とみんな心配している。

何にしても変な事になったものだ。


（妹より兄へ）


「長い手紙を書いてくれるようになったのは嬉しいけれど、潔は、自分の事はちっとも書かないで人の事ばかり——」

お母様は、口ではこんな不服そうな事をお言いになりますけれど、でもほんとはとてもお嬉しそうです。多加子も、この頃のお兄様のお手紙、随分楽しみです。

島田さんと村井さんの事について、お母様は面白い事を仰言いましたのよ。

「電話をかけた人は、寮の事情をよく知っている人に違いないね。どの電話にもお金の事を言って、お金を余計持って出るように仕向けてあるから、きっとお金を奪るためでしょうね」

これは多加子もそう思います。

「どこかへ監禁されてるのでしょうか」

「女や子供じゃあるまいし、大の男を、それも二人も、一週間も二週間も監禁なんか出来るものですか。もう死んでるものと見なければならないでしょう」

面白いのは、そのあとにお言いになった言葉なのです。

「多加子、村井さんと島田さんが、王というボーイをいじめた事がいつか書いてありましたね。それとこれと何か繋りがあるのじゃないかしら？　私は何だか気になりますよ。お金だけ奪るためなら、どうしても村井さんと島田さんの二人でなければならないという事はないでしょう。それに、王なら、かからない電話を、かかったと取次ぐ事も出来る訳じゃありませんか」

つまりお母様は、王が復讐のためにした事ではないか——とお言いになるのです。

お母様がこんな事を仰言ったので、多加子はまた、王さんによろしく、と言いたくなりました。

（兄より妹へ）

多加子のよろしくで、王はひどく悦んで、風呂が沸いたら、真先に僕に知らせてくれた。

村井と島田の行方はまだ解らない。警察でも、お母様と同じに、電話をかけた者は、寮の内部の事情をよく知る者、目的は金を奪うため、二人はもう生きてはいまい——との見込みであるらしい。人に恨まれているような事はなかったかどうかと、僕達もいろいろ訊かれたけれど、何も思い当るような事はない。人の恨みを買うような事もなかったろうと思う。やっぱりこれは、金を奪うだけが目的だったのではないだろうか。

お母様の、王の復讐説は大変面白い。けれども寮の中の者は全部（勿論王も）一通り調べられたが、王には怪しく思われるふしは一つもない。村井が出かけた夜も、島田が出かけた夜も、王は寮から一歩も外へ出なかった事が解っているのだ。

一昨日、ここまで書いた所へ、いろいろな出来事が一遍に起って、手紙など書いている暇もなかった。これから続きを書く。

一昨日、村井と島田の死体が、ある空家の中で見つかった。

死体は死後かなり日が経ってはいたが、寒い空家の中に置かれていたので、二人に相違ない事を認めるに困難ではなかった。二人は、細紐で首を絞められて殺された上、金を奪られ、服も剝がれて、殆んど真裸の状態で空家の中に転がされていた。

話が飛ぶようだけれど、お母様も多加子も、本や人の話で、大連の露天市場の事は知っているだろうと思う。小盗児《ショウトウル》市場とも言い、昔は泥坊市場とも言って、売る品物は全部盗んだ物ばかりで、何か盗まれたら、そこへ行けば必ず見つかる——などと言われたものらしいけれど、今はそんな事はない。

　その露天市場へ、山崎という日本青年が、何か掘出物はないかと、冷かし半分に出掛けたと思いなさい。ぐるりと一通り廻って見たが、欲しい物も見つからないので、帰りかけた時にふと目についたものがあった。それは、ちゃんとした店ではなく、道傍にテントを張り、莫蓙を敷いている。ほんとの露天市場だね——そういう所だったから、なお目につき易かったのだろうが、低い台の上に、洒落た色の外套が放り出してあるのが目についたのだ。試しに値を訊いてみると、まるで嘘のように安いので、そのまま買って帰った。

　帰ってから、早速手入れしにやろうとしたが、その前に、どこか傷んでいる所でもないかと調べるつもりで、あちこちひっくり返して見ていると、裏のポケットの所に、前の持主の名を縫い取ったあとが残っているのに気がついた。

　糸は抜き取ってあったが、大急ぎで荒っぽく抜き取ったらしく、所々切れたままに残っている所もあり、抜き取ったあとを、ろくに伸ばしもしなかったと見えて、他の所よりそこだけ地がひきつれたり縮んだりして、もとあった字の形が、おぼろではあったが辿れそうであったので、何気なく辿って見ると、むら井、と読めた。

　むら井——村井——何だか聞いた事のあるような名だな——と考えていた山崎青年は、はっと思い当った。もしかしたらこれは、

　　——聖徳寮の怪事件　謎の電話——

などとこの頃新聞で騒いでいる二人のうちの、村井の着ていた外套ではないだろうか。

　やがてそれは、警察の調べによって村井の外套に違いない事が確かめられ、同じ店から、村井と島田が身に着けていたものがそっくりと探し出された。

　案外なのは、それ等の品をその店に売った人間が、呆気ないほど簡単に解った事だった。それは、その附近に住む呉《ご》という屑拾いで、その店の主人とは知合いの男だった。呉は直ぐに捕えられて、

他愛もなく白状した。呉は、洋服や外套を、死体から盗んだのだと言った。

二人の死体が見つかった家——その家が空家な事を呉は知っていたが、空家でも、紙屑とか、穴のあいたバケツとか、何か残っていはしまいかと思って、ためしに錠をいじってみると、訳もなく開いた。忍び込んで見ると、がらんとした薄暗い家の中に、首に細紐を巻いた死体が二つ転がっているので、呉は吃驚《びっくり》して、その時はそのまま逃げ出した。

けれども、気が落着いてからよく考えてみると、死体に洋服や外套など要らないものだ。あれをそっくり売ったらかなりの金になるだろう——こんな気がしたので、夜になってからもう一度忍び込んでそっくり剥いで来て、名前を縫い取った糸だけ抜いて売った——。

お前が殺したのだろう、金も奪ったろう——ときびしく責められても、呉は、殺しはしない、見た時には二人とも死体になっていた、二人とも金など持っていなかった——と言い張っていて、そしてそれは嘘ではないらしいと言う事だ。

こんな訳で、二人の死体は見つかったが、肝腎の犯人はまだ見つからない。

「金を奪るために殺されたのだとすると、安い命だったなあ——」

と誰かが言っていた。

二人合せて六十円の金——六十円と二つの命——一つの命が三十円——僕は何だか、胸が冷くなるようだ。

今夜は寮の者達で、不幸な二人の通夜をする事に決めた。今のうちに少し眠っておこう。


（妹より兄へ）

お手紙ただもう吃驚しながら読みました。お母様は、

「怖い事だね、怖い事だね」

と仰言って、終いまでお読みなるのが、やっとのご様子でした。あんまり吃驚してしまって、書

きたい事がまとまりません。次のお便りが待たれます。
満洲はもう随分寒いのでしょうと思います。多加子の手編みの靴下をお送りしました。初めて編んだので不手際ですけれど、寒さをしのぐ幾分のお役に立てば嬉しいと思います。

（兄より妹へ）

靴下受け取った。ありがとう。
やりつけない仕事でさぞ肩を凝らせたことと思う。気の毒だから、編み賃を五円送る。郵便局まで行くのは面倒だから、このまま入れておく。
村井と島田の犯人はまだあがらない。賑かな二人がいなくなったので、寮の中は何だか淋しい。

（妹より兄へ）

コノカネド　コ　カラテニイレタカ」クワシクシラセ」シキユウヘンマツ」タカ

（兄より妹へ）

ジ　ヨウザ　イダ　アンシンシロ」イサイフミ」アニ

（兄より妹へ）

あんまり人をおどかさないでくれ。なんて人聞きの悪い、まるで僕が、泥坊した金でも送ったみたいだ。
何のためにだしぬけにこんな変な電報を打って寄越したのか知らないが、何れ何か理由はある事だろうと思うから、出来るだけ精しく書いてはみるけれど、頭からおどされたので、まだ胸が鎮まらない。少し待ってくれ。

では書こう。

満洲には彩票《さいひょう》というものがある。一種の富籤のようなものだ。一枚一円、一等は一万円——一円の資本で一万円儲けようと虫のよい事を考えて、僕の友達などもみんな買っている。

僕も、三浦と五十銭ずつ出し合って——これは当らなかった時の損害を少くするため——一枚買う事にした。五十銭で五千円当てようと思うほど慾は深くないが、せめて百円でも——五十円でもいい——当れば、多加子のお嫁入りの用意に、帯の一本位は買ってやれるかも知れないと考えたから——。

それで、買いに行く役目を僕が引受けて、外へ出ようとした時、廊下を掃除していた王が、

「永見《ながみ》さん、お出掛けですか」

と言葉をかけた。

「うん。彩票を買いに行くんだ」

「一万円当りますね」

と王は笑った。

「当ったら奢るぞ」

僕も笑いながら玄関を出ようとすると、王は、

「あ、ちょっと、永見さん」

と呼んだ。

「済みませんけれど、私にも一枚買って来て下さいな。お願いします」

「うん、ついでだから買って来てやってもいいけれど、お前、そんな金を持ってるのか」

とからかうと、

「持ってますよう。それ位——」

と王は大仰に胸をそらした。

「お金持って来ますから、ちょっと待って下さい」

「金はあとでいいよ」

と言って僕はそのまま外へ出た。

そして、彩票を売る店へ行って、十円で二枚（二円）買って、八円のつり（五円札一枚、一円札三枚）を貰い、帰りに本屋へ寄って見たら、欲しい本があったので買い、二円三十銭を五円で払って、二円七十銭のつりを貰った。それから寮へ帰った。

寮を出る時、僕の財布の中には、十円札一枚と他に細かいのが五六十銭あったから、寮へ帰った時の僕の財布の中には、六円ちょっと残っていた訳になる。

帰って王に彩票を渡すと、王は五円札をくれたから、僕はそれを貰い、一円札で四枚、四円のつりを渡した。これで僕の財布の中には、七円ちょっとの金がある事になった。

給料日は翌々日だ。何時も給料日の前には、一文なしになる事が多いのに、今月は本をあまり買わなかったせいか、七円以上も残ったのですっかり気をよくし、給料を貰うまでの電車賃、煙草銭、お茶代、昼飯代などを少し残し、あとの五円をそっくり多加子に送ろうという気持ちになったのだ。

もう解ったろうが、多加子に送った五円は、王から出た五円札だ。

精しく書いたつもりだが、まだ何か不思議な事があるだろうか。

もし、これですっかり納得が行ったら、何故こんな変な電報で驚かせてくれたか、今度は多加子の方から、精しく知らせてくれなければならない義務があると思うが――。


（妹より兄へ）

大変お驚かせしてしまったようで、ほんとに済まない事を致しました。けれども訳をお話したら、お兄様もきっと許して下さるでしょうと思います。

お兄様から、お手紙と一緒にお金が届きました時、お母様は大変お悦びになりました。

「無駄に使っちゃいけませんよ。僅かでもただのお金と違いますからね」

と繰り返し繰り返し仰言りながら、まるで、初めて五円札というものを御覧にでもなったように、表を見たり裏を返したり、何時までも飽かずに眺めていらっしゃるのです。そのうちに、ふと、変な顔をなさったかと思うと、

「多加子、ちょっと眼鏡を――」

と仰言るのです。

多加子は、きっとお母様は、お兄様の指の跡でもお探しになるつもりか知ら――と少し可笑しく思いながら、仰言るとおり眼鏡を取ってお渡ししました。

「――ああ、やっぱりあるよ」

「何がありますの？　お母様」

「これを見て御覧、インクの点々があるでしょう」

見るとほんとに、ちょっと見たのでは解らないくらい小さな、針の尖《さき》ほどな点々が散らばっていました。

「幾つあるか数えて御覧」

「――七つありますわね。お母様」

「やっぱりね――それでこの点々の形は、何かに似てやしませんか」

「そうね、そう言えば、北斗七星の形にちょっと似てるような気もしますけど――」

「ねえ、多加子――」

お母様は声をひくめて、それは考え深そうな顔をなさいました。

「潔はこのお札を、どこから手に入れたのでしょう」

「何故ですの？」

「まあ、多加子はまだ気がつかないのかねえ。これは大変なお金ですよ。――ちょっと、あの潔

しゃるのです。

の―月―日付の手紙を持って来て御覧」

お母様はこんな風に、お兄様のお手紙の文句はもとより、日付まではっきりとそらんじていらっしゃるのです。

「それをようく考えながら読んで御覧なさい」

言われて読んで行くうちに、多加子もあっと思いました。

「解ったでしょう?」

多加子の顔を見ながら、お母様は、得意そうににっこりなすって、

「これは、島田さんて方が持っていらしたお金ですよ。潔から島田さんに渡り、島田さんから犯人に渡り、それからまた潔に戻って来た訳だけれど、潔の手に戻るまでに誰が持っていたか、それを突きとめたら、犯人が解るのじゃないかと、私は思いますよ」

お母様はそう仰言って、お兄様が誰からこれをお受けになったか、どうしても知りたいと仰言るのです。そして、手紙なんかまどろっこしい、直ぐ電報を打ちなさい、と駄々っ子みたいな気短かな言い方をなさるので、あんな変な電報を打ってしまったのでした。

それから、お兄様のお手紙の着くのを、お母様はどんなに待ち兼ねていらしたでしょう。

あのお金が、王から出たお金と知って、お母様はすっかり考え込んでおしまいになりました。

「お母様、王はどうしてこれを持っていたのでしょう?」

「ええ、村井さんの時も島田さんの時も、王は寮から一歩も外へ出なかった、だから怪しくない――と言うのでしたね。寮から出ないで殺すこと、例えば人に殺させる――こんな事は考えられないものか知ら? 多加子はどう思いますか」

多加子とお母様は、夜遅くまでこんな事を語り合いました。

王をもう一度徹底的に取り調べる必要があると――お母様は主張なさるのです。

とにかくお札は同封してお返しします。手紙の中へお金を入れるのはいけないのだそうですけれ

ど、今はこれがたった一つの証拠になるかも知れないのですから——。お兄様がいけない事をなさったのも、いい事をなさった事に変るかも知れませんわ。

まずこれが、確かにお兄様から島田さんにお渡しになったお金かどうか。それからお改め下さい。


（兄より妹へ）


すっかり片附いた。片附いてから書こうと思っていたので、大変返事が遅れてしまった。お母様はさぞ待ち兼ねておいでになった事だろう。お母様の御慧眼に敬意を表します、とまずそれから先にお伝えして欲しい。

犯人はやはり王だった。

最初、僕は随分意外な事のような気もしたが、しかし、考えてみれば、別に意外な事でもなかったのだ。

順を追って書く事にする。

手紙と、それから札を受け取って、僕はすっかり驚いてしまった。僕はあんな事はまるで忘れていたのだ。調べて見ると、確かにあの時出来た北斗七星に違いない。

王がどこでこれを手に入れたか、僕は自分で訊いてみようと思ったが、また考え直して警察へ届け出た。

「買い物をしたつりです。どこで貰ったか忘れました」

僕はきっとそう言うだろうと思っていたが、調べられた時、王は案の定そう言ったけれども、王の顔色は、その言葉が嘘な事をあまりにも明らかに語り過ぎていた。

僕は何だかいやないやな気がした。

王は、その時はそれで許されたが、その時から王の周囲には、王には見えない厳しい瞳が、絶え間なしに光るようになった。

そして、それから二日後、そっとどこかへ電話をかけてから、買物に出る様子で外へ出た王は、ある場所で一人の男と、ひそかに会っている所を捕えられた。

言うまでもなくその男は王の共犯者で、村井と島田を殺すのに手を下した男だった。王と同郷の、名は白《はく》と言って、ある商店に働いていた。別々に調べられた時、

「王はもうすっかり白状した。嘘をついても駄目だぞ」

と頭から嚇かされた白は、ぺらぺらと、村井と島田を殺した事も、殺してから金を奪った事も喋ってしまった。

「知りません。知りません」

と言い通していた王も、何も彼も喋ってしまった白と突き合されては没法子《メイファーズ》だ。この没法子という言葉は面白い。博打に負けて裸になっても没法子――戦争に負けても没法子――何も彼も没法子――彼等はこの言葉で、割り切れない運命も、割り切って行くようにさえ思われる。

村井と島田に金を誤魔化した事を発見され、しかもそれは、二人のために謀られたのだと知って王は二人を恨んだ。その上、大勢の前でそれを暴露され、二重に面子《メンツ》を傷つけられた王は、烈しく二人を憎悪した。彼等は非常に面子を尊ぶ。日本人が面目を尊ぶ以上に尊ぶ。

その面子を丸潰しにされた王は、固く復讐を誓い、奪った金を山分けにする約束で、同郷の白を味方に引き入れた。

ルミ子から電話がかかったと言って村井を呼び出し、出て行った村井を、白がバッカスの前で待ち受けていて、ルミ子は別な場所で待っている。迎えを頼まれた――と偽って、前もって見ておいた空家の中へ連れ込み、首を絞めて金を奪った。第一の復讐はこうして遂げられ第二の復讐も同じようにして遂げられた。

王は、うっかりとこの札を僕に渡し、僕はうっかりと多加子に送り多加子もうっかりと受取った。一人お母様だけはうっかりなさらなかったが、もしお母様もうっかりして、買物でもして人に渡っ

てしまったら、王は多分永久に捕まる時はなかったのだ――と思うと、僕は何だか変な気がしてしまう。

考えてみると、僕が長い手紙を書くようになってから、この事件が起った、それとも、この事件のために長い手紙を書くようになった、と言った方がいいのだろうか。

どちらにして、長い手紙を書く時は、ろくな事のある時ではない。やっぱり、雨が降ったとか、風が吹いたとか、短かいハガキしか書けない時の方が、無事でいいようだ。

だから長い手紙はこれで終りにする。けれども、そちらからは、せいぜい長い便りを下さい。

若き正義

一

「私が只今お呼び出しにあずかりました××町××番地の野々口でございます。まことにお手数おかけ致します。御用は何でございましょうか」

慇懃な物腰でそう言う男の顔を、当番の原田巡査は怪訝な面持ちで見上げた。

「呼び出し？　さあ、知りませんね。何かの間違いじゃありませんか」

「いいえ、確かにこの派出所へすぐに来るようにと仰言いましたので……何か御用向きの筋がありますとかで……」

年の頃は三十四五ででもあろうか。まだ若い、見るからに実直そうな人柄で、腰の低さにも取りつくろわぬ自然なところの見えるこの男を、原田巡査は、きっと真面目な小商人に違いない、と職業柄その人柄から職業までを推察して眺めるのであった。男の瞳が、その落ちついた物腰に似ず時々不安そうに光るのも、理由のわからぬ深夜の呼び出しに対する不安を押え切れないせいであろうと、若い原田巡査の眼には同情的に眺められるのだ。

「さあ、さっぱり心当りがありませんがね。誰ですか、一体？　そんな事を言ったのは……どういう人間だったか覚えていませんか」

「はあ……」一つこくんと唾を呑み込むようにうなずいてから、おぼろな記憶をそうしてまとめるためなのであろう。男の眼は暫く宙を探るように動いていたが、やがてその眼が、原田巡査の顔にひたととまった。

「男の方で……年は、若くない……と言ってもそう年寄りでもありませんが……そう、四十五六位に見えました。黒の背広服を着て、帽子も靴もやっぱり黒だったように思います。背は低い方で、顔は丸顔で色が黒く、左の眼の下に大きな黒子がありました……何分どうもあわてててしまいましたもので、あまりはっきり覚えて居りませんけれど……」

「いや、どうしてなかなか落ちついたものですよ。夜、ちょっと見ただけの人間を、これだけ細かく覚えられる人はそうざらにはないだろうと思いますね」

男の述べる人相を紙片に書きとめながら、原田巡査は微かに笑ってこう言ったが、ふと、おや、この人相はそっくり俺の逆じゃないか――悪戯っぽくおどけた心でこう考えた。原田巡査は若い。まだ三十歳をようよう越えたばかりの若さである。痩せた方ではないけれど、背が高いために肥っては見えず、腰かけていてもわかるほどすらりと伸びた背丈をしている。どちらかと言えば色白の、肉のしまった細面で、右の眼の下にちょっと目立つほどの黒子がある。まずなかなかの美丈夫なのだ。

「こちらでお心当りがないと致しますと、それでは、これは誰かの悪戯ででもございましょうか」

「そうじゃないかと思うのですがね。酔払いか何かがふらふら通りしなに、はてこの家はよく寝てるらしい、癪に障るから起してやれというわけで……ははは……」と原田巡査は笑った。翳のない明るい笑いにつり込まれたように、男もふと微笑した。しかし、顔色はまだ蒼く、不安そうな様子は消えなかった。

「どうでした？　その男は酔ってるようには見えませんでしたか」

「いいえ、さっぱりそんな様子は見えませんでしたが……」

「すると、これは空巣かな？」

「空巣と仰言いますと……？」

「何とか彼とかもっともらしい理由をつけて誘き出しておいて、その留守中に仕事をする……よくある手ですよ。戸閉りはよくして来ましたか」

「はあ、店の者を起して、後をよく閉めるように言いつけて参りました。それに妻も居りますし……」

「それなら大丈夫でしょう。大したことはないとは思いますけれど、しかしまあ何しろ早く帰って御覧になったがいいでしょう。何か変ったことがあったら知らせて下さい」話を打ち切るように言いながら、原田巡査はし慣れた動作で、右手の指を軽く額に触れる礼をした。

「いろいろ有難うございました。お騒がせを致しました」叮嚀に礼をして帰りかけた男は、そのついでの何の気なしのしぐさのように、正面の壁にかかった電気時計をちらと仰いだ。原田巡査もひかれるように時計を見た。恰度その時、時計は、かちッと微かな音を立てて、午前二時三十五分を示した。

乱れたあわただしい足音が、深閑と更けて行く真夜中の街の静寂を破って原田巡査の耳を驚かしたのは、それから間もなくのことであった。足音はだんだんこちらへ近づいて来る――何だろうと椅子をずらして立ち上った原田巡査が外の闇を透すように眺めた時、表の道路をくっきりと明るく区切っている派出所の灯りの光りの中へ現れたのは、全く色もなく蒼ざめ切って、恐怖か驚愕かの眼を大きく見開き、せわしく息を喘がせている先刻の男、野々口の顔であった。何かあったな――と、はっと胸を突かれた原田巡査は思わず外へ駈け出し、今にも前へのめり倒れそうな野々口の体を抱きとめようとするように、両腕を差しのべて叫んだ。

「どうしたんです?」その腕の中へ野々口は、放り出されたぼろ屑かなどのように、惨めに丸まった姿で転げ込んだのである。

「来て下さい、早く……大変です、妻が……」

「奥さんが?……しっかりなさい。奥さんがどうしたんです?」

「死んでます。殺されて……」

「なに?　殺されて?……」うなずくなり、そのままぐったりと崩折れてしまおうとする野々口の体を派出所へ引きずり込んで椅子の中へ押し込み、原田巡査は電話に飛びついた。

応急にとるべき処置をとり終り、さて出かけようとして、帽子をきっちりとかぶり直しながら、原田巡査の眼は自然に吸われるように壁の時計に向けられた。二時五十五分！　先刻から恰度二十分過ぎている。二十分……原田巡査は頭の中にその数を刻み込むように繰り返しながら、椅子の中の野々口の体を引き起しにかかった。引き起してもまたすぐにぐたりとなる野々口の着物の襟に手をかけた時、原田巡査は、人さし指の腹に何かが粘っこく粘りついたのを感じた、粘っこくそれでいてかさかさに乾いて固い感触にふと不審を抱き、電灯にすかして見ると、それは表面が黒ずんで乾きかけた三分角ほどの絆創膏であった。おや、こんな妙な所に絆創膏が……と、ふと思ったが、それよりも先が急がれる思いの原田巡査は、それを親指の腹でくるくるとまるめ、人さし指の爪の端でぴいんと弾き飛ばした。

二

野々口の家は小さな食料雑貨商であった。原田巡査が野々口を引きずるようにしてそこへ着いた時、家の前に、十五六歳の少年が蒼ざめた顔で震えながら立っていたが、原田巡査を見ると、ほっと救われた瞳色になって叮嚀に頭を下げた。死体の番を命じられたが怖ろしさに堪え切れず飛び出したと言うこれが、野々口が店の者と言った小店員、春男少年である。食品棚や漬物桶や、大小さまざまな木箱などで、狭い店の中は殆んどいっぱいになり、やっと人一人通れる位の通路があいていたが、そこを通って奥へ行く時、原田巡査の眼は、また自然に吸われるように、店の正面にかけられた時計に行った。三時十分！　三時十分か？　すると、この家と派出所との距離は……普通に歩けば大体……走れば……と、早くも原田巡査は、この事件と時間との因果関係を頭の中で繰りひろげてみるのであった。確かに何かが、強い暗示をもって原田巡査の頭に働きかけているのだけれど、しかし、原田巡査はまだそれに気づいていなかった。

野々口の妻ミツの死体は、三畳ほどの店の間に続く六畳の部屋の、二つ並べて敷かれた蒲団の入口に近い方に横わっていた。まだこうした事件にぶつかった経験があまりないために、やはり少し不気味な思いで部屋の中を覗き込んだ原田巡査はすぐに、なあんだ、という顔色になって部屋の中へ踏み込んだ。妻が殺された、とばかりで、顚倒しきっている野々口の口からは他には一言も聞き出し得なかったために、原田巡査は何となく、血痕の生ま生ましい血なまぐさい部屋の有様を想像して来たのであったが、そうした原田巡査の眼から見れば、呆気なく肩すかしを喰わされたような気がするほど、部屋の中の有様は平穏であった。もっとも、小型の手提金庫が蓋をこじ開けられて投げ出され、簞笥の前には、引き出されて取り乱された女物の衣類が、目もあやな色を繰りひろげているなど、やはり相当に乱れた跡は見られるのであったけれど、原田巡査の眼を第一番に惹いた死体には、血痕はおろか、眼に触れる所には傷ひとつなく、その顔にも、目につくほどの苦悶の色はなかったのである。首を絞められたのではないかと、その辺りを注意して眺めて見たが、それらしい痕もなく、首を絞めるに用いたものと思われるようなものさえ見当らなかった。それはほんとに、ただ見れば、普通よりも少し乱れた寝姿と大して変って見えぬ死体であったのだ。

なんだ、何のことはない、これはまるで、部屋いっぱいに暴れ散らしていた大きな駄々っ子が、悪戯に飽きてごろんと寝転がったようなものではないか――ふっとこんな事を考えたほど気安い思いで死体の傍に佇んでいた原田巡査が、ふいと死体の上に屈み込んだのは、ほんのふとした好奇心からに過ぎなかったのだが、恰度原田巡査の足許へ投げ出された形になっている死体の右手の指先に触れた、と思った時、原田巡査はぎょっとして手を引いたのである。ひいやりと冷たく粘っこい何かが原田巡査の指の腹にからみついたのだ。殺されて間もない変死体であるだけに、それは不気味な感じであった。しかし、原田巡査はすぐに落ちつきを取り戻した。死体の冷たさをよく粘りつくような冷たさと言うけれど、しかし、今の粘りは、確かに死体以外の何かの物質によって感じたものだと気づいたのである。再び身を屈めた原田巡査は、今度は注意深く死体の右手を持ち上げて眼に近づけた。その手の親指の腹に棘でも刺したような小さな傷痕があり、その周りが三分角ほどの大きさに黒ずんで見えるのを、確かに絆創膏を貼った痕だと思いながら、しかし、念のために静かにこすって見ると、それは死体の指を綺麗に離れて、全部原田巡査の指に粘りついた。やはり絆創膏の痕であった。原田巡査はそれを親指と人さし指の腹でくるくるとまるめ、親指の爪の端でぴいんと弾き飛ばしたが、そうした時、原田巡査の頭には、急に何かがぴいんと音立てて響いたようであった。すっかり忘れ果てていた何かを、一瞬きらッときらめくような速さで思い出し、それが何であったかをはっきり摑まぬうちに消えてしまう——さようなもどかしさで原田巡査が瞳を凝らしかけた時、家の前に自動車がとまり、大勢の人の足音と話声が聞えて来た。死体の上からすいと身を起した原田巡査は、浮びかけ、とらえかけた想念を捨て、挙げた右手の指をうやうやしく帽子の眉庇に当てた。

野々口の妻ミツの死因は、鼻孔と口を圧しふさがれたための窒息死であった。それに用いられたものは、多分、死体の頭の傍に転がっていた枕であろうと思われた。枕許へ外して置いたために踏み潰されたものらしく、微塵に硝子の砕けた女持ちの腕時計が、恰度二時三十分を示したままとまっていた。犯人がそこから入って、出る時もそこから出たことを明らさまに示すように、裏口の戸が二枚、内側から鍵を下ろしたままそっくり外されてあった。簞笥にも手提金庫にも裏口の戸にも、犯人らしい者の指紋は一つとして見えなかったが、あらかじめ、しかも警察の名をかたって、野々口を誘き出しておいた手際から見れば、危険な指紋を残さぬために、手袋を用いる位の用心深さは当然の事と考えられるのであった。盗まれたものは、手提金庫の中に入れてあった店の売上金数千円、それに、妻ミツの衣類十数点……などと、やや落ちつきを取り戻した野々口は、ぽつり、ぽつりと問いに答えた。

「……夕方から妻が少し工合いが悪くて伏せっていましたので、今晩はずっと起きてついていてやろうと思いまして、枕許で本を読みながら起きていましたのですが、やっぱり昼の疲れが出ていつの間にかうとうとしてしまったものとみえます。表の戸を叩く音にびっくりして起きて出て見ますと、すぐに派出所へ来るようにとの事でしたので、ただもうびっくりして、何を考える暇もなく出て参りました。妻もいつの間にかよく寝入っていましたから、わざと起さずに、春男を起して戸閉りを言いつけて参ったのですが……」

「奥さんは御病気だったのですか」

「ええ……いいえ、病気というわけでもないのですが、何と申しますか、まあ時々発作のようなものを起してひどく苦しみますので……」野々口は言い辛そうに口ごもりながらこう答え、ほっと重苦しい吐息をついた。

「僕は何んにも知りません」春男少年は、今にも泣き出しそうに、真剣な渋面をつくって答えるのであった。「僕は横になったが最後、死んだようになって眠るんです。自分でも可笑しい位よく眠るんです。だから何んにも知りません」

「主人が出て行ったのは何時頃だったかそれも気がつかなかったかね」

「いいえ、それはよく覚えてます。それは旦那が二階に寝てる僕を起しに来て、これからちょっと派出所まで行って来るから後をよく閉めてくれと言いましたから、僕は旦那と一緒に階下へ降りたんです。その時に旦那様が、こんなに遅くなって一体何だろうなあと言いながら時計を見ましたから、僕も一緒に見ましたら二時十五分過ぎでした。その時に、おかみさんは？　って訊いたら、旦那は、もうよくなって眠ってるから起さないようにしてくれと言いましたから、僕は音を立てないように気をつけて戸閉りをすると、すぐまた二階へ上って横になりました。それっきり、旦那が帰って来て表の戸を叩くまでは何んにも知りません。それだって、旦那が帰って来たら戸を開けなければならないと思って気にしながら寝たから、他の音は聞えなくても、旦那の戸を叩く音だけは聞えたんだろうと思う位なんです」

「でも、お前、私が出てからほんの入違いみたいに裏口の方で何かごとごと音がしたのを聞いたと、先刻そう言ったじゃないか」野々口が横からこう口を挟んだ時、春男はおやと眼をみはるような異様な目ばたきをちらとしたが、それは、自分で思いも寄らぬ事を人から指摘された時に見せる表情のように、傍で見ていた原田巡査には思われたのである。

「ええ、そうだったかも知れませんけれど、それっきりで何んにも気がつかなかったんです。変だと思えば、僕、起きて見に行ってます……」

三

おや、この人相はそっくり俺の逆じゃないか——原田巡査が悪戯っぽくおどけた心でふとこう考えた、肥って背が低く色が黒く、左の眼の下に黒子のある偽刑事を探すために、即時張られた捜査陣の中で、原田巡査も一役承わりながら、しかし、原田巡査は、絶えず頭の中にもやもやと立ちこめる靄のようなある想念に悩み続けているのであった。野々口の妻ミツを殺した犯人の行方は杳として知れぬまま、すでに数日の日が過ぎている。こわれた時計の針が、都合のよい時間を示したまとまっていることなど、あまりにもあつらえ向き過ぎるという事は、誰の頭にもすぐに響く事柄なので、野々口自身もかなり厳しく取り調べられたが、しかし、それ以外には、野々口が妻を殺したと思われる証拠は何もなく、また、殺さなければならぬほどの理由も見出せなかった。それどころか、一緒に暮らしている春男少年の証言によれば、野々口は、病身な妻をよくいたわる優しい夫であったらしいことが知られるのである。

しかし、やはり、もしかしたら——と原田巡査は考えるのだ。もしかしたら、やはり犯人は思いも寄らぬ手近にいて、それをわからぬようにしてしまったのは自分なのではないか——犯人を捕えるためのたった一つの確実な証拠を消してしまったのは自分ではなかったのか——肥って背が低く色が黒く、左の眼の下に黒子のある偽刑事などはいないのだ。そのいもしない偽刑事を深すために、多数の人員と日時を無駄に費やさせているのは自分なのではなかろうか——たった一言、自分が口を割りさえすれば、そういう無駄は即座になくなり、犯人は即時とらえ得られるのではなかろうか——たった一言——たった一言なのだ——最後の決心を自分に促すようにいつもこう考えるのであったが、すると直ぐに原田巡査の瞳には、野々口のあの何かを訴えるような弱々しい表情が浮んで来る。あれも気の弱い男なのだ、と憐れむようにこう思い、あれがもし、自分が考えているように、しんじつ妻殺しの犯人であるとすれば、何かの理由によってわれを忘れた激情の果てか、自分でも思いも寄らずただ茫然とするばかりな過失の結果に違いないのだが……いたむようにこう思うと、原田巡査自身がすっかり気弱くなってしまうのである。最早、法の裁きは受けずとも、あの気弱い男は、この数日の間に、責め過ぎるほど自分を責め、苦しみ過ぎるほど苦しんでいるに違いないのだ。見逃せるものなら……自分さえ永久に口を噤む気持ちになりさえすれば——ふとこのようにも考えるのであったけれど、しかし、それでは、法の神聖はどうなるのか？　正義は一体どこへ行くのか？　正義を行い、法の神聖を守るためには、やはり、いつかは言わずには済まされぬ一言であった。この日もそうした想念に悩みながら、真夏近い日光の下を俯向きかげんに、ぽくり、ぽくりと歩いていた原田巡査は、ふいに横合いから飛び出した小さな姿に、眼の前一尺ばかりの所でぴょこりと顔を下げられて、驚いて立ち止まった。

「ああ、君か」

「今、用事の帰りなんです」人なつこく笑った春男少年は、自転車を押しながら原田巡査と並んで歩き初めた。「どこへ行ってもあの事ばっかり訊かれるんで弱ってしまう……人間て物好きなもんですねえ、旦那」大人びた春男少年の言葉に、原田巡査は、ふと微笑を誘われたらしい顔色になったが、「旦那、おかみさんを殺した奴はまだ捕まらないんですか」こう言われた時は、ちくり、と棘でも刺さったように、奇妙な風に眉を動かし、急に瞳の色を暗くした。

「ああ、まだ……」呟くように言ってから、「おかみさんは病気だったのかね?」今更何をつかぬ事を、とも思いながら、ただ、話を変えるためにこう言った時、思いがけなく、春男少年は強くうなずいたのである。

「ええ、そうなんです。旦那は病気じゃないと言ったけど、僕はやっぱり病気だろうと思うんです。ずっと前からおかみさんは変だったんです」

「何? へん?……」

「ええ、去年の暮に赤ん坊が死んでからあんなになったんです。ふだんは普通の人とちっとも変らなくて、とても優しい、いいおかみさんなんだけれど、死んだ赤ん坊を思い出して悲しくてたまらなくなると、すっかり気が変になってしまうんです。きっと誰かが赤ん坊を無理矢理どこかへ連れてってしまったように思うんでしょうね。私の子供をどこへやった、早く返せ、早く返せ、なんて言いながら、泣いたり暴れたりするんです。近所の人だの店へ来るお客様だのにそんな声を聞かせると困るから、旦那と僕と二人で押えて黙らせようとするんだけど、そうするとなお暴れて、人殺し、人殺し、なんて喚くんだから……旦那が情ながって泣いたことがありましたよ。おかみさんも可哀想だったけれど、でも、僕は、旦那の方も可哀想でならなかった……そうしてまたそんな時はとてもひどい力を出して、僕なんか一人で押えると跳ね飛ばされてしまうんです。だからいつも旦那と二人で、喚けないように口を押えたり、動けないように手足をしっかり押えたりするんだけど、そうしているうちに、さんざん暴れて疲れてしまうんでしょうね。いつの間にかうとうとし出して、そしてぐっすり眠ると、覚めた後はもうけろッとして、そんな事は何一つ覚えてもいないんです」

「あの時もそうだったのだね?」

「ええ」と春男少年は怯えた眼をぱっちりとみはってうなずいた。

「おかみさんが指を怪我したのはその時だろうね？」考えようによれば、これは随分思いがけない問いであったはずなのだが、しかし、いつの間にか、自分一人の想念にとらわれ初めていたらしい春男少年は、それに気づいたらしい様子もなかった。

「そうなんです。暴れている最中に木の箱を取って投げた時、右手の親指に棘がひっかかって少し血が出たんです。ほんの少しだからほっておいてもよかったんだけど、旦那が言うから、おとなしくなってから、僕が絆創膏を切って貼りました……」

「君は寝呆ける癖があるんじゃないのかな？」だしぬけに投げつけられたようなこの言葉は、やはり幾らか思いがけなかったものと見え、春男少年は、「え？」と眼をみはり、自転車を押す手をとめて原田巡査の顔を見上げた。

「だって君は、旦那が出たのと入違いみたいに、裏口の方でごとごとする音を聞いたと旦那に言いながら、旦那からそう言われた時には、すっかり忘れてしまって、自分でびっくりしたような顔をしていたじゃないか」微かな笑い声を混えて軽くからかうような言い方であったが、しかし、春男少年の眼差を避けて、正面を向いた原田巡査の瞳の色は真剣であった。そして、すぐには言葉もなく、暫く考え込んでいるらしい春男少年の様子にちらと眼を走らせると、やはり原田巡査の思ったように、春男少年は、あの時と同じく自分で思いも寄らぬことを人から指摘された時に見せるような、あの表情を見せていたのである。

「ほんとは僕、自分でもよくわからないんです」微かに頰を赤らめて言う言い方には、いじらしいような素直さであった。原田巡査は、この素直な少年に自分がどれだけ深く信頼されているかを感じ、やがて、この素直な心を痛ませなければならぬのか、と微かに胸の疼く思いがした。「僕、そんな事を言った覚えはないような気もするんだけど、でも、旦那がそう言うから、やっぱりきっと言ったんでしょう。旦那は嘘をつくような人じゃないんですもの。それに僕、寝呆けるというのか何と言うのか知らないけど、あんまり眠い時は、自分の言ったりしたりした事をすぐ忘れてしまう妙な癖があるんです。朝なんかも眠くてたまらない時に起されると、はい、と大きな声で返事をしてきちんと起き直って、そうしてからまた蒲団にもぐり込んで寝てしまって、返事したことも、一度起きてまた寝たことも覚えていないんです。それで旦那やおかみさんに笑われたことがよくありました。だから、あの時もきっと、それと同じだったんだろう、と思ったんです……」

正義はやはり行われなければならぬのであろう。これは直ちに正義を行えとの神の啓示でもあるのであろうか。真直ぐ前を凝視めたまま動かぬ原田巡査の瞳は、帽子の眉庇のかげで、次第に厳しく凝らされて来た。

四

翌日、原田巡査は、通りすがりのふとした立ち寄りのような恰好で、ふらりと野々口の店を訪れた。気弱そうな微笑を浮べて迎えた野々口に、「少し痩せたようですね」と微笑みかけた原田巡査自身、前夜殆んど眠らずに考え抜いた疲れで美しい顔のどこかに微かな憔悴の色を漂わせているのであった。

「……これは僕の同僚の扱った事件なのですがね……」とやがて原田巡査は、何の意味もない世間話でもするような、さり気ない調子で語り初めたのである。

「かりにその人間をAと呼び、僕の同僚をBと呼んでおきましょう。Aはある小さな店の主人で、年は恰度あなたと同じ位、まだ若い男でした。家族は妻と小さな子供が一人、それに十五六歳の少年店員が一人いた……Aは実直な働き者だったので、店は小さいながらよく流行り、まず仕合せに暮らしていたのだが、去年の暮れに子供をふとした病気で死なせてしまってからは、Aのそれまでの仕合せな生活は根こそぎ崩れてしまった。……というのは、Aの妻が子供の死を悲しむあまり、気が少し変になってしまったからなのです。ふだんは普通の者と変らないのだが、死んだ子供を思い出すと狂い初める……私の子供をどこへやった、早く返せ、などと言って、泣いたり叫んだり暴れたりする。そんな声を人に聞かせたくないために、Aは店員と一緒になって妻を押えるのだが、するとなお暴れて、人殺し、人殺し、と喚き立てる……Aは情ながって泣いたというけれど、それは全くそうだろうと思う。考えても気の毒なことだと思う……ある日、また妻が狂い初めた。いつものように店員と一緒に、口を押えたり手足を押えたりしているうちに、妻はうとうとと眠り初めて、いい工合いに納まったように見えたので、Aは店員を寝かせ、自分だけは妻の傍で起きていた……すると、夜中に妻がまた狂い初めたのです……」話し初めの頃から、ずっと俯向いたままでいる野々口の肩が微かに震えているのを、見るでもなく見ぬでもない風に、暫く静かに煙草をくゆらせてから、原田巡査はまた語り続けた。

「……押えて黙らせようとすればなお暴れて、人殺し人殺しと喚き立てる……夜中のこんな声を人に聞かれたくないと思ったAは、全く無我夢中で、傍の枕を取って妻の口に押しつけた……妻は苦しまぎれにAの着物の襟を摑んで押し退けようとした。その時に、夕方暴れた時に怪我をした妻の指に貼った絆創膏が剝がれて、Aの着物の襟に貼りついた。しかし、夢中になっているAは、無論、そんなことには気がつかない……やがて妻が静かになったので、ほっとして枕を取り除けて見ると……驚いたろうと思う……妻は死んでいたのです……一時茫然とした気持ちが覚めると、Aも初めは自首して出る覚悟をしたに違いないのだが、しかし、やがて未練が出て、何とかして助かりたいと思う、助かるためにはどんな事でもしたいような気持ちになる……そうして、Aはいろいろ工夫をしたのです。まず腕時計の針を思う所へ廻しておいてから踏み潰す、部屋の中を適当に乱し、裏口の戸を外す、盗まれたと見せかける金や衣類は、隠したかも知れないし、そうでないかも知れない。Aの家に金が幾らあるか、Aの妻が衣類をどれ位持っているか、はっきりしたことを知っている者は誰もないのだから、下手に隠して探し出されるよりは、何もしない方が危険がないわけです。それから二階へ行って店員を起し、警察から呼びに来たことを知らせて戸閉りを言いつけ、何気なく時計を見るように仕向けて、時間をはっきり頭に刻みつけさせる……この店員が、まだ子供と言ってもいい位の年で、そして、この年頃の、烈しく体を使う健康な子供にはあり勝ちなことだけれど、眠さには一番弱い、つまり軽く寝呆ける癖があって、自分でもそれを知っているために、眠くてたまらぬ時の自分の言動にはあまり自信が持てない……それだものだから、お前はああ言ったじゃないか、こうしたじゃないか、と言われれば、一種の暗示に引っかかったようになってそれを信じてしまう……そういう子供だったことも、Aには大変好都合だった……店員ばかりでなく、この時間の暗示には、Bも引っかかりかけたのです、と言っていましたがね。まあ、こういう風に道具立てを終ってから、Aは近くの派出所へ出かけたのです……」固く俯向いた姿勢のまま、泣いてでもいるのか、野々口の肩の震えはだんだん烈しくなって来た。原田巡査はまたそれを見るでもなく見ぬでもない風に、暫く煙草をくゆらせてから、また、静かに話し続けるのであった。

「……その夜、その派出所にはBがいました。そこへ行ったAは、今ある男からここへ来いと言われたことを言い、Bに訊かれて、その男の人相を述べたのだが、その時Bはふと、おや、この人相はそっくり俺の逆じゃないか……こう思ったのです。やがて、この前の事件そっくりの殺人事件が起り、犯人はAを呼び出したその偽刑事と思われたが、それがなかなか見つからない、その時になって、Bはやっと気がついた。実はその偽刑事というそんな人間はいなかったのではないか、Aの述べた人相は、架空の人間の人相ではなかったのか、架空の人物を造るということは、容易な事のようであってなかなかそうではない、うっかりすると最初に言った人相と、二度目に言った人相が違って、そこから嘘が露れる危険がある、それを考えたAは咄嗟の間に、眼の前のBとすっかり反対の人相をそれに当てはめようとしたのではないか、これならAはBの人相を思い浮べさえすれば、いつでもすらすらと架空の人物の人相が言えるわけだ……とBはこう考えたのです。もっとも、BがAを怪しいと気づいたのには、もう一つ別な証拠があったのだけれど……それは絆創膏なのだが……」

「申訳ございません」

長い震える息を吐き出した野々口がふいにこう叫ぶように言って、ぴったりと畳に手を突いた。

「実のところ、僕には、もしあなたと同じ立場に置かれたら、あなたと同じ過失を犯さなかった、と言い切れる自信がないのです。そうだ、あなたの犯したのは、罪ではない、過失なのだ……しかし、その償いはしなければ……あなたが、すすんでその気になりさえすれば、法にも慈悲はあるはずです——僕の職務から言えば、あなたが怪しいと思われる証拠を摑んだ時、僕は、その場からあなたを引立てて、突き出すべきであったかも知れない。何故そうしなかったのか、と、あなたは不思議に思うでしょう。しかし、僕がそうすれば、あなたは償い以上のことをしなければならなくなる。恥は決して償いではないのだから……僕はあなたに、犯した過失の償いをしてもらいたいとは望んでいるが、恥を与えたいとは望んでいない……そしてまた、もう一つは、あなたも若い、僕も若い、同じ若い命をいとおしむ心からこうした行為に出たのかも知れぬ……とこう自分で考えるのだが、それよりもっとほんとのところは、やはり、自分にもわからぬ気持ちに惹かれてこうしたと言うべきでしょう。——あまり自分を責め過ぎぬように……僕はあなたを少しも責めてはいないのだから……」

畳に突伏したまま咽び泣いている野々口に、深い憐憫の眼差を投げながら、原田巡査は静かに立ち上った。

黒い影

（一）

蒼い空と、白い地面と、ただふた色だけの世界であった。

空はそれ自体の色を持たず、何かの色を透きうつしでもしたように、あくまでも明るく澄み透った蒼さに輝き、地面は真夏の真昼の砂浜のように、ゆらめき立ちのぼる熱気までも肌にじかに感じられそうな、あくまでも乾き切った白さであった。

蒼と白との、このふた色だけの世界が瞳にうつり初めた時から奈津子の胸はたとえようもない恐怖と不安にふるえ初める――ああ、またあれが来る……あれが来る……と思いながら、しかしそのあれは、必らず来ることがわかっていながら、どう避けようもなく、ただじっと待つより仕方のないものであった。

やがて、蒼い空と白い地面とを、かっきりと鮮やかに区切った境界線の上に、ぽつりと一点、黒い小さなしみのようなものが現れる。――ああ、とうとう来た……と思う間もなく、それは、物凄い勢いで奈津子をめがけて驀進し初め、見る見るうちに大きさを増して、直正面から奈津子の頭上に押しかぶさって来る。そして奈津子の世界は一瞬の間に、ただ一面の暗黒と、音のない悲鳴と叫喚に満ちたものになってしまうのだ。

叫ぼうとしても声も出ず、その暗黒の世界から抜け出そうと、ただ必死にもがいているうちに、ふいに何かから解き放されたように一時に苦痛が消えて体が軽くなり、ぽかりと急激に目覚めてくるのであったが、そうして目覚めるまでの間の苦痛の烈しさは、わずか数分間――否、わずか数秒かも知れないその間が、永劫の永さとも感じられるほどであった。

目覚めてから後も、その苦痛は澱のように心に残り、そして、やがてそれは、救いのない絶望と、やりどころのない憤激となって、奈津子の心をさいなむのであった。

ああ、一体、何時になったらここから抜け出せるのであろう――何のためにこうまで烈しい責苦を受けつづけなければならぬのであろう――と、ぎりぎりと歯を噛み鳴らすように思う思いは、やがてまた、姉の三千子に対するどう押えようもない烈しい憎悪となって、身内のなかを蛇のようにのたうち廻り、奈津子の心を二重の責苦の中に突き落してしまうのである。

すべてを運命と諦め、絶え間もなしに受けつづける心の苦痛を、当然受くべき神の笞と思い決めて、素直に、その下に身を投げ出していた虚しさなどは、とうの昔に消えてしまった。

今、奈津子の心の中に残るものは、真黒い救いのない闇のような絶望と、ぎりぎりと、われとわが生ま身に歯を噛み立てて、噛み裂いてもしまいたいような、どう押えようもない烈しい憎悪の思いばかりであった。押えようとする努力さえも捨ててしまったこの憎悪は、何時かは何かの形で表に現れずには済まぬものであろう。

やがて何時かは必らず来るに違いないその時を、身内のうずくような思いで待ち望むほど、今の奈津子の心は悪意に満ちたものであったが、あの時から今日まで、長い長い間、絶え間もなしに強いられ通した、苦痛と反省が、このような白が黒に変るほどの烈しい変り様を、奈津子の心にもたらしたとも言えるのである。


思えば、それは十数年も昔の、それこそはまことに、悪夢の中のような、出来事であった。

奈津子は八つ、姉の三千子は九つ――ただふたりきりの、その上、年が近いためもあって片時も傍を離れたことがないほど仲のいい姉妹であった。

その日も二人は一緒であった。

家の近くのゆるい勾配を持った坂道を、つないだ手をいっぱいに伸ばして、道幅いっぱいにひろがり、唱歌を歌いながら歩いていた。間もなく二人を襲った不幸は突然であり偶然であるように思われたが、しかし、後で考えれば、決して偶然ではなくそうした不幸の起り得る条件が、幾つか揃っていたのである。

そのゆるい坂道の頂点は、二人がそうして歩いている二三間先にあり、そこからまたゆるく向うへ下り坂になっているその道を、一台の自動車が走って来ることに――しかもそれが、坂道の頂点のすぐ二三間先まで迫って来ていることに、そうして歩くことの愉しさに心を奪われていた二人は、少しも気がつかなかったのである。

注意深い運転手であったら、速力をゆるめ、警笛を鳴らしながら走らせるに違いないその坂道を、その自動車は速力もゆるめず、警笛も鳴らさずに走っていた。人通りのあまりない屋敷町であるために油断したのであったろうが、不幸は起るべくして起ったとも言えるのであった。

二人が気がついた時、自動車は目前に迫っていた。この場合、手をつなぎ合っていたことも、確かに不幸の原因であった。つないだ手を離して、急いで左右に避ければそれで済むものを、恐怖と驚愕に狼狽した幼ない二人は、手を離す代りに、ますます強く握り合って、互いに相手を自分の方へ引き寄せようとし合ったのだ。そうして引き合う力が、一つだけ年が幼ない、その一途さのためであろうか、姉の三千子よりも、妹の奈津子の方が少し優っていた――というそれが、その後の二人の不幸の形を決定的なものとしてしまった。

子供たちの狼狽のし振りの甚しさを見て、同じく狼狽した運転手が、あわてて車を停めた時はすでに遅く、三千子は路上に轢き倒され、奈津子ははね飛ばされて、したたか地面に叩きつけられた。体中がしびれたようになって、不思議にも苦痛の感じは少しもなく、仰向けに転がったまま、変にしらじらと白けた気持ちで仰いでいた空の瞳にしみるような蒼さは、年を経るに従って、ますますその色の鮮やかさを増し、視野の外れに眺めた地面の白さも、あれから、十数年過ぎた今でさえも、夢にさえもその際立った白さを、少しも薄れさせてはいないのである。

はね飛ばされただけで済んだ奈津子の傷は大したことはなく、間もなく治ったが、足を轢かれて骨を砕かれた三千子は、生れもつかぬ不具者となった。

言ってみれば、それはほんの時のはずみであったとも言え、それがその時の運であったとも言えるのである。あの災禍の来た時刻が、ほんのもう数秒早いか遅いかの違いで、この逆の結果も充分考えられていいはずであったが、しかしこの場合、それが三千子であり、それが奈津子であったということが、その後の二人の運命の在り方を、どう動かしようもない決定的なものとしてしまったのだ。

奈津子がおぼろにそれを感じたのは、その災難の数日後であった。

災難の場所からすぐに病院へ運ばれた姉の怪我が、どの程度のものかを奈津子はまだはっきりとは知らず、はね飛ばされた時に打った肩や背中の痛みのために家で臥せりながら、病院から母の戻るのを待ち兼ねていた。

あの日以来、父も母も殆んど病院へ行ききりで、夜も病院へ泊まることが多く、ほんの時たま家へ帰るばかりであったが、それが奈津子には淋しく物足りなかった。

今までの経験から言えば、怪我や病気の時には、常よりも一倍、父や母に甘えていいはずであった。それは幼ない者たちに与えられた一つの権利のようなものでもあり、そしてまたそれは、血と血のつながりによって示されている自然の約束に対する、何かの答えのようなものでもあるのであろうか——いずれにしろ、奈津子はただ、無邪気にその権利を主張し、答えを求めたに過ぎなかったのだが、ところが、意外に手ひどくそれが裏切られてしまったのである。

やがて、病院から帰って来た母は、留守中の出来事を女中に問い訊し、奈津子の様子をちょっと確かめると、すぐにまたそそくさと、病院へ戻る用意をし始めた。その母を奈津子は後から、

「お母さま！」

と留守の間の淋しさをせいいっぱいにこめた声で呼びかけ、

「お姉さまのとこへばっかり行かないで、奈津子の傍にもいて……」

「ねえやがいるじゃありませんか」

母は病院へ持って行く物を包みながら、振り向きもせず、いらいらとした言い方であった。

「ううん、ねえやじゃつまらない。お母さまいてよ。お留守番は淋しいからもういやよ」

「我儘を言うんじゃありません」

ぴしり、と撥ね退けるような厳しい声であった。

「お姉さまはあなたのために、生れもつかない片輪者になってしまったんですよ。あなたはどこも何ともないでしょう。それだのに、お留守番位のことでかれこれ言うなんて罰があたりますよ」

奈津子はびっくりした眼を大きくみはり、息をつめて、そう言う母の後姿を凝視めた。覚えず体を緊張させたためか、ふいに突き抜けるような痛みが、背筋から足先へ向けて走ったが、しかし、痛い、という言葉は口の中で呑み込み、ただ僅かに眉をひそめたばかりであった。言ってはならぬ言葉だと、何となしに感じたのである。

突然の思いも寄らぬものに打ち当った驚愕――すがりつこうとした手を、ふいに突き放された淋しさ――しかし、何よりも、今の自分が以前の自分ではなく、その身の在り場所も、何時の間にかすっかり変ってしまっていることを、何の前触れもなく、突然に思い知らされて、戸迷いしたような気持ちの方が強かった。

母が、何時の間に出て行ったかも気がつかず、ふとわれに返った時、奈津子は、ミツと呼ぶ若い女中に手を握られ、声には出さず、胸の中で、痛い、痛い……と呟きつづけていた。体の痛みは去っていたが、最早、そう言っても、それを癒そうとしてくれる者もなく、甘え寄る者もなくなって、何も彼も一人で堪えて行かなければならぬ淋しさを、それでしっかりと確かめようとでもするように――

「奥さまはひどいことを……何も奈津子さまのせいじゃありませんのに――お気になさることはありませんわ。運ですわ。ほんとに運なのですわ。奈津子さまだけでも御無事でよかったと、どうしてお思いにならないんでしょう――すっかり気が上ずっておしまいになっていらっしゃるんですわね」

ミツの慰めの言葉の意味も、よく呑み込めず、奈津子はただ、眼をみはって、そう言うミツの顔をまじまじと凝視めながら、水仕事に荒れてざらざらとしたその手を、何時までも放すまいとするように、しっかりと握りしめていた。これまでは触れてみたこともなかったその手が、今は、この世で一番力強いなつかしいもののように思われた。

その夜、初めて奈津子は、蒼い空と、白い地面と、頭上から降りかかるような烈しい勢いで、まっしぐらに自分をめがけて驀進して来る黒い恐ろしい物の影との夢を見た。

それは、初めて母から思い知らされた自分の過失の恐ろしさを、深くも自分で責める心の現れであったのであろうか――そうであったかも知れず、それともまた、父や母の愛情をつなぎとめ、と切り返しのつかぬ過失を犯したと思う苦しさから逃れるために、姉と立場を変えたかった、と希う切ない願望の現れででもあったのであろうか――そうであったかも知れなかったが、しかし、そのいずれであるかを考え、判断するには、奈津子の年齢は、まだあまりにも、幼な過ぎた。

奈津子はただ、蒼い空と白い地面が一瞬にして掻き消え、文目《あや》も分たぬ暗黒と化した世界の中で、身動きも出来ず、声も出し得ず、暗黒の中に充ち満ちる音のない悲鳴と叫喚に取り巻かれながら、永劫の恐怖を味いつくし、永劫の苦悶を苦しみ抜いたのである。

その時から奈津子は、病院から帰って来る父や母を、黙って見迎え、黙って見送りひとり置かれる淋しさを訴える言葉は、二度と言おうとはしなかったが、その瞳の中に現れている、大人にもないような深い淋しい諦めの色に、父も母も気がつかず、奈津子自身も知らなかった。

一度、父が病院へ戻りしなに、部屋の隅でぽつんとしている奈津子の姿に、ふと目をとめ、何か気になるらしい顔色で振り向いた。

「奈津子は一人で淋しいだろうな」

奈津子は驚いたように父を見上げ、急にその瞳の中にかすかな怖れの色を浮べると、父の言葉が、痛む傷口に強いて触れようとする手ででもあるように——そして、それをあわてて避けようとでもするように、ううん、ううん、と続けさまに首を振った。

「奈津子ちっとも淋しくなんかないわ。ねえやがいるから——それに奈津子、どこも何ともないんですもの」

（二）

三千子は二ケ月後に、父や母に附き添われ、松葉杖を抱えて退院して来た。

三千子が病院にいた間、父も母も、三千子のことにばかりかまけて、奈津子のことなどは忘れたような様子であったが、奈津子はむしろそれに気安さを感じ、いっそこのまま何時までも忘れていてもらいたいようでさえあった。

姉も何時までも家に帰らず、このままずっと死ぬまででも、病院にいてくれた方がいいと思った。何時かは姉が帰って来て、そして、父も母も家にいるようになる時のことを考えると、奈津子の胸は、不思議な恐怖と不安に慄えてくるのであった。

それはあの夢の中で、黒い恐ろしい影が頭上からおおいかぶさって来るのを、ああ、来る、来る……と思いながら、どう避けようもなく、ただじっと待っていた時の気持ちに似ていたが、幼ない奈津子はそれが何故であるか、二つの事柄の間にどのようなつながりがあるか、そこまでは考えずに、ただ、どこか遠くへ行ってしまいたい——と漠然と考え、その心細さに堪えられずに、ミツの荒れた手を求めてつきまとった。

「ねえや、どこかへ行きましょう」

いよいよ、姉が退院して来るという日の前日、奈津子は縁先に座ってほどき物をしているミツに寄り添い、その腕をしっかりと握りしめながら言った。ふと頭に浮んだことを、何の考えもなく、そのままふっと口に出してしまったような調子であったが、言ってしまうと、すがりつく綱はそれ一筋しかないことに、急に気づいたような真剣な顔色になった。

「ねえ、行きましょう」

あの時、荒れた手で、奈津子の手を握ってくれたミツならわかってくれるはずであった――が、ミツは奈津子の真剣な顔色には気づかずに、握られた腕を不自由そうに動かして糸を抜きながら微笑んだのである。

「どこかへって、どこへいらっしゃいますの?」

「遠いとこ……遠いとこよ」

「そんな遠くへ行ってどうなさいますの?」

「もうお家へ帰らないの」

「それは困りますわ」

とミツはまた微笑んだ。

「奈津子さまを、そんなところへお連れしたら、ねえやが奥さまからお叱り頂いてしまいます。明日は皆さまお帰りなさいますのですもの。お家でおとなしくお待ちなさらなければ――三千子さまもお帰りなさるのでございますよ」

その三千子が帰って来るから言うのではないか――それだのに、ああ、やっぱりミツもわかってはくれないのか――奈津子は、一時に真黒な絶望に胸を圧しつぶされ、体中の力が抜けてしまいそうであった。

けれども、奈津子は、その気持ちをどう言い現すすべも知らず、急に光りを失ったようなその瞳を、ただぼんやりと庭の方へ投げた。中心の定まらぬようなその瞳に映るカンナの花の真紅の色が、昨日も今日も、そして明日も、何時も少しも変らず同じ色であることが、何かひどく不思議でならぬことのように思われた。

その夜、奈津子はまたあの、蒼い空と白い地面と、頭上から降りかかるような凄まじい勢いで、まっしぐらに自分をめがけて驀進して来る黒い恐ろしい物の影との夢を見た。それは全く、同じ映画の中の同じ場面の一齣をそのまま取り出して、映し出してでもしたように、青い空と白い地面で現れ初めてから、恐怖と苦悩にさいなまれながら、水の底からぽかりと浮き上るように急激に目覚めるまで、最初に見た夢と寸分違わぬ夢であった。

いよいよ姉の退院の日、奈津子は、朝からうろうろと落附かず、しかし、時が経つにつれてどうにもならぬことなのだ、と子供心にも観念したらしい様子を見せ初めてきた。ミツの手を求めようともしなかった。結局、ミツも味方ではなかった――と、諦め切った気持ちが、八歳の少女の心に、大人のような思慮を与えたのでもあったろうか――奈津子は、久し振りで帰る三千子のために、部屋の飾りつけを変えたり、料理に忙しく立ち働いたりするミツに何彼と手助けしようとさえつとめたのである。

「ねえや、これはどこへ置くの？」

料理を盛った皿を指しながら訊ねたりする奈津子の様子には、年の幼なさから自分でも意識はせずに、しかし、そうして他へ心を向けることによって、何かを忘れようとつとめているような、よく見れば、痛々しいほど必死の努力が見えているのであったが、忙しさに気をとられているミツはそれには気がつかずに、

「お留守番なすっていらっしゃる間に、奈津子さま、すっかりおとなにおなりなさいましたこと。皆さま吃驚なさいますわ」

と笑いながら褒めたのであった。そしてミツは、そう言われても、奈津子の顔が子供らしい喜びの表情を現さずに、却ってどこかに何かの苦痛を感じでもしたように、そして、その苦痛が一体ど

こから来たのか、と自分でもいぶかしむように、いっ時、仕事の手をとめて、かすかに瞳の色を沈ませたのにも気がつかなかったのである。

姉はとうとう帰って来た。そして、父も母も――とうとう――

両脇を父母に支えられて自動車から降り立つ姉の姿を見た時、恐れも不安も一時に忘れて、奈津子はなつかしさに胸をとどろかせ、

「お姉さま!」

と駈け寄ろうとして、しかし、ふいにはっと顔色を変え、突然、何かに後から引き戻されたように足をとめた。

奈津子は二ケ月間、一度も姉を見なかった。父も母も奈津子を病院へ連れて行こうとはせず、奈津子も行きたいとは思わなかった。あなたのためにお姉さまは――と母に言われた時から、姉のことも病院のことも、決して口に出してはならぬ言葉なのだ、と何かに誓いでもしたように、決して言おうとはしなかったのだ。

用事や見舞いで、ミツは度々病院へ行ったが、帰って来たミツが、病院の様子や、三千子の容態の話をする時、奈津子は黙って聴くばかりで、子供らしくその話に引き込まれて行こうとはしなかったので、子供には興味のないことなのであろうか、――と考えたミツは、奈津子を相手にそういう話をすることをやめてしまった。

しかし奈津子は興味がないのではなかった。怖れも不安もなしに聴けるものなら、奈津子は自分から問いかけても、病院の話も姉の話も聴きたがったことであったろう。その年相応の子供らしい好奇心を露わにして――ただ、奈津子は、あなたのためにお姉さまは――と何時か母が言ったと同じ言葉を、また誰かの口から聴くのではないかと、それが恐ろしかったのである。

けれども、まだその気持ちを人に理解させる言葉も言えず、話をうまくそらすだけの智慧も工夫も知らず、次には何が来るかわからぬ不安に怯えながら、ただ、黙って、耳に入る言葉を、そのま

ま聴くばかりであったのだ。

母の言葉やミツの話から、あの時の怪我が姉の体に与えた変化を、奈津子はただ漠然と想像していただけであった——と言ったところで、しかし、まだ八歳の少女に、一体どれだけの想像力があるであろうか——それはただ、その年相応の考え方であれこれと考え、姉の身に、自分が母からああ言われても仕方がないほどのひどい変化があったらしいことを、ただ漠然と感じるだけであったのである。

今、奈津子が二ケ月振りで見た姉は、一目見てそれとわかるひどい跛であった。

跛——この世の中にそういう哀れな不具者のあることを、奈津子も何となく知ってはいたが、自分の身近に見るのはこれが初めてであった。ああ、跛！　一緒に歌を歌い、手をつなぎ合って、笑いさざめきながら歩いた姉が、たった二ケ月見ない間に、見るも惨めな跛になって帰って来たのだ。奈津子は息をつめ、殆んど必死なまでのものを浮べた瞳で、瞬きもせずに姉の姿を凝視めた。

今、確かに自分の眼で見るこの厳粛な事実は、落雷のように奈津子の心を打った。八歳の少女が、一度に十年の成長を遂げたようであった。あなたのために——と言った母の言葉を、奈津子は今こそ理解したのだ。否、その年齢から言えば、理解という言葉はあたらないかも知れなかった。

その言葉は、ただそのままの言葉として、体温のように奈津子の体に溶け込み、血液の中にまで流れ込んだのである。一点の疑念もない、これほど素直な受け入れ方が、またとあろうかと思われるほどに——

その夜、奈津子はまたあの、蒼い空と白い地面と、頭から襲いかかる黒い恐ろしい物の影との夢を見た。同じ映画の中の同じ場面の一齣を、そのまま取り出して映し出しでもしたように、初めから終いまで、やはり最初と寸分違わぬその夢は、母の言葉も態度もそのまま受け入れた奈津子の心に、更に固い裏づけを求めでもするようであった。

そして、その日から、奈津子の姉に対する全く自身を捨て去った献身の生活が始まったのであったが、その献身とは何であったろう——それは、僅か十歳にも満たぬ幼ない少女が、大人の数倍の忍耐と克己心とをもって、すべてを堪え忍ぶことであったのである。

（三）

あの怪我の日まで、三千子はどちらかと言えば、明るくおおらかな気質の少女であったのだが、体の不具がその心までも不具にしてしまいでもしたように、あれ以来全く一変して、暗いひねくれた気質の少女となってしまった。

不具の子に体する両親の偏愛が、一層それを助長したのにも違いなかったが、不具であることが何かの特権ででもあるように、三千子は何かにつけて、不具の身の不自由さを武器のように振りかざし、強引に頭からのしかかるような態度で奈津子に臨んだ。

「三千子がこんなになったのは、みんな奈津子ちゃんのせいよ」

どのような場合でも、この言葉がすべての事態を決定した。何も彼も、悪いことはすべてが奈津子のせいであった。時によっては、その日の天気の悪いことや、学校の宿題が出来ないことまでも——

けれどもまだ三千子位の年齢では、初めから意趣を持って、この言葉を口に出すはずはなかったのである。恐らくは、母がふともらした愚痴の言葉を聴き覚え、深い考えもなく、そのまま言い継いでいるうちに、次第にその言葉の効果を覚え込み、そして、それが何時の間にか、動かし難い事実となって頭の中に刻み込まれて来たものなのであろう。

しかし、そうして、事につけて同じ言葉を繰り返しているうちに、まるで、その言葉によって培われでもしたように、三千子の胸の中には自然に、奈津子に対するほんとの憎悪の心が湧き出て来たようであった。そして、それはやがてまた、二人とも年を重ね、人前に不具の身の醜さを恥じる羞恥の心が生れ出た頃には、その憎悪の心は生れながらに負わされた宿業ででもあるように、根強く根深いものとなったのである。そして姉のその憎悪が奈津子の心の底にひそむ憎悪をも引き出してしまったのだ。

それは三千子が女学校の五年、奈津子が四年の時のある日のことであった。その日も何時ものように授業が終えると奈津子は、姉の荷物を持ち、傍に寄り添いながら帰路についた。学校の行き帰りに、歩行の不自由な姉の介添をすることも、奈津子に課せられた重要な任務の一つであったのである。三千子の虫の居所一つで、歩き方にまで難癖をつけられどう鎮めようもなく疳を立てられてしまうのであったから——

校門を出たところで、奈津子は後から友達に呼びとめられた。振り返ると、その友達は五六間後の方で、

「ちょっといらっしゃい」

と手招きしている。姉を待たせることは何か気がかりでもあったが、友達の様子もいかにも用ありげに見えたので、奈津子は、

「ちょっと待ってね、すぐ帰るから……」

と姉に言い置いて後へ駈け戻った。友達の話というのは、翌日の試験に出そうな問題のことであった。ほんの二三分で済むつもりの話が思いの外に長くなり、奈津子は姉のことが気になるので、話しながら二三度姉の方を振り返った。奈津子のその様子で、友達も姉のことに気がついたらしく、同じように姉の方を振り返って、

「ああ、悪いわね。お姉さまを待たせて——じゃあ、また明日ね」

と話を打ち切った。奈津子が急いで姉の傍へ戻って見ると、姉はもう顔色を変えていた。待たせたことがいけなかったのか、と奈津子はおろおろしながら、

「ごめんなさい。長くなってしまって……」

と詫びたが、姉は返事もせずに奈津子を睨み据えるばかりであった。奈津子の心は沈み込むように暗くなった。このような時、後に何が来るか、奈津子は身にしみて知っているのだ。幾十度でも幾百度でも、骨の髄までも叩き込んで思い知らせてやらずにはおかぬ、という調子で繰り返される、あなたのために――であった。

あなたのために――ああ、この言葉は最早、すでに奈津子の血の中にまで流れ込み、血と一緒に肉の中にまで滲み込んでいるのではなかったのか――この上、この言葉の前に、どう身を屈すればいいと言うのであろうか――

家へ帰るまでひと言も物を言わなかった三千子は、帰るとすぐに、奈津子を自分の部屋へ呼びつけた。

「あたしの悪口を言ったんでしょう？　みんなの前で、あたしを見世物にして笑い物にするつもりなのね」

釈明や、弁解を聴くつもりなどは少しもない、遮二無二押し伏せてしまおうとする嵩にかかった言いようであった。

「いいえ、違います。そんなことは決してしません。明日の試験のお話をしただけなのよ」

「それなら、どうしてわざわざあたしの方を振り向いたりするの？」

「お姉さまを待たせておいていけないと思ったから……」

「嘘おっしゃい。そんな殊勝なことを考える人が、あんな人を馬鹿にした笑い方をするはずがないわ」

「笑いなんかしません」

「いいえ、笑ったわ。あなたもあの人も――いかにも人を馬鹿にしたような顔をして――あたしを盲目だとでも思ってるの？」

こうなってはもう言う言葉もなかった。言えば言うほど、理非も道理も最初から振り捨てた三千子の、狂暴な怒りをつのらせるばかりなのだ。

「あたしがこんなになったのは、こんなみっともない恰好を人前にさらさなければならなくなったのは、一体、何のためなの？　誰のためなの？――さあ、おっしゃい。言えるなら言ってごらんなさい」

ああ、やはり、また――と思った時、奈津子は顔から、すう……と血の気のひいて行くのがわかるような気がした。

「あたしのためです！」

声がかすれて、ぐっと胸に何かが突き上げて来そうであったが、奈津子は、目もくらむほど必死の思いでそれを押えて、

「みんな、あたしが馬鹿だったから――」

「そうよ、あたしはあなたのために、こんなみっともない片輪者になったのよ。一生、人の笑い物になって暮らさなければならないのよ――ああ、ほんとに一体、どうしてやろうか知ら――」

ぎりぎりと歯を噛み立てるような、憎悪に満ちたその声音を聴いた時、奈津子は胸の中で、これまでようようの思いで堪えに堪えてきた何かが、ふつり、と音を立てて切れて行くのを感じたのであった。

「お姉さま！」

ああ、これは何時もの自分ではない――と思った時、奈津子は蒼ざめた顔をきっと上げて、正面から姉を凝視めていたのである。

「ほんとに一体どうすれば、お姉さまのその気がすむんでしょう――どんなにでも、お姉さまの気のすむようにして下さい」

「どんなことをしたって、あたしの気のすむ時なんかありはしないわ」

「それなら、どうして、そんなに何時までも同じことばっかり仰言るの？」

「何ですって？」

ふいに思わぬ攻勢に、出会いでもしたように、三千子は、一瞬、その瞳の中にひるんだ色を見せたが、次の瞬間には、その瞳にぱっと青い炎のようなものが燃え立った——と思った時、奈津子は、あっ、と叫んで額を押えた。寝そべった犬の形をした文鎮を、避けるひまもなく、額の真正面から叩きつけられてしまったのだ。

指の間を生温かく伝って流れる血を感じながら、奈津子は何時の間にか、姉が自分を憎んでいると同じ程度の深さで、自分も姉を憎んでいることを覚ったのである。それはまるで、同じ血の中に流れる憎悪の心が、何時か知らぬ間に、同じ血を通して、自然に感染り合ってでもいたようであった。

「あたしの気の済むようにするのは、あなたが死んでくれることだわ。もうもう、二度とその顔を見たくもないのよ。永久にこの世の中から、消えてしまってくれればいいと思うわ」

よし、それなら、その言葉通りに、永久にこの世の中から消えてやろう——と奈津子は思った。罪ほろぼしに——否、復讐のためにである。

あなたのために——と姉は言う。しかし、自分はその姉のために、長い間、背負い切れぬほど重い十字架を背負いつづけて来たのではなかったか——偶然が、ほんのちょっとしたはずみでそのように働いた、というただそれだけのことのために——しかも姉はそのためにすべてを許され、自分は眠りの間も責められ続けなければならないのだ。

ああ、あの夢——今も事ある毎に執拗に眠りの中に姿を現して、自分を恐怖と苦悩のどん底に突き落す夢のことを考えた時、奈津子の全身の血は湧き立った。この数年間、ああして夢にまでさいなまれ通した上、何時も二人一緒にいるために、あの災難の折りの話は今では知らぬ者は一人もないのだ。自分こそ重い十字架を背負い背を曲げて、血の汗と涙を流し、よろめきながら歩む哀れな姿を、人の前にさらし続けて来たのではなかったか——誰のために——ああ、この姉のために——

今度は姉が代ってその十字架を背負い、生涯、その重さにあえぎ通せばいいのだ。姉ははっきりとそれを望んでいるのだ。何の拒むところがあろうか——

奈津子は静かに額から手を離し、指を染めた血の色をじっと凝視めてから、蔑むような冷たい一瞥を姉に投げて立ち上った。その眼差には最早、同じ血を感じさせるものは微塵もなかった。否、同じ血ゆえに一層烈しい憎悪の色さえ感じられ、それは明らかに、仇敵が仇敵を見る眼差であった。

廊下で母と行き会った時、母は奈津子の額の傷を見て、

「まあ、その傷は一体どうしたの?」

と驚いたように問いかけたが、返事もせず、振り向きもせずに行こうとする奈津子の様子から、はっと何かを思い当ったらしく、二三歩、急ぎ足に戻って来て、奈津子の顔を覗き込んだ。

「三千子でしょう?……」

と声をひそめて、母は何か困ったらしい顔色であった。

「あの人も、この頃少し我儘になり過ぎたようだけれど——でも、我慢してやって頂戴。あの人の杖になってやるつもりで——辛いでしょうけれど、ね——あんな、お嫁にも行けないような体になったのは、あなたのせいだと、三千子は思い込んでしまっているんですからね」

そう思い込ませてしまったのは一体誰なのだ——と奈津子は冷たい眼差で母を見返した。今はこんな風に言うのは、母自身が何かに言い訳しなければならぬための言い方のようであった。奈津子はその母の顔色と言葉の中に、自分で自分を退引ならぬ場所に追いつめてしまった者の、困惑の表情を見たのである。そして奈津子は、あの時以来、微かな怖れに似た感じで眺めていた母を、今は一段高い場所から、冷静に見下ろしているような気持ちであった。

母も、自分のふとした思いつきのような言葉の結果がどのようなものか、今こそはっきりと思い

知ってみればいいのだ——と思いながら、とうとう、ひと言の返事も与えずに家を出た奈津子が、五六町も歩いた時、

「奈津子さま、お待ちなさいまし……」

と後から追いすがるように声をかけたのはミツであった。急いで後を追いかけたものらしく息を弾ませ、ひたむきな瞳色で奈津子を凝視めているミツは、すべてを知り抜き、奈津子の決心までも覚っているらしい顔色であった。

「御辛抱なさいまし」

幼ない奈津子があの日、この手ひとつがただ一筋の頼る綱——と握りしめた、あの水仕事に荒れてざらざらとした、しかし、男のようにしっかりと力強い手で奈津子の手を握りしめながら、

「三千子さまが何と仰言っても、何をなすっても、じっとおこらえなさいまし。そして、御親切になすってお上げなさいまし。その方が勝ちなのでございますよ。誰でも、どんな人でも、親切には勝てないものでございますから——さ、ミツと一緒にお帰りなさいまし、そして、早く傷の手当てをなさらなければ……」

促すように顔を覗き込まれて、奈津子はかすかにうなずいた。実直なミツのこの誠実さには勝てないと思いながら、しかし、奈津子は、ミツの言葉を、そのまま素直に受け入れたのではなかった。親切には勝てない——と言うミツの言葉は、奈津子に、姉に対するある復讐の方法を暗示したのである。

自分が今死んだところでどうなるだろう——それは結局、自分が負けたことを示すだけのことではないか——そうだ、それよりも、と奈津子は即座に心を決めてしまったのだ。

その夜、奈津子はまたあの夢を見た。しかし、目覚めてから、澱のように心に残る苦痛と恐怖を反芻する気持ちは、以前とは全く違ったものであった。

(四)

その日から奈津子は、不具の不幸を武器として振りかざす姉に、あくまでも身を屈した献身と犠牲とを武器として立ち向ったのである。故意に姉の怒りを掻き立て、すすんでその前に身を投げ出し、姉の折檻の手をうながした。

「あなたのためにあたしは——」

と姉が言うより先に、

「あたしのためにお姉さまは、生れもつかない片輪者になってしまったんですもの。あたしはどんなにしてでも、その償いをしなければなりませんわ。一生、お姉さまの杖になって暮らすつもりですの」

と、わが身を責めて責めて責め抜きながら、まだ責め足りずに悩むような調子で誰にでも言い、姉の言葉をふさいでしまった。片時も姉の傍を離れず、まるでその心の中を読みでもするように、万事に先へ先へと立ち廻り、却って姉をいら立たせた。

「ああ、もう、うるさいわ。放っておいて頂戴」

姉がいらいらと眉を寄せながら言う時など、

「まあ、どうしてでしょう……」

といかにも驚いたように眼をみはって見せ、それから悲しそうにしおしおと眼を伏せながら、

「あたしはお姉さまの気に入りたいの。でも馬鹿で気が利かないから駄目なのね。どうすればいいか教えて頂戴。何でもお姉さまの仰言る通りにしますから……」

このような奈津子には、三千子も折檻の手の上げようがなかった。奈津子はこうして、献身の強さと犠牲の大きさで姉を押し伏せ、いら立つ怒りのはけ口さえも、ふさがれた姉を、徐々に狂気の

中へ追いつめて行こうとしたのである。

女学校を出てから間もなくあった縁談も、姉のために断った。

「お姉さまを置いて、結婚する気なんてありません。あたしはお姉さまの傍に何時までもいたいのよ。お断りして頂戴」

きっぱりと言う奈津子の言葉に、母はほっとしたような顔色であったが、二度目の縁談にも、奈津子が同じことを言った時、何か気がかりらしく奈津子の顔を眺めた。

「いいお話だと、お母さまは思いますけれどね」

「それじゃ、お母さまがいらしたらいいわ」

「何を言うんです」

母はうろたえた様子で苦笑し、暫くまじまじと奈津子の顔を眺めていたが、やがて、

「三千子に遠慮してるのじゃないの？」

と言った声は、二人だけの秘密でも語るように、ひくく、そして、何かあわて気味な早口であった。

「いいえ」

奈津子はすぐにはっきりとした態度で首を振り、そんな風に気を廻す母の気持ちを却って解し兼ねるように、まじまじと母の顔を見返した。

「決して遠慮なんかじゃないの。そんなことは考えたことはないわ。ただ、まだお嫁になんか行きたくないのよ。お嫁に行くより、お姉さまと一緒にいたいの。我儘かも知れないけれど、もう暫く自由にさせておいて頂きたいの」

「そう、いやなのなら仕方がないけれど、もし遠慮してるのだったら……」

「いいえ、決して——でもね、お母さま」

と奈津子はふと首を傾げて微笑した。

「遠慮はしないけれど、申し訳ないような気持ちはあるのよ。何だか自分の気持ちが済まないような……」

そして、

「それなら……」

と言いかけた母の言葉を押えるように、またにっこりと微笑んだ。

「でも、やっぱり、まだお嫁になんか行きたくない気持ちの方が強いの。だから、決して遠慮や義理じゃありませんわ。そんな余計な心配はなさらなくていいのよ」

「そう……」

と母は心残りらしい様子ではあったが、強いてすすめもせずに話を打ち切った。しかし、こうしたことが三度四度と重なり、五度目にも奈津子がやはり同じ言葉で断った時、母の顔には明らかに焦躁の色が現れたのである。

「あんまり焦らさないでおくれ。一体どういう気持ちなの？」

と詰るような調子であった。

「こんないいお話は、滅多にありはしませんよ。あなただけでも、あんまり年を取り過ぎないうちに、いい加減に身を固めてくれなければ……」

数年の間に、めっきりと老いの色の濃くなった母の顔を見るのは、さすがに痛ましく、奈津子は眼をそらしながら、しかし、そのような感情には負けまいとして気を張った。

「でもお母さま、どんないいお話でも、あたしはいやなんです。こういうお話はこれでもうきっぱりとお終いにして頂きたいんです」

「何故なの？　それは……」

「杖は結婚なんか出来るものじゃないからですわ」

「それは一体どういうことです？」

怪訝そうに眼をみはった母の顔を凝視めながら、

「お母さま！」

と呼びかけた時、奈津子の膝はかすかに慄えた。

「お姉さまは奈津子のために、お嫁にも行けない体になってしまった、だから、奈津子はお姉さまの杖になれ、と仰言ったでしょう？　お母さまは忘れても、奈津子は忘れません。奈津子は一生、お姉さまの杖になって生きるんです。却って邪魔な杖かも知れないけれど――杖は人間じゃないのですもの。結婚なんか出来るはずはありませんわ。どうしても結婚しろと仰言るなら、お姉さまに仰言って下さい。そうすれば奈津子は、お姉さまの杖になって従いて行きますわ」

「ああ……」

と母はかすかに呻くような声をもらし、打たれでもしたように惨めに顔を歪めた。

「三千子は仕方がありません。あれは運が悪かったんだから……」

運？――運だと言うのか――今になって――母の惨めな顔を見て、ふと折れかけた奈津子の心には、また新らしく怒りが湧き上って来た。

「でも、お姉さまが生れもつかない片輪者になったのは奈津子のためだと、奈津子は始終言われ続けて来ましたわ。身にしみるほど――骨にもしみるほど――」

すがりつくような母の眼差を振り放して、奈津子は静かに立ち上った。奈津子の部屋など、この何年にも覗いたことのない姉が、廊下にことことと松葉杖の音を鳴らしながら、不自由な身をわざわざ奈津子の部屋へ運んで来たのは、その夜もすっかり更けて、奈津子が寝に就いてからであった。

「起きて頂戴。奈津子さん。話があるのよ」

奈津子は驚きもせず、静かに起き上って、枕許のスタンドをつけ、机の前の座蒲団を引き寄せた。

「どうぞ、お入りになって」

普通の客でも迎え入れるような、落ちつき払った奈津子の様子に、三千子は早くも押え切れぬ怒

りを掻き立てられたものらしく、松葉杖を投げ出して座るより早く、

「あなたは怖い人ね」

そう言う声も、もう慄えて上ずっているのであった。奈津子はその姉を、静かな押えるような微笑で眺めて、

「何を仰言るの？　今時分――何かいやな夢でも御覧になったんでしょう？」

「やめて頂戴。あたしは馬鹿にされるためにわざわざ、こんな夜更けに来たんじゃないのよ。あなたのほんとの気持ちを聴かせてもらいたいから来たんだわ」

「それは一体どういうことでしょう？　ほんとの気持ちって言うのは――あたし、今まで、お姉さまに嘘をついたことはないつもりだけれど――」

「いいえ、あなたみたいな大嘘つきは、あたし今まで見たこともないわ」

「だから、それは一体、どういうことでしょう？」

「あなた何故結婚しないの？」

奈津子はいぶかしげに眉を動かして、怒りに瞳を燃やしている姉の顔を凝視め、それから、むずかる子供をなだめるような静かな微笑を浮べた。

「そんなことを気にしてらっしゃるの。お姉さまには何にも関係ないことなのに――あたしの我儘から――ただ、結婚したくないからですわ」

「嘘おっしゃい。だから、あなたは大嘘つきだと言うのよ。ほんとはあたしのためなんでしょう？　あたしのために結婚も出来ないってことを、みんなに見せたいためなんでしょう？」

「そうお思いになりたいの？　それじゃ、そうとしても構いませんわ」

「あなたという人は……」

三千子は憤怒と屈辱に体を慄わせ、息もつまりそうな様子であった。

「あなたはまるで毒のような人だわ。みんなの心に毒をそそぎ込んで行くんだわ。見せかけの親

切で、人を手も足も出ないようにして——人が見たら、あたしは、片輪で我儘で、妹に結婚もさせないひねくれ者に見えるでしょう。そうしてあなたは、あたしみたいな姉を持ったために、結婚も出来ないで年を取ってしまう可哀想な妹だとして同情されるのね。人は騙されても、あたしは決して騙されませんからね。あなたがそうしているのは、あたしを苦しめるためなんだわ。——あたしに仕返しをするためなんだわ。そうなんでしょう？　あたしはそれをはっきり聴きたいのよ」

奈津子は答えなかった。しかし、水のような冷たい笑いを湛えて姉を凝視めた瞳は、言葉で言うよりももっとはっきりと、姉の言葉を肯定していたのである。

姉と妹とが見合う憎悪の瞳からきらめき出る青い炎は、深夜の部屋の静寂の中に、今にも音を立てて、飛び散りそうであった。それは、その体内に流れる同じ血の故に、一層悽愴な、たとえば、相食む蛇と蛇との争闘のような凄まじさであった。やがて、三千子が、その瞳をふっとそらして、

「じゃあ、あたしたちは今から敵同志ね。勝負はこれからだわ。あたしは決して負けませんからね。——でも、あたしたちが姉妹だったという最後の思い出に、明日はあなたと一緒に歩いてみたいわ。子供の頃よく行ったあの裏山の崖の上まで——まさか、あなたを崖の上から突き落そうとは言いやしないわ。この体ではね——行ってくれるでしょうね？」

奈津子はうなずいた。不思議ではあったが拒む理由はなかった。

そして、翌日の夕方、二人は、子供の頃によく遊んだ裏山の崖の上に立った。登り道はゆるやかな坂のようであったが、登りつめて向う側を覗けばそこは、下は数丈の谷間であった。三千子はさすがに疲れて汗ばんだらしく、

「ハンカチを貸して頂戴」

と奈津子のハンカチで額の汗を押えていたが、やがて、そのハンカチを握りしめたまま、崖の際まで進み、松葉杖に身をすがらせながら下を覗いた。

「目がくらみそうだわ。下はあんな大きな岩ばかりだから、落ちたら体が砕けるでしょうね。子

供の頃、あたしたちがここで遊んでいるのを見つけると、お母さまは顔色を変えて叱ったわね。覚えていて？」

奈津子は黙ってうなずいた。子供の頃――何時も二人一緒に遊び戯れていた頃――あのような時もあったのだ――と思うのは、しかし、今は、なつかしさよりも、記憶の中で薄れかけた虹の色を思い返すにも似て、何か果敢ない遠々しい感じであった。

「あの頃、あたしがここから落ちる真似をしたら、あなたが吃驚して気違いみたいに泣き出したことがあったわ。――奈津子さん――」

振り向いた三千子の瞳には、挑むような不思議な笑いの翳があった。

「あたしが今、もしほんとにここから落ちたらどうでしょう？　あなたのこのハンカチを握ったまま――そうして、あたしが死んでから、あなたにこの崖の上へ誘い出された、殺されるかも知れない、ということを書いた遺書が見つかったら――みんなはきっとほんとにするわ。あなたがあたしを突き落して殺したのだと思うに違いないわ。何しろ、あなたは、あの時からあたしにいじめられ通しで、その上、あたしのために、三十近くなる今になっても、まだ結婚も出来ないでいるんですもの。――ほんとはね、あたし、そういう遺書をある人にあずけて来たのよ。――じゃあ、さようなら――勝負はあたしの勝ちだわ。そう思うと、不思議にあなたが憎くなくなってしまいそうよ――さようなら……」

決して嘘や冗談ではない気配を感じて、奈津子が駈け寄ろうとした時、三千子の姿は、松葉杖を抱いたまま、一瞬黒い大きな影となって宙に浮び、そして、消えた――さようなら……という最後の言葉の余韻は、まだ宙に漂いながら――。

木犀香る家

一　守り刀

その金木犀の木は、吉岡家の名物であるばかりでなく、村中の名物のようであった。もうよほどの年数を経た木なのであろう。珍らしく大きな木で、花のない時には、あの小さな可憐な花をつける木とも見えぬほど、無骨な感じで聳え立ち、細かい星屑のかたまりのような、金色の花をいっぱいにつけた時には、その木の姿の無骨さのために、その花の可憐さが一層引き立って、きんきんと冴えた秋気の中で、あたり一帯の空気までが、その花の色と匂いに染まって、金色に光り輝くようであった。

風のある日には、うっとりとするような甘いその匂いは、随分遠くまで漂って、匂いのもとを尋ねながら歩けば、目をつむってでも吉岡家を尋ね当てられそうであった。吉岡家の名を言えば、その花の頃であれば、村の者たちは無造作に、あの木犀の花の匂いのする家――と教えてくれるのだ。

床しい花の香りが道しるべとなる吉岡家――黒塗りの高い塀に囲まれ、木犀の花の香りに満ちたその古い大きな家の中には、早苗がいた。

その色に見える経て来た年代の威圧をもって、どのような時世の流れの変化も、頑として遮り、拒み通すような、黒光りする大木のような太い柱――その柱の中にまでしみ込んだ古い数々のしきたりや、伝説めいた言い伝えに、まだ二十七歳の若い身を、身動きならぬほど縛りつけられ、狂った父と、再び起つ見込みのない病床の弟の看とりに日を暮らし、澱んだ古沼のような空気の中で、若さと気力とを刻一刻と失いながら――

数年前までは度々胸を燃やした、すべての桎梏《しっこく》を振り切って、この古沼のような家を逃れ出たいと思う反抗の気慨も、兄の戦死の報を聞くと同時に消え去った。

今はすべてを諦め、やがては潰え去るに違いないこの古い家と運命を共にする覚悟を決めて、世間を忘れ世間からも忘れられたいと希っている早苗ではあったが、しかし、今でも時々、こもり勝ちな生活のために、蒼白に澄んだ早苗の顔のどこかに、それらの重圧に堪え抜き、撥ね返そうとする気魄に似た色の現れることがあった。或いはこれは、そのような早苗の心には関わりなく、内にこもり切れずに自然に外に現れて来る、若い命の反抗の色ででもあったのであろうか――

木犀の花の香りに導かれでもしたように、何の前触れもなく五年振りで尋ねて来た真崎は、そのような早苗の姿を痛ましげな瞳色で打ち守り、励ますように微笑するのであった。

「早苗さん、僕はこの五年間、あなたのことばかり考え続けて来た。一日だって忘れたことはなかった。あなたのために生きて帰りたい、生きて帰らなければならないと思い続けていた――あなたが待っていてくれると信じたからです。そうして僕は帰って来た。ところがあなたは、家を離れることは出来ない、家が自分を離さない、と言う。どうも僕から逃げたいような様子だ。なるほど、あなたと僕とは、哲郎君を通して知り合った間柄だが、しかし、哲郎君が亡くなったからといって、二人の間の誓いが消えたわけじゃないでしょう――」

真崎が誓いという言葉を言った時、ふいにどこかに思いがけぬ苦痛を感じでもしたように、早苗は微かに肩を動かして眼をそらした。真崎に会った時からその頰を微かに染めていた血の色も去って、常の地色の蒼白さよりも、一層蒼白な顔色であった。

早苗の兄の哲郎と真崎とは、大学時代の親友であった。その頃、真崎は哲郎に誘われて来て、今二人が向い合っているこの離室《はなれ》で一夏を過した。二人の愛情はその時に芽生えたものであったが、しかし、その時は二人は、言葉にも出さず、色に出すのも怖れるようにして別れてしまった。

やがて、あの戦争が始まり、その勢いがいよいよ闌《たけなわ》となった頃、哲郎と真崎も前後して召し出された。その時、真崎は再び吉岡家を訪れた。別れを告げるためというよりも、早苗の心を確めるためであった。

「生きて帰れるかどうかそれはわかりません。生きて帰りたいと望むのもいけない時かも知れません。けれども、もし、生きて帰ることが出来たら――」

二人は、瞬間、烈しい瞳を見合った。早苗は蒼白になって、泣き出しそうな必死な顔色であった。

「早苗さんは待っていてくれますか」

早苗は黙ってうなずいた。ただそれだけの慌しい別れであった。手一つ触れ合うこともしなかったが、それだけに、心と心との結び合いは、一際強かったとも言えたのである。内地と戦地とから交し合った手紙も、何か知ら相手の潔癖さを尊重し合いでもするように、あからさまな愛情の言葉などは、意識して避けるような様子であったが、それだけにまた、別れの際に瞬間見合った相手の瞳の光りによって、互いの命の火を掻き立て、心を燃やし合う度合は、一倍劇しかったとも言えるのである。

しかし、次第に絶望的な色彩を加えて烈しくなりまさる戦争の様相は、何時となしに二人の文通をとだえさせ、加えて、母の病死、弟の病気、父の発狂――と相次いで起った不幸な出来事は、徐々に早苗の体の自由を奪い、更に加えて、終戦直前に入った兄の戦死の報は、この朽ちかけた家と共にしなければならぬ早苗の運命を、決定的なものとしてしまったのだ。

「あなたを離さず、あなたも離れることが出来ない家だとすれば、あなたとこの家とは何時も一緒にある訳ですね。それだとあなたが僕を逃げてどこへ隠れても、探し出すのは簡単だ。あの木犀の花の咲く頃に、僕は匂いをめあてに尋ね当てて行きますよ」

「逃げるのではありませんわ」

早苗は眼をそらしたまま苦しそうに呟いたが、ふとその瞳を動かして真崎を凝視め、しかし、そのままその視線をとらえられるのを怖れでもするように、すぐにまた庭の方へそらしながら、

「あれを御覧下さいな」

と言った声は、ふとして揺らぎそうになった心を必死に押えているように、何か知ら切なげに、

微かな慄えを帯びて響いたのであった。

「あの父を置いて、あたしがどこへ行けましょう。父があんなでなかったら、あたしは喜んでこの家を捨てることも出来るのですけれど……」

離室からもよく見える木犀の木の傍に、早苗の父が佇んでいた。清らかに痩せて、陽にきらきらと輝く白髪の頭を心持ち横に傾けながら、身も心も花の色香にまかせ切ったように、じっと花に見入っているその姿には、乱すのも憚られるような孤独な静けさが漂って、ふと見た眼には、狂った人とはとても見えぬ姿であったが、しかし、やはり、その瞳の光りが普通ではなかった。

それは異常に美しい瞳であった。何の邪悪さなどは露ほどもその影を映さず、ただ、内なる何かの一筋の思いを、絶えず瞬きもせずに凝視め通しているような、凄いほど清麗な瞳であった。

「父はあの花が好きなのですの。あの匂いがひどく父を惹くらしいのですわ。夜中でも雨戸を開けると、あの匂いが家の中まで入って来ますの。そうすると父はふらふらと庭へ出て、誰かが気づいて連れ戻すまでは、朝までもああしてあの木の傍に立っていますのよ」

「前に僕がお目にかかった時はお元気だったが、一体、何時頃からあんな風になられたのですか」

「終戦のほんの少し前――母が亡くなったり、弟が病気になったりして、父も心配や気苦労で幾らか弱っていましたのね。それも影響しているに違いないと思うのですけれど……用事で町へ出かけた時に、すぐ近くへ爆弾が落ちて、父は爆風に吹き飛ばされて気絶してしまいましたの。頭を強く打ったらしいのです。それっきり父は何の記憶も持たない、考えることも出来ない人になってしまいました。母の死んだことも弟の病気も忘れていますし、無論、兄が戦死したことも知りません」

真崎はうなずきながら、老いた狂える人の姿を痛ましげに凝視めていたが、突然、

「あっ！　あれは――」

と声を上げて眼をみはった。花の匂いの中に溶け込みでもしたように、動《どう》の気配などは微塵もなく、どこまでも大地と共にあるように、あくまでも静かに見えていた父の姿に、ふと微かな崩れが

のである。

見えた——と思った時、その右手から、きらり、ときらめいて迸しるように前へ伸びたものがあったのだ。それは、きららかな秋の陽ざしの下で、突然迸しり出た細い水の流れのようにも見えたのである。

「あれは、早苗さん、日本刀じゃありませんか」

早苗はうなずきながら、淋しそうに微笑した。

「吃驚なさいまして？　今、塀の外をトラックの通る音がしましたでしょう。あのせいですわ。父はああして、危険から身を守っているつもりなんですわ」

「危険から？——」

「ええ。記憶がなくなってしまったと申し上げましたけれど、まだほんの二つ三つの記憶が、何かの形で父の頭の中に残っているらしいのです。木犀の匂いが父を惹くらしいのは、考えてみると、母があの匂いがとても好きでしたから、そのせいじゃないかと思いますし、トラックの音に驚くのは、爆弾の落ちた時のことを思い出すからじゃないかと思いますの。あの刀は昔から家の家宝だと言われて、何時も父の居間の床の間に飾ってあったものですけれど、今では父の守り刀になっていますの。父は夜でも夜中でもあの刀を傍から離しませんのよ。あの刀がないと不安でたまらないらしいのです。そうして、危険が迫ったと感じた時には、ああして鞘から抜いて身構えますの」

金色の小さな花叢《はなむら》をつけた木の傍で、やや右肩を落した姿勢で、静か刀を構えた父の姿は、絵で見る音無しの構えのようであったが、トラックの音が地響きの余韻を残しながら消え去ると、危険は去ったと見極めをつけたものであろう。そろそろと刀を鞘に納め、再びもとの静けさに返った。

「あの刀は村正だそうですわ。銘はありませんけれど、真物だという折紙がついていますの」

「それは珍らしいものですね。しかし……」

と真崎が言いかけた時、ちらりと真崎を見返した早苗の瞳には、真崎の言葉を撥ね返すような強い光りが走った。

「抜けば必らず血を見ると言うそんな刀を気違いに持たせて、それこそ危険じゃないかと仰言るのでしょう。ところがそんな言い伝えはまるで嘘ですわ。こんな田舎ですけれど、一日に一度や二度はきっとトラックが通ります。その度に父は今のように刀を抜きます。もう四年間もずっとそうして来ていますけれど、一度もそんな危険はありませんでしたし、危険らしいと感じたこともありませんもの。あたしも初めはそう思って、二三度あの刀を隠したことがありましたの。ところがその時の父のあわて方の惨めさといってはありませんでした。可哀想でとても見ていられない位――何を馬鹿なことをするかと言って、じいやにひどく叱られましたわ」

「じいやに?」

と問い返した真崎の顔には、ありそうなことだと言いたげな微笑が浮んだ。

「そう言えばあのじいやはなかなか頑固な爺さんでしたね。お客に来ていた僕までよく叱られたものだった。今でも達者ですか」

「ええ、とても――それから、あなたがよく小猿だなんてからかって怒らせた春代……覚えていらっしゃいまして? あのじいやの娘を……」

「覚えてますすよ。真黒な顔をして、すばしっこくて悪戯で……怒ると引掻くのが得意で、ほんとに小猿みたいな子だったたな……」

「ところがあの子がそれは綺麗な娘になりましたの。御覧になったらきっと吃驚なさいますわ。あの子ももう二十才《はたち》ですものね」

早苗は親しげに微笑んで真崎を眺めたが、微笑しながら凝視め返している真崎の瞳を見ると、何時の間にか自然に現れて来たそのような親しさを怖れ、警戒するようにふっと眼を伏せた。そして、やがてまたその眼を上げて、

「弟がお会いしたがって居りますけど……」

と言った時は、前の、親しさの中にも一足の距離を置き、それを縮めまいとつとめる或る表情に

返っていたのであった。真崎の顔には微かな失望の色が浮び、その瞳はそのような早苗の心を引きとめようとでもするように、ほのかな熱を帯びて輝いたが、早苗はさりげなく眼をそらして静かに立ち上った。

二　病少年

肺を病んでもう四年越しの病床にある弟の光郎《みつお》は、誰の眼にも最早、余命幾許《いくばく》もないことがはっきりと知られる状態であったが、真崎の顔を見るなり、

「真崎さん、姉さんを連れに来たんでしょう?」

と笑いかけた瞳には、十八才の少年の生気が漲っているようであった。それは狂った父の瞳とはまた別な、異常な美しさを持った瞳であった。或いはそれは、消えかけている命の火が、今はただそれ一つにこもって、最後のゆらぎを烈しくゆらいでいるのであったかも知れないのだ。

熱っぽくうるんできらきらと燃え輝くその瞳は、見る者に、その瞳から発する炎のような熱気までも感じさせるようでありながら、その底には、まだ一度も陽光を知らぬ深山の奥の泉のような、底知れぬ冷たさが漂っているようでもあったのである。極度の自制と極度の自棄と、そして高度の希望と高度の絶望との入り混ったような不思議な美しさを持つその瞳を、真崎はじっと凝視めながらおだやかに微笑んだ。

「当ったね」

「でも姉さんはいやだって言ったでしょう?」

「それも当ったよ」

「僕ね、こうして寝てても何でもわかるんだ。人がどんなことを考えてるか、そんなことまでみ

んなわかっちゃって困る時があるんだ。真崎さんが来たって聞いた時も、何しに来たんだかすぐにわかったよ」

光郎の眼には子供っぽい得意の色が浮んだが、その色は見ているうちに、次第に大人びた思索の色に変って来た。

「それで真崎さんは、姉さんがいやだって言ったからって、諦めて帰るつもりなんでしょう？　そんなことじゃ駄目だなあ……」

大人びた詠歎の調子であった。

「ね、真崎さん、僕が真崎さんだったら、何でも構わずに、姉さんを攫って連れて行ってしまうよ」

「まあ……何を言うの？　光郎さん……」

狼狽して微かに頬を染めた姉の顔色や言葉などは全く無視し切っている風に、真崎の顔ばかり凝視めながら、

「その方がいいんだのに、真崎さんは何故そうしないの？」

そう言う光郎の言葉には、揶揄の調子などは微塵もなく、却って、一種の気魄めいたものさえ含んだ真摯な調子だったのである。その調子にふと圧《お》されでもしたように、真崎は二三度忙しく瞬いた眼を、ちらりと早苗に向けながら、

「どうしてその方がいいの？」

「どうしてでもさ」

断乎とした調子であった。

「何時までもこんな家にいたら、そのうちに姉さんも気が変になってしまうからさ。——ね、真崎さん、今この家で気が変でないのはお父さんと姉さんだけなんだよ。だけど、こんなことを言っても、まだ真崎さんにはわからないだろうな——まあそんなことはどうだっていいや。真崎さんは

姉さんを連れて行きさえすればいいんだ」

「いやに姉さんを連れて行かせたがるけど、姉さんがいなくなったら、君が困りはしないのかい？」

「僕？」

と問い返した時、光郎の眼の中には、冷たい笑いに似た色が走ったようであった。

「僕はちっとも困らないよ。どうせ僕の命なんか、あと十日と持ちはしないんだから……」

「何を言うの？　光郎さん——この夏を越したからもう大丈夫だって、ついさっきも山田先生が仰言ったばかりじゃないの？」

「ふん、あんな藪医者の言うことなんか——姉さんだって、ちょっとも本気になんかしてやしない癖に——だからそんなにあわてるんじゃないか」

腹立たしげに言い放った光郎は、急に不機嫌な顔色になって眼を閉じた。生気に満ちたその瞳の光りが見えなくなると一度に生色を失ったように見える顔であった。真崎も早苗も黙然としてその顔を眺めていたが、暫くして、廊下に響いた微かな足音を聞き、同時にその方を眺めた時、真崎の顔には、はっと眼をみひらいたような表情が現れたのである。

「ほう、君はあの山猿だね！　綺麗になったものだなあ……」

こちらの神経が堪え難くなるほど、どのような虚偽も欺瞞も一度に見透す、透明過ぎるほど透明な玻璃のような光郎の神経に触れ、それをあしらい兼ねていた気持ちの救い場所を、思いがけなくそこに見出しでもしたように、殊更に大仰に上げた驚歎の声であったが、しかしその中には、強いてとりつくろったものばかりではない真実の響きも、確かにあったように思われた。

「早苗さま」

と廊下に膝を突いたのは、じいやの娘の春代であった。胸高に締めた紅い帯が、この場所には不似合なほどの華やかさであった。

「お風呂の支度が出来ましたけれど、お客さまはお召しになりますか知ら？」

と春代は、真崎の驚歎の顔色も声音も無視したように、真直に早苗の顔を仰ぎながら、その指図を待つ様子であったが、笑いを押しこらえたようにきゅッとへこんだ片頬の笑くぼが、真崎の姿なり言葉なりを充分に意識のうちに入れていることを語っていた。むろん、故意に取り澄ましたその姿は、その現わし方の幼なさのために、一層生ま生ましく眼に迫る一種の媚態のようでさえあったのだ。

「そう」

と早苗はうなずいて、

「お召しになるでしょう。よくお加減を見て、御案内して差し上げてね」

「はい」

そのまま立ち去ろうとした春代を真崎は、

「春代さん、ちょっとお待ち」

と呼びとめた。

「お風呂へ入れてくれるのは有難いけれど、山猿だなんて言われた仕返しに、煮え湯の中へ入れてくれたりされちゃ困るよ。君はそういうことをやり兼ねないんだからな。僕は君に石をぶっつけられたことを今でもよく覚えてるんだよ」

春代はちょっと立ちどまったが、やはり真崎の方は見ずに、ただ、笑くぼが一層深くへこんだようであった。そしてそのまま取り澄ました姿を障子の蔭に消したが、二三間も行ったと思うと、急にばたばたと駈け出す足音がして、同時に、押しこらえた笑い声を一度に噴き出したような、甲高い弾けるような笑い声が、廊下いっぱいに響きわたった。

「仕様のない子――体ばっかり大きくなっても、まだまるきり子供なんですわ」

と早苗は言い訳のように言いながら、微かな苦笑を浮べた。

「あんな頑固な爺やでも、春代だけは可愛くて仕様がないらしいのですもの。もっとも、あの子がまだ赤ん坊の時から男手一つで育てて来たのですから、無理もありませんけれど……」

「母親は亡くなったんですか」

「ええ……」

と早苗が、ふと言葉を濁すように言った時、

「嘘だよ」

ときっぱりと打ち消したのは光郎であった。

光郎はうっすりと開いた眼の隅から、横に真崎の顔を眺めながら、

「ねえ、真崎さん――」

「ほんとのことを教えて上げようか」

嘲けるような笑いの翳がちらちらと動いて、何か知らいら立たしげな瞳の色であった。

「春代の母親はね、綺麗で浮気な女で、春代がまだ赤ん坊の時に、じいやと春代を捨てて他の男と逃げてしまったんだ。それからじいやはあんな頑固な気むずかしい男になったんだそうだ。僕がまだ生れる前のことだけれど、こんなこと、知りたいと思わなくても、どこかから自然に耳に入るさ。村中で知らないのは、春代位のものだろうよ。――そしてね、真崎さんが言ったように、春代が山猿みたいな真黒な顔をして駈け廻っていた頃は何ともなかったけど、春代がだんだん大きくなって、母親そっくりに綺麗になってくるのを見て、じいやは今、気が気じゃないんだ。男という男がみんな春代に目をつけて、誘惑して連れ出そうとかかっているように見えるんだね。ひょっとしたら真崎さんなんかも、春代を誘い出しに来たんだと思われてるんじゃないかな――見てて御覧。そのうちにきっとじいやは、真崎さんを目の敵にし出すから……」

「光郎さん……」

とたしなめようとした姉の方に、弾き返すような瞳を向けながら、

「真崎さんが吃驚したように、春代は確かに綺麗になったよ。だけど、幾ら綺麗になっても大きくなっても、山猿はやっぱり山猿だ。あいつは綺麗な顔をした山猿さ」

と光郎は容赦のない口調で続けるのであった。胸の中にもだもだしている何かをひと思いに抉り出そうとでもしているように、何か知ら残忍にさえ聞えるような調子であった。

「あいつの体には、夫と、生れたばっかりの赤ん坊を捨てて逃げた母親の血が流れてるんだ。何時どんなことをするかわかりはしないさ。――真崎さん、姉さんを連れて行くより、春代を連れて行く方が簡単かも知れないよ。春代なら姉さんみたいなむずかしいことは言わないで、きっと喜んですぐ従いて行くに違いないから――僕はね、真崎さん、真崎さんが一週間もここにいたら、姉さんの気持ちが変るか、真崎さんの気持が変るか、どっちかに違いないと思うんだ」

「予言者みたいなことを言うんだね」

次第にたかぶって来るらしく光郎の神経を持て余して、真崎は困った笑い顔をした。

「あんまり喋べると体に障るよ」

「ふん、少し位良くなろうと悪くなろうと、大して変りのない体なんだから、そんなことは心配してくれなくてもいいよ。それよりも真崎さん、一週間位遊んで行かない？――ねえ、いいんでしょう？」

「そして、君の予言が当るかどうか確かめるのかい？　それも面白いかも知れないけれど、しかし、僕がいるために君がそう神経をたかぶらせるのじゃ困るな」

「真崎さんのせいじゃないよ」

急に低く落した声で呟くように言ったと思うと、光郎はふッつりと黙り込んでしまった。薄く染め出したような頰の紅らみと、きらきらと燃えるような瞳の輝きに、興奮の名残りは充分に残しながら、しかしその顔は、何か知ら茫とした色のない薄い膜に包まれでもしたように、次第に生気を失って行くようであった。

この年頃の少年にとっては、数年間の病床生活は、そのまま思索の生活でもあるのであろう。その年齢から言えば、その精神もその肉体も、成長の過程に於ける重要なる時期にあり、しかも余儀なくされるようなその思索には、病気のために異常に鋭どくされた神経が加わるのである。結果から言えばそれは、助長さるべきものが阻まれ、阻まるべきものが助長されることにもなるのであろうか――

やがて眼を閉じて、疲労のための深い眠りに落ちて行った光郎の顔は、病弱な体の中に、不均等に発育した頭脳と精神を抱き、そしてその中に相剋し続ける何かに絶えず苦悶し続けている――そのような痛ましさを、あますところなく現した顔であった。

「ほんとに大分悪いようですね」

光郎の眠りを覚まさないように静かに部屋を出て廊下を歩きながら、真崎は早苗に囁いた。疲れて暗い顔色であった。早苗はうなずいて、

「感が鋭ど過ぎて困りますの」

そして早苗は、ふっと息を呑むようにして眼をそらした。瞬間、心の中に起った何かとたたかい、そのたたかいに打ち負かされでもしたような哀しげな瞳色であった。

「光郎もあんなに申しますし、暫くいらして頂けますか知ら?……あんな憎まれ口みたいなことを言いますけれど、ほんとは淋しくてならないのだろうと思いますわ」

「僕の方はちっとも差支えはないんだが……ただ、僕の気持ちは変りませんよ。光郎君が言ったようにはね――ただし、待ちはするけれど……」

笑いながら早苗を見た真崎の瞳には、どこまでも静かに崩れぬ早苗を責め詰めるような強い光りがあった。心の中に押えていたものを、光郎の言葉によって誘い出されでもしたようなその真崎の瞳の色を見た時、蒼白に澄んだ早苗の頰には、薄い血の色が滲むように浮いて来た。そしてそれは見ている間に、褪《さ》めるように消えて行った。

三　匂いの音

「早苗さま、あの方……真崎さんは何時お帰りになりますの？」

納戸の片附けをしている早苗に手伝って、着物を畳んでは重ね、畳んでは重ねしていた春代が、ふとその手をとめて訊ねかけた。

「そうね、明後日あたり……そんなようなお話だったわ」

「何しにいらっしゃいましたの？」

「何しにって……」

不意を突かれたように早苗はちょっと口ごもり、その顔には微かにある表情が現われかけたが、しかし、それはすぐに、静かな微笑の中へ溶け込むように消え去った。

「お兄様のお墓参りと、お遊びを兼ねていらして下さったのよ。それから光郎のお見舞いも兼ねてね……」

春代は黙って着物を畳んでいたが、心がそこにはないことを明らかに語る、のろのろとして気のない手つきであった。その手が畳みかけた袖を押えたまま動かなくなったと思うと、春代はふいに顔を上げて、正面から早苗の顔を凝視めながら、

「早苗さまはあの方の奥さまにおなりになるんでしょう」

早苗はいっ時その顔を凝視め返してから、静かに眼を伏せながら、

「何故？」

と問い返した。

「何故そんなことを訊くの？」

ふと弾みかけた呼吸を押えるように、胸が一つ大きく動いたが、声も顔色も平静であった。

「何故でも……」

春代は畳みかけていた袖を、無意識のようにまた拡げながら、

「ただ、そう思ったからですわ」

「何故そんなことを思うんでしょうね。今あたしに家を離れるなんてことはとても出来ないのは、春代だってわかってるでしょうに……」

「でも、今すぐでなくても……」

そう言う春代の言葉の中に、執《しゅう》ねく何かを探り出そうとしているような妙に気になる粘りを感じて、早苗はふと顔を上げたが、同じ袖を幾度も畳んだり拡げたりしている春代を見た時、冷たく見えるほどはっきりと澄んだその瞳の中には、瞬間、厳しく烈しい光りが走った。

「今すぐでも、もっとずっと後でも、あたしはそんなことは考えたことはないし、考えられもしないのよ。——あ、それはきちんと畳んでおいて頂戴。でないと皺になってしまうから……」

早苗は丁度畳み終えた着物を重ね、わきに片寄せて立ち上った。突然浮んだ痛いほどはっきりとしたある想念を逃れようとでもするように——その早苗の瞳に、俯向いたまま袖を撫ぜている春代の、ほんのりと白粉の浮いた頬の健康な紅みが、迫るような生ま生ましさで映って来た。

「あとは春代にお願いしてよ。あたしはちょっと光郎を見て来ましょう」

廊下へ出ると、早苗の瞳は急に切なく悩ましげな色を帯びてうるんで来た。早苗は行きかけて立ちどまり、廊下の柱にもたれて、蒼く澄み透った空を見上げた。ひとすじに支え続けて来た心の中の何かが一時に崩れかけたような弱々しい表情であったが、暫くして、

「早苗さま」

と後からじいやの声に呼びかけられて振り返った時、その瞳はたった今の切なく悩ましげな翳は痕もなく消して、何ものをも何事をも、常に一定の距離を置いて眺め、決してその距離を縮めまい

とする、冷徹に見えるほどすんだ何時もの瞳に返っていたのである。

「早苗さま、離室のお客さまは何時お帰りなさるのかね?」

怒りっぽくいらいらとした言葉つきで言う、じいやの皺の深いいかついい顔を、早苗は暫く黙って凝視めた。春代と同じことを言う――と思いながら、しかし、その同じ言葉に含まれる意味の異り方が、今は早苗にはよくわかっていた。早苗の瞳には、薄化粧をした春代の顔がふっと浮び、暗い猜疑の瞳を光らせながら立ちはだかっているじいやの姿が、その春代にまつわる黒い影のように見えて来るのであった。

「明後日あたり……」

早苗は断ち切るように短かく言いながら柱の傍を離れ、二三歩歩き始めてから厳しくつけ加えた。

「お客さまには失礼のないように気をつけてね」

光郎の病室に当てられている奥の座敷へ入って行くと、光郎はうとうとと眠っていたようであったが、早苗の足音でぽっかりと眼をひらき、暫く何か珍らしいものでも眺めるような眼差で早苗の姿を眺めていたが、やがて見る見るその瞳の中には、満ち溢れるようなあの生気が湧き上って来たのである。

「姉さん、真崎さんどこかへ出かけたようだね? どこへ行ったの?」

ずっと考え続けていたことが、そのまま言葉になって出たような調子であった。

「山の方へ散歩にいらしたのよ」

「春代も一緒に?」

「いいえ、春代はお納戸で片附けもの……何か用なの?」

「誰が、あんな山猿なんかに……」

と光郎は吐き出すように言ったが、何かの心がかりが一つとれでもしたように、何時もほどに毒のある調子ではなかった。

「真崎さんは何時帰るの？」

早苗はいっ時、弟の顔を凝視めた。弟も同じことを言う――

「明後日あたりお帰りになるようなお話だったわ」

「それっきり？　他に何もお姉さんに言わなかったの？　真崎さんは」

「ええ、だって何にもお話なんかないじゃないの？」

と早苗は静かに微笑んだが、押え切れぬ悲痛の色がその微笑の上を流れた。あなたはこの古い家の幽霊にとり憑かれてるんだ――と怒ったように言った真崎の言葉が、ふいに痛いほどはっきりと胸によみがえって来たのである。ええ……と早苗はその言葉に素直にうなずかなければならぬような気持ちであった。この古い家の幽霊は、確かに早苗の心に体に早苗自身にもどうしようもないほど深く喰い入っているようであった。光郎はそのような姉の顔をじっと凝視めながら、

「僕、悪いことをしたね」

「何を？」

「真崎さんをとめてさ」

「ちっとも悪いことないわ。久し振りで賑やかになってよかったわ」

「姉さん、ほんとにそう思ってるの？」

「ええ、ほんとよ。妙なことを言うのね、光郎さんは」

そう言いながらふと眼を瞬いた姉の顔を、光郎は更に追い迫るような眼差で凝視めていたが、突然、

「姉さんの嘘つき！」

と低く叩きつけるように言った言葉は、押え兼ねて、思わず口を突いて出た言葉のように響いたのであった。枕許の花瓶の、花の乱れを整えようとして手を伸ばしかけていた早苗の背筋に、一瞬、固い線のようなものが走った。早苗は花の姿を確めるように、ぐっと顔を花に近づけながら、

「それは何のこと?」

と静かに問い返したが、底に微かな苦渋の色のひそんだ声であった。

「姉さんは嘘なんかついた覚えはありませんよ」

「そんなことを言うから、だから姉さんは嘘つきだと言うんだ」

熱っぽくうるんだ瞳の中にかっと炎が燃え立って、どう押えようもない焦躁が、またしても光郎を襲い始めて来たようであった。

「姉さんは嫌いさ。何でも知ってる癖に、何にも知らない風をするんだ。そんな嘘つきは大嫌いさ」

そして光郎は、ふん、と嘲けるように唇を引き結びながら顔をそむけようとしたが、何か気になることでもあるように、ふとまたその顔を向け直して姉を凝視めた。何の動揺も現わさずに、静かに微笑んでいる姉の姿が不思議でならぬような、奇妙なほど真面目な無邪気な眼差であったが、そうしてまじまじと凝視め続けているうちに、ふと間違えばどう鎮めようもなくたかぶりそうであった光郎の神経は次第に鎮められて来たようで、熱っぽい瞳の中の炎がだんだんと薄れて来た。そして暫くしてから、

「あのね、姉さん」

と呼びかけた声は、この頃には珍らしく落ちついて、思慮深そうにさえ聴えたのである。

「昨日ね、春代が泣いてたよ。そこの庭の所で……じいやに叱られて……聴えたんだよ」

「どうして叱られたの?」

「離室の辺りばっかりうろうろするって……それから、白粉なんかつけて生意気だって……あれは山猿だからね。そんなことをすれば、何を考えてるか誰にでもすぐにわかるってことに気がつかないんだ」

唇の辺りに、大人っぽい皮肉な笑いが浮んだが、すぐにまた思慮深そうな顔色になって、

四 崩れた倫理

「真崎さんが来たばっかりの時は、春代は変に浮き浮きしてはしゃいでいたね。それだのにこの頃は、いやに黙って考え込んでばかりいるよ。――真崎さんに早く帰ってもらった方がよかったんだ」

「何故?」

「何故って、姉さん、ほんとに気がつかないの?――ねえ、真崎さんが来てから今日で丁度一週間だね? その間にみんな変っちゃったよ。春代は春代であんな風になるし、じいやも前より気むずかしくて怒りっぽくなったし、真崎さんも何だかいらいらしてるよ。変らないのは姉さんとお父さんだけだ。――ねえ、姉さん、僕はまだもっと変ったことがありそうな気がするんだ。きっと何かあるよ」

「何にもありはしないわ。真崎さんは明後日はもうお帰りになるのよ。そうすれば二度とここへいらっしゃることもないでしょう……春代はただ、久し振りでお目にかかった真崎さんが珍らしいだけなのよ。じいやのことも真崎さんのことも、みんな光郎さんの神経よ」

どこまでも静かに落ちついている姉の姿に、また新らしく焦躁を掻き立てられでもしたように、光郎は急に不機嫌な顔色になって眼を閉じ、寝返りを打ちながら、

「うるさいな!」

と舌打ちするように呟いた。

「え? 何が?」

「あの木犀の匂いがさ……あの匂いが部屋の中へ入って来るのが、音みたいになって聴えるんだ――」

どこかから流れ込んで、だんだんと部屋の中に満ちて来る匂いを感じながら、早苗は、匂いが音のようになって聴える――と言った弟の言葉を、ぼんやりと思い出していたようであった。しんしんとして静かに、そして、執拗なほど絶え間のないその匂いの流れは全く、あまりに静寂過ぎるために、遂にはその静寂までが一つの騒音となって感じられる不思議な音の流れのようであったのだ。早苗は、眠っているのか覚めているのかわからなかった。しんしんとして静かに流れ続ける匂いの流れに乗って、半ば眠り、半ば覚めながら、早苗の想念もきりもなく流れ続けた。流れのままに流れ流れる小舟のように、真崎の顔が――春代の顔が――すい……すい……と浮んでは消え、浮んでは消えた――

「あなたは感情を知らない人だ。あなたはこの古い家の幽霊にとり憑かれてしまってるんだ。そいつがあなたの感情を喰ってしまったんだ――」

真崎が濃い眉を険しく寄せて、怒ったように言う。いいえ、そうではない――と早苗は身悶えしながら、心の中で叫ぶ。感情を知らないのではない。知り過ぎているのだ。それを押えなければならないのがどれほど苦しいか――古い家の幽霊から逃れようとして、どう逃れようもない苦しさがどれほどのものか――それが真崎にはわからないのだ。

「真崎さんは何時お帰りになりますの……」

春代が、一途な思いにきらきらと輝く瞳を上げて言う。憚るものもないその一途さが、早苗には羨ましく妬ましい。早苗のそれは、この古い家の幽霊に押えつけられてしまっているのだ。

絶え間もなく流れ込む匂いがだんだんと濃くなり、部屋の中に渦を巻くようになって感じられて来た。ああ、ほんとに静かな音が渦を巻いているようだ――と思い、何もかもその渦に巻き込まれて消え去りそうな、切ない絶望感に胸をしめつけられた時、早苗は初めてはっきりと眼が覚めた。暗い部屋の中は、木犀の匂いに満ちていた。誰かが雨戸を開いたものであるらしい。

もしかしたら、父がまたあの匂いに惹かれて庭へ出て、木犀の木の傍に、石像のように立ち静まっているのではなかろうか——早苗は枕許のスタンドをともして起き上り、寝間着の帯を締め直した。

夢の名残りがまだ微かに尾をひいて、どこか悩ましげな翳を帯びた顔色であったが、しかし、時々屋敷の中を見廻るために、何時も床の間の違い棚の上に置いてある懐中電灯を手にとった時には、一人の時でも、それが自分自身への何かの誡しめででもあるように、決して乱しも崩しもしない、あの冷徹な表情に返っていたのである。

部屋を出た早苗はまず父の居間を覗いて見た。夜中つけ放しの、ほの暗い五燭の電灯の下に浮き出した父の寝床は、やはり空であった。次に早苗は、夜でも夜中でも、眼覚めた時には必ず様子を見に行くことにしている光郎の病室を覗いて見た。やはり夜中つけ放しの、青いスタンドの灯を横に受けて、光郎はうつうつとまどろんでいるらしい様子であったが、早苗の足音を聴くとぽっかりと眼を開いて、

「雨戸が開いてるね。木犀の匂いがするよ」

と言った。眠気の濁りの少しもないはっきりとした声であった。

「うるさくて眠れないの?」

と早苗が微笑むと、うん、と真面目にうなずいて、まじまじと姉の顔を凝視めながら、

「お父さんまた出てるの?」

「ええ、ちょっとお迎えに行って来るわ。光郎さんは気分はどう? 熱はないの?」

「ないよ」

と答えたが上の空のような声であった。そして光郎はなおもまじまじと姉の顔を凝視め続けていたが、やがて、ほんのりと青い灯影に柔げられて見えていたその瞳の中には、見る見る不安とも焦躁とも名づけようのない不思議な色が湧き上って来たのである。

「僕も開けない……姉さんも開けない……お父さんも開けない……」

「え？……」

「姉さん……ねえ……何だろう……どうしたんだろう……」

「え？　何が？……」

光郎は得体の知れぬ何かに悩みながら、耳に聴えぬ音を聴き取ろうとでもするように、じっと空に瞳を凝らしていたが、突然、その瞳の中に堪え難く苛立たしげな光りが走ったと思うと、

「姉さん、早く……」

いらいらと怒ったような声であった。

「早くお父さんを連れて来て……」

何時ものあの焦躁がまたしても光郎を襲い始めて来たようであったが、その様子のどこかに、何時もにはない重い悩ましげな色の見えるのを不思議に思いながら、しかし早苗は逆らわずに、静かにうなずき、そっと蒲団の襟を直してから立ち上った。

縁側の外れの雨戸が、人が一人出入り出来るほどの巾に開いている隙から庭へ出て見ると、庭は微かにもれる星の薄光りで、物の姿が茫と影のように浮いて見えるほどの薄明るさであった。木犀の木の傍に立った父の姿も、薄い黒い影のようであった。その父の腕を支えて、

「お父さま、さあ、帰りましょう」

と歩き出そうとした時、早苗は初めて、そこから二三間離れた地上、黒く長く浮き出るように倒れている物の姿に気づいたのである。何気なく懐中電灯をともした早苗は、凍りついたようにその場に立ち竦んだ。何か叫びかけた声も、言葉にはならずに口の中で消えてしまい、

「じいや……」

と呼びかけるように言った声は、低くかすれて、むしろ弱々しくさえあったのである。

それは肩から胸へ、上半身一面血に塗れて倒れているじいやの姿であった。血の色と香が、むっ

とむせ返る熱気のように、直接肌に迫りそうな生ま生ましさであった。不思議なことに、恐怖も驚愕もほんの瞬間であった。心のどこかが真空になりでもしたように、変に虚しくしらじらとして、あり得べからざる出来事に突然直面したような、奇妙に当惑した気持ちの方が強かったが、何がどうして——と考えもせず、ただ、何かにひかれるように、懐中電灯の光りを父に向け、父が右手に握った村正に鞘がなく、露き出したその刀身が血に塗れているのを見た時、初めて突き飛ばされたような真剣な恐怖と驚愕が早苗を襲ったのであった。思わずよろめきかけた足をぐっと踏みしめながら、

「お父さま!——」

と呼んだ早苗の声は、命を絞る絶叫のようであった。

「どうなすったの? お父さま!——何をなすったの?——」

しかし、かっきりと闇を区切った丸い光りの中に浮ぶ父の高雅に痩せた顔は、何の興奮の濁りも示さず、常と同じく無限に静かな表情を湛えて、しかもその瞳は、常にも増して清麗であった。その瞳で、父はいぶかしげに早苗を凝視め返すばかりなのだ。

一体このような結果を招かなければならぬ、どのような出来事があったと言うのであろうか——早苗は父の仕業だと信じたくはなかった。しかし、今、眼にまざまざと見る歴然としたこの事実は、信ずる以上のものであり、全く疑う余地のないものであったのだ。

四年間、父はこの刀を守り刀として持ち通したが、危険な出来事は一度もなく、危険を感じさせたことさえなかった。父はこの刀を抜いて構えはするが、決して斬りはしなかった。抜く時も、トラックが凄まじい地響きと爆音を立てて走り過ぎる時だけに限られていた。

それは、言ってみれば一つの倫理のようなものであり、父が限られた想念の世界に生きる狂人であるだけに、普通人よりは一層固く決して崩れることはないように思われていたのであったが、その倫理は遂に崩れ去ってしまったのであろうか——村正はやはり、最後には血を見なければ納まら

ぬ妖刀であったのであろうか——

事件そのものから受けた衝撃はもとよりのことであったが、しかし、それよりも一層烈しく早苗の心を打ち砕いてしまったのは、信じてはならぬことを信じ、頼ってはならぬことに頼っていたと思うそのことであった。早苗は両手で顔をおおい、地に膝を突いた。深い昏迷が今にも早苗を襲いそうであったが、その時、突然、

「早苗さん……」

と後から呼びかけた真崎の声が、早苗をその状態から救ったのである。

「一体どうしたんです？　何だか声がしたようだから出てみたんだが……」

「真崎さん！」

はっと飛びつくように上げた早苗の顔は、これまで、何時も、どのような場合でも、必らず忘れずに保っていた一定の距離をさえ忘れた表情であった。

「どうしましょう……父が大変なことを……」

早苗がぱっとともした懐中電灯の光りに照らし出された無惨な光景を、真崎は暫く、凝然と凍りついたような表情で凝視めていたが、やがて、

「村正はやっぱりあぶない刀だったんだ……」

と呟きながら父に近寄り、まだ右手に提げたままのその刀を取ろうとした。早苗は、あっ、と声を呑んだ。すでに一人の生血を吸ったその刀が、二度目の生血を吸うために、またしても音もなく振り上げられはしまいか——と思ったのであったが、しかし、父は何の手向いもせず、素直にその刀を真崎に渡して、星のように清麗な輝きを放つ瞳で、いぶかしげに二人を凝視め続けた。次に真崎はひざまずいて、じいやの傷をあらためた。

「もう駄目だ——見事な斬り方だ——」

と呟いた声は、何かあり得べからざることに対して、思わず上げた驚歎の声のように聴えたので

あったが、その時、

「姉さん、お父さんから何故刀をとったの？」

突然後から聴えた鋭どい声に、真崎も早苗もはっとして振り向き、早苗は思わず、

「光郎さん！……」

と叫んだ。この数ケ月、病室から一歩も外へ出たことのなかった光郎が、よろめく体を木に支えながら、許すまじい顔色で二人を見据えていたのだ。

「その刀をお父さんからとっちゃいけないんだってこと、姉さんだって知ってるんじゃないか！」

「でも、光郎さん、お父さまは……」

「馬鹿！　違うってば！　お父さんは決してそんなことはしやしない。お父さんは決まったことより他のことは決してしないんだ。そんなことをしたのは誰か他の人間なんだ。その刀をお父さんにお返ししてってば。それがなかったらお父さんがどうなるか、姉さんだってよくわかってるんじゃないか──」

光郎は半ば狂乱したように、じだんださえも踏みかねない有様であったが、いかにも、光郎に言われるまでもなく、早苗にもそれはよくわかっていた。出来れば、早苗も父にこの刀を返したかった。この刀なしでトラックの音を聴く時の、父の悩乱の痛ましさを思えば、自身が責め苦に遭うよりも辛いのだが、しかし、決まったことより他のことは決してしない──と光郎が言い、早苗もそう信じていた父の倫理は、すでに崩れてしまったのだ。

「光郎君、気を鎮めなければいけないよ──とは言っても、誰でもみんな気がどうかなりそうだ──早苗さんの声を聴いた時は、僕もすっかりあわててしまって、この通り寝間着を左前に着てしまったけれど……」

ははは……と低く、無理につくったような笑い声を立てかけた真崎は、ふと傍らに瞳を移した時、ぎょっとしたように声を呑んだ。何時の間に出て来たのか、蒼白な顔で声もなく立ち竦んでいる春

代が、ありとあらゆる感情が、火花のように交錯して飛び散りそうな眼差で、じっと真崎の顔を凝視めていたのである。

真崎が打たれたようにその顔を凝視め返した時、春代の眼の中には、見る見るうちに溢れそうにいっぱいの涙が湧き上って来た。この場合ではあるけれど、ふとそれを見た早苗の瞳には、声のない、それだけに一層深い悲嘆を全身に現わして真崎に縋るような春代のその姿が、灼きつくような強さで映った。

五　返り血

じいやの肩から胸へかけて、ただ一刀に斬り下げ、見事な斬り方だ——と真崎を驚歎させたその傷は、同じように他の人々をも驚歎させた。

「これは凄い——これは斬り手の腕がすぐれていたと言うよりも、やっぱり刀がよかったからだな——刃こぼれ一つない——」

そして、そう見られることは、この惨劇を一層父の仕業らしく思わせたのである。刀の柄からは、父の指紋と同時に、じいやと真崎の指紋も検出されたが、真崎のものは言うまでもなく、父から刀を取り上げた時についたものであり、じいやの指紋が残っている理由も、容易に解釈出来そうに思われた。

「ここに鞘が割れて飛んでいる。何かの危険を感じて、じいやが刀を奪おうとしたので、怒って鞘のまま力まかせにじいやを打った——ところが鞘が割れて、業物が業物だから、ただの傷では済まず、こういう思いがけない結果になってしまった——というところだろうな。とにかく、こういう普通ではない人を自由にさせておいて、しかも、どういう理由からにしろ、玩具ならまだしも、普通の人間が持ってもあぶないこういう物を持たせておいたのは、何とも危険至極なことでしたね――」

何時もの冷徹な表情も崩れ、早苗は言うべき言葉もなく、ただ、頭を垂れた。父はいかにも気狂っているが、しかし、そのすることは真直な正しい線のように決まっている。狂ったことは決してないのだ――と必死になって父の倫理を主張する光郎の言葉も、もとより何の役にも立たなかった。

これからの毎日を、日に幾度か、父の悩乱の姿を見ながら過さなければならぬ苦痛も、信じてはならぬことを信じた報いなのであろうと、早苗は素直にそれを受ける覚悟を決めてしまったが、光郎はやりどころのない憤懣のために、一時はその病勢をさえ気づかわれる有様となった。なだめすかす人々の言葉などには耳をかそうともせず、熱にうるんだ瞳をきらきらと光らせながら、

「お父さんじゃない……お父さんじゃない……」

と譫言のように言い続けた。

「光郎さん、何と言っても仕方がないのよ。もう諦めましょう……」

「いやだ！　諦めるんなら、姉さん一人で勝手に諦めたらいい。僕は決して諦めやしない。誰がなんと言ったって、あの刀をきっとお父さんに取り返してやるんだ」

なだめようとする姉の手を邪慳に振り払い、何かに挑戦でもするようにきっぱりと言い切って、それきり誰が何と言ってもかたくなに黙り込んだまま口を開こうとしなかったが、事件後二日目の夜、うつうつとまどろんでいる耳に、トラックの爆音を聴いた時、突然ぱっと眼をみひらいて枕許の姉の顔を眺めた。

「姉さん、お父さんはどうしてる？　誰かついてるの？」

「ええ……」

とうなずいた早苗の顔色は暗かった。近所の農家から屈強の若者を雇って、絶えず父に附き添っ

てもらってはいるのだが、トラックの音を聴いた時は父の悩乱は、その若者にも鎮めようがなかった。

父はあの刀を求めて居間の中を駈けめぐり、それを鎮めようとする若者の手をさえ怖れて、頭を抱えて逃げ迷うのである。昨日は悩乱の極、机の下へもぐり込み、果ては壁に頭を打ちつけようとした父の姿を見て、早苗は痛ましさに顔を蔽った。何時までこの状態が続くかと思えば、早苗の前途は真暗闇であったが、しかし、これも堪えなければならぬことであったのだ。

「我慢しましょうね」

やがて、ぽとりと、言った早苗の言葉は、光郎に言うよりも、自分自身に言い聴かせるためのもののように響いたのであった。

「春代も……あの子も可哀想だわ。何とかして気をまぎらせて忘れようとしてるのね。こんな時だから何にもしなくていいと言うのに、わざわざお洗濯をしてみたりして……」

「お洗濯……」

姉の言葉をただそのまま鸚鵡返しにぼんやりと呟きながら、光郎は眼を閉じようとしたがふと、その眼をはっとした風にみひらいてまじまじと姉の顔を凝視めた。何気なく呟いた自分の言葉から、はっとひらめくように何かの啓示でも受けたらしい様子であった。

「こんな時に春代がわざわざ洗濯をしたんだって？」

そう言う声もはっきりとして、あれ以来、ただいらいらと、暗く悩ましげに光っていた瞳の中には、見る見るあの満ち溢れるような生気がよみがえって来たのである。

「春代は一体何を洗ったの？　姉さん」

「真崎さんのお寝間着やなんか……」

「真崎さんは明日帰るんだね？」

「ええ、こんなことでお帰りがのびてしまってお気の毒だったわ」

そう言う姉の顔をちらっと見返した光郎の瞳には、皮肉な、しかし、どこが物悲しげな笑いの翳が走ったようであった。そのまま光郎は黙って眼を閉じ、しきりに何かを考え込んでいるらしい様子であったが、暫くすると、またぱっちりと眼を開いて、

「姉さん、僕、真崎さんに会いたいな」

何かを深く思い入ってでもいるような、珍らしく静かな真面目な調子であった。

「少し話したいことがあるんだ」

「お話するのはいいけど、でも、疲れはしないの?」

「大丈夫だよ。真崎さんに来てもらって──真崎さんが帰らないうちにどうしても話したいことなんだから……」

いかにも思い入ったようなその調子に、微かに気になるものを感じながら、しかし、光郎の言葉に逆らってその神経を苛立たせることを何よりも怖れている早苗は、黙ってうなずいて部屋を出た。

「光郎君、気分はどう?」

間もなく、早苗と一緒に部屋へ入って来た真崎が、枕許へ坐って微笑みながら声をかけた時、黙って微笑み返した光郎の顔には、微かな苦痛に似た色が流れたようであったが、光郎はすぐにそれを振り切るように、

「真崎さん」

と呼びかけた。

「真崎さん明日帰るんでしょう? その前に僕お願いがあるんだ。真崎さんならきっと出来ることと──真崎さんでなければ出来ないことなんだが──」

「むずかしいんだね。一体どんなこと?」

「お父さんにあの刀を返して下さい」

「え?──」

と真崎が問い返したのと、早苗がはっと顔を上げたのと同時であった。真崎の顔には苦しげな微笑が浮んだ。

「僕に出来ればそれは……」

「いや、真崎さんにならできるはずなんだ。――ねえ、真崎さん、お父さんからあの刀を奪うのは、命を奪うよりももっと残酷なことなんだ。それがわかったら、お願いだから、お父さんにあの刀を返して下さい」

「光郎君……」

「真崎さん、春代はあの晩、離室へ行ったんでしょう？」

そう言う光郎のきらきらと輝く瞳を凝視めたまま、真崎は無言であったが、その真崎の顔をちらりと見て眼を伏せた早苗の蒼白な顔にひきつるような烈しい苦痛の色が走った。

「お父さんはあんなになってからは、自分で雨戸を開けて庭へ出たことは一度もないんだ。僕も開けない。姉さんも開けなかった。あの晩雨戸を開けた者はじいやか春代のどちらかなんだが、じいやには夜中にわざわざ雨戸を開ける理由がない。春代には……春代にはある。――ねえ、真崎さん、あの綺麗な山猿は、自分の感情を押えることも偽ることも知らない自然児なんだ。真崎さんがもうじき帰ってしまうと思うと我慢出来なくなって、ふらふら迷い出たものなんだろう、と僕は思うんだが――真崎さんがその春代の自然の感情に負けたかどうか、そんなことは僕は知らないさ――」

光郎は唇の端をわざとらしく皮肉に引き歪めて微笑したが、その瞳はむしろ悲しげでさえあった。

「ただ、とにかく春代は雨戸を開けて庭へ出た。その後でお父さんも木犀の匂いに誘い出されてふらふらと庭へ出た――そして、その後からじいやも出た――春代の様子の変なのに気がついたからだ。――真崎さん、それから一体何があったんだろう……僕は、じいやは真崎さんを春代の誘惑者だと見て、きっとひどく憎んでいたに違いないと思うんだが……そして、ね、真崎さん、僕は、春代はじいやを殺した者を見ていたか、見ていないまでも、それが誰だかはっきり知っているに違いないと思うんだけど——刀を抜いて、いや、抜きはしなかったけれど、鞘を割って、ただ抜くよりももっと恐ろしい結果を惹き起した者は、お父さんじゃない、他の誰かだということを春代は知っていて、必死となってそれを人に知られまいとしてるんだ。父親を殺された恨みも忘れてね——山猿の哀しいような純情だ。お父さんをあんなに苦しめずに済めば、僕だって黙っていてやりたいと思う位なんだが……」

真崎はまだ無言のままであったが、熱心に光郎の言葉に聴き入っているその顔には、自然に滲み出るような静かな微笑の翳がひろがって来たのであった。

「村正はやっぱり村正だった、最後には血を見なければ納まらない刀だった、見事な斬り方だ、とみんなが言う——真崎さんもそう言ったんでしょう？　あれだけ深く斬り込みながら、お父さんの体に返り血の飛んでいないのが変だ、と僕が言うと、いや、それも村正だから、と言う——返り血の飛ぶ間もないほどの斬れ味だったんだ、と言うんだ。でもね、真崎さん、僕はやっぱり返り血は飛んだんだと思うんだ。着物の前の方にね……」

眼に見えぬ何かをじわじわと追いつめてでも行くように、光郎の言葉は次第に静かな熱を帯びて来た。

「真崎さん、春代が今日洗濯をしたそうだ。他の時なら何でもないことだけれど、こんな時にこれはちょっと変だと僕は思ったんだ。ほんとなら何にも手につかないのがあたりまえの時なんだからね——何を洗ったのかと訊いたら、真崎さんの寝間着やなんかだと言う——それで僕ははっと思い出したんだ。あの晩、真崎さんが姉さんの声を聴いてあわてて、寝間着を左前に着てしまったと言ってたことを、ね——あの時も何だか変だと思ったんだが、春代が洗濯したと聴いて、僕にはすっかりわかってしまったんだ。まさか、真崎さんあの晩、姉さんの声を聴くまで裸で寝ていたわけじゃないんでしょう？……それに、みんな気がどうかしそうなあんな時、真崎さんが黙っていれば、誰もそんなことに気がつきはしないんだ。それだのに真崎さんは、言い訳みたいに自分から言った。言わずにいられないほど気になったからでしょう……ただ、春代にだけは真崎さんの言葉の意味がわかった――返り血の飛んだ寝間着を着更える間がなかったので、咄嗟に前を合わせかえて隠したんだということがね――こう考えてくると、あの晩真崎さんのしたことは、みんな僕には意味のあるものになって見えて来たんだ。お父さんから刀を取ったのは、指紋を拭き忘れたことに気がついて、後で指紋が見つかっても怪しまれないためにしたんじゃないかと……それからわざわざ死体の傍へ寄って傷を改めたのはもしかしたら寝間着のどこかにまだ血がついていてないかと思って、それが見つかった時に言い訳出来るようにしたのじゃないかと……」

「光郎君……」

だんだんと烈しくなって来る光郎の言葉を遮るように、静かに呼びかけた真崎の声は、苦悶し続けていた何かから、ほっと解き放されでもしたように、少しも悪びれず、むしろ明るくすがすがしくさえ聴えたのであった。

「全部君の言う通りだ。春代はあの晩、夜中に僕のところへ来た。気がついたら枕許に坐っていた。僕は弱ったが可哀想でもあった。どこまでも冷静に崩れない早苗さんの姿とくらべて見ていたのかも知れないね――とにかく僕は春代をなだめて、母屋まで送ってやるつもりで一緒に庭へ出た。そうして木犀の木の傍の、丁度お父さんが立って居られる辺りまで来た時、ばったりとじいやに出会ったんだ。じいやは僕が春代を誘惑したと言う――何と説明しても聴こうともしないんだ。さんざん罵ったあげく、いきなりお父さんの刀を取って僕に打ってかかろうとしたから、僕はあべこべにそれをもぎ取って、力まかせにじいやを打ち据えた――ところが鞘が割れて、ああいう思いがけない結果になった。じいやは声も立てずに倒れてしまった――僕は無論、すぐに事情を明らかにして裁きを受けるつもりだった……それだのに何故春代の言うことを聞く気になったか、自分でも不思議でならないんだ。魔がさしたとは、こんなことを言うのだろうと思う……しかし、これでせいせいしたよ」

おだやかに微笑んでいる真崎の顔を、光郎は黙ってじっと凝視めていたが、やがて静かに眼を閉じた。一時に襲った疲労と悲哀の色がその顔を、蒼い死の翳のように隈《くま》どった。

「早苗さん……」

と真崎は呼びかけて、しげしげと早苗の顔を凝視めた。ふかぶかとして懐かしげにさえ見える眼差であった。

「ただ、これだけは信じて下さい。光郎君の言う山猿の自然な感情に、僕は決して負けはしなかったと……」

早苗はその真崎をじっと凝視め返して、深くうなずいた。一時浮んだ苦悶の色も消えて、常よりももっと冷徹に冴えた顔色であったが、それが突然崩れた——と見えた時、早苗は両手で顔を蔽って咽び上げたのである。押えに押えていたありとあらゆる感情が、一時に堰を切って溢れ出したようであった。

何かを失い、何かを得たような気がする——しかし、何を失い、何を得たのか早苗にもわからなかった。ただ、この古い家の幽霊に、身動きならぬほど縛りつけられている自分の身を、痛いほどはっきりと感じるばかりなのだ。

まだ陰惨な血の香をとどめているような屋敷の中に、木犀の花ばかりが、相も変らぬ爽やかな香りを放ち、半ば開いた障子の外から夜気と共に流れ入るのが、それこそ全く音の流れのように感じられる静かな夜であった。次第に迫る夜気と共に、次第に濃くなりまさるその香りが、やがて部屋の中に、静かな渦を巻き始めた。それはあたかも、しんしんとしてただ静かに渦を巻く、音のない不思議な音ででもあるように——。

匂ひのある夢

一

その夜も君子はふっと眼が覚めた。眼が覚めると同時に眠気も何も一度に去ってしまう。いつとはなしにそんな習慣が自然に身について来た。

胸を病む妹の病勢が一進一退の傾向を見せ始め、何となく気になるものを感じ始めるようになってからのことだった。

早くに母を失った娘二人への愛情のためばかりに生きているような父は父なりの気の遣い方で、あれこれと妹の病状に気を配ってはいるのだが、君子の眼にはやはり、女ほどには気の廻らぬ男の呑気と見えて、父の分も母の分も、そのすべての責任を、姉である自分の身一つに引き受けたような気負い方が、毎夜夜中に二三度必らず、自然に眼覚めて、妹の寝顔を覗き、寝息を確めずには気の済まぬ、一つの習癖のようなものをつくり上げたのであったろう。

君子は枕の上からそっと顔を上げて、横に並べた寝床の中の妹の光子の顔を覗いた。夜中つけ放しのスタンドの柔かい光りを斜に受けて、まつ毛の翳を深く落した顔には、ほんのりと浮いたような紅味が漂うていた。スタンドの薄桃色の光りのためばかりではないようなその色が何か気になり、また熱でも出始めているのではなかろうか——とそっと額に手を触れてみようとした時、妹がほっかりと眼を見開いた。それはまるで、ずっと前から眼覚めていて、ただ眼をみひらく機会を待ってでもいたかのように、眠気のうるみなどは少しもない、はっきりと澄んだ眼差であった。光子はその眼で上から覗く姉の瞳をまじまじと、見返しながら、

「熱なんかないわ」

と、はっきり澄んだ声で言い、ぱっちりと一つ音を立てるほども強く眼を瞬いて、

「姉さんも眠れないの？　やっぱりあれ聴いたの？」

「あれって何？」

「足音よ。さっきね、誰か家の廻りを歩き廻っていたようだったわ」

「いいえ、そんなの聴かないわ。また、光ちゃんの神経じゃないの？　こんな夜中に外を歩き廻る人なんかありはしないわ」

「普通の人は今時分歩きはしないけど、でも泥坊なら夜中に歩くのあたりまえよ。――ねえ、姉さん……もし泥坊が入ったらどうしましょう？　お父さんも姉さんも弱虫だし、あたしはお転婆だけどこんな病人だし……困るわね」

「何を言うのよ？　お馬鹿さんね、あなたは」

いかに病気のためとはいえ微風のそよぎ一つにもおののき慄える木の葉のようなその神経の、あまりにも度を過ぎた敏感さが痛々しくもあり、いじらしさが過ぎて腹立たしくもあるようで、君子はわざと声音を強くした。

「馬鹿なことを考える暇に少しでも眠らなければ駄目よ。考え事をするのは病気に一番悪いのよ。あんまりいろんなことを考えるから風の音まで足音に聞えたりするんだわ」

聴き慣れた姉の小言などは感じない風に、光子は静かに聴き流してから、ふっと気を変えたような瞳色になって、

「さっきミミがお父さんのとこへ逃げて行っちゃったわ。尻尾の先をくすぐってやったら、暫くじっと我慢してたけど、とうとう怒って飛び出したの。手を引っ搔かれたわ。ね、――ほら、こんところ……」

と白い細い糸が這ったほどな薄い搔き傷のある手の甲を示しながら、小さな靨《えくぼ》を唇の傍《はた》に刻んだ。

そう言われて君子は初めて、一時間ほど前に眼覚めて見た時には、妹の肩に頭を押しつけ、胸に前脚を載せて寝ていた猫の姿が見えないのと、足許の障子が三寸ほどの巾に開いているのに気がつき、

では、自分の眠っている間、妹は眼覚めのつれづれに、猫を相手にそのような他愛のない戯れをしていたのか――と微かに心の和む思いであった。

真夜中に猫を相手にそうして遊ぶ所在なさを思いやれば、それはいかにも哀れではあるけれど、しかし行手に待つものの姿を見極めようとでもするように、たった一人でじっと眼をみひらきながら、凪の音にも心をおののかせている妹の姿を思うよりは、まだしも救われる気持ちなのである。

「仕様のないミミだこと。開けることばっかり知ってて、閉めることは知らないのね」

「閉めることまで知ってたら、ミミは化け猫になってしまうわ」

「それもそうね。でも、夜中に出たり入ったりするこんな時には、後をちゃんと閉めて欲しいと思うわ。その時だけ化けてもいいから――ミミが化けたら、きっと、とても可愛い化け猫が出来るでしょうね」

君子が笑いながら、ミミが開け放して行った障子を閉めるために起き上り、寝間着の襟を搔き合せようとしたその時であった。わあッ……というような何とも異様な叫び声と、それに続いて、ずしんと何が重い物が倒れるようなにぶい地響きの音が聞えて来たのは――

「何でしょう?……」

蒲団の上に立ち上り、寝間着の襟を合わせかけた姿をそのまま、君子は胸を抱きしぼり、瞳を据えて息をはずませた。一瞬の異様な物音が消えた後は、周囲は森閑として、再び真夜中の色を湛えた静寂に返り、たった今のあれは、ふいとした通り魔が呼び起した気の迷いではないかと思うほど、何の気配もないのである。

「お父さんのお部屋よ。お父さんの声だわ」

光子が囁くような声で言いながら、片手を突いてそろそろと体を起しかけた時、開いた障子の隙間から、さっと疾風《はやて》のように飛び込んで来たのは、飼猫のミミであった。ひどく怯えて興奮した様子で、まん丸く瞳をみひらき、毛を逆立てて、君子の足許をすり抜け、光子の腕に背をすりつけ、

そしてまた君子の足に体をすり寄せて来たが、そのミミをちらと眺めた君子は、

「ミミ！……」

と思わず悲鳴のような声を立てた。純白の毛並のミミの体には、まるで真紅の花びらを散らしでもしたように、点々と紅い血の色が散っていたのである。

「血よ！　光ちゃん――どうしたんでしょう？　お父さんは……」

「行って見ましょう。姉さん」

桃色のネルの寝間着の襟を掻き合わせて、すらりと立った光子は、しっかりした声で言いながら、もうわなわな慄え始めている姉を励ますように、その腕を握りしめた。今にも迫って来そうな身の危険を考えて、足許も覚束ないような姉にくらべれば、絶えず死を凝視し続けているような妹の方が、生命《いのち》というものについて、すでに一つの諦観をでも抱くように、このような場合、何か捨身な強さを持つようであった。

廊下の端にある父の部屋の襖は、やはりミミが一人で開けて入ったものと見えて、三寸ほどの隙間をつくり、中の灯りが廊下にくっきりと光りの縞をつくっていた。肩を抱き合い、顔を寄せ合うようにして怖わ怖わと中を覗き込んだ姉妹の瞳に映ったものは顔から胸へかけて一面に血に染んで倒れている父の姿と、片手に包みを持ち、片手に抜身の日本刀を持って、今しも庭に向いた窓を乗り越えようとしている一人の男の後姿であった。

姉妹の足音を聴いたのであろうか。男はふと後を振り向いたが、額から眉根へかけて赤黒くひきつったような大きな傷痕のある醜悪な顔が、一瞬、はっと不思議な恐怖に似た色を見せて歪み、右手がさっと動いた――と思った時、白刃が長く鋭くきらめいて空《くう》を飛び姉妹の体を僅かにそれて襖に突き刺さったのである。姉妹は竦んだまま、声も立て得ずに抱き合っていた。

二

「では、その男はそのまま逃げてしまったと仰言るのですね」

「そうなんですの。不思議ですわ。ああいう人たちは、顔を見られるのを一番嫌うのでしょう？　それだのに、あたしたちを生かしておいて逃げたのが何だか不思議でなりませんの。殺そうと思えば簡単に殺せたはずですわ。あたしはこの通りの弱虫ですし、妹はあの通りの病人ですし、他には誰もいませんし――刀を投げつけた位ですから、最初は殺す気持ちは確かにあったものと思われますのに……」

白刃が銀蛇《ぎんだ》のようにきらめいて空を飛んだ瞬間を思い出して君子は微かに身慄いした。

「さあ、それはどうでしょうか。大体、持っている刀をいきなり投げつけるなんてのは、気の小さな臆病者のやることですけれどね」

高田警部補は、××警察署の捜査主任。君子の顔をさし覗くように眺めて微笑した。

「お嬢さんは殺されなかったことをしきりに不思議がっていらっしゃるようですが、これがもしほんとに殺されてでもいたら、それこそ大変なことでしたよ。無論こうしてお話をうかがうことも出来なかったでしょうしね。幸いお怪我もなくて、こうしていろいろとお話して頂けるのは、われわれの方としても非常に助かります。お父さんのお怪我も、お命には別条のないことがわかりましたし、とんだ御災難でしたが、しかし、全く御運がよろしかったのですね」

そう言われれば、いかにもそれに違いないと、君子も素直にうなずく気持ちであった。

昨夜のあの出来事は、思い出しても悪夢のような、不幸な恐ろしい事件には違いなかったが、しかし、不幸は不幸として、その中に幾つかの幸運が働いていたこともまた確かであった。その幸運の第一は、あれが姉妹二人とも眼覚めていた時の出来事であったことである。もし二人ともよく眠っていて、物音にも叫び声にも気がつかなかったとしたらどうであったろう。

父の傷は幸いに急所を外れ、出血の多い割にはそう深くもなく、命には別条のないことが明らかになったけれど、もしこれが朝まで傷ついたままに捨て置かれたとしたら、多量の出血のために、或いは取り返しのつかぬ不幸な事態を惹き起していたかも知れなかったのである。それでなくても平生から気弱な父は二人の娘たちを呼び起す気力もなく、恐怖と苦痛のために参ってしまったかも知れなかったのだ。

光子に尻尾をくすぐられたミミが、たまり兼ねて光子の寝床を飛び出し、部屋を脱け出して、父の蒲団の中へ逃げ込んだのも、こうなって見れば、見逃すことの出来ない大きな幸運の一つであった。父の傷が急所を外れ、額を真向から斬り下げられながら、奇蹟的に命が助かったのは、全く、ミミがいたためであったのだ。生れて間もなくからこの家に貰われ、滅多に来客もない父一人娘二人きりの静かな家庭で成長したミミは、初めての者には決して近寄ろうとしないほど人見知りをする猫であったが、ミミのその内気な性質が父を救ったのである。

賊が入った時、父は眠っていて知らなかったが、ミミは恐らく父の寝床の肩から顔を出して、賊が硝子を焼き切り、そこから手を入れて鍵を外し、音のしないように溝に水を流して窓を開け、いよいよ部屋へ忍び込むまでの一部始終を、すっかり見届けていたものであったろう。見知らぬ男のすることを怪訝な顔で眺めていたに違いないミミは、いよいよその男が部屋の中へ入り込むと、人を怖れる内気な性質を丸出しにして、遮二無二、父の寝床の奥へ奥へともぐり込もうとしたのである。

もぞもぞとうるさく動き廻るミミのために眼を覚ました父は、足の辺りまでもぐり込んでいたミミを引っ張り上げて抱きかかえ、ミミがすっかり皺にした毛布と敷布を直すために、何の気もなく起き上って電灯をつけた。そして、白刃を提げて立ちはだかっている男と、真正面から向き合ったのだ。

ほんの一瞬、睨み合いの後、あまりのことに声も立て得ず、ただ竦んでいる父に向って男は真向から振りかぶった白刃を振り下ろした。それは全く、ただ斬ることばかりが目的のような、微塵も容赦のない烈しい斬り込み方であった。

　その刀を正面《まとも》に浴びていたら、もとより父は、声も立て得ぬままに絶命したに違いない——が、しかし、その瞬間に、父は胸に抱きしめていたミミの体を、必死の力でその男の顔に向って叩きつけたのだ。それでなくとも、見知らぬ男の物凄い形相と、眼先にきらめく白刃の光りに怯えて竦んでいたところを、突然、生き身の楯とされたミミもまた必死であった。ミミは物語にある魔性の猫のように歯を剥き出し、背を丸くして、眼先に迫る白刃を間髪にそれ、白い大きな飛礫《つぶて》のように空《くう》を飛んだのだ。

　これはその男にも意外なことであったのであろう。そのために手許が狂い、刃先は急所を外れて、父は危い命を助かることが出来たのである。発見された時は失神していたが、今は意識も気力も取り戻して、捜査に当たる人たちの問いにも答えられるようになっていた。男の投げつけた刀が、姉妹二人の体をそれて襖に刺さったのも、あれがもし二人に突き刺さっていたら——と考えれば、これもやはり奇蹟のような幸運であった。

「父は猫が好きで、それはミミを可愛がっていますの。ミミも父に一番よくなついていて、あたしたちが執《しつ》こくからかい過ぎると、すぐ父の所へ逃げて行きますのよ。ミミは何の気なしにしたのかも知れませんけど、あたしはミミは父の恩を知っていて、危い時に恩返しをしてくれたような気がしてなりませんわ。ミミは利口な猫なのですもの」

　こう言う君子の言葉を、いかにも若い娘らしい優しい言葉として聴いたのであろう。高田警部補の顔には柔かい微笑が浮んだ。

「そうかも知れませんね。人間が恩を忘れる今の世の中に、恩を知るミミは、猫でも人間より偉いということになるかも知れませんね。いずれにしろ、全く御運のよろしいことでした——と申し上げるのは、実は、お嬢さん……」

と言った時、高田警部補の顔からは微笑の色が消えて、代りにある色が眉宇の間にひらめいた。急に変って改まった言葉に瞳を上げ、暫くその顔を凝視めた君子は、さっき緊張した面持ちで入って来た一人の刑事が、警部補の耳に口を寄せるようにして何か囁いた時、警部補の眉宇にちらりとひらめいた色が、やはりこの色であったことを思い出した。

「ほんとを言えば、われわれもあなたと同じことを不思議がっているからなんです」

「それはどう言うことでしょう？」

「その男が何故あなた方御姉妹を殺してしまわなかったか、ということなんです。どうして気の小さい臆病者のするように、顔を見られたあなた方に、あわてて刀を投げつけたまま逃げてしまったか、ということなんです。突然飛び出したミミのために手許が狂ったことは自分でもわかったでしょうが、それでいて、倒れて手向いも出来ないお父さんに二の太刀を加えなかったのも不思議です」

「仰言ることがわかりませんわ……」

と呟くように言いながら、しかし、君子はさっと蒼ざめた。警部補の言葉に含まれる意味の恐ろしさが、漠然とではあったけれど、しかし、何となく確かに腑に落ちて来る気がしたのである。

「では、あなたは、あたしたち姉妹は、その男に殺されるのが当然だったと仰言るのですの？」

「そうなのです」

と高田警部補は、君子には何か冷酷に感じられたほど、きっぱりとした顔色でうなずいた。

「これまでその男は、自分の顔を見た者を無事においたことはなかったのです。その男の顔を見た者は、殺されるか、運よく命が助かってもあなたのお父さんより何倍もひどい傷を負わされるか、そのどちらかでした――その男が何者かということも、われわれの方にはわかっています。それは名前は井上吉蔵という者なんですが、あなた方が御覧になった通り、あの顔の物凄さと、その性質の残忍さとから、狼の吉と呼ばれて、殺人だの傷害だの強盗だのという恐ろしい前科が幾つもあり、この頃またしきりに悪事を働くので、方々の警察で指名手配中の者なんです。其奴は全く餓えた狼みたいに狂暴な情容赦のない奴なんですが、その男がどうして、殺せば簡単に殺せたものを……」

「でも、他人の空似と申しますもの。よく似てはいるけれど、まるきり違う人なのかも知れませんわ」

「いかにも、そういうこともありますね」

と高田警部補はおだやかにうなずいたが、それは次に続ける言葉の内容の厳しさを柔げるためのもののように聞え、一応は人の言葉にうなずいて見せる物柔かな人柄は、絶えず厳しい現実に直面し続ける日常の事柄から、自然に練られて出来たもののように見えるのであった。

「われわれもそういう疑いはちょっと抱きました。人相は狼の吉に間違いないようですがやり方がどうも、今までのやり方とはあまり違い過ぎていますのでね。——ところが、つい先刻、昨夜の男はやはり狼の吉に間違いないという確かな報告がありました。捨てて行った刀の柄から、はっきりした指紋が検出されたそうです。こういう不態《ぶざま》なことも、あの男としてはこれまでなかったことですし——一体何のためにこう急に臆病風を吹かせたものか、それがどうも呑み込めないのです。あなた方お二人があまりお美しいので、あれが柄にもない慈悲心を起したんだろう、などと言う者もありますが——そうなると、お嬢さんこれはどうも油断の出来ないことになりそうですよ」

「何がでございますの？」

「今度は金や品物には目もくれずに、お嬢さんたちを盗み出しに来るかも知れないからです」

「まあ、どうしましょう……」

正面からその言葉を真に受けて、はっと息を呑んだ君子を見て、高田警部補は、はは、と笑った。

「いや、これは冗談ですよ。あれの今度のやり方がどうもあまり不思議なので、ついこういうことも考えたくなる、というだけのことなんです。狼の吉は慈悲心などある男じゃありません。もっと慈悲心を起していい場合でも、起したためしはなかったのですから——ところで、お妹さんは大分長い御病気のようですが、昨夜のことがお体に障るようなことはありませんでしたか」

「はい、有難うございます。急に熱でも上るようなことがあっては、と心配致しましたけれど仕合せにそんなこともないようですの。それはやんちゃな子なんですけど、それだけに勝気ですから、こんな時は助かりますわ。昨夜はあたしよりしっかりしてた位ですもの。――でも、毎日寝てて退屈しきっているものですから、時々、駄々っ子みたいなことを言い出して困らせますの。先刻も、こういうお仕事をなすってらっしゃるなら、いろいろ面白いお話を御存知に違いないから、ぜひ聴かせて頂きたいなんて勝手なことを申しておりましたのよ」

「それはどうも……」

と微笑した瞳が、ふと、思案深げな色を湛えて、

「生憎、今日は忙しくて、お話してる暇もありませんが、帰る前にちょっと御挨拶だけでもさせて頂きましょうか。さんざんお騒がせして、御挨拶なしで帰るのも何ですから……」

どこまでも鄭重な物腰であり、さり気ない自然な物の言い様ではあったけれど、君子はその高田警部補の瞳の中に、どのようなことにも決して屈することなく鍛え抜かれた激しい探査の意欲に燃える精神が、ふとした機会をとらえて、きらり、ときらめいたのを見たような気がしたのである。昨夜の男の正体が明らかとなった今となっては、君子もこの人のそういう不屈さをたのみ、この人のために機会を与えて、この人の心を自分たち姉妹の上にとどめておきたい気持ちであった。その心に守られていたい思いなのだ。

光子の寝ている部屋へ行くと、光子の肩に頭を載せてうつらうつらとしていたミミが、薄目をあけて高田警部補を見た――と思うと、急にうろたえて尻込みし始め、くるりと向きを変えて、遮二無二、蒲団の奥へもぐろうとした。あわてふためいたそのミミの様子に高田警部補は笑い出して、

「なるほど、仰言る通り悧口な猫ですね。早速昨夜の様子を実演して見せてくれます。ただ残念なのは、幾ら悧口でも猫はやっぱり猫で、人間の言葉が話せないということですね。昨夜のことは

ミミが一番よく知っているに違いないんですが……」

いやがるミミを無理に引っ張り出して、身動きしないように胸に抱きすくめた光子は、変った人を珍らしがる無邪気な子供のような眼差を高田警部補に向けて、

「まだいらしたのね？」

と遠慮のない物の言い方をした。

「ええ、まだいましたよ」

「昨夜の泥坊は何時捕まりますの？　あれが捕まったら、あたし、ミミにうんと引掻かせてやりたいの」

「引っ掻きたいのはミミじゃなくてあなたでしょう？　どうもそんな顔色ですよ」

もしかしたら、同じ年頃の同じ病気の妹でもいるのではないか——と君子がふと、若い娘らしく気を廻して考えたほど、高田警部補は君子に対した時の幾分の固苦しさをさらりと捨てて、いたわり深い兄のような態度であった。そうして暫く話してから、帰る時、

「またいらしてね、そして面白いお話を聴かせて下さいね」

と遠慮のないせがみ方をする光子に、

「お邪魔でなければ……」

と笑いながら答えた言葉を、君子は、通り一遍の儀礼と考えたのであったが、ところが高田警部補はそれから三日目の夕方、ほんとにその姿を君子の家の玄関に現したのである。出迎えた君子に、ややはにかんだような若々しい笑顔を見せながら、

「御報告に来ました」

と言うのであった。

「狼の吉が自殺しました。お宅から盗んだ品はそっくり死体の傍にありました。どんなことがあっても自殺するような男ではないと思っていたんですが、一体どういう風の吹き廻しでそういう気

持ちになったものか、そこのところがどうもわかりません。われわれとしては何とも残念な終り方ですが、事件は事件としてこれで片づいたような形です。今更どう言ってみたところで、相手が首を縊ってしまったのでは、勝負の仕様がありませんからね。思いきりミミに引っ掻かせてやろうと思っていたのでしたが、どうも残念でした――」

何かひどい出し抜かれ方でもして、そのような自分の迂闊さを恥じてでもいるような警部補の姿を前にして、君子は、まあ……と言ったきり、ただまじまじと相手を見守るばかりであったが、光子は、そんなことはどうでもいい、これが一番大事なことなのだ、とでもいうように、

「でも、あなたは時々いらして下さるわね？　ね、いらして下さらなければいやよ」

と指切りでも迫りかねない様子でせがむのであった。

三

「君子、あの男はよく来るようだが、一体何をしに来るのかね？」

あの男、という粗暴な言い方に驚いて父を見上げた君子は、しかし、すぐに痛々しげに眼をそらした。父の顔には、二ケ月前のあの夜の名残りの傷痕が生ま生ましく残り、以前は見るからに温和であったその顔を、すっかり陰惨なものに変えてしまった。偶然にも、狼の吉の顔にあった傷と同じ場所についた、狼の吉をさながら思い出させるその醜悪な傷痕は、父の顔ばかりでなく、その性格までも変えてしまったようである。以前は珍らしく平《たいら》な気持ちの人であったのに、この頃はほんの僅かのことにもいらいらといら立って、目に入れても痛くなかったはずの二人の娘たちにまで、陰気な皮肉っぽい物の言い方をするようになった。

もともとが内気で、派手な交際を好む方ではなかったが、長い役所勤めをして人には多く接し慣

れていたためか、面と向えば如才のない方であったのが、あれ以来極端な人間嫌いになり、高田警部補が光子を度々見舞うことを知っていながら、会おうとさえしないのである。果ては今のようにあの男などと言う。病気の少女の我儘な願いを、その我儘さの故に一層いじらしがってわざわざ訪ねてくれる優しい人を——と君子は情なくもなり、恥ずかしくもなり、父をこのように変えてしまったあの夜の出来事が今更のように恐ろしくもなるのである。

「何をしにって……光ちゃんを見舞にいらして下さるのよ。光ちゃんが無理なお願いをしたのを聞いて下さって——あの時だって随分御親切にして下さったわ」

「ふむ、そういうことで自分の失敗を誤魔化そうとする。猾い男だ」

「それはどういうことですの?」

「悪人を捕えるのが商売の者が、捕えもせずに死なせてしまう——これほどひどい失敗はなかろうじゃないか。あの男に良心があれば、この家の敷居はまたげないはずだ。わしはあの男に、女子供の機嫌をとる暇に、泥坊を一人でも多く捕まえる工夫をしろ、と言ってやりたいよ」

相手が自分の娘であることも忘れたようなひねくれた意地の悪い言葉つきであった。君子は、まあ……と呆れて父を凝視めた。

「それはひどいわ。お父さん——そんなに言うのはあの方にお気の毒よ。狼の吉が死んだのは何もあの方のせいじゃないでしょうもの。それどころかあの方は、自殺なんかするはずのない人間が自殺したのが不思議でならないと仰言って、今でもとても気にかけていらっしゃるわ」

「ふむ、死んでしまった人間の気持ちを考えたところでどうなるものでもなかろう」

父の言葉は一層憎々しげに響いた。

「それよりは生きている悪者を捕まえることが第一だ。世間では、二代目の狼が出たと言って騒いでいるじゃないか。だが、どうせあの男には捕えられまい。そういう人間を野放しにしておいて、女子供の機嫌ばかりとっているのが、わしは気に食わんのだ。幸いに二代目の吉は、額に傷はないようだが、もし傷があったら、あの男はわしを捕えて、これが二代目の吉だということだろう。わしのこの傷は彼奴によく似ているからな。あの男としては苦労なしに手柄が立てられるわけだ。案外そういうこともやりかねぬ男だとわしは見ている――」

遠慮勝ちに膝に寄って来たミミの体を手荒く払い退けて、毒々しく言いつのる父を眺めながら、君子はこの頃、度々襲われる不思議な疑惑に、またしても心を悩まされ始めていた。

これでは最早父の変り方は、性格の変化などという生優しい言葉では云い足りぬ。人格の変化と言わなければならぬであろう。父は全く別な人間になってしまったのだ。狼の吉の自殺も不思議には違いないが、父の変り方はもっと不思議である。この傷がついた時、傷と一緒に父の体には不思議な魔物が取りついたとでもいうのであろうか――

さかしい動物の本能で、父の変り方を覚ってでもいるのか、ミミもこの頃はあまり父に寄りつかず、何となく父を怖れるらしい様子である。父もミミを邪慳に扱う。それもただまつわられてうるさがるというような程度のものでなく見るのもいやだといった邪慳さである。以前の父は、たとえ不機嫌な時でも、ミミにだけは優しかったのだが――君子は父に追い退けられて、行き場所もなげな風情に竦んでいるミミをそっと膝に抱き上げながら、怒りに燃え輝く父の瞳を正面から凝視めた。このような瞳をするこの人は父ではない、まるきり別の男なのだ――しかし、眼の前にいる男の姿はやはり父であった――こうした不思議な矛盾に焦《あせ》る思いが、一時に胸の奥から言葉を迸らせ、その言葉の烈しさをとめどもないものにしそうであったが、君子はぐっとそれを押えて、

「お父さん何故そんなに、あの方に恨みでもあるような言い方をなさるの？　あの方は御親切でいらして下さるのに……」

「その瞳は何だ！　君子！　親を見るのにそんな瞳《め》をして――あの男のことを悪く言われるのが、お前はそれほど口惜しいのか」

父は裏切った憎い女にでも言うような言葉つきで、

「そんな風にお前たちをたぶらかすその誤魔化しの親切がわしは嫌いだと言ってるんだ。光子に言いなさい。二度とああいう男を寄せつけてはならんと……」

君子は父を凝視める自分の瞳に、次第に恐怖の色のひろがるのがわかるような気がした。父の姿をしたこの男は何者であろうか——憎悪に満ち満ちた瞳をして、病気の妹のたった一つのささやかな望みを奪い去ろうとし自分の心を打ち砕こうとし、そして、ミミのような可憐な小さな生き物をさえ虐げようとするこの男は、確かにあの夜から父の体に宿った何者かに違いなかったが、その何者かが何であるかがわからないのが、君子を悩ませ怖れさせるのだ。

「姉さん、お父さんに叱られたの?」

逃れるように父の前を退って来た姉の姿を見て、光子が静かな声で言った。父の変り方も君子の恐怖も、何も彼も覚り抜いているさかしげな瞳の色であった。

「お父さん変ったわ。あの匂いのいいおいしい、よく眠れる飲み物をつくってくれる時は、前とちっとも変らないいいお父さんだのに——あのね、姉さん、不思議なの。あれを飲むと、あたし、何時でもきっと同じ夢を見るのよ」

「どんな夢?」

「いい夢……愉しい夢……」

透き通るような白い頬に、ほのぼのとした微笑の翳が浮んで、唇の傍の小さな黶が、華奢な彫り物のようであった。

「でもね、何時もはっきり覚えてないのよ。ただ、何だかとてもいい匂いがするようなの。白粉かクリームみたいな——お化粧した夢——お化粧してる夢……そんな夢じゃないのか知ら?」

君子はふっと妹を凝視め、しかし、白い清らかな花のようなその顔を、長く凝視めてはいられなかった。父がその甘いよい香りのする飲み物をつくってくれる時、君子の方は習慣的な夜半の眼覚めも忘れてよく眠るのだが、妹の方は、日頃のひそやかな可憐な希いが夢となって現れるのでもあろうか――いずれにしろ、病気の少女が化粧した夢を見るというその哀れさに胸を突かれて、君子はこの妹を何としてでも生かしてやりたいと思った。

ほんとに化粧が出来るようになるまで、せめて毎夜でもその夢の愉しさの中に遊ばせてやりたいと希う心は切ないほどであったが、しかし、二人の娘たちの夜半の眼覚めにまで気を遣う父の優しさは、ほんの時折の気まぐれのように、ふいとその心に湧き出るものであったらしく、その優しさにふと気を許して甘え寄ろうとすれば、父は何時の間にかまた、まるきり違った別な男となって、君子に立ち向って来そうな気配を見せるのであった。

「これはお母さんの直伝でね、お父さんが役所の仕事に疲れて眠れないで困っていた時、何時もつくってくれたものなんだ。こういうものは、自分一人しか出来ないと思うところに愉しみがあるんだ。やたらに人に教えたら秘伝もなにもあったものではない。自分以外にもつくれる者があると思ったら、つくる時の愉しみがなくなってしまう。わしはこれを愉しみでつくるんだからね――」

一度君子が何気なくこの飲み物のつくり方を訊いた時、にべもなく突っぱねるように言った父の言葉の中には、何時か必ずこの製法を切に知りたがるに違いない君子の心を知り抜いて、あらかじめその口を封じようとし、そして、その時の君子の苦痛を愉しむような、何となく残忍な響きがあったように思われたのだ。

その口から、以前は好まなかった酒の香が烈しく匂っていたためもあったのであろうが、赤の他人の男よりももっと遠い感じであったあの時の父を思えば、二度とその製法を訊ねる気にはならなかった。君子は微かな溜息をつきながら、まだほのぼのとした微笑の翳を浮べている妹の顔をそっと眺めた。

四

「二週間も来て下さらなかったわ。お忙しかったの？」

顔を見るなり不服らしく言う光子におだやかに笑いかけながら、この頃すっかりなついてきたミミを膝に抱いて坐った高田警部補の姿には、義理や勤めでこうしているのではなく、心からこの場にいることを愉しむ人の、自然な寛ろぎの色が現れていた。

「光子さんにそう言って叱られるとは思っていたんですが、どうも厄介な事件が起きてしまいましてね」

「どんな事件？」

「二代目狼の吉という奴が暴れ始めたんです。もっとも、其奴が自分からそう名乗ったわけじゃなくて、硝子を焼き切って忍び込む手口や、人の命などは地を這う虫の命ほどにも考えていないような残忍な殺し方から、世間の人たちが勝手にそう言っているんですが、全く狼の吉の再来のようなひどい奴なんです。其奴のためにもう五人の人が殺されました。

「まあ、五人も……」

茶を入れかけていた君子は、その手をとめ、怯えた眼をぱっちりとみはって高田警部補を見上げた。

「またそんな怖い泥坊に入られたらどうしましょう。あの晩のことを思い出しても、あたしは身慄いが出ますの。でも、今度の狼の吉は、顔に傷はないそうですのね？」

「それをどうして御存知です？」

「何時か父が言っていましたわ」

ほんの瞬間ではあったが高田警部補の顔には、ちらと何かの表情が微妙に動き、ミミの背を撫でていた手がとまりかけた——が、すぐにその手はまたゆっくりと動き始めて、厳しく鍛えられた感じのその顔にも、何事にも決して動じることのない静かな微笑が浮んで来たのである。

「そうです。傷がないばかりか、其奴は女のように白い綺麗な顔をしてるそうです。体も小柄な方で、もしかしたら、男装した女じゃないか、なんていう噂もあるんですが……」

「女ですって?」

まじまじと眼をみはりながら、高田警部補の顔と姉の顔とを見くらべていた光子が、ふと烈しい興味を惹き起されたらしく、瞳を輝やかせて口を入れた。

「誰かその二代目狼の吉の顔を、はっきり見た人があるのか知ら?」

「いや、黒い布を頭からすっぽりかぶっていたそうですから、顔全体をはっきり見たわけじゃないんですが、とにかく、その布の間から見えるところだけ見たのでは、白い綺麗な顔をして傷もありそうにはなかったし、そして、何かこうほんのりといい匂いがしたと言うんです。昨夜、二代目に襲われて危く命拾いをした女の話なんですが——若い女だからそういうことには敏感だったんでしょうね」

「昨夜?……」

と呟くように言った光子の顔には、つい先刻高田警部補の顔に浮んだと同じような微妙な何かの表情がちらと動きかけ、ふっとそらして遠くへ投げた眼差が茫と煙るように光りを消した。その眼をゆっくりと閉じながら、

「いい匂い……」

とまた低く呟くように言った光子の顔は、急に驚くほど大人びた深い思索の翳を帯びて、ふと脳裡をかすめた何かの姿をとらえようと、一心に思いを凝らしてでもいるような様子であったが、やがて、

「いい匂いがしたと仰言るの?」

と言いながら高田警部補に向けたその瞳は前にも増して生き生きとした光りを放っていたので

ある。

「どんな風な匂い？　花か何かのような……」

「いや、化粧でもしてるのじゃないかと思うような、そんな風な匂いだった、確かにクリームか白粉かの匂いだった、だからあれは男じゃない、女だ、と言い張っているんですがね」

「お化粧の匂い……そう、それは面白いのね。――ね高田さん、そのお話をもっとして下さらない？　その二代目狼の吉のことでは今までにどんなことがわかっていますの？」

「光ちゃん」

と君子は軽くたしなめるように口をはさんだ。異様な興奮を示して来た妹の様子が何か気がかりであった。

「そんな怖いお話はあんまりうかがわない方がいいのじゃないの？　後で熱でも出たら困るわ」

「だって、聴きたいわ。面白いんですもの。熱なんか出ないから大丈夫よ」

むきな光子の様子を眺めて、高田警部補は、はは、と笑い、君子にちらと優しい眼差を投げながら、

「ところが二代目狼の吉については、光子さんに熱を出させるほどの種は、まだ一つも上っていないのですよ」

「指紋とか兇器とか、そんなこともわかりませんの？」

「何時も手袋をはめているとみえて、指紋はまだ一つも取れません。兇器は、一代目は短刀だったり日本刀だったり、その場にあり合せの物だったり、いろいろでしたが、二代目はもっと小型な鋭利な物を、始終持って歩くらしいです。被害者の傷から判断したところでは、その兇器は非常に鋭どくて薄い……たとえば西洋剃刀のようなもの……それの柄を動かないようにしっかりとつけ替えるとか……何かそんなようなものじゃないかと思っていますが、とにかく、いろいろな点から見て、二代目は一代目よりも非常に用心深いところがあるようです。これは一代目よりも智能の程度

が高いからだ、とわれわれは見ていますが――狼の吉はほんとは死ななかったのじゃないか、変装して人の目をくらましているのじゃないか、などと言っている者もあるようですが、狼の吉が自殺したことは、僕自身この目で確かめた絶対に間違いのない事実ですが、しかし……」

「そうよ、狼の吉は生き返ったのかも知れないわ」

光子は、きらりと、瞳を光らせて、挑むように高田警部補を見た――と思うと、急に、そのような話にはすっかり興味を失ってしまったような遠い眼差になり、低くゆっくりと相手に言い聴かせでもするような調子で、

「あのね、あたし昨夜お化粧した夢を見たの。見たらしいのよ。お父さんがよく眠れる匂いのいい甘い飲み物をこさえてくれた晩はきっと見るの。見るらしいのよ。どんな夢だったか何時も忘れてしまうのだけれど、何時も同じ夢らしいわ。クリームだか白粉だか、とてもいい匂いをほんとに嗅ぐような気がするの。――ねえ、あたしでもお化粧したら綺麗になるか知ら？ 高田さんはどうお思いになる？」

唐突なその話し振りをいぶかしむ風もなく高田警部補は静かに微笑みながら答えた。

「光子さんが化粧したら、きっと白い花のようになるでしょうね」

「白い花は淋しいわ。あたしは紅い花になりたいわ」

何か知ら身内に湧き上る不思議な静かな興奮を押え得ず、それに身を打ちまかせでもしたように、とめどもない饒舌を続けていた光子は、警部補が帰ると急に無口になった。その様子を怪しんでふと見た君子は、澄んだ光子の瞳の中に満ちている深い悲哀の色に驚いた。

「どうしたの？ 光ちゃん」

「ううん、何でもないの。少し疲れただけよ」

光子は微かに微笑みながら首を振ったが、その瞳に浮ぶ悲哀の色は一層深くなりまさるようであったのだ。しかし、数日後に高田警部補がまたふらりと訪ねて来た時、光子はまた生き生きとして

饒舌になった。

「あたし千里眼なの。世間のことはまだ新聞に出ないことでもわかるわ。どう？　当てて見せて上げましょうか。昨夜また狼の吉が暴れたでしょう？　あんまり狼が暴れると、高田さんの評判が悪くなるわね。もうそろそろ悪くなってるのじゃないか知ら？」

「まあ、何を言うの？　光ちゃん」

君子ははらはらしたが、高田警部補は、はは、と笑って、

「当りましたね。しかし、僕も千里眼じゃ負けませんよ。昨夜はお父さんが優しくなって、よく眠れるおいしい飲み物をつくって下さったでしょう？」

「まあ、高田さんはほんとにお当てになりましたわ。でも、光ちゃんのはまるで出鱈目ですわね」

取りなす気持ちで微笑みながら言う君子の顔から、高田警部補はふっと眼をそらし、微かな笑い声を立てながら、

「いや、ところが、ほんとに当ったのですよ。昨夜は二代目狼のために二人の人が死にました。非常に薄い鋭利な刃物で一気に咽喉を搔き切っている残忍な殺し方から見て、二代目に間違いありません」

「まあ……」

と息を呑んで眼をみはった姉の顔から眼をそむけるようにしながら、光子は、

「高田さん」

と呼びかけた。

「あたし、一代目の狼の吉は、きっと猫が大嫌いだったと思うんだけど違うか知ら？」

「そうです。大嫌いだったそうです。ああいう連中には案外迷信家が多いものですから、猫は魔物だとか、猫を見ると縁起が悪いとかそんな気持ちからだったろうと思いますが——その縁起の悪い魔物にいきなり飛び出されて吃驚した拍子に、ふらふらと魔にとり憑かれたような変な気になっ

て、それで死んだのだろうなんて言ってる者もあるんですよ」

「いやよ、ミミを魔物にしてしまっては――こんな可愛いものが魔物だなんて、一体誰がそんな悪いことを言い出したのか知ら？　猫は決して魔物なんかじゃないわ。魔物は人の心の中に棲んでるのよ。――ねえ、高田さん、今度の狼は捕まえて檻の中へ入れておしまいになるつもり？……」

「何の罪も恨みもないのに、むざむざと殺される人の命も考えなければなりませんからね。やはり、狼よりは人の命の方が大事ですからね」

「そうね……狼……狼なのね……狼は怖い獣だわ……見つけ次第に何でも噛み殺してしまう……怖い怖い獣だわ……狼……」

光子は、急に光りを消して茫と煙ったような眼差を遠くに投げ、呟くように繰り返した。心の中で決し兼ねていた何かを今こそ決し、それをしっかりと確めようとでもするように――

その日、帰る時、高田警部補は、玄関まで送って出た君子をふと振り返った。その眉宇の間にはある色がちらりとひらめき、何か言いたそうな、言わなければならぬことがあるような瞳色であった。が、しかし、高田警部補は何も言わずに、そのまま卒然と背を向けて去ったのである。その後姿を見送って、君子もまた、何かを問い忘れたような気がしきりにしながら、しかし、それが何であるかをまだはっきりと掴んではいないのであった。

五

ふっと何かに驚かされでもしたように突然眼覚めた瞳に、隣の蒲団の光子の枕の傍に、じっと眼をみはりながら淋しそうにうずくまっているミミの姿がまず映り、

「ミミ！」

と呼びかけながら手を差しのべようとした君子は、枕の上に行儀よく仰向いている妹の顔がちらと視野に入ると同時に、あっ、と息を呑んで跳ね起きた。白い花びらのようにただ透き通って全く色のない妹の顔は考える間も問う間もなく、ぴいん、ぴいん……と弾けば、すぐに、ぴいん……と響き返す音のように、瞬間に、どう否みようもない、動かしようもない確かな事実となって、君子の心に飛び込んで来た。それは清浄な死顔であった。その清浄さが、胸を破って迸ろうとする君子の感情をその瀬戸際で支えとめたともいえるのだ。妹の枕許には小さな風呂敷包みが一つきちんと置いてあったが、それを開いた君子は妹の死顔よりも、もっと蒼ざめて慄えた。包みの中には、黒い布と血痕に汚れた手袋、しっかりと柄をつけ替えた西洋剃刀、そして香りの高い白粉とクリーム、それに多量の睡眠剤――二代目狼の吉の持ち物であるそれ等の品が、全都揃って入っていたのである。

では、二代目狼の吉は妹であったのか――否、急いで父の部屋へ駈けつけて、その部屋の中で、やはり眠りながら息絶えた様子を想わせて、静かに死んでいる父の姿を見た時、君子はすべてをはっきりと理解した。父の枕許の机の上には、底に僅かばかり酒を残したコップが載せてあったが、その酒の中には妹の手によって、多量の睡眠剤が混ぜ入れてあったものであろう。父はそれを知らずに飲み、最後に妹も多量にそれを飲んだものに違いない。

二代目狼の吉は父であったのだ。今にして君子は、病気のための気まぐれとばかり考えていた妹の言葉や態度と、それに調子を合わせる優しい辛抱強さとばかり見ていた高田警部補の言葉や態度の中にあったある暗合――一緒に強く思い当るのであった。冷酷になり、時に優しくなった父のあの変り方にも――。

しかし、まだ確かめなければならぬことがあった。その経緯を知りたかった。ぜひ知らなければならなかった。それを教えてくれる人は一人しかなかった。君子は初めて高田警部補をその職場に訪ねたのである。

捜査主任室の硝子戸を開けた時、入口から正面の机に向っていた高田警部補は、眼を上げて君子を見た。瞬間、強くはっきりとしたその眼の中には何かの色が動いたが、しかし、決して驚いた色ではなかった。かねてこの事のあることを期していたような落附いた態度で、高田警部補はそのまま待つように君子に合図をし、横にいた若い巡査に何か囁いてから背後の柱に掛けた帽子と外套を取った。

ただ、しかし、君子は、その高田警部補の眉宇に、ある色がちらりとひらめいたのを見逃しはしなかった。すでにその色を数度見て、今は君子も理解していた。それはこの人が、動かしようのない厳しい事実を直視し、避けようのない確たる機会に直面した時の、ゆるがぬ決意の色であったのだ。

「――魂が乗り移る、という言葉がありますね？ あり得べくもないことのようですが、しかし、それが実際にあったのです。僕は疑惑を抱き始めてから、いろいろと文献も調べて見ましたが、これまでも決して例のなかったことではありません。あればこそ、こういう言葉も生れたわけなのでしょう。もっとも、この場合は、乗り移ったと言うより、入れ代ったと言った方が正しいかも知れませんが」

やがて、白い花に飾られた光子の枕辺で、高田警部補は静かに語り始めたのであった。

「狼の吉がお父さんに斬りつけ、その吉に向ってお父さんがミミを投げつけた、その瞬間どちらも必死の瞬間でした。いきなり白い刃先に向って叩きつけられ、間髪の間にそれを逃れたミミも勿論必死でした。精神のすべてをそれに賭け、気魄のすべてをそれに凝らした瞬間――言ってみれば、肉体が一瞬間空虚になった……とも言えるようなその瞬間に、狼の吉の体にお父さんの魂が乗り移り、お父さんの体に狼の吉の魂が乗り移ってしまったのです。吉の方から言えば、いきなり大嫌いな猫が眼の前を飛んだことが――お父さんの方から言えば、受けた傷が偶然にも、眼の前にいる兇悪な男の傷と同じ傷であったことが、強い暗示となって働いた――とも言えるでしょうし、心霊学の方でよくいう動物磁気……そういうものが必死のミミの体から発散して、魂と魂の入れ替えの仲介をした、とも言えるでしょう——とにかくそういう瞬間でした。その瞬間から、狼の吉がお父さんになりお父さんが狼の吉になったのです——」

君子はうつ向いたまま微かにうなずきながら、まるきり別の男のように感じられた父の姿を思い出していた。

「優しい気の弱いお父さんの魂を宿した狼の吉は、自分の肉体が重ねて来たそれまでの悪業の数々を悔いて、自殺してしまいました——が、しかし、吉の魂は、お父さんの体を借りて生きていました。吉の魂を宿したお父さんは、悪の衝動が起るままに、残虐な悪事を重ねました。狼の吉は生き返った、と言った光子さんの言葉は、決して嘘でも出鱈目でもなかったわけです。——そのお父さんにとって邪魔だったのは、あなた方姉妹と僕でした。お父さんは悪人の本能で僕を憎み嫌い、病気のために、神経が鋭どくなって、夜も眼覚め易くなっている光子さんと、その光子さんを気遣って度々覚める、あなたの眼を怖れました。それで悪事に出かける晩は、あなた方を眠らせてしまう工夫をしたわけです。飲み物の中へ眠り薬を入れて、ね。強い甘味や香りは、薬の味を消すためだったに違いないと僕は考えていますが——」

そう言えばいかにも、どのような秘法があるにしろ、夜半の眼覚めも忘れたあの深い眠りは、ただの飲み物では得られるはずがなかったのだ、と君子は今更思い当ってうなずいた。

「そうしてあなた方を眠らせたお父さんは、女の厚化粧のように、クリームをつけた上に白粉を厚く塗って傷痕を隠してから悪事に出かけていたのです。なるほどこれでは男装の女のようにも見えたでしょう。僕に疑惑を起させたのは、これと、もう一つ、あなたの言ったある言葉でした、と言ったらあなたは驚くでしょうが——」

え？　と顔立上げた君子に、何か知ら物悲しげに見える微笑を投げながら、高田警部補は言葉を続けた。

「二代目狼の吉の顔には傷はない、とお父さんが言った、とあなたは言いましたね？　それです。二代目の狼の吉の顔に傷があるかないかは、その前の晩まで誰にもわからなかったのですから――二代目狼の吉の顔を見た者は、男装の女と見間違えたあの女一人きりなのですからね。――僕がそういう疑いを抱くと同時に、光子さんもお父さんに対して、僕と同じ疑いを抱き始めたのです。お父さんがいい香りのする甘い飲み物をつくってくれた晩には、光子さんは何時も化粧した夢を見る、見たような気がする……夢は覚えていないけれど、クリームか白粉の匂いを嗅いだような気がする……と言いましたね？――光子さんは夢は見ませんでした。しかし、化粧品の匂いはほんとに嗅いだのです。――というのは、お父さんの飲ませた眠り薬は、あなたにはよく利いたけれど、病気で神経が尖っているためか、それとも、平生いろいろな薬を飲んでいるので、薬というものに対して慢性のようになっているためか、とにかく光子さんにはあまりよく利かず、光子さんは仮睡のような状態にあったのでしょう。そこへ仕事から帰ったお父さんが、そっと障子の隙間から、あなた方の部屋を覗いたのです。あなた方がほんとによく眠っているかどうか、やはり気がかりだったのでしょうね。障子の隙間から入って来る化粧品の匂いが光子さんに、覚えてはいないけれど化粧した夢を見たのに違いない、という錯覚を起させたのですが、命拾いをした女が化粧品の匂を嗅いだ、と僕が言った時、一時にすべてを覚ってしまったものに違いありません。それに気がつけば、後の謎は自然に解けて来ます。お父さんが急に優しくなって、わざわざ自分で飲み物をつくってくれた晩は、必らず二代目狼の吉が暴れました。――あなたは不思議に思っておられたようでしたが、僕と光子さんの問答は、二代目狼の吉がお父さんに違いないことを、互いに訊し合い、確め合っていたのです。そうしていよいよそうに違いないことを確かめた時――」

ふっつりと切った言葉の語尾が悲痛に慄えて響いたが、巍然として胸を張ったその姿は爽やかであった。

「事件はこれで終りました。娘の病気を悲観したための親子心中とでも何とでも、世間の人の思うままにまかせておけばいいのです」

「でも……」

「一代目の狼の吉を自殺させてしまい、二代目の狼の吉を逃がしてしまった僕の立場、と言うのでしょう？　それが何でしょう。狼の吉はもう絶対に二度と姿を現わさないのだということを、僕が一番よく知っているのですから——あなたもすべてを忘れておしまいなさい。運が悪かったのですね。全く運が悪かったのですね……」

沈痛に二度繰り返されたこの言葉は、不思議に運命的な重々しさで君子の心に落ちて来た。

赤煉瓦の家

「ああ、そう、今度お姉さまに面白い人を御紹介しましょうね」

久子さんが突然こう言ったのは、終戦後半年ほどすぎて、そろそろ街の様子も落ちつき始めた頃であった。終戦直後の混乱期をどうにか脱けて来たのは有難いけれど、それだけに引揚の見当がさっぱりつかず、何時も浮かぬ顔色の私を慰めるつもりであったのかも知れない。

久子さんは私よりだいぶ年下のお友達――私をしおらしく「お姉さま」などと呼ぶところは、いかにも優しい人のように思われそうだけれど、ほんとはとても元気のいい――というより、ちょっと怖い感じがするほど勇敢なお嬢さんで、お姉さまは世間知らずだ、とか、封建的だ、とか、頭が古い、とか、私は始終やッつけられ通しであった。

「何も戦争はあたしたちが好きで始めたわけじゃあるまいし、負けたからと言って、お姉さまみたいに、そんなに何時までも、戦争の全責任を一人で背負い込んだような深刻な顔をすることはないわ。何でもいいから生きることよ。一日々々を勇敢に突き進んで行くことだわ――」

そんな久子さんの目には、引揚は一体何時になるのか知ら、無事に生きて帰れるのか知ら、一体これからどうなるのだろう――などと毎日々々考え込んでばかりいる私の姿は、どやしつけたいほど歯がゆいものに映っていたに違いない。それで、面白い人でも紹介して、少しは気散じをさせてやろう、とこの人はこの人なりの親切から出た思いつきのようであったが、そんな久子さんであるだけに、一体どんな人に引き合わされることか、と私はちょっと尻込みした。

「ええ、有難う。でも、あたし、もう新らしいお友達なんか欲しくないのよ」

「ほら、またそんなことを言う……」

久子さんはちょっと私を睨みつけて、

「とにかく会ってごらんなさいな。とても面白い人なのよ」

「だって、久子さんに面白くても、あたしにはおもしろくないかも知れないわ。一体誰なの？」

「うちの会社の監督官」

え？　？――と多分私はこんな顔をしたことだろうと思う。監督官と言えばソ連人に違いない。しかも非常に偉い人のはずである。終戦後一週間ほど過ぎて、ソ連軍が大連へ進駐して来ると同時に、名のある大会社、大工場は即時接収されて、監督官という人が最上の地位についた。文字通り、その会社なり工場なりの業務及び人事を監督するためである。街の変り方を見たくないために、かたつむりみたいに家の中にばかり閉じこもっていた私には、その辺りのくわしい事情も状況も知る由はなかったが、しかし、人の話では、監督官には偉い学者あり技術家ありという具合で、いずれも一流の人物ばかりということであった。

とんでもない――ちょいちょい突拍子もないことを言い出す人ではあるのだけれど、これはまたあまりに突拍子もなさ過ぎる。そんな人に会ってみたところで、窮屈なばっかりで、一体何が面白いことがあるだろう。第一私は、はい、とか、いいえ、とか、有難う、とか、ほんの簡単な言葉を二つ三つ知っているだけで、ロシヤ語だって喋べれはしないのに――真ッ平、と首を振りかけた私を、久子さんは空を叩くような手つきでとめて、

「大丈夫。ちっとも怖い人じゃないのよ。何でも偉い学者だって話だけど、そんな風な気むずかしいところもちっともないの。年は――そうねえ、もう六十はとっくに過ぎてるのじゃないか知ら？　サンタクロースのお爺さんを細く引き伸ばしたみたいな感じの優しいお爺さんだわ。ただね、イワノフさんには――そう、名前はイワノフさんと言うの、一つ、癖と言うのか何と言うのか、ちょっと変ったところがあるのよ。それは決して笑わないことなの。いいえ、笑うことは笑うんだけど、何時も笑いかけてはふっとやめてしまうの。何かこう急に幕みたいなものがすっと降りて笑い

を遮ってしまうみたいな、何だかそんな風な感じなの」

「威厳をつくるためかも知れないわ。でもまた何だって久子さんみたいな人が、そんな人と親しくなったの？」

久子は、うふん、と肩をゆすった。

「久子さんみたいな、なんてそんなにはっきり言わなくてもいいわ。あたしだってこれでなかなかいいとこもあるんだから——でも、ほんとね、考えるとちょっと不思議みたいでもあるわ。イワノフさんが監督官として会社へ来てから二三日してからだったの。誰か机の傍に立ってるような気がしてひょッと顔を上げたらそれがイワノフさん——じっとあたしの顔を見ていたのらしかったけど、それから何が何だかわからないうちに、あたしはイワノフさんの秘書役みたいになっちゃったの」

「秘書役ですって」

「一々そんな呆れた顔をなさらなくてもいいわ。あたしこれでロシヤ語はとてもうまいのよ——なんて嘘。ほんとはお姉さまと同じに、ダーとニエット位しかわからないけど、イワノフさんの方が日本語がとても達者なの。それに秘書役なんていうと、何だかとても御大層な役目みたいだけど、あたしの仕事は、イワノフさんの遊び相手、と言うより御案内役みたいなのよ。イワノフさんはね、ずっと昔、大連にいたことがあるんですって。そのせいで大連がとても懐しいらしいのね。やたらむしょうに方々歩き廻るの。あたしはそのお供をして歩くだけ——イワノフさんは一体あたしのどこを気に入ったのか知らないけど、でも、せっかく気に入ってくれているのに、何も無理に嫌われたがる手はないと思って、おとなしくついて歩いてるの。会社の仕事なんかおっぽり出して、あちこち遊んで歩けるだけでも得なんですもの。監督官の御命令に忠実に従ってるだけなんだから、誰も何とも言いはしないし——ね、ほんとにお姉さまも一度会ってごらんなさいな。たまには変った人に会うのも気がまぎれていいものよ」

こんな具合で、翌日、殆んど否応なしに引き合わされたイワノフさんであったが、一目見るなり私はその人柄に惹きつけられた。それは不思議な憂愁の色を湛えた青い瞳のせいであったろうか。私はこの人の周囲に、絶え間なく恋いつづけて遂に報いられずに老いた人の深い郷愁の色を見たように思ったのだ。

「わたくし日本の女の人好きです。日本の女の人、わたくしの夢です」

青い瞳をぱっちりとみはってイワノフさんは言う。考えれば何と判断しようもない不思議な言葉のようでもあるのだけれど、それでいてすらりと胸に落ちて来る感じであった。

「わたくしの夢、長い夢でした」

微笑みかけた口許が、急に笑いの翳を消して引き結ばれる。それは全く久子さんが言ったように、目に見えぬ何かの幕がすっと降りて、笑いを遮ってしまうような感じであった。私が一目でイワノフさんが好きになったように、イワノフさんの方でも少しは私を気に入ってくれたのであろう。私はそれから度々誘われて、久子さんと一緒にイワノフさんのお供をするようになったのだから――。

そうして一緒に歩き廻っているうちに、私は久子さんも気がつかぬらしいある一つのことに気がついた。それはイワノフさんが大連中殆んどくまなく歩き廻りながら、ロシヤ町へは決して足を入れようとしないことであった。何か知ら目に見えぬ不思議な壁のようなものが、イワノフさんとロシヤ町とを隔ててでもいるような具合であった。

「イワノフさんはロシヤ町はおきらいですの？」

「いいえ……」

びっくりしたように目をみはり、微笑みかけた顔に、急にまたあの幕がすっと降りた。

「嫌いではありません。でも、古い町、淋しいです」

確かにロシヤ町は古い淋しい町である。しかし、長い年月のさびの色を黒ずんだ赤煉瓦の壁に見せた町の家々のたたずまいは、古びて物侘びて見えれば見えるほど、それ故にこそ一層深い思い出心をそそりそうなものであるのに——いや、やはりイワノフさんは、古い淋しいロシヤ町を心の中では切ないほども懐かしがり、その思いがあんまり深いために、却って冒してはならぬ掟かなどのように、その町に近寄ろうとしなかったのだ。何故なら、ふっとその掟が解きほぐれた時、イワノフさんの心はとどめようのない奔流のように、その古い淋しい町にひた向いに向って流れたのだから——。

私が知った頃、イワノフさんはある白系露人の家にいたが、それから一ケ月ほど過ぎてから、相当長く大連にいることに決ったのであろう。自分の家を探さなければならぬと言い出した。勝者であるこの人たちは、どんな家でも、望めば立ちどころに自分の物に出来たのである。星ケ浦や老虎《ろうこ》灘《たん》辺りには、外人向きのしゃれた別荘風の家が幾らもあった。私たちは当然、イワノフさんはそういう家を望むものと思っていた。ところが、イワノフさんの心は最初から決っていたようであった。

「わたくし、ロシヤ町に住みます」

ただうなずくほか仕方がないほど、決然とした調子であった。顔色ばかりか、白い髪も髭も一度に輝きを増し、歩きぶりまで若者のようにしゃきしゃきとしたようなイワノフさんに従って、私と久子さんはこの人と知り合ってから初めてロシヤ町へ足を踏み入れた。どれもこれも似たような赤煉瓦造りの古びた家をイワノフさんは一軒々々見て廻ったが、やがて、ある家の低い石の門を入って厚い二重扉の玄関の前に立った時、青い瞳の中に、さっと水のような光りが流れた、と思うと、

「わたくし、この家に住みます」

そして、住む人はとうにどこかへ立ち退いたのであろう、人気もなく森閑として、鍵もかけてない玄関の扉を押し開いて、さっさと中へ歩み入った。久子さんはその後に続きながら、ちらりと私を見返り、くるりと目を動かして肩をすくめた。物好きな、という意味なのであろう。私も同じ表情と同じしぐさで応えた。何故イワノフさんが、古びた家々の中でも殊更古びて見えるこんな家を

選んだのか、私にもさっぱり見当がつき兼ねたのだ。もう少しはましな住み良さそうな家が幾らもあったのに——それとも、押え兼ねて一時に迸り出た郷愁の思いは、古い物にほど強く惹かれるとでも言うのであろうか——いずれにしろ、長い年月の侘びの色が部屋々の壁にまでしみ込んでいるようなこの古い家には、よほど強くイワノフさんの心を惹くものがあるようであった。イワノフさんは最早全く私たちの存在などは忘れ果てたように、沈痛にさえ見えるほど緊張した顔色で、部屋から部屋へ歩き廻っていたが、ふとその足を、二階へつづく階段の下でとめた。そして何のためか、階段の下の茶色に塗った羽目板の継ぎ目を静かに指で撫で廻していたが、やがてその顔には、何とたとえようもない異様な表情が現れて来たのである。

「ここ、何か入れる所、人にわからないように隠して入れる所らしいです。ほら、叩くと他の所と音が違います。きっと何か入っています。わたくし開けてみたいと思います」

この人の希望はそのまま命令である。久子さんはちらりと私を見返り、ちょっと肩をすくめて駈け出し、間もなく、釘抜その他の板を剝がす道具を持った日本人を連れて戻って来た。ペンキの中へ塗り込められた釘を抜き、継ぎ目に細い強い金の棒を入れてめりめりと剝がす間、イワノフさんは凍りついたような異様な表情でじっとその作業を見守っていたが、剝がれた板がふうわりと変に手応えのない軽い感じで前へのめりかかって来た時、

「おお、おゆきさん！」

それは恐怖の絶叫とも、それともまた、懐かしさのあまり思わず迸り出た叫びとも聞こえた。久子さんはきゃッと叫んで私にしがみつき、私はその久子さんを抱えたまま、意気地なく、くたくたと床に坐り込んだ。恐らくは、板の後にもたれかかったまま息絶え、そのままの姿で白骨となり果てたのであろう、からからに枯れ乾いた骸骨が、からりと前へのめって、丁度、両手をのばしたイワノフさんの足に抱きつくような恰好で倒れかかって来たのである。

「わたくし、懺悔します」

その夜イワノフさんは、私と久子さんを前にして、沈痛な調子で語り始めた。青い瞳の中に、深い憂愁の色が、水のように浮き沈みした。

「あの骨の人、おゆきさんと言います。日露戦争の前、わたくしはおゆきさんと一緒にあの家に住んでいました。わたくしはおゆきさんを心から愛していましたし、おゆきさんもわたくしを心から愛してくれました。二人は死ぬまで――いいえ、骨になっても一緒にいるつもりでした。ところが、日露戦争が始まって、ダルニーもあぶなくなってしまいました。わたくしは逃げなければなりません。けれども、おゆきさんを連れて逃げるわけには参りません。日本軍に見つかれば、きっと別々にされてしまうからです。それでわたくしは、あの階段の下の押入におゆきさんを入れて、日本軍が家の中へ入ってもわからないように、外からしっかり釘づけにしてペンキを塗ってしまいました。四五日か五六日もして、日本軍が通り過ぎたらすぐに戻るつもりでした。そうしてわたくしは逃げました。わたくしが、さようなら、待っていて下さい、と言いますと、おゆきさんが笑いながら、骨になっても待っています、と言うのが聞こえました。――ところが、わたくしはそれきりダルニーへ戻ることが出来なくなってしまいました。逃げる途中で怪我をして、ロシヤへ送り返されてしまったのです。おゆきさんはどうなったでしょう。日本軍に救い出されたでしょうか、それともあのままでしょうか。もしあのままだとすれば――食べ物も水も五六日分しかありません。綺麗な空気もだんだん少なくなって、やがてすっかりなくなってしまったことでしょう。もう戻っても遅い――それから四十年――長い長い四十年でした。その影が何時もわたくしに何か囁くようでした。その影が何時もわたくしの心に映っていました。ダルニーのあの町のあの家が、何時も影のようにわたくしの心に映っていました。その影が何時もわたくしに何か囁くようでした。その声をはっきりと聴こうとして、わたくしはどんなに焦ったことでしょう。おゆきさん――おゆきさんは、どうなったでしょう。――四十年、わたくしは心の中の黒い影の囁きに耳を傾け通して生きて来ました。何時でも、どんな時でも、人とお話している時でも――そして、とうとうその声にひかれてあの家へ行って見ました。おゆきさんは最後に言った言葉を守って、骨になってもわたくしを待っていてくれたのです。……」

青い瞳がふいに溶けて流れたように見えなくなって、大きな涙がさんさんと頬を伝って流れた。

「おゆきさんは久子さんに似ていました」

久子さんはじっと目をみはってうなずいた。よく見れば確かに愛らしい顔だちなのだが、お俠過ぎる気質がたたって、これまでその愛らしさの充分に外に現れなかったこの人の顔を、私はこの時初めて美しいと思って眺めた。

薔薇の処女《おとめ》

粉雪が窓外に夢のように舞いかがようその朝、明彦《あきひこ》の秘蔵の薔薇が、一輪、見事に最初の花をひらいた。大輪の淡紅色の花びらに、象牙のような高雅な曇りを帯びた艶があって、まこと、名工が精根こめた鑿になる、華奢で豪華な造り物のような花であった。

「ほう……」

と明彦は微かに歎声を上げ、陽あたりのよい窓側に据えた、温室の模型のような大きな硝子箱の中に、誇らず、あくまで気高く咲き静もった薔薇の姿を、吸われるようにまじまじと見入っていたが、突然ぱっと身をひるがえして扉の方へ駈け出した。

「先生！　せーんせーい！」

がたんと扉を押し開けながら張り上げた声が、子供のように細く澄んで、その声に誘い出されでもしたように、白い頰に急激に血の色が浮いて来た。

「僕の薔薇が咲きましたよ」

弾む呼吸を整えながら、返事を確めるように、ちょいと小首を傾げた時、

「ほう、とうとう咲いたの？　それは偉かったね」

廊下の向い側の扉が静かに開かれ、微笑を含んだ声を先に、家庭教師の鈴村の丈高い姿が現れた。

明彦はその広い胸に飛びついて、

「ほうらね、先生、綺麗でしょう？」

「うん、綺麗だ。見事な花だ」

「咲かせようと思えばきっと咲くって、僕が言ったの嘘じゃなかったでしょう？　僕信じていた

んだもの。一生懸命になれば、花にだってきっと心は通じるに違いないって」

「なるほどね、明彦君の心が、無心の花に通じたわけなんだね」

微笑みながら、明彦と薔薇を等分に見くらべた鈴村の顔が、ふと厳しく引き緊まった。

花には季節外れと言うこともあり、狂い咲きと言うこともある。粉雪降るこの朝、この薔薇が見事に花の命をひらかせたのも言わばその類いで、さして奇とする事柄ではないのであろう。が、偶然などということは露ほども心に置かないような真剣な明彦の眼差が、ふと鈴村に、奇蹟めいたものの存在を信ずる心を引き起しかけたのだ。

心臓を病み、通学さえもかなわぬほどに脆弱な肉体を持つこの十六歳の少年が、その薔薇をきっとクリスマスに咲かせて見せる、と人にも自分にも誓うように言い、陽あたりのよい窓側に、温室の模型のような硝子箱をしつらえ、箱の下に火を置いて、太陽の熱に加えて人工の熱を補給するなど、数ケ月もの日数を、夢中になってそれ一つにかかり切ったのは、一体どのような意図と成算あってのことであったろう――

いずれにしろ、寝る間も心にとめた丹精が、ここに見事に実を結んで、薔薇は匂やかに花ひらいた。そして、今宵こそは、雪に浄められたクリスマスイヴであった。見ればこの薔薇は、病弱な体とこもり勝ちな生活の故に、多分に偏執的な傾向を持つこの少年の、一念凝って生れ出た花とも見えるのである。

「先生、僕、この薔薇ね、御姉さまに上げようと思うんです」

「聖子さんに？」

「ええ、お姉さまの白いドレスの胸につける飾りに……」

「それは聖子さんは喜ぶだろうが、しかし、せっかくこんなに綺麗に咲いたものを、切り取ってしまうのは惜しいようじゃないか」

「でも……」

鈴村の眼差をまぶしそうに避けて、

「この薔薇は、こんな硝子箱の中へ咲かせておくよりも、お姉さまの胸に咲かせた方がいいんです」

思いつめたような調子であった。

「先生は去年のクリスマスには、ここにいらっしゃらなかったでしょう、僕、あの時のお姉さまの姿を、先生に見せて上げたかった。お姉さまはね、雪の精のように見えたんです。銀みたいにぴかぴか光る真白なイヴニングドレスを着て、銀色の靴をはいて、真珠の首飾りをかけて……紅いのは胸の真ん中につけた薔薇だけ……生きているのはお姉さまじゃなくて薔薇のようだった……ほんとに薔薇が生きて呼吸してるように見えたんです……」

鈴村の瞳には、十八歳の少女の清らかな胸の隆起の真ん中に、静かに息づく薔薇の色が見えるようであった。一つ年を重ねたその胸は、それこそまこと、匂やかな薔薇に似た思いを秘めて、更にそのふくらみも増していることであろう。ふと襲われた息苦しさを払い退けようとするように、濃い眉を微かに上げて鈴村は微笑んだ。

「それじゃ明彦君は、今夜聖子さんの胸に飾るために、わざわざこの薔薇を咲かせたの？」

「ええ」

と明彦は生真面目なうなずきようであった。

「僕、先生にお話しなかったか知ら？　今日はクリスマスイヴで、そして、お姉さまの誕生日なんです。お姉さまの名前は、聖なる日に生れた子供という意味なんです。僕は今日のお姉さまを、造花だの、花屋の温室で咲いた薔薇だのじゃない、だあれも手を触れたことのない綺麗な、綺麗な薔薇で飾りたかった――今夜がお姉さまの最後のクリスマスイヴで、最後のお誕生日になるかも知れないんだから……」

「最後の？……」

いぶかしげに鈴村が問い返した時、明彦はうなずいて、ふいに蒼ざめた。突然、心の平衡が破れ、弱い心臓に堪え難い刺戟を受けでもしたように、呼吸が乱れて、言葉がとぎれ勝ちになった。

「来年のクリスマスまでには、お姉さま、お家にいなくなるかも知れないから……」

「いなくなる？……」

「お嫁に行くかも知れないから……あの人……あの人……時々来るから、先生も御存知でしょう？　森田さんという人……あの人、お姉さまを好きなんです。そうして、お姉さまもあの人を好きになりそうなんです……」

「ああ。処女《むすめ》時代の最後の、という意味なんだね？」

呟きながら鈴村は、姉の処女時代の最後を、直ちにその生命の最後のように表現する明彦の感情の在り方の、退引ならぬ激しさに驚いていた。

「明彦君は、お姉さまを人にやりたくないんだね？」

明彦は哀しいほど素直にうなずいた。

「何時までも綺麗な処女のままでおきたいんだね？」

再び素直にうなずくのを見た時鈴村の瞳の中には、ふいに荒々しい残忍な色が湧き上って来た。思いがけない苦痛の在り場所を人から指摘され、その苦痛の味をじっと確めでもするように、鈴村は微笑みながら明彦を凝視めた。が、瞳は微笑の底に冷たく冴えて、明彦の色の動きを、調べるように追っていた。

「それじゃ、誰にもやらずに、何時までも綺麗な処女のままでおけるようにしたらいいじゃないか。永久に……」

「永久に？……」

「そう。永久に——それでないと君の大事な大好きなお姉さまは、くだらない男のものになって、聖子なんて言う名前は可笑しいような、ただのつまらない女になってしまうよ」

明彦の顔に微かに何かの色が動きかけ、ぱっちりとみはった瞳が、縋るように鈴村の顔を見上げた時、トントン……と高く弾んだノックの音が聞えて来た。鈴村は明彦の瞳をもぎ放し、上着のポケットに両手を突込みながら、ゆっくりと扉の方を振り向いた。やや硬くなりかけていた体の線もゆるやかに崩れ、瞳の色の冷酷さも消えて、厳しい中に洒落さを混えた、何時ものこの人の顔色であった。

「お入り」

ぱっと開いた扉の間から、露に洗われた花のような聖子の顔が現れた。

「お早う。あら、先生も御一緒？　丁度よかったわ」

抱えて来た大きなチョコレートの箱をテーブルの上へ置きながら、

「はい、これはおめざ。クリスマスのいの一番の贈り物よ。召し上れ。今じきお茶が参りますわ」

「これは御馳走さま。その代り、明彦君からあなたに、素晴らしい贈り物がありますよ。きっと誰の贈り物よりも、一番素晴らしい贈り物が……クリスマスと誕生日を兼ねたお祝いに、一番ふさわしい贈り物が……」

「まあ、何でしょう？」

みはった瞳を導くように、鈴村は体と瞳を僅かに動かして、窓側の硝子箱をさし示した。

「明彦君の薔薇が咲きました。明彦君はあの薔薇を、今日のあなたの白いドレスの胸に飾るために咲かせたんだそうです。見事な花でしょう？」

「まあ、ほんとに！」

聖子は子供のように喜ばしげに手を打ち合わせ、深く息を吸い込みながら微笑した。ぴったりと上体を包んだ薄絹のブラウスの下で、胸の二つの隆起が、まどかなふくらみをそのままゆれ動いた時、鈴村の瞳は、一瞬、残酷なほどの激しさでそれにとまり、しかし、すぐに、何時ものように、親しい中にも一定の隔てを置いた微笑で聖子を眺めた。

「今夜はその薔薇を胸に飾って、一体何をするんです？」

「別に何にも……ただ、クリスマスツリーをお部屋に飾って、ごく親しいお友達を五六人招《よ》んで、お話したり踊ったりするだけ……先生もいらして下さいね」

「僕もそのごく親しいお友達の中へ入れてくれるんですか」

聖子はからかわれて意味のわからない子供のように、生真面目な顔色で鈴村を凝視めた。

「あら、どうして？　そうじゃありませんの？　だって、先生は明彦の先生ですもの」

「そうです。僕は明彦君の家庭教師で、そして、あなたには、何者でもない」

痛苦を胸の底にひそめて、鈴村は磊落に笑った。病的に冴えた神経を持つ少年の感情の動きを試してみたいような、何となく残忍な心を惹き起しそうであった不思議な苦痛の正体が、今こそ明らかに映し出された。聖なる日に命を享《う》け、聖なる名を持つこの少女にとって、自分が弟の家庭教師以上の者でもなく、以下の者でもなく、全く何者でもないことを知った瞬間、深くもこの少女を愛し通していたことを覚り、痛苦に心を刺し貫かれた。が、しかし鈴村は、その心を濃い眉根の間に気強く堪えて、再び磊落に声を上げて笑った。

「何者でもないが、が、しかし、御招待は有難くお受けしましょう。その薔薇をつけたあなたを見るために……」

「変な仰言り方……いやな先生ね。いらっしゃらないとあたし怒りますわ」

聖子は白い頬を笑いに匂わせながら、女中が運んで来た茶道具を受取ってテーブルに置き、チョコレートの箱を開いた。

「どうぞ、先生」

「いや、まず薔薇の女王から……」

白い頬にまた匂うような笑いの翳が動いて、細い指が色とりどりの星を詰め合わせたようなチョコレートの上に、少時ためらうように止まったが、やがて、

「じゃあ、あたし、これ……」

とそっと摘み上げたのは、淡紅色に光る紙に包まれた一粒であった。

「薔薇と同じ色ですね」

「ええ、だって、あたしは薔薇の女王ですもの」

聖子は微笑み、包み紙を剥きながら、ふかぶかと澄んだ瞳を鈴村に向けた。

「先生、あたしこの頃、ちっとも眠れなくて困りますの。一体どうしたんでしょう？」

「あまりいろいろな考え事をするからでしょう」

「考え事？……」

呟いて自分に問うように首を傾げた時、花びらのような微かな血の色が頬に散った。鈴村はたじろがず、冷酷なほど強い眼差でそれを凝視めた。清らかな媚びに輝く瞳の色も、羞恥に花散る頬の色も、鈴村の胸を騒がせはしなかった。愛恋のために、鈴村の胸は一度も騒ぐことなく、却って永久に凍りついた。今、鈴村の胸を占めているものは、絶対に崩れることのない正確な数字のようなある一つの想念であった。

「いやな先生、考え事なんか何にもしませんわ。でも、どうしても眠れないのですもの」

「それはいけませんね。あんまり眠れない時は、薬を飲んででも眠った方がいいのですよ」

「癖になりませんか知ら？」

「大丈夫です。毎日続けて飲みさえしなければ――そう言えば、ほんとに顔色が少し悪いようですね。不眠は体に一番こたえるから……」

まじまじと眺める鈴村の眼差に誘われたように、聖子は白い手を上げて頬を押えた。

「僕がいい薬を持ってますよ。何だったら、今晩でも試してみませんか」

「そうね、頂いてみましょうか知ら……先生は何時もお飲みになるんですの？」

「何時もと言うわけじゃないけど、眠れない時に時々……眠ろうと努力して無駄に疲れるのは馬鹿馬鹿しいですからね。——明彦君もこの頃あんまりよく眠れないようだな」

突然言葉を向けられた明彦は、チョコレートの銀紙を指に巻きつけながら、驚いたように眼をみはり、何かに命じられでもしたように微かにうなずいた。

「君も飲んでごらん。みんな一緒に飲んでみよう。せっかくのいい夜に、眠れなくていらいらするようなことのないように……」

再び微かにうなずいた時、明彦の瞳の中には、怪しみと怖れに似た色が浮んでいた。

「楽しいクリスマスの夜は、静かな眠りと美しい夢の夜でもありますように……あたしは先生から、眠りと夢を頂きますのね」

微笑みながら聖子が立ち上ろうとした時、そのすんなりした姿態に、厳しい視線をちらと走らせながら、鈴村はのびやかな声を立てて笑った。

「静かな眠りと美しい夢と……それからもう一つ上げたいものがあるんですがね」

「もう一つ？……何を下さいますの？」

聖子はあどけなく首を傾けた。鈴村は厳しい眼差を微笑の下に隠しながら、おどけてさえ見える明るい声音と言葉つきで、

「あの薔薇にふさわしい永遠の処女の姿を……」

聖子は首を傾けたまま、まじまじと鈴村を凝視めた。が、やがて、ふっと瞳をそらした時、その顔にひろがった羞恥の色は、むしろ悲哀に近かった。聖子は鈴村の視線を怖れでもするように、俯向いたまま茶道具を片づけ、うなだれて部屋を去って行った。その後姿を眺めながら、鈴村は淡紅色に光る紙に包まれたチョコレートをつまんだ。

「聖子さんはこの色が気に入ったらしいね。こればっかり食べていた」

笑いながら紙を剝く鈴村の手許を、明彦は少時黙って凝視めていたが、やがて、

「先生」

と呼びかけた時、ふっと息苦しさを感じでもしたように、微かに口を開きながら、大きく息を吸い込んだ。何時その機能を停止するかもわからない傷んだ機械のような心臓を持つこの少年の心を、強く刺戟する何かがあったらしい様子である。

「先生はお姉さまが好きなんでしょう?」

鈴村はちらりと明彦を眺め、剝き終えたチョコレートをぽいと口へ放り込んで、はは、と笑った。

「聖子さんと同じチョコレートを食べたから?……いや、僕はただ、あの薔薇と同じ色の包み紙に惹かれた聖子さんの気持ちを考えてるんだ」

「でも……」

と明彦は言葉をとぎらせ、大きく胸をあえがせた。

「僕、わかるんです。先生もお姉さまを人にやりたくないんでしょう? 何時までも今のままでおきたいんでしょう?」

鈴村は微かに肩を聳やかし、笑うように眼を細めた。そう思ったところでどうなる——と軽くからかうような洒落な態度であったが、その瞳は半ば瞼に隠されながら、自分の意志と手によって、思いのままに操作出来る機械の具合を試しでもするように、鋭どく明彦を見守っていた。

「先生、僕は……」

と急き込んだ時、弱い心臓がその緊張に堪えられなくなりでもしたように、明彦の眉は微かにひそんだ。

「僕は先生にならば、お姉さまを上げてもいいんです」

真剣に追い迫るような眼差を、鈴村は軽い笑い声ではぐらかして、ポケットから煙草とマッチを取り出した。

「人にとられる位なら、と言うんだね?」

ふう……とまともに煙を吹きつけながら、

「人にとられない用心に、僕を番人にしようと言うんだね？」

「いいえ、先生、僕は先生が好きだから、だから、先生にならあげてもいいと思うんです。お姉さまも先生を好きになればいいんでしょう？　僕、お姉さまにそう言います」

「明彦君」

鈴村の眉がぴくりと動いた。

「君にはまだわからない。愛情というものは、相対的でなければ、必らず悲劇の因《もと》になるものなんだ。一方的な愛情は、相手に厭悪の心を起させるばかりだ。聖子さんは今、僕のことなどは何とも思っていない。好きでもない代りに嫌いでもない。いようといまいと一向気になりもしない。その辺にある置物と同じことなんだ。しかし、君がもしそんなことを言ったら、その時から聖子さんは、僕を嫌って憎むようになるだろう。床の間の置物だろうと床の敷物だろうと、僕は一向に構いはしないが、しかし、嫌われたり憎まれたりするのは困る。そうすると、僕はあの人を生かしておけなくなるからなんだ。それは僕があの人を……」

かちり、と歯が鳴った。瞬間、どっと落ち込むような深い沈黙が二人を包みかけた。が、次の瞬間、鈴村は、ははは、と乾いた笑い声を立てて立ち上った。

「そんなに驚かなくてもいい。人間というものは、時とすると、その場の情景や成り行きにつられて、まるきり自分で思いも寄らないことを喋べったりすることもある不思議な動物なんだ。丁度今の僕みたいにね。――明彦君、せっかくだが、聖子さんの番人は御免を蒙る。僕が番をしてみたところで、聖子さんは何時か誰かの物になるに違いないんだ。それがいやなら……」

「殺してしまえばいいんでしょう？　まだ誰の物でもない今の姿のまんまで……先生、僕はあの森田さんと言う人嫌いなんです。お姉さまが僕の嫌いな人の物になるのを見る位なら……いっそ殺してしまいたい……」

叩きつけるような明彦の言葉を、額に触れる風よりも軽く受け流して、鈴村は微かに肩を聳やかした。

「そんなことを言うものじゃない。永遠に汚れを知らぬ浄らかな処女なんてものは、子供の夢みたいなものなんだ。君は今その夢に憑かれてるんだ。君のお姉さまに対するその気持ちは、子供が、大切にしてる人形を、人にやる位なら壊してしまいたいと思う、丁度あれと同じ気持なんだ。もっといい玩具を見ればけろりとして、古い人形など、惜しくも何ともなくなるんだが……お姉さまは今、君の玩具みたいなものなんだ。そして君はまだ、お姉さま以外の玩具を知らない——玩具は一つではない、幾らでもあるんだ。いろいろ変った玩具がね。他の玩具を知るようになれば……」

「やめて下さい！」

椅子の腕を握りしめて明彦は叫んだ。欺かれ弄ばれた憤怒が、一時に自制を乗り越えて、平生の思慕と信頼が、その倍の憎悪と厭悪に置き換えられでもしたように、わなわなと体を慄わせ、顔は殆んど紫色に変っていた。弱い心臓が、その堪え得る極限にまで、苦悶に堪えている状態が、明らかに一目で知られる姿であった。

「玩具でも構いません。子供は遊び馴れた古い玩具ほど大事にします。先生だって、その玩具を人にやりたくないんでしょう？　ただ、大人ぶって、虚勢を張ってるだけなんだ。先生が眠り薬を飲んでるなんて、そんなことは真赤な嘘だってこと、僕はちゃんと知ってるんだ。お姉さまに眠り薬を飲まそうとして、あんな嘘までついてる癖に……」

鈴村は微かに唇の端を歪め、ゆっくりと胸を張って明彦を眺めた。虚を突かれたらしい動揺の色は少しもなく、むしろ、予期した通りの結果を、興がっているらしい顔色であった。

「そうだ。僕は確かに嘘をついた。昔は時々飲んだが、この頃は眠り薬なんか見たこともない。それだのにあんな嘘をついたのは、眠り薬というものに対して、不安を感じているらしい聖子さんを、安心させたいためだったんだ。眠れない苦しみがどんなものかということは、よく知ってるつもりだからね——君は僕が、聖子さんを眠り薬で殺そうとしてるとでも考えてるらしいが、それはとんでもない間違いだ。僕はただ、聖子さんに、静かな眠りを与えてやりたいだけなんだ。先刻も言った通り、三人一緒に飲むんだよ。無論、量も同じにね。だから、もし量を間違えて、聖子さんが死ねば、君も僕も死ぬ。君も僕も死ななければ、聖子さんも決して死なない。どう？　君には僕が、自殺したがってる男のように見えるかい？　僕はまだ、眠り薬を飲んで死にたいなんて考えたことは一度もない。僕は薬は飲むが決して死なない。だから、君も聖子さんも決して死にはしない。安心し給え。――もっとも、もしどうかして、何かの間違いでもあって、それ以上の量を飲むようなことがあれば、それはどうなるか、僕にも保証は出来ないが……しかし、こんな心配は馬鹿げたことだ。そんなことのあるはずはないんだから……」

鈴村はうっすりと笑って明彦を眺め、ゆったりと歩みかけた足をふと止めて、テーブルの上のチョコレートの箱に手をのばした。

「おや、聖子さんのお気に入りの薔薇色のはあと一つしかない。これは残しておこう。晩に寝る前にまたこの部屋でお茶を飲む時、薔薇の女王さまが召し上るだろうから……じゃあ、明彦君、薬は後で買って来て、この部屋へ置いとくからね。晩に僕が分けるまでは、手をつけちゃいけないよ」

そして鈴村は、銀色の紙に包まれた一粒のチョコレートをつまみ上げ、ゆっくりと扉の方へ足を向けた。明彦は、チョコレートの箱の中の、金銀青と色とりどりに光る星のような粒々の中で、ただ一つ、そのただ一つの故に一際鮮やかに、淡紅色に光る粒を凝視め、化石したように、椅子の中で身動きもしなかった。

まことに、薔薇の女王の名にふさわしく、その夜の聖子は匂うばかりに美しかった。ちろちろと瞬く蠟燭の光を吸って、時に銀色に浮き上り、時に薄墨色に沈んで見える純白のドレスに包まれたなよやかな体は、朝のあの垣間見せた羞恥と悲哀の色も忘れたように晴れやかで、これがやがて、浮世の汚濁の色を、その身にも心にも染《し》ませなければならぬ生き身の女とは、全く嘘のような清らかさであった。

つつましく、そして豊な胸の丘陵に、静かに息づく薔薇の花を見た時、鈴村は、生きているのはお姉さまじゃなくて薔薇のようだった……薔薇が生きて呼吸しているように見えたんです……と言った明彦の言葉を、文字に読むほど明らかに理解した。

まことにこれこそ薔薇の処女！　薔薇の命を息づく処女！　浄らかな薔薇の命を久遠《くおん》のものとするためには、やがて汚濁の色を身につける、生き身の女の命は邪魔にこそなれ、何の益にもならぬのである。汚濁に染まぬ清らかな身を薔薇の生贄《にえ》に捧げてこそ、女と生れた命の甲斐もあるものであろう――

「明彦君」

鈴村は視線を向けずに、僅かに頬を寄せて囁いた。

「君の言ったことはほんとだった。聖子さんは雪の精のようだ。いや、薔薇の精だと言った方がいいのだろうか。雪の中に一輪咲いた薔薇のように清くて美しい。しかし、雪は何時かとける。とけた後は泥んこのぬかるみだ。薔薇も何時かは枯れてしぼんでしまう。茶っぽく縮んで汚なくなって……何でも物の終りというものは悲しいものだね。綺麗なものであればあるほど、最後の哀れが深くなる。綺麗なものを綺麗なままで残しておくにはどうしたらいいだろう。その瞬間きりの命で断ち切るよりほか、方法はないように僕は思うんだが……」

明彦の呼吸が荒く苦しげに迫って来るのを冷静に聴き澄ましながら、少時して、鈴村はまた囁いた。

「あの人が森田さんだね？　ほら、今、聖子さんと話してる人……なかなか立派な青年だが、しかし、あれも薔薇につく虫だ。薔薇を枯れさせしぼませる役目をするんだ……いや、聖子さんにはあの人が必要なんだろう。どうもいけない。僕は薔薇と聖子さんの区別がつかなくなってしまったようだ……」

低く声を立てて笑った時、明彦の体に微かな慄えが走ったのを、鈴村は空気を隔てて確かに感じた。そして間もなく鈴村は、明彦の姿が、何時の間にか消えているのに気がついたが、驚きもせず、狂いのない確かな数字をもう一度頭に繰返す冷静さで、ただそのことだけを心にとめた。

その夜、真夜中近く、祝いの宴が果ててから、三人は朝と同じ部屋に集まった。軽い疲れの色を、仄かな光芒のように全身に漂わせた聖子の姿を、鈴村は噛みしめるように眺めながら、チョコレートの箱を差し出した。

「どうです？　薔薇の女王のお気に入りのが、まだ一つ残ってますよ」

聖子は微笑みながら手を伸べて、薄紅色に光る粒をつまんだ。じっその手許を凝視めていた明彦が、ふいに、ぎくり、と椅子の中で体を動かした。呼吸の音が荒く迫るように響いた。鈴村は箱をテーブルに返しながら、ゆっくりと明彦を振り向いた。

「どうした？　明彦君。苦しそうだな。疲れたの？」

鈴村を見上げた明彦の瞳には、恐怖と苦悶と、不思議な哀訴に似た色があった。明彦は大きく波打たせ、微かに口を開きかけた。が、鈴村の厳しい眼差に圧《お》されたように、急にがくりと顔を伏せて、椅子の中に身を沈めた。

「明彦さんの弱い心臓が、また発作を起しかけてるのですよ。先生」

チョコレートの紙を剥きながら聖子が言った。

「でも、静かにやすめばじきによくなりますわ。先生、お約束のお薬は下さるのでしょうね？」

「無論、上げますよ」

鈴村は化粧台の上から、小さな睡眠剤の箱を取り上げ、口を封じた紙を丁寧に剝がした。その紙は確かに一度剝がされて、再び貼られたらしい形跡があった。中に詰めた紙はゆるかった。薬は何時の間にか減っていたのだ。鈴村は、計算して割り出した自分の数字に誤りのなかったことを知った。が、鈴村は何一つ気づかぬ風に、使用法を書いた紙をひろげた。

「さてと……みんな初めてなんだから、量は普通でいいんだろうな」

やがて、ベッドに横たわった鈴村は、満ち足りた静かな気持ちで眼を閉じた。自分の計算の確かさを、何かに誇りたいような気持であった。聖なる日に命を享け、聖なる名を持つ美しき処女は、聖なる今宵昇天して、浄らかな薔薇の命を、久遠の永きに保つであろう——

聖子の命を、清らかな処女のままに保ちたいと希ったのは、明彦一人ではなかったのだ。鈴村もまたそれを希った。報いられぬ愛情の苦痛を逃れたいと希うために、その思いは明彦よりも烈しかった。病気のために偏執的な傾向を持つこの少年の心を、鈴村は、手がけ慣れた機械を操るように自在に操った。明彦は一つ残った淡紅色のチョコレートの中に、睡眠剤を砕いて混ぜたに違いない。聖子もまた、鈴村が与えた暗示のままに動き、そのチョコレートを手に取った。すべてが鈴村の計算通りに、一点の狂いもない数字のような正確さで運ばれた。聖子の死因は、鈴村や明彦と一緒に飲んだ薬の利き目が薄いために、焦れて一人でまた飲んだのが多過ぎた——ということになるだろう。格別不思議がるにもあたらぬほど、世間にあり勝ちな過失である。

翌朝、しかし、鈴村は、正確な数字の中に、ただ一点の狂いがあったことを発見した。明彦も聖子と同じく眼覚めなかったのだ。一つの命を造るためとは言え、やはり殺人には違いない、あまりに強過ぎた衝撃が、この少年の弱い心臓を、瞬時にして破り去ったものに相違ない。苦悶の色の薄い、まだ幼なげな死顔を眺め、微かな悲愁に、風のように心を吹かれた時、強い瞳が、一瞬、苦悶の色を深く沈めて、鈴村の顔は、不思議な高貴の相を見せた。

随筆篇

ハガキ回答

昭和十二年度の気に入った探偵小説二三とその感想

二三と限られると御答えに困ります。残った幾つ幾十はどうしたらいいかと思いまして、今年は好きなジョルジュシメノンのものがたくさん出ました。全体を流れている水のような哀愁に心を惹かれます。探偵小説らしくない探偵小説、夢のある探偵小説、そういうものを求めている間、まだまだ甘いのかも知れませんし、探偵小説を語る資格も御質問に御答えする資格もないのかも知れません、そう思ってよほど御遠慮しようかと思いましたがこれで御返事になりますなら。

（『シュピオ』第四巻第一号、一九三八年一月）

宿命——わが小型自叙伝

確か小学校の三年の頃であったと思う。蛇の夢を見たその恐ろしさを作文に書いたら、先生が「これをお書きになったのは、お兄さま? お姉さま?」と言った。私はいっとき、その意味が分らなかったが、分ると同時にわっと泣き出し、先生の手からその作文をひったくり、びりびりに引き裂いて床へ叩きつけた。それから暫くの間、誰が何とすかしても学校へ行かなかった。この子は育たないと言われたほど虚弱に生れつき、どうせ死ぬのだからというためであろう。学校へも女中に附き添われて行き、廊下へ待たせておいて、授業中であろうと何であろうと、いやになればさっさと本をしまって帰るという、そういう我儘も許されていた位であったが、体が弱いその代りのように、癇癪は人一倍に強かったらしい。

しかし、四年の時にはいい先生に出会った。蝶子と言う優しい名の若い綺麗な女の先生であったが、この先生は私に思うさま作文を書かせてくれた。今考えてみると、私はあの綴方教室の先生のようないい先生に幾度か出会い、指導されればされ得る機会を幾度か与えられながら、周囲の者から次々とそれを打ちこわされていたようである。家の者たちには、読んだり書いたりすることは、弱い命を更に弱くし、短かい命を更に縮める恐ろしい麻薬か毒薬のように見えていたらしいのだから――それでも私は人にかくれて本に読みふけり、文章のようなものを書きつづけ、とうとうそれがばれて、読むことも書くことも絶対禁止の命令を受けた時は、つまらない、死んでしまう、と駄々をこねてみんなを手こずらせた。

女学校の時、音楽の先生は音楽をやれと言い、図画の先生は絵描きになれと言い、国語の先生は文学をやれと言い、学校の嘱託医の先生は医者になれと言い、校友会雑誌の印刷をしていた本屋は、新聞記者になれと言った。一つの体でそんなにどれもこれもになれるものじゃない、私は何にもならない——と私は拗ねたように言い切ったが、ほんとは絵描きになるつもりで、正式に油絵を習い、彫刻も習い初めていた。女子美術へ入学するのが望みであった。ところがそれも周囲の者たちの猛烈な反対を受け、その時から、何をどうしようと言うような望みを私は全く捨ててしまった。女学校の上の学校へ暫く籍を置いたのも、学ぶためではなく、うるさい家を離れたいためで毎日馬に乗って遊び暮らしていた。満洲へ行ったのもその家を逃れるためであった。ふいとした気まぐれで、短歌の道にも入ってみたが、やはり何の望みも持たなかった。

その私が、一度捨てたはずの望みを再び持ち初めたのは、木々先生の「文学少女」を読んだ時からである。無鉄砲にお送りした最初の原稿がお目にとまり、ものになるから書き続けるように、とお返事を頂いた時は夢のようであった。しかしこの頃はまだ、生きる希望の一つとなっただけで、私の文学は遊びであったとも言える。

探偵小説は宿命の文学であると私が深くも感じたのは、戦争中、反軍思想として特高にひっぱられ原稿は審査は一席で通りながら、検閲にひっかかり発行禁止の浮目に遭うなど、気も狂うほどの忿懣を味わわされた時である。それでも私は探偵小説を捨てる気にはならなかったのだから——今、私はその宿命の中に、いよいよ深く踏み込んで行くようだ。悪女の深情のようなものが私を取り巻いているようだ。私が悪女であろうか——探偵小説が悪女であろうか——

生きた人間を

終戦後、私が第一に考えたのは、罪も恨みもない人と人とが殺し合うこの悲惨事はもう終ったのだ、という事と、これでようよう自由に物を考え、自由に物を書いていい時が来たのだ、という事であった。ところがすぐにでもありそうであった引揚は次々とのび、新聞も読めずラヂオも聴けず、終戦後の日本の状態が全くわからずもどかしい思いをしていたところへ、ある日、思いがけない事を聴いて愕然とした。終戦後の大連に住む日本人の生殺与奪の権をさえ握っていたようであった大連日本人労働組合のある幹部が、日本人を集めて赤の教育をする時に、日本は敗れた、故に我々日本人には最早祖国はない、ソ連の指導を受ける以外に日本人の生きる道はない、日本はやがて赤一色の国になるだろう、と言ったというのだ。日本は確かに敗れた、しかし煙になって消えた訳でもあるまいに、祖国がなくなったとは一体どういうことであろうか、敗けて却ってよくなるだろうと思ったのは間違いであったのだろうか、もしその人の言うことがほんとであったら、生きて帰りたくはないと私は思った。

すべてを束縛された赤の国では文学の自由も望めまいと絶望したからであったが、それから暫くしてから、日本では新聞も雑誌も出ている、無論ラヂオもある、しかも戦前よりも、もっと自由で活潑だ、という事を風の便りで聴いた。その時から私は生きて帰りたいと思った。石に噛じりついても生きて帰らなければ、と思った。いい本をうんと読み、たとえたった一つでもいい、立派な文学として評価される探偵小説を書くために——。

いよいよ引揚が来た時、みんなは無理な旅の途中、私の体が持ちこたえられるかどうか心配してくれた。私も無論最悪の場合の覚悟は決めていたが、しかし決して死にはしないという自信のようなものもあった。小説らしい小説を一つも書かずに今死んでは、これまで生きて来た命の意味がないことになる、死んでも死に切れはしない——と思うその気持ち一つで持ちこたえてやろうと思った。佐世保へ着いて安心と気のゆるみからひどい発熱をし、出発をとめられて入院をすすめられた時も、いやです、今ここで死にたくはないんです、と無理に押し切って汽車に乗った。文学である探偵小説を書きたいばっかりに——。

私は生きて帰って来た。必ず書こうと自分で自分に約束した、文学である探偵小説を書きたいと思う。書かなければならないと思う。私はまだ死にはしないと考えている。

それはまだ自分への約束を果していないからである。探偵小説に限らず、ほんとに心を惹かれるいい小説を読んだ時、こういうものを書きたいと思うのが私の癖のようである。レベッカを読んだ時もそう思った。そして今でも思っている。レベッカのようなものを——と。

文学を愛する人々が文学を語る時、探偵小説が除外され勝ちなのを、私は何時も淋しいことに考えている。それは探偵小説が謎にばかり重きを置き過ぎて、人間を書くことをおろそかにするためであろうと思う。探偵小説は謎の文学であるには違いないが、それと同時に人間を書く文学でありたいと思う。

私は生きた人間を書きたい。人間の性格を書きたい。心理を書きたい。

それも、私たちの周囲のどこにでもいるような人間の——。

奇妙な恋文――大坪砂男様に

大坪砂男さま

わたくしは今、あなた様のお作品の掲載された宝石を机の上に山と積み上げ、その前に途方に暮れて坐って居ります。大坪砂男論をと言われ、深くも考えずに、うかと引き受けたような返事をしてしまったのが、運のつきでございました。

宮野叢子論をあなた様が事もなげにお引き受けになった時、まるでそれにそそのかされでもしたように、わたくしの身内の中にひそみ、自分ながらどう押えようもなく、時々むくむくと頭をもたげてはとんでもないことをしでかしてしまう悪戯の虫が、またしても、むくむくと頭をもたげてしまったためにこうした辛い仕儀と相成ったのでございますが、それにしても何とまあ大それたことを引き受けてしまったものかと、わたくしは今更ながら自分の向う見ずに呆れ返って居ります。ホゾを噛むとは、このような気持ちを言うのでございましょう。

あの時するりと上手に逃げておしまいになった山田風太郎さまは、自分の困るのはいやだけれど、人のことなら困れば困るほど面白いといったお顔色で「大いにやりなさい。相手にとって不足はないよ」とけしかけるように仰言います。何というお人の悪い――相手にとって不足どころか、勿体なさ過ぎる相手だからこそ、わたくしはこれほどまでに困惑しきって居りますのに。

しかし、今更何と言っても始まりません。これも自業自得のようなものであろうと観念して、宝石に掲載されたあなた様のお作品を全部もう一度読み返し、さて、いよいよこうして筆をとってはみましたものの、評論も批評もあだやおろそかに出来るものではないということを――殊にわたくしのような粗雑な頭の持ち主には、これは小説を書くよりもよほどむずかしい、まことに至難の業であることを痛感致しました。

論も評もわたくしには出来ません。感想の想の字も何やら気恥かしく、どうぞこれはただ、あなた様の文学を愛する一人の女の、感想ですらない、このような感じ方もあるという、その感じ方として、つまり一種のファンレターとしてお読み頂きたいのでございます。

大坪砂男さま

誰しも「天狗」と言えば大坪砂男を、大坪砂男と言えば天狗を思い浮べるほど、あなた様と天狗とは切り離せないもののようでございます。つい最近まで天狗の呪縛はあなた様をもあなた様の読者をも、身動きならぬようにさせていた感じがございました。あのすっきりと水際立った文字の魔術にまず読む者が魅縛され、そのためにあなた様御自身までが、それをむざとは振り切れぬ義理か義務かを感じてでも居られたような――そしてまたそれが、次の新らしい読者をも天狗の魔術にかけてしまい、天狗を理解することがあなた様の文学を理解することであると思い込ませてしまったような――何となくそのような感じでございました。

無論、理解はしなければなりません。しかしこの場合の理解は、強いて眩惑されることと相通じる意味を持つように思われ、わたくしはそれに微かな危険を感じたのでございました。このような不遑な言葉を敢えて申し上げるのも、あなた様の文学を愛すればこそでございます。わたくしはあなた様に何時までも天狗の境地にとどまって頂きたくはなかったのでございます。それはあなた様の文学にとどめを刺すようなものであり、あなた様御自身にとっても、かなり苦痛な迷惑なことではないかと思いましたから――

大坪砂男さま

あなた様が探偵小説界を目ざしてお出になったからこそあの天狗は生れ、それを思えば天狗はやはり探偵小説として、そのような読み方をせねばならぬのでございましょうが、しかしわたくしは、そのような読み方をする時には微かな不満を感じ、そうした限られた枠を全く離れて、いかにも水際立った文字の魔術として読む時にのみ立派にその価値を認めることが出来ました。

探偵小説として読む時には、わたくしの内にある天邪鬼な精神が、たったただのあれだけのことに、何故このような手の込んだ殺し方をしなければならぬのか、とその不可思議さをどうしても納得せず、すべての枠を全く離れて、水際立って鮮やかな文字の魔術として読む時のみ、初めて素直に納得して、明るく華やいだ照明を浴びて、すっきりと舞台に立った美貌の奇術師の洒落姿にも似たその鮮やかさを世辞も掛値もない讃嘆の眼差で見詰めるのでございます。

そして、大坪砂男さま

ふとすれば田舎廻りの落ちぶれた手品師の、ぶざまな芸に堕しそうなそれを見事に喰いとめ、あくまでも今全盛の奇術師の手際鮮やかにしかも品よい芸に見せかけているものは、一にあのあなた様の練達した文章の力にあることは、恐らく万人の認めるところでございましょう。しかしまたこの練達した文章の魅力が、大方の読者を天狗の呪縛にかけてしまい、「赤痣の女」で一度はその境地を抜け出そうとしたあなた様を、否応なしに天狗のもとに引戻した、と見るのはわたくしの僻目でございましょうか。

いずれにしろ、その後数篇のあなた様のお作品の中にわたくしは、天狗の境地を抜け出そうとして抜け出し得ぬ苦悶の色を、相当はっきりと見ることが出来るように思うのでございます。しかし、あなた様の真摯な努力は遂に天狗の呪縛に打ち克ち、「涅槃雪」「三月十三日午前二時」の頃から、天狗の呪縛はそろそろとその力を失い始めて参ったようでございます。そしてわたくしは「私刑」で、立派にその呪縛を解き放って、のびのびと羽ばたいて飛び立たれたあなた様を見ました。閉め切った窓をいっぱいに開け放って、思い切り爽やかな風に心までも吹きゆすられるような、すがすがしい思いでございました。

その爽やかな風は「夢路を辿る」までも吹き続いて、あなた様の練達した文章も、初めの頃の奇術師の装いを捨てて、くつろいだ常の姿に返った観がございます。やがてこうして必らず天狗の呪縛を抜け切れるあなた様だと信じて居りましたからこそ、わたしは、ある時ある人があなた様を戯作者だと言った時、強情にその言葉にうなずかなかったのでございます。たとえ外形はどう見えましょうと、わたしはその中にひそむあなた様の真摯な苦悶と努力とを、身にしみて感じることが出来ました故に。

「密偵の顔」では、これを理解することは、理解しようとすることは、再びあなた様を天狗の呪縛に似た境地へ引き戻すことになるのではないかと、生意気にもわたくしは微かな危惧を感じたのでございましたが、「零人」を読むに及んで、それは安堵と変りました。天狗に似ながらこれには、天狗にはなかった一種の遊びのようなゆとりが感じられます。天狗では手際鮮やかながらぎりぎりいっぱいの芸を見せていた奇術師が、ここでは観客の表情に目を配るだけの気持ちの余裕を見せているような――何となくそのような感じがするのでございます。

そして、大坪砂男さま

もう一つ、最後に端的に申し上げたい事は、わたくしはあなた様の文学に一目惚れをしてしまったということでございます。一目惚れ――馬鹿げたようでいて、底に一筋澄み透ったものの感じられるいい言葉だと思います。その意味ではこの一文は、あなた様の文学に捧げるわたくしの世にも奇妙な恋文でありますかも知れません。

それは、あなた様を尊敬し、あなた様の文学を心から愛し、そしてまた、同じ筆をとる身として、望む望まぬにかかわらず、生きの命のすべてを筆一本に打ち込む今、やはり、わたくし自身の向上をも希う故にでございます。

解題

日下三蔵

現在、「女流作家」という言葉が死語になりつつあるほど、女性が小説を書くのは当り前になっている。ミステリ界においても、宮部みゆき、桐野夏生、小池真理子、柴田よしき、髙村薫、篠田節子、新津きよみ、篠田真由美、若竹七海、加納朋子、松尾由美、近藤史恵、恩田陸、永井するみ、乃南アサ、今邑彩、皆川博子と、第一線で活躍する女性作家を思いつくままにあげただけで、たちどころに十指にあまる名前が浮かんでくる。

しかし戦前には、大倉燁子を除けば、探偵小説を書く女性は、ほとんど皆無に近かった。論創ミステリ叢書で作品が集成された中村美与子は散発的に作品を発表していたアマチュアだし、同じく久山秀子に至っては女性名義を用いた男性作家に過ぎなかった。

戦後になって宮野村子（叢子）、四季（明内）桂子、深尾登美子らが現れるが、著書が刊行されてプロ作家と呼べるのは、宮野村子ただ一人である。

一九五七（昭和三二）年から公募になった第三回江戸川乱歩賞で『猫は知っていた』の仁木悦子が登場してからは、新章文子、戸川昌子、芦川澄子、藤木靖子、南部樹未子、夏樹静子、小泉喜美子、山村美紗、藤本泉、栗本薫らが間をおかずに現れた。彼女たちの作品は多くが文庫化され、現在でも一定の評価を得ているが、昭和二十年代以前の女性作家は再刊の機会に恵まれず、評価以前の問題として、テキストの入手が困難を極めるのが残念であった。今回、宮野村子の秀作を、二巻にまとめてお届けできる運びになったのは、喜ばしい限りである。

なお、宮野は昭和二十年代には一貫して宮野叢子名義を用いており、姓名判断によって村子と改名するのは昭和三十一年のことである。本書および第二巻のほとんどの作品は改名以前に発表されたものであり、本来ならば『宮野叢子探偵小説選』とすべき内容だが、表題には通りのいい宮野村子名義を採用したことをご了承いただきたい。読者の要望が多ければ、改名後の作品を中心にした続刊も考えているので、皆様の支持をいただければ幸いである。

宮野村子は一九一七（大正六）年二月九日、新潟に生まれた。本名・津野コウ。初期には林紅子名義を用いたため、古い資料では林を本名としているものが多い。実践女専（実践女子大学）国文科中退。家族とともに戦時中を大連で暮らす。木々高太郎のファンだった宮野が習作を木々に送ったところ、面白いからどんどん書くようにという返事をもらったという。木々もまた江戸川乱歩と同様、新人の育成に情熱を注いだ作家であった。

私淑する木々の本名（林髞）に倣ったのか、当初は林紅子名義を使用。木々が編集委員を務める探偵小説誌『シュピオ』三八年一月号には、林紅子としてアンケート回答を寄せている。同年、投稿第二作「柿の木」が同誌四月号に掲載される。しかし『シュピオ』はこの四月号が終刊号だったため、華々しいデビューとはいかなかったようだ。

三八年には『科学ペン』七月号に怪奇小説「死後」を発表。これはもちろん、同誌に寄稿していた木々の紹介によるものであろう。「柿の木」と「死後」の二篇は、クレオパトラの音をあしらったという紅生姜子《くれおきょうこ》名義で発表されているが、紅生姜《べにしょうが》の子とはなんとも人を食ったペンネームである。

三九年の「斑の消えた犬」（『名作』十一月号）から筆名を宮野叢子に改めた。戦前の作品としては、他に四〇年の「満洲だより」（『新青年』三月号）を確認しているが、他にも何篇か発表している可能性がある。これ以外の作品をご存知の方は、ぜひ編集部までご一報ください。

戦後、日本に引き揚げてから本格的な執筆活動を開始。二百五十枚の中篇「鯉沼家の悲劇」は、岩谷選書版あとがきによれば、四七年十月にわずか一週間で一気呵成に書き上げられたものだという。だが、用紙事情の悪かった当時の雑誌では、この長さの作品を発表する媒体がなく、一年あまりの雌伏を余儀なくされることになる。

四九年、短篇「八人目の男」が『文芸読物』二月号に、「鯉沼家の悲劇」が『宝石』三月号の巻末に一挙掲載されて、宮野叢子は改めてデビューを飾ることになる。

「鯉沼家の悲劇」の掲載号には、江戸川乱歩と木々高太郎が好意的な推薦文を寄せているので、ご紹介しておこう。

「鯉沼家の悲劇」を推す

江戸川乱歩

「鯉沼家の悲劇」はもう半年以上も前に一読して相当感心した作品である。実は私の編輯する「宝石選書」に入れたいと思ったのだが、「鯉沼家の悲劇」の長所は純探偵小説的な部分にあるのではないので、折角本格物で出発した「宝石選書」だから、第二輯にはやはり本格物を入れ、第三輯に「鯉沼家の悲劇」を入れたいと考えたのである。ところが、いくら待っても第一輯「刺青殺人事件」につづくような本格作品が得られなかった為に、「鯉沼家の悲劇」の発表もつい延び延びになっている内、「宝石」の編輯方針が変って、増頁が決定され、毎号長篇読切りをのせて行くことになったので、これを好機として「鯉沼家の悲劇」を発表することにしたわけである。(序でながら、「宝石」が毎号長篇読切りをのせて行くとすれば、私の念願する長篇に於ける新人登龍の道も、ここに又開けたわけであるから、「宝石選書」の方は特別の必要が生じた場合に限り、続けて行きたいと思う。)

「鯉沼家の悲劇」は今度読直す暇がなかったので、こまかい筋や登場人物の名前などは忘れているが、私が最も敬服したのは、一番年上の女主人公の勝気な封建美ともいうべき性格が、生々と描かれている点であった。一時代前の封建的家族制度に生きた女性の烈しい気魄というようなものが人をうつのである。この小説を読んで、私は夢野久作の「押絵の奇蹟」を連想した。封建的な雰囲気と女主人公の性格の烈しさとが似ているからであろう。

旧家の複雑な家族関係を背景とする犯罪と謎の構成も相当面白く出来ているし、美しい少年の登場も不思議な魅力を添えている。しかし、最後の探偵による謎の解決は、何だか取ってつけたような感じを免れない。本当のことを云うと、この小説には最後の純探偵小説的な部分はむしろ無い方がよかったのである。

それは兎も角、私はこの作が一種の気魄を持つ特異の力作であること、「宝石」に掲載しても決して読者を失望させるようなものではないことを、固く信じている。

（二三・一二・九）

宮野叢子を推す

木々高太郎

海野十三、小栗虫太郎、そして私の三人で、十年ほど前に探偵小説専門雑誌「シュピオ」を出した。

このシュピオが世に送った最初の作家は蘭郁二郎であったが、同君は不幸にして戦没した。而も、蘭郁二郎は、シュピオ後期にははやくも同人のうちに入り、三人の編輯者は四人となってつづけたが、やがてシュピオは終刊となった。

終刊の前に、もう一人の作家を出す可きであり、その予定は宮野むら子であった。同君が大連にいたので、とうとう日本の文壇とは縁が遠くて、うもれていた。

それから既に十年、宮野むら子はその間修業を怠らず、年配も堂々たる年に達し、大連から引きあげて、東京に来た。その修業の長くして困難多く、その性情の純にして狷介なる。今や同君を我が探偵文壇に紹介する時期に達した。特に女流作家の少い我が探偵文壇には、同君の出発は少なくない意義があろう。

荒い風は、同君をいたぶりゆくであろうが、同君はそれに堪えて歩むであろうことを期待し、ここにむら子を世に送る。（同君の推挽には右の如く、海野十三、小栗虫太郎の外にここ一年ほどの間、江戸川乱歩氏も亦温かい手を与えてくれたことを付記する）

江戸川乱歩が無名の新人・高木彬光の本格長篇『刺青殺人事件』を発表するために、雑誌と同じスタイルの「宝石選書」を発刊したのが四八年五月。表紙に著者名がなく、ただ「監修・江戸川乱歩」とのみ記されたトリック的出版だったが、これは直ちに版を重ねるほどの好評をもって迎えられた。

「鯉沼家の悲劇」はこのシリーズの第三弾に予定されていたようだが、乱歩の想定していた第二の本格長篇が現れず、結局、用紙事情の好転した『宝石』に発表されることとなった。四月号には高木彬光『能面殺人事件』、五月号には島田一男『婦鬼系図』(『錦絵殺人事件』)と続く長篇一挙掲載企画のトップを任されたのだから、先輩作家たちの宮野に寄せる期待には並々ならぬものがあったと思われる。

同誌の編集後記「編輯室だより」で、武田武彦が宮野作品に触れた個所は、以下のとおり。

早や窓外に紅梅一輪ほころぶの日、皆無に等しい日本女流探偵作家の第一人者を世に送る。巻末に附する三百枚長篇読切「鯉沼家の悲劇」の宮野むら子氏である。封建制が生み出す犯罪の数々、これは完全なる日本の「アッシャア家の崩壊」だ。

二百五十枚を三百枚と謳うのは、ありがちな誇張だが、ポーの作品を引き合いに出した宣伝文句はなかなか面白い。

かくして宮野叢子は、『宝石』『富士』『新青年』『怪奇探偵クラブ』といった雑誌に、年間十本前後のペースで着実に短篇を発表していくことになる。五〇年一月十日には、早くも最初の著書『鯉沼家の悲劇』(岩谷選書18)を、『宝石』の版元である岩谷書店から刊行。本書の巻頭には、この作品集を、著者の「あとがき」まで含めて、そのまま収録した。

それでは各篇について、簡単に触れておくことにしよう。なお、本書の収録作品のうち、特に記載のないものは宮野叢子名義で発表された。

「鯉沼家の悲劇」は、『宝石』一九四九年三月号（四巻三号）に発表され、『鯉沼家の悲劇』（岩谷書店、前掲）に収められた。一九五〇年の第三回日本探偵作家クラブ賞の候補になっている。

二百五十枚という半端な長さのためか、著者の代表的な力作であるにもかかわらず、永らく再録の機会に恵まれなかったが、一九九八年三月、鮎川哲也が編んだアンソロジー『文庫の雑誌／本格推理マガジン／特集・幻の名作／鯉沼家の悲劇』（光文社文庫）に表題作として収録された。

本篇の他に、横溝正史の中絶作品「病院横丁の首縊りの家」に岡田鯱彦と岡村雄輔がそれぞれ執筆した完結篇、狩久の短篇「見えない足跡」「共犯者」を収めたもの。本篇には鮎川哲也の序文と二階堂黎人の解題が付されているが、後者は文庫版で十二ページにおよぶ長さなので割愛し、前者を再録しておく。

「鯉沼家の悲劇」序　　　　　　　　　　　　　　　　　　鮎川哲也

山口海旋風、「小盗児《シャオトル》市場の殺人」の大庭武年――と書いただけでは戸惑う人も多いだろうが、更に島田一男、加納一朗、「羊歯行」の石沢英太郎、鮎川哲也――と続けると、勘のいい読者ならここに並んだ人名が探偵作家の筆名であることに気づくことと思う。これらの作家達はみな満州の南端にあった大連市に居住した人々であることで共通している。人口比からいえば、東京、大阪に比べて、豆粒ほどの小さな大連市は、日本で最もたくさんの探偵作家を輩出した都市となるわけだが、宮野さんもまたこの小都会の桃源台という町に住んで、探偵小説を書いた。

後年発表した『流浪の瞳』は大連を舞台にしたもので、この作品はいささかわたしと因縁があるので触れておく。拙作『黒いトランク』は講談社の新人コンテストに応募、幸運にも入選した長篇だが、後年、宮野さんと雑談した折に聞いたところによると、この人も『流浪の瞳』を投じていて、事情通の噂ではそれが入選することはほぼ決定的だったという。だが「宮野さんは既成作家で新人とは呼べない」という異論が出て、自作を引っ込めざるを得なかったとのことだった。気のせいか、宮野さんの表情にも無念さがにじみ出ているようで、わたしは相槌の打ちように困ったものである。

わたしが探偵作家諸氏と面識を得たのは「日本探偵作家クラブ」に入会し、毎月開かれる「土曜会」に出席するようになってからだが、宮野さんから右の『流浪の瞳』をめぐる秘話を聞かされたのも、このパーティの席上であったかも知れない。私事について語ることの少なかった宮野さんだからこの一件は余程残念だったに違いなく、そう思うと、いまでも何やら悪いことをしたような気がする。

「土曜会」に出席するときの彼女は、いつも弘田喬太郎氏と連れ立っていた。連れ立つというよりも正確にはエスコートすると書くべきだろう。穏やかな人柄の弘田氏は見るからに弱々しそうで、しかも片足がわるく、それを見兼ねた宮野さんが介添役を買ってでた、ということなのではないか。二人が退席して行く後ろ姿を目で追いながら、わたしは勝気といわれる宮野さんの胸に秘められた優しさを思ったものだ。

さて、「鯉沼家の悲劇」は、宮野さんには珍しく旧家で起った連続殺人という本格仕立ての作品で、木々高太郎氏を盟主とする「文学派」の一員であるこの人にしては予測も出来ぬ長篇であった。わたしも戸惑いを覚えながら読んだが、わたし以外の「本格派」の面々も同じ思いを抱きながら読了したに違いなく、彼らの読後感を聞いてみたかったと今にして考えるのである。作中の背景となった越後の旧家というのは、作者自身が育った邸《やしき》だという噂を後になって耳にしたが、事実かどうかは判らない。

わたしよりも少し年長だった宮野さんはやがて健康をそこね、立川の老人ホームで亡くなったという。

「八人目の男」は、『文芸読物』一九四九年二月号（八巻二号）に発表され、『鯉沼家の悲劇』（岩谷書店、前掲）に収められた。後に、『探偵倶楽部』一九五二年六月増刊号、『現代推理小説大系8　短編名作集』（講談社／一九七三年七月）にも採録されている。著者の得意とする書簡体のサスペンスである。

「柿の木」は、『宝石』一九四九年七月増刊号（四巻臨時増刊）に発表され、『鯉沼家の悲劇』（岩谷書店、前掲）に収められた。後に、『日本推理小説大系9　昭和後期集』（東都書房／一九六一年三月）にも採録されている。『シュピオ』に発表したデビュー作（後述）を大幅に改稿したもの。このストーリーに愛着と自信のほどがあったことをうかがわせる。

「記憶」は初出不明。『鯉沼家の悲劇』（岩谷書店、前掲）に初めて収録された未発表作品と思われる。後に、日本推理作家協会が編んだ『探偵くらぶ　下』（光文社カッパ・ノベルス／一九七七年十一月）にも採録されている。

「伴天連《バテレン》物語」は初出不明。『鯉沼家の悲劇』（岩谷書店、前掲）に初めて収録された未発表作品と思われる。擬古文体の王朝奇譚。この系統の作品には「大蛇物語」（『宝石』五〇年四月号）、「奥殿の怪（伴天連覚え書）」（『宝石』五九年十月号）があり、特に後者は副題にあるように、伴天連ルイシ・フロイシ（ルイス・フロイス）が登場する本篇の姉妹篇となっている。

「岩谷選書版「あとがき」」は『鯉沼家の悲劇』（岩谷書店、前掲）の巻末に付されたもの。

以下は単行本未収録作品である。

「柿の木」は、『シュピオ』一九三八年四月号（四巻三号）に紅生姜子名義で発表された。後に、ミステリー文学資料館が編んだ『幻の探偵雑誌3　「シュピオ」傑作選』（光文社文庫／二〇〇〇年五月）にも採録された。この原型版と戦後の改稿版を読み比べていただければ、元の文章とストーリーはほとんどそのままに、随所に心理描写が加えられていることが解るだろう。

「斑《ぶち》の消えた犬」は、『名作』一九三九年十一月号（一巻三号）に発表された。少女を主人公にした明るいタッチの探偵ものだが、読者の予想を覆すどんでん返しが仕掛けられた、なかなかトリッキーな一篇である。

「満洲だより」は、『新青年』一九四〇年三月号（二一巻四号）に発表された。後に、藤田知浩の編んだ『外地探偵小説集　満洲篇』（せらび書房／二〇〇三年十一月）にも採録された。「八人目の男」と同様の書簡体サスペンス。

「若き正義」は、『宝石』一九四九年六月号（四巻六号）に発表された。アリバイトリックは単純だが、犯人と巡査の揺れ動く心理にスポットを当てようとする意図は明確で、作者の目指す方向性が端的に現れた一篇。

「黒い影」は、『宝石』一九四九年九月増刊号（四巻臨時増刊二）に発表された。後に、探偵作家クラブが編んだ『一九五〇年版探偵小説年鑑―探偵小説傑作選―』（岩谷書店／一九五〇年十一月）、『宝石推理小説傑作選1』（いんなあとりっぷ社／一九七四年六月）、『幻影城』一九七六年五月号にも採録されている。事故で境遇が分かたれた姉妹の心理的闘争を描いて迫力横溢の一篇。

「木犀香る家」は、『新青年』一九五〇年一月号（三一巻一号）に発表された。後に、『探偵倶楽部』一九五八年四月増刊号にも採録されている。真相は単純だが、ヒロインを中心とした登場人物の配置が巧みで、心理描写も成功した作品といえるだろう。

「匂いのある夢」は、『新青年』一九五〇年四月号（三一巻四号）に発表された。後に、『探偵倶楽部』一九五七年十一月増刊号にも採録されている。凶器の日本刀、病床の弟妹、匂いが事件に関わる点など、「木犀香る家」とモチーフが共通する作品だが、こちらは超自然的な真相が用意されているため、読後感が微妙に異なる。

「赤煉瓦の家」は、『宝石』一九五〇年七月号（五巻七号）に発表された。終戦後の大連を舞台にした因縁譚。掲載誌の怪談特集のために書かれたもの。今回は本格ものとサスペンスを重点的に選んだので、あまり採ることが出来なかったのが残念だが、宮野村子の怪談には雰囲気のある秀作が多い。

「薔薇の処女《おとめ》」は、『宝石』一九五〇年十二月号（五巻十二号）に発表された。後に、ミステリー文学資料館が編んだ『甦る推理雑誌10 「宝石」傑作選』（光文社文庫／二〇〇四年一月）にも採録されている。男と女と少年のクリスマスの一夜を描いた心理サスペンス。登場人物が少ないため、一幕ものの芝居のような趣きがある。

以下は随筆である。

「ハガキ回答」は、『シュピオ』一九三八年一月号（四巻一号）に林紅子名義で発表された。「昭和十二年度の気に入った探偵小説二三とその感想」というテーマに応じたもの。

「宿命」は、『別冊宝石』一九四九年八月号（二巻二号）に発表された。「わが小型自叙伝」というテーマで書かれたもの。なお、本書カバーそでに使用した著者の写真は、この号の巻頭グラビアから採録した。香山滋、高木彬光、山田風太郎、大坪砂男、島田一男ら当時の若手探偵作家のスナップを集めたもので、宮野の写真には「木製のシガレット・ケースを開くと、あのなつかしいオルゴールが幼い日のメロデーをきかせてくれる。大連での生活がまだ肌のどこかにしっとりとジャスミンの香のように薫っている宮野叢子さん。『鯉沼家の悲劇』の蝶一郎のイメージが瞳の底にちらりと影を落した」というキャプションが付されている。

「生きた人間を」は、『宝石』一九五〇年一月号（五巻一号）に発表された。「今年の抱負」というテーマに応じたエッセイ。「生きた人間を書きたい。人間の性格を書きたい。心理を書きたい」という宮野の執筆姿勢が率直に述べられているのが興味深い。

「奇妙な恋文　大坪砂男様に」は、『宝石』一九五〇年三月号（五巻三号）に発表された。交換エッセイ企画で、同じ号には大坪砂男「宮野叢子に寄する抒情」も掲載されている。こちらは創元推理文庫から刊行される『大坪砂男全集』に収録される予定なので、あわせてお読みいただきたい。

［解題］ **日下 三蔵**（くさか さんぞう）
1968年、神奈川県生まれ。専修大学国文学科卒。出版社勤務を経て、98年からフリー編集者、評論家として活動。編著『天城一の密室犯罪学教程』（日本評論社）は第五回本格ミステリ大賞評論部門を受賞。著書に『日本ＳＦ全集・総解説』（早川書房）、『ミステリ交差点』（本の雑誌社）、編著に〈本格ミステリコレクション〉（河出文庫）、〈怪奇探偵小説傑作選〉（ちくま文庫）、〈山田風太郎ミステリー傑作選〉（光文社文庫）、〈昭和ミステリ秘宝〉（扶桑社文庫）、〈都筑道夫少年小説コレクション〉（本の雑誌社）など。

宮野村子探偵小説選Ⅰ　〔論創ミステリ叢書38〕

2009年3月20日　初版第1刷印刷
2009年3月30日　初版第1刷発行

著　者　宮野村子
叢書監修　横井　司
装　訂　栗原裕孝
発行人　森下紀夫
発行所　論 創 社
〒101-0051 東京都千代田区神田神保町2-23 北井ビル
電話 03-3264-5254　振替口座 00160-1-155266
http://www.ronso.co.jp/

印刷・製本　中央精版印刷

Printed in Japan　ISBN978-4-8460-0735-5